风烟俱净

张海新 杨芽芽 沉香红　主编

北方文艺出版社

·哈尔滨·

图书在版编目（CIP）数据

风烟俱净 / 张海新, 杨芽芽, 沉香红主编. -- 哈尔
滨 : 北方文艺出版社, 2025.3. -- ISBN 978-7-5317
-6541-7

Ⅰ . I267

中国国家版本馆CIP数据核字第2025QJ2781号

风烟俱净

FENGYANJUJING

主　编 / 张海新　杨芽芽　沉香红
责任编辑 / 滕　蕾　　　　　　　　　封面设计 / 董运银

出版发行 / 北方文艺出版社　　　　　邮　编 / 150008
发行电话 / （0451）86825533　　　　经　销 / 新华书店
地　址 / 哈尔滨市南岗区宣庆小区 1 号楼　　网　址 / www.bfwy.com

印　刷 / 三河市中晟雅豪印务有限公司　　开　本 / 710毫米 × 1000毫米　　1/16
字　数 / 250 千　　　　　　　　　　　印　张 / 27
版　次 / 2025 年 3 月第 1 版　　　　　印　次 / 2025 年 3 月第 1 次印刷

书　号 / ISBN 978-7-5317-6541-7　　定　价 / 118.00 元

目 录

当代实力派作家
—— **林新发**

当代实力派作家
—— **王晓艳**

当代实力派作家
—— **沈玲萍**

当代实力派作家
—— **蔡圆治**

当代实力派作家

—— 沉香红

"风花雪月"

从未想过，有一天我会定居到大理，也并不晓得我会对大理的"风花雪月"如此痴迷。

许多年轻的男女，最向往的就是谈一场风花雪月的恋爱，在大家心里，风花雪月意味着浪漫、美好，可殊不知"风花雪月"这个成语所讲的就是大理。

自古大理流传着一句谚语：上关花、下关风、苍山雪、洱海月。

大理分为上关与下关，前不久一部文艺影视剧《去有风的地方》就是以大理下关的风取名，而当我来到大理之后，也的确初次感受到了如此之大的狂风。

许多人喜欢去丽江，不喜欢大理，说大理的风太大。我却觉得丽江古城虽古朴，却缺少了大理依山傍水的灵气。

大理的风大部分时候在夜里刮起，也就是白天依然可以碧空如洗、晴空万里、鸟语花香、青山环绕，到了夜里你就关起门来，倒一杯热水，坐下来认真刷剧，顺便再听一听窗外的风。

实际上，大理下关的风一点都不浪漫，可因为它与上关的花放在了一起，也因此就有了美好的花事。

工作之余，我喜欢逛大理的花鸟市场，三十多年来，我也是第一次见到成百上千种鲜花、多肉。

甚至许多在蓝天白云下从未见过的鸟雀，却在大理的花鸟市场见到了。

每一次抵达这里，我都不会空手离开。绣球、杜鹃、月季、玛格丽特、桂花、薄荷、龟背竹……总要添置一些，每一次劝自己少买一些，可到了花的海洋，瞬间就被它"俘获"了，怎么逃似乎也逃不掉，所以那一刻干脆就做了花的"奴才"，省吃俭用也要买一些回去。

因为任何时候，回家看到满园花草，身心放松，精神就无比愉悦。仿佛这辈子，就这么过，值了。

在大理我入住苍山脚的庭院里，因为有了自己的院子，便可以肆无忌惮地养花种菜。

院子不大，却可以围炉煮茶、烧烤、涮火锅、看庭院电影，当然还有半亩院子，我种满各类鲜花，还有西红柿、青椒、白菜、上海青、薄荷、草莓……

我对大理的喜欢，有一半是在这里，我可以做一个清闲的养花人，除了养花，还可以种菜，因为这里四季如春，适合生活。

记得刚搬来时是冬天，开车送孩子读书，途中遇到红灯我便会抬头看向远处，左边是冒着绿芽，却依旧头顶雪帽的苍山，右边是层次分明的洱海与者摩山。

即便是冬天，中午的阳光依旧治愈我的心情。坐在院子的摇椅上听音乐、看书，旁边鹦鹉的鸣叫清脆、动人。

院落里鱼池的水声潺潺，一阵清风拂来，我与花草树木、与阳光雨露、与苍山洱海相伴，顿时置身于大理的"风花雪月"里无法自拔。

夜晚，我们一家坐在庭院吃夜宵，孩子抬头望见了星星，激动地叫了起来。我回想起我的童年，都是月亮与北斗七星陪着过，我孩子的童年似乎只有城市的车水马龙与万家灯火。

那时只觉遗憾，因此一意孤行选择了带孩子定居到了大理，如今看到孩子欢天喜地指认天上的星星，观赏月亮，心中很是满足。

我把"风花雪月"搬进了自己的生活，也搬进来了孩子的童年。

未来的他们与好友回忆往事，脑海是夜空里满天繁星，苍山上的落雪，洱海边的夕阳余晖，以及半夜袭来的大风……

老师那束花

她是令我记忆深刻的一位老师，那年我读高中，正处于迷茫与叛逆的年纪，说到底还有一些自卑。

那天她走进教室的时候手里抱着一束花，看样子非常开心，像是老姑娘待嫁，终于遇到了心上人一般。

等她走到三尺讲台，让另一位同学给她手里拿的花瓶接了一半水，之后她开始一边拆那束花，一边说：这里有一束很新鲜的花，接下来我要把它们都插进这个花瓶，大家要一起观察，哪一种花最好看？

花瓶里有康乃馨、红玫瑰、香水百合，还有几株白色的小雏菊，虽然好看，但是却看起来有一些杂乱。

老师先问大家，你们觉得哪一种花最好看？大部分人会说，玫瑰、百合，没有人觉得康乃馨或者雏菊好看。

老师说，再过几天，请大家继续告诉我，你们喜欢哪一种花。

三天过去，四天结束，同学们尽管一直轮流给花换水，可玫瑰还是从骄傲挺立到逐渐低垂下头。

百合散发着迷人的香气，让人无比着迷。康乃馨，并不娇艳，只是默默地开着。雏菊也只是静默不语，继续绽放。

一个星期之后，同学们似乎都快忘了班里还有一束花正在静候时光，这一次老师来了。

她把花瓶放在讲桌中间，让大家选择，你们现在最喜欢哪一枝？

玫瑰此时已经完全凋谢，百合落叶，康乃馨依然开着，雏菊长出了新的花骨朵……

有同学说喜欢康乃馨，也有同学说喜欢现在的雏菊，但是再也没有人说喜欢仅剩枝干的玫瑰花了。

老师问大家："你们为什么觉得康乃馨与雏菊现在比玫瑰与百合更好看呢？"

同学们近乎异口同声说："因为它们生命力更顽强。"

这时老师指着那些花开始讲："我们有的同学像娇艳的玫瑰，总受人关注，有人像沁人心脾的百合，所以很多人总觉得只有百合和玫瑰的人生才是精彩的、幸福的、快乐的，所以他们忽略了作为康乃馨，作为雏菊的快乐。

"或许我们一开始学习没有别人那么优秀，可那又怎么样呢？如果我们如同这美丽的花朵一样，努力绽放，不断向上顽强生长，我们的生命力就一定会很强。

"如果把人生比作一枝花，或许我们并不是在一开始灿烂，而是因为足够坚持，当别人都放弃、退缩的时候，我们还在努力，这时你会发现，玫瑰败了、百合凋谢了，而你这枝康乃馨，依然努力向这个世界展示自己坚韧的毅力，你的优雅与从容，才见证了真正的美丽。"

一盏夜灯暖心窝

有了孩子之后，我养成了一个不太好的习惯，就是开夜灯睡觉。

朋友们总说，开夜灯容易影响褪黑素分泌，让我尽量关灯。可那个时候刚做母亲，孩子又小，每晚担心孩子哭闹我睡得太沉醒不来，于是就让夜灯陪伴，这样睡觉也更浅一些，好容易醒来照顾孩子。

春去秋来，孩子渐渐长大，也过了需要熬夜喂养的月份，这时我试图关灯入睡，却发现，一旦关灯之后，周围一片漆黑，没有爱人在身边的我，偶尔浮想联翩，也会害怕，于是我彻底养成了开夜灯睡觉的习惯。

那几天去看望外地工作的他，因为吃了一些辛辣的食物，所以肠胃不太舒服，下午躺床上就睡着了，半夜醒来发现，一向怕灯光影响睡眠的他，却开着灯。

当我轻身起来想喝杯水时，他却一下子坐起来问："老婆，你要什么？我帮你拿。"

因为知道多年工作压力大，他有失眠与焦虑的毛病，因此每次与他见面，我几乎都不敢开夜灯，可今晚那盏灯却明晃晃地亮在床头。

当我小声说："没事，你别管了，我想喝杯水。"还没等我话音落下，他已经把水端到了我面前。

我喝了两口水，于是躺下说，关灯吧，这样开灯你容易失眠。

我以为他顺手会关了灯躺下，谁知他却说："不能关，如果关了灯，我怕你要喝水时，我醒不来！"

即便我睡眼惺忪，却也被他的柔情感动。

作为聚少离多的夫妻，我总是会担心他因为距离原因而变心，然而孩子越来越大，我们从最初的小吵小闹到如今相互理解，懂得与宽容。

感情并没有两地分居而变淡，甚至没有因为争吵而分开，反而越是随着年龄增长，双方更愿意珍惜彼此。

我走过去，主动关了灯，接着躲进被窝对他说："有一盏灯在我心里亮着呢，它一直让我很温暖。"老公慵懒地笑着说："三年了，你的情话怎么还没有说完。"初秋渐凉，我一边帮他盖被子一边说："说不完，还有半辈子要说给你听呢。"

再后来，回到家里我发现，我再也没有了睡觉开夜灯的习惯，似乎睁开眼天再黑，我也不怕了，因为我知道，有个人会在我需要的时候，为我亮着灯。

当代实力派作家

—— 郭宝丽

我们的青春

20岁，是青春最美好的年纪；20岁，是青涩懵懂的年纪；20岁，是风华正茂之时，涉世未深，对未来充满无限期待。

身处深山，我们只能靠天吃饭，家里有七八口人，一贫如洗，能填饱肚子就很不错了。听说南方工厂多，就业机会多，于是我在20岁那年无奈做了抉择，拖着行囊踏上南下的绿皮火车，踏入了社会。从那之后，遗憾和失落蔓延整个青春。

那年南下，是我第一次出省，从大山深处的村里来到南方一线城市工作，眼里的一片繁荣的景象让我震惊，从来没见过如此繁华的城市，仿佛来到了另一个世界。从地铁到公交，从公园到高楼大厦等，这里的一切都是那么美妙，看到这里的一切，如同看到大熊猫般稀奇，与山里相比，仿佛来到了人间天堂。更重要的是这里的工业园多，就业机会多，未来有无限可能。

于是我开始在一家电脑公司工作，慢慢地适应这里的生活。我从一名一无所知的职员变成了技术骨干，因为我积极向上，努力学习，因此赢得了信任和机会。在这里，我学到了很多，结交了许多好友，收获了不少东西。

可是，在两千多个日子后，我仍然觉得空虚和失落。我渴望更多的自由，想花更多的时间和家人在一起，而这些似乎越来越难以实现。于是，我做出了离开的决定。我经常翻看工作时的照片，回忆那时的点点滴滴，还经常做梦回那里工作了，真切的情景让我信以为真，然而，心里很渴望再次返回。先生说，这么怀念不如今年春节假期故地重游。

于是，今年春节假期，便踏上了南下的航班，来到南方城市故地重游。

当闺蜜绢花陪我再次站在这家电脑公司门口，看到熟悉的公司名字，不禁想起在我离开的时候领导和同事都拍着我的肩膀，鼓励我说，只要我想回来，随时欢迎。我当时并没有在意，我认为这只是一句安慰的话语，但当我离开之后，我发现自己不断回忆着那些点点滴滴，很渴望再回到从前的工作岗位上。时隔十多年，我真的不相信自己能站在这里。

回忆起自己曾经在电脑公司工作的时光，仿佛是一幅缓缓展开的画卷。这家公司，我在其中度过了自己最年轻、最开心、最无忧无虑的日子。

厂区内的建筑物，假山喷泉，绿化区，生活区在原有基础上翻修过了，环境更优美，舒服。我不禁有些感慨。

这里的职员们都变了，但其中也有一些老面孔，还记得我离开的那一天，他们与我一样，站在原地注视着我为新生活而离开的背影。看到成群结队的职员，听到一群活泼可爱的小女生，谈笑风生，看到她们的笑容如百合花般灿烂，我仿佛看到了曾经的自己，那时的我也曾像她们一样，对着这份工作充满着憧憬和热爱。

刚开始工作时，记得有次忘带饭卡，绢花带我去吃"小灶"，打饭时，我唯唯诺诺地生怕被发现是"蹭饭"的，打菜的大姐仿佛看出端倪，微笑着还多打了份荤菜，梅菜扣肉、贵妃鸡，美美地吃了一顿大餐，真是过瘾，偷乐了半天。后来得知那次"蹭饭"实际上是绢花帮我偷偷付了款的，不似亲人胜似亲人的关爱让我倍感温暖。

忽然，被一股饭香味扯住了脚步。那时一到晚上，楼道里便弥漫着烹煮的饭香味，还夹杂着欢声笑语，浓浓的烟火气让人感到很温馨。可是，饭香会引来宿管检查。每次将锅东躲西藏，何正彩帮我打马虎眼逃过。于是，我们的革命友谊就此产生，且坚如磐石……

我们漫步厂区，前面一个女孩满脸幸福地拎着蛋糕，捧着鲜花从俱乐部出来。这栋6层楼里有图书馆、KTV、台球、乒乓球活动室，等等。记得那时每天下班和室友何正彩去俱乐部打乒乓球，有时也会在KTV唱歌放松，偶尔也会跟着大家学跳兔子舞，虽然有些尴尬，但是整个过程的欢笑和掌声是我们珍贵的回忆。

让我感触颇深的是，有次听到主持人叫我名字唱歌，我脑袋嗡的一声像炸了似的，平时说话都结巴，更何况在很多人围观的台上唱歌。我面红耳热地站到台上，腿跟筛糠似的，手心捏着一把汗。在同事的鼓励下，唱完了一首歌，台下响起同事们鼓励的掌声时，才松了口气。当时生活快乐，工作自信，薪酬越来越丰厚，最开心的事情，就是多寄一张存款单回家，让自己感到特别满足。现在想想，多亏她那次赶鸭子上架，让我有了人生第一次上台锻炼的机会，让我越来越自信。

最后路过厂区的通勤车站时，想起曾经的我们为了节省3元钱，周末一大清早跑来排队等候，去市区逛公园、商场，看无边无际的大海，吹海风，捡贝壳……

多美好的青春记忆啊！虽然现在离开电脑公司已经很久了，但是每次回忆起曾经在公司的日子，都还显得那么清晰鲜活。工厂、宿舍、食堂、娱乐场所，这些永恒的回忆，承载了我们所有人曾经的梦想、欢笑、成长和记忆。我和绢花每年会相聚，她已定居南方，过得很好。可不知道何正彩如今从事什么职业，过着怎样的生活！

鲁迅先生说得好：青春岁月，遇见巨大的困境，也让我们变得坚韧，即使在沙漠里，也可以开掘泉水。如果可以重来一次20岁，我一定在周末和假期拼命多兼职几份临时工赚学费，好好学习，不让自己后悔。

青春是生命最好的馈赠，是人生最美好的时光，是最美妙动听的颂歌。青春短暂，余生，要加倍珍惜。停留在电脑厂的时光，像一杯散发着浓浓香味的茶，在记忆的相册里，挥之不去，愈来愈香。

爱是一把"倾斜的伞"

很小的时候，我就喜欢雨。

今天恰逢烟雨蒙蒙的日子，看着街道上五颜六色的大伞，我的思绪在一把伞中缓缓铺开。那伞，蓝色如天。

记得上学时，每逢滴答声从窗外响起时，母亲就会准备好雨伞站到校门口，打开那把蓝色大伞，喊我钻进伞里护送我回家。于是，我们便走进了这片雨的世界。

走着走着，我抬起头惊讶地发现头顶不知何时变成一片晴天。望了望母亲的头顶原本应该是蓝色的却破了，一半蓝色，一半是烟雨蒙蒙的，风夹杂着雨水打在妈妈脸上，"妈，伞歪了。"母亲抬头望了望，摸了摸我的肩膀，笑着说："哪呀，没歪啊，雨天视线不好，这个时候行人、车辆这么多，赶紧朝前看。"我有点不解，明明是把雨伞倾斜向我这边了呀，母亲却岔开话题。我看到母亲肩膀和胳膊都湿了，心疼母亲，将她紧紧地抱着挨紧我，这样我们都不会淋湿。

记得有一次，我们一家三口去逛街，回家的时候下雨了。这时，母亲忙着给我打伞，而父亲一个人稳稳地打着伞走在前面，我看到后生气了。

于是，我忙紧走几步追上父亲，"批评他"，一本正经地看着父亲说："你应该跟我妈妈打一把伞，照顾好你的妻子，而不是自己一个人走。"

父亲一下怔住了，愣了半天才反应过来。父亲像犯了错的孩子，主动承认错误，把伞倾斜向母亲，并尴尬笑着说："哎呀，别让咱俩的'小老虎'再生气批评我了，赶紧到我伞里来。"

父亲是个很实诚的农民，一门心思研究粮食和地打交道，是个种庄稼的好把式，但是对于经营感情、如何关怀妻子的事情，一窍不通。

自那后，我偶尔看到父母一起去买菜，父亲仿佛判若两人，现在会和母亲抢着拎菜，而且撑的雨伞总是倾斜向母亲这边。母亲的眼角堆起的每一条细纹藏着父亲对母亲的细致入微的关怀。母亲也似乎变得温柔了许多，脸上时常挂着笑容。我忽然觉得，原来，爱需要学习，需要有人建议。

后来，当我成年之后，母亲笑着对我说："一定要嫁给舍得把伞倾斜给你的男人。"我似懂非懂就选择了自己的先生。结婚后，有一次他陪我去产检，忽然下雨了，他去街边买来伞，很自然地为我撑开。一开始我没有注意到他半个身子在淋雨，当我抬头跟他聊天时，忽然注意到，那大大的天堂伞，却为我撑着一片晴天，而他的左肩膀和胳膊早已湿透了。这时我把头紧紧倚靠在他的胸膛，我知道，我嫁对了人。我对先生说："你这么大的人都不会打伞，伞打歪了，都不知道纠正一下打伞的角度，感冒了怎么办呢？"我摸了摸先生的衣服，心里不是滋味，于是，我搂紧了先生，这样我们都不会淋雨了。

后来才知道，倾斜的伞，就是相互之间的爱。家人的爱是一把倾斜的伞，倾向所爱之人。

父亲是"百科全书"

父亲爱读书，爱钻研，我认为他无所不能，无所不知。只要解决不了的事，找父亲，准能得到满意的答案。父亲被称为"百科全书"。

如有发烧感冒，消化不良，颈椎肩膀疼等轻症，父亲学的穴位按摩就派上用场了。记得有次，邻居小孩腹泻好多天，吃药不见好转，父亲决定给试试看，经过穴位按摩，症状缓解很多，再配上父亲的食疗菜谱，很快痊愈。从那次之后，父亲便成了村里的香饽饽了，总是有人找父亲按摩，但是父亲乐此不疲，满眼柔情，觉得很有成就感。

家里的电器家具，农用工具等，如果"罢工了""休息了"，在父亲的摸索研究下，可以继续正常使用。只要谁家这些东西坏了，都会推荐父亲，而且准能很快修好。就像现在流行的一句话："不懂就找百度。"

父亲销售肥料至今已30余年，自从有了大侄子后，就放弃了销售肥料的生意了。可父亲还是经常接到十里八村咨询肥料方面的电话，知道父亲是会说话的"百科全书"总是知无不言，言无不尽。虽然父亲不再做生意，但还是经常关注和学习肥料相关的知识。因此大家都喜欢找父亲，会获取到意想不到的信息。我现在终于明白，父亲的生意为何能持续这么多年，不仅是销售，还有耐心的售后服务。

每逢春节，父亲在门口支张桌子，给村里人现场写春联。比百度速度快，还有爱心，立等可取。其实父亲年轻时也不会写毛笔字，后来光景好点了，就开始做些喜欢的事情——练毛笔字。听母亲说，父亲是晚上悄悄地练毛笔字。说，一定让他的大字上墙，结果父亲的字还真上了墙。

当我第一次看到父亲沉稳地紧握手中的大笔，我很震惊。字写得苍劲有力，一气呵成。字里行间流露出父亲心中的自信、洒脱。

当把字呈现在门框上时，眼睛使劲睁，生怕看错。这简直是大书法家的范儿，行云流水、方圆兼备，真不敢相信是父亲的字。我惊讶地问父亲："什么时候开始就写这么好看的字？"父亲笑而不语，母亲得意地说："这是咱家的秘密，也是你爸的秘密。"

我顿时恍然大悟，原来总是看到家里有墨汁瓶，没多想，竟然是父亲辛苦练字留下的痕迹。

原来父亲一直在学习，在这几个行业深耕，才有"百科全书"的称号。

父亲常对我们说的，活到老，学到老。的确，父亲做到了，也收获了成就感、自信、开心。那我们呢？我才意识到学习，原来不分年龄、时间。只要你愿意，现在都来得及。

宽容是缕阳光

正准备打电话催快递时，只见一个满头大汗的小伙子站在我面前，他很歉意地给我资料时，说："姐，我走小路因路面结冰滑倒了，资料摔了，你看可以用吗？"

我翻看了两遍，纸张虽有些脏乱不完美，但还是可以勉强接受，叹了口气说："没事。"他惶恐不安地说："姐，请别给我差评好吗？"

看着面前羞涩稚嫩的小伙打量了一番，是寒假打工的学生。膝盖处明显因摔倒脏了一大片，耷拉着冻得通红的耳朵，低着头，红肿的手捏着衣角，忐忑不安地看着我。我肯定地说不会给差评。他的愁眉舒展开了，嘴角微微上扬。我顺手递给他一个橙子，他客气地不断说："谢谢姐。"

看着远去的单薄的背影，内心五味杂陈。他这么卖命地打工挣学费或者锻炼自己。能在雨雪中的大街小巷穿梭着，不管什么原因，我都不能给他差评，让他因此而被处罚，那岂不是雪上加霜……

这让我想起了曾经的自己，刚参加工作，没有工作经验，却有一颗可悲的自尊心。师傅很严格，工作时生怕做错了什么，我也经常用这种眼神看别人。因自尊心在作祟，别人的帮助或者尊重，我都会感动很久。

记得有一次，领导催报表。那天我的报表没写完，心里想这下完了，就等着挨骂吧，想到这些我焦虑不安。

加班加点赶出报表，结果还是被总监发现有问题。我的脑袋，嗡的一声像炸了，怕什么来什么呀！我已做好被骂的准备，总监好像看出了我的紧张情绪，微笑着给我耐心地讲解错误后，说："你新入职，对业务不熟悉，熟了就好了。"

当时心里想，完了，总监可能会在我师傅面前说我工作粗枝大叶，简单的报表都会出错。而不允许工作出任何差错的师傅不知道听后怎么批评我……可后来水平如镜，师傅好像并不知道这事。

正因为有这样雅量的总监，财务部的每位同事都越来越优秀，从那以后，我在工作中也很仔细，也很少出错。

我觉得，幸福与美好来自宽容。有时宽容的言行，可能会让处在低谷的人看到一缕阳光，从中获得自信和勇气，继续前行，反之，可能会一蹶不振……

工作生活中，难免与人产生摩擦，就像《论语·阳货篇》中，孔子曾说："宽则得众。"如果选择宽容，不仅是宽容了自己，还会得到大家的拥护，更能体会宽容带来的自信与快乐。

宽容，是一个机会，给人信心。宽容，是一缕阳光，让人充满希望。宽容是一种境界，让自己的路越走越宽。

爱心奶茶

"喝奶茶,忆童年,一杯奶茶,缓解疲惫……"

我们停下脚步,望向声音的来源,带着热气的奶茶在那里"召唤"。同事说:"今天元旦,天气寒冷,大家加班辛苦,喝杯奶茶暖暖身子。"不一会儿,同事们脸上洋溢着幸福的笑容,每人手捧着一杯暖心的奶茶……

这场景似曾相识,记忆一下子飘远。

记得有一次,总监进来给我们办公室桌上放了一个很精美的大盒子,说:"小伙伴们,休息一会儿,吃下午茶了。"好奇心驱使我们迫不及待地打开后,都惊呆了,原来是紫色的蛋糕,做工精致到不忍心品尝。还有好几种口味的奶茶,大家都欢喜地品尝着奶茶,但是总监的奶茶却没喝,给了陌生人。她看到这么冷的天,清扫大街的阿姨在喝矿泉水,便递了一杯热奶茶给清洁阿姨暖暖身子。

总监的魅力总是散发于无形。工作中,她很严肃,让人敬畏,但大家都喜欢请教她业务知识,是因为她总是很耐心地讲解并鼓励,但我们犯了低级错误时也会被严厉批评。

她做事雷厉风行,责任感极强,今日事今日毕。记得有一次,办理紧急业务,为了不误计划,在下班时间邀请到客户办理业务。那天下午六点多了,都下班了,我们都认为不可能办理了,但她视公事为私事般对待,驱车3小时,废寝忘食,去邀请客户办理业务。这份主人翁精神打动了客户,不但没拒绝还热心地办理了,这时她才松了口气,脸上的笑容像盛开的百合。

当她攻克难关获得成果时,会热心地分享给我们。经常很耐心地给我们授课,当我们跟上她的节奏,能够明白她的意思时,她总是微笑着,欣慰地看着我们,鼓励我们。微笑是可爱的东西,微笑是半开的花朵,里面流溢着诗与无声的音乐，让我们在轻松愉悦的氛围下学习、钻研业务，能更高效地完成工作。

突然被领导喊了一声，"报表"，打断了我的思绪，刚好有点饿了，这时我想起同事说的"聚宝盆"柜子。打开柜子一看，琳琅满目，应有尽有，酸奶、巧克力、面包、橘子等。

总是有人隔一段时间就会悄悄地往里面塞满各种吃食，后来才知道这些都是女神总监的爱心。

我作为女神的下属感到很荣幸，在她的指导和关怀下，学会了如何做人、做事，更深刻地感受到女神潜移默化的影响，使我们学会了如何关爱身边的人，同时，也收获了自信、温暖、快乐。

一杯爱心奶茶，如阳光般温暖，让这个团队在阳光下走得更快、更远。

记忆里的年味美食

俗话说，过了腊八就是小年，每年农历十二月二十三和二十四，是中国民间传统的祭灶日，又称"小年"。小年不小。从这一天开始，春节这场重头戏就拉开序幕了，不论走到哪个角落，都能看到人们忙碌的身影。祭灶、扫尘、蒸馍……一片祥和热闹的辞旧迎新景象。

小年这一天，家家户户有吃灶糖的习俗。祭灶的灶糖，各地的不一样，有用麦芽做的白灶糖，也有黄豆面糖、芝麻糖等，送一颗麦芽糖到嘴里，轻轻咬下去，又酥脆又香甜，又有黏性，别有风味。听奶奶说，它的寓意要让他（灶王）带一张甜嘴巴去，多说好话，也可以封住灶王说坏话的嘴，所以就形成了过小年吃灶糖的民俗。

小年这天，奶奶会忙着做大枣花馍，表示全家大团圆，日子过得年年有余。奶奶心灵手巧，每年都会做好几种花样的祭灶的花馍。制作起来比较麻烦，发面后醒面，再揉面再醒面，然后将一坨一坨的面团搓成条，做成各种花样的面食造型，印花纹，盘成一个圆团，用筷子夹成花，最后再放一些红枣、葡萄干等，再次醒面，待面醒后才下蒸锅，此蒸出来的面食又称之为"面花"，非常柔软香甜。每次还没等出锅，我们姊妹三个眼巴巴地围着锅灶馋得直咽口水，弟弟总是扯着奶奶的衣角，喊着要吃花馍。每当这时，奶奶脸上每一条皱纹都漾起笑容，开心地说："你这小馋猫，平时让你拾柴火不见人，有好吃的比谁跑得都快，黏着我。"弟弟红着脸嘟囔："谁让您做的花馍这么香呢！"奶奶听后，笑得更灿烂了。

小年这天，母亲最大的任务就是包饺子，天蒙蒙亮，母亲就张罗着切菜，和面，拌好饺子馅。然后支张桌子围坐在红泥小火炉跟前，擀饺子皮，包饺子，母亲包的饺子，非常精致，真让人不舍得吃。我就跟着母亲学，结果饺皮放到手心，把肉馅放在皮上，对折捏了半天，边边都捏烂了，馅还没完全包住。母亲笑了，然后拿着饺皮手把手教我好多次，才包得有模有样了，一个个漂亮精致的饺子包好了。让我明白了不管做什么事，一定要冷静耐心，想要做好就多动手，多尝试摸索经验，一定会做好。不一会儿，母亲端来热气腾腾的大馅饺子上桌，吃着热乎乎的饺子，其乐融融，真幸福。

小年这天，除了奶奶和母亲，父亲也成了大忙人。父亲带领我们大扫除、贴窗花、挂灯笼。黎明即起，父亲就领着我们大扫除，给我们分工。姐姐踩在凳子上一个挨着一个擦窗，我清洗窗帘、被套、床单等。姐姐干活麻利，擦完又接着刷洗锅瓢。父亲踩着梯子粉刷每个房间发黄的墙面，弟弟负责贴年画和我们剪的大红窗花，协助父亲挂大红灯笼。打扫之后，窗明几净，焕然一新。

在小年这个重要的日子里，我们不仅要享受生活的美好，还要感悟生活的真谛，以积极向上的心态，迎接挑战，珍惜每一天的时光，不负韶华。

父亲成了"书法家"

父亲来城里三个月了，最近喊着要回家，说在这里太无聊了，身边也没有一个朋友。可母亲要留下来帮我带孩子，她担心父亲一个人回去吃饭冷热不分，长期这样对身体不好。思来想去，我决定为父亲培养一些爱好，再介绍一些朋友，这样或许就能把父亲留下来了。

我去问母亲，父亲喜欢什么？母亲思来想去，庄稼人，除了会种地，还能有啥爱好呢？就在这时，儿子跑过来说："妈妈，你看姥爷指导我写书法怎么样？"我一听恍然大悟：小时候父亲也指导我写过书法。

于是，我赶紧凑上去对父亲加以赞美："爸，您很久不写书法了，我也想跟您学习，今晚您来大显身手，我跟儿子都学习一下吧？"

父亲一听来了兴致，笑得眼角皱纹似乎都堆在一起了。父亲拿起儿子的笔，开玩笑地说："女儿呀，文房四宝伺候。"我喊了一声："爹，来了！"就这样父亲站在儿子的书桌前，拿着我准备的笔墨纸砚。瞧，父亲认认真真地一撇一捺写了起来，或重或轻，或硬或软。落笔行云流水，神韵气势有书法家的范儿。我都惊呆了，简直不敢相信是父亲的字。他一边写，一边说："毛笔字就像做人，下笔要稳，要心无旁骛，墨空无力，墨满则溢。该挺直腰板的时候，就要硬一点，该软的时候，就稍微软一点。"

我一边听父亲讲，一边在脑海中思考：要不要帮父亲办一个书法展？邀请爱好书法的老年朋友一起展示自己的作品？

忽然我想到了，前段时间万达商场的一个朋友说，大厅一楼可以办活动，问我是否需要。那时我没有想过会真的有需要。

于是我灵机一动对父亲说："爸，最近我们公司要搞一个老年书法展，我正在想，怎么筹备这个活动，现在我知道了，您报名参加吧，我再找一些其他老人一起参与。"

就这样，书法展顺利举办，父亲通过这场活动认识了我们这座城市许多热爱书法的老年人。后来还经常和他们约在一起喝茶、下棋。那天下午我见父亲又开始写字，顺便问："怎么又要参加书法展？"父亲得意地笑着说："不是，有人要买我的作品，我多写几幅，好让小伙过来挑选。"

我看父亲写得津津有味。回到房间，对先生竖起了大拇指："你就是我爸嘴里说的那个小伙吧？"先生笑了一下说："这不是快过年了嘛？我想给同事们送点礼物，刚好咱爸的书法不错。可是我不想让他觉得是自己人需要，我就托公司小张，联系的爸爸。"

夜深人静，父亲终于心满意足地回房间睡了，而我也感到很欣慰。我终于解决了父亲的困扰。原来有的生活问题，只要我们足够有耐心都可以解决。

年三十的第一份"外卖"

　　除夕晚上，我正跟先生忙活着年夜饭。忽然，我接到了领导的电话。因为值班的同事家中有事，需要我去替班。这份责任落到我头上，我不好拒绝，但看着一厨房要做的饭菜，我顿时陷入了两难。先生知道后，没有抱怨，反而很体贴地安慰我，"去吧，家里有我呢。"

　　我跟先生千叮咛万嘱咐后，就匆忙赶到了公司，处理完手头紧急的事情。我两手托腮看着电脑屏陷入沉思，窗外灯火通明，宛如一幅色彩斑斓的画卷。空中璀璨的烟花在灵动地跃动，将除夕点缀得如诗如画。而此时此刻的我一遍一遍地划拉着手机朋友圈，看着圈里晒的丰盛的团圆饭，心里有些落寞。于是，我掏出手机给先生打电话，却被他挂断了。我想着，他应该是正跟家人团聚，顾不上接我的电话，唯独差我一个，越想越难过。

　　正在难过的时候，先生的电话来了，说："亲爱的老婆大人，我给你点了外卖，到你公司门口了，快去拿一下吧。"我一听，跑了过去，却看到门口的人是老公，没有外卖员。他看见我，嬉皮笑脸地说："亲爱的老婆大人，您的外卖员和外卖都来陪你过年啦！"

　　我当时怔住了，不敢相信自己的眼睛，愣了半天才反应过来，从我家到公司开车要50分钟呢，这段路况不是很好，他视力不好，不开夜路的呀。我心疼地说："你可真傻，还真的大老远跑过来给我送外卖呀，雨雪天走这样的路多不安全。"话虽这样说，但心里却暖暖的。便紧走几步到先生跟前，一把搂住先生的腰，把头紧紧依靠在他胸膛上。

　　先生打趣说："媳妇呀，都老夫老妻了，别这么煽情了，我手里还拎着菜呢，你一定饿了吧，咱去办公室吃饭去。"听了先生的话，我又扑哧笑了。

　　我不好意思地忙从他手里接过沉甸甸的外卖袋子，"哇，闻着好香啊，你给我叫的啥外卖呢？"先生笑着从袋子里掏出一盒又一盒放茶几上说，"看看是不是你最爱吃的可乐鸡翅、羊肉萝卜汤、皮冻……这些可都是我做的啊！"

看着这些饭菜，我眼前晃过老公做饭的样子，笨拙且细致，心头涌上一股热流，幸福的泪水滑过脸颊。

我和先生一路走来，虽磕磕绊绊，但我们相互包容、扶持，相濡以沫。俗话说："夫妻同心，黄土变金"只有这样，婚姻的路才会越走越宽，生活、工作才会越来越顺心如意。

幸福也曾像花儿

你的生日即将到来，我不知道送你什么礼物好，我已经习惯被你宠着，习惯只接收你的礼物，在你心里，我一直是个懵懵懂懂的小孩，我对你没有习惯礼尚往来这个意识。从相识、相知、相恋四年了，记得是你28周岁生日时，送你一件T恤，到现在你仍然很爱惜地穿着。

可我每次过生日时，你都会给我准备别出心裁的礼物，每当想到这些，我挺内疚、惭愧。今年你生日，我仍没有准备礼物，请你谅解。这几年，我没有太多的积蓄，都是偷偷看病花了很多钱，暂时手头比较紧张，等我攒够一些，我会给你买那块摆在橱柜的瑞士手表，我曾给你提过，你却说什么都不要，说我浪费钱。但，对于我来说，这不是浪费，我觉得花这钱，值！

今年这个生日，反复思索还是送你一份特殊的礼物，给你写一封信，说说我心里的话，用文字来表达我的祝福！

咱们俩结婚快三年了，按西方的说法是皮革婚，有一点点韧性了。你觉得呢？

咱们第一次相逢在蔡家坡高速路口处。记得那天，我是很期待与你的相逢，我很早起床，梳理装扮，希望尽快出现在你的眼前。坐公交车到高速路口下车时，看见路口有好多人在等车，而且东西方向过往的车较多，挡住了我的视线，看不太清楚对面的人群里是否有你，我便紧张地拿起电话，拨你的号码，谁要是同一时间拿起电话，那就是你了。

就在这时，忽然，我看到对面有一位高大魁梧、鹤立鸡群的男子，应该就是你吧。你曾说过，你身高183厘米。你挂断电话，走过马路来。当时我的心情很紧张，你站在我跟前时，我的脸好烫，就只说了两个字，"你好！"你也满面春风地回应了我。上下打量了一番，这位同志其貌不扬，不修边幅，个头挺高，看着憨厚，没有刻意遮掩你的虚荣，展现在我面前的是生活中的你。综合成绩还行！

你曾对我说，我留给你的第一感觉很好，我那天的朴素装扮，淡紫色短袖，雪白的过膝裙子，黑色细高跟凉鞋，手拎小红包。乌黑的披肩长发上别着一个镶有两颗五彩缤纷水钻的小发夹……细看，外表一般，仔细看，越看越美。

当时你直接问我："去诸葛亮庙吗？"因为离我们家近的只有那个地方还可以。"嗯，行。"我就只说了这简单的两个字。去那儿转了一圈，没有看到什么值得欣赏的风景。你就领我直接坐高速来宝鸡市区，在车上我依旧很少说话，你主动找话题和我聊。我在想着，为什么在电话的两端，每次通话至少2小时，真正见面了，我怎么就这般沉默，这么平静？

半小时后，到了市区，"去公园转转可以吗？""行。"我乐意地答应了。我们在超市买了很多吃的、喝的。路过火车站广场，有数码快照，在中年女士的热情邀请下，你心动了，要和我合影。我们拍了几张，每张照片上的你，都不是很好，表情严肃，让人望而生畏，你留了两张我的单人照，一张合影。

时隔不久，大概是29号吧，不知道为何，我将你我的合影，有些不舍地用剪刀从咱俩中间剪开，我奶奶看见我在剪咱俩照片，着急地夺走我手里的剪刀质问："好好的照片，怎么要销毁呢？"发生什么事情了，这么憨厚善良的孩子，惹你生气了？"我没有做任何解释，因为我也不知道为什么要剪掉他的一半？冥冥之中，好像预知我们会有分手的一天，我心里挺矛盾。当你的照片已经掉在地上时，我发现，我多么的伤心、后悔。没有考虑后果，我随心所欲地一剪刀下去，剪断我们俩美好的恋情故事。也许，从那一刻起，我们爱的路上，就埋下了不可预见的挫折与坎坷。不知不觉我的泪花从眼角滑落，滴在手里紧捏着的不完整的照片上。

为了和你在一起说说笑笑，为了看见你，为了和你坐在一起漫无边际地谈论，为了和你坐在一起享受生活……我天天盼着周六周日早点到来，我就可以来宝鸡找你。记得每次来之前，妈妈再三叮嘱我："早点回来，别太晚。"可我，每次和你在一起，就没有了时间概念，总觉得时间过得真快，见到月亮出来后，才依依不舍地告别。

还记得吗，去我家的第二天，咱们俩早上很早去河边散步，你逗我说，后面有个小蝴蝶，我转身去看，你就抱起我，向河边走去，我有点羞愧，边用柔弱的小手捶打你肩膀，边喊着让你放下我，你放下我，轻轻地在我额头上吻了我，差一点被我们村里的人看见，说不定以此当笑柄，再冷嘲热讽我们，我可能就被你的这冲动的爱给毁了……我说不出的感觉，高兴？自卑？甚至还怀疑你，对我是否真诚？

你在我家待了两天，回家时你要求我送，经我妈的同意后送你到蔡家坡。你执意让我跟你回宝鸡，我没有答应。你临走时，看着你失望的眼神我疼在心里。你看着我脚上穿的高跟鞋，担心累着我就索性给我买了一双木林森运动鞋，买了两双双星袜子，帮我穿上。看到我乐不可支的小样，摸了摸着我脑袋，你乐呵呵地说："走两步看看，感觉鞋和袜子怎么样？"谢谢你，段永锋，感觉很舒服。

又一个周末到了，你打电话让我来市区，我很快就过来了。你带我去秦岭，去农家乐吃了烧公鸡。记得那天玩得很开心。特别是你的细心、幽默、可爱，使我印象十分深刻。农夫问你，要哪只鸡？你说，要最大最活跃的那只，宰了之后，你去人家厨房看是否偷工减料、偷梁换柱。在别人眼里，你是这么的吝啬细心。其实，你真正目的不是为了监工，而是为了看他们如何操作。这些普通的农家无公害绿色食物经他们的手，为何色香味俱全，美到极致，而我们却做不出这般手艺。

你给我说过，他们第一步先烧开水，把洗好切块的鸡肉，在开水里焯一下，撇去上面漂着的脏东西，在锅里倒点油，油热后将花椒、辣椒等调味品炒香再倒入高压锅里和鸡同煮，加水炖半小时左右，最后放土豆、青椒等。但我到现在都做不出那么美的味道。

你的细心、认真、风趣，让我逐渐爱上你，直到画上了句号。

要知道在句号之前，咱俩差点断了。当你补上句号上那尚缺的一点，我认定这辈子，我会好好地珍惜咱们共同经营的家，会怀着一颗感恩的心，好好爱你们家所有的人。

可你，虽受过高等教育，也许是因为工作上的原因，也许是不满现状时不时冒出一句粗话，让我无法接受，使我逐渐和你闹情绪时，嘴中会喷出一串乱字符，令我自己都讨厌自己。希望你以后少说些粗话，为了孩子健康成长，为了孩子能有一个和谐、幸福、美满的家，希望你慢慢地改了这个习惯。

咱们走在大街上，时不时瞅瞅你与比你年轻的男同志，突然来一句，"看你那么老，像老头。"你笑笑转脸向我："有本事，找个比我年轻的。"哈哈，我哪有本事找？哪去找啊？

吃饭时我常剩，你吃完假装很严肃地说："必须吃完。"我真的吃不动了，你好像又变温柔了，对我说："那就再吃两口。"于是，你帮我数着："一口，两口！"

有一次，记不太清楚了，咱们从外面逛完回来，心情不错，不知说起什么高兴的事情，你用自己的大手抓起我，将我举起坐到你的肩膀上，让我在两米的高空吱哇乱叫，让我体验刺激；背起我，在路上狂奔，大声嚎唱，笑得我直流泪。每每想到这些，我会暗自偷乐，甚至笑出声音。

我就是喜欢和你在一起静坐欣赏风景的感觉；喜欢和你一起登山直到顶峰，放开嗓门大喊；喜欢和你在一起吃饭时，你数着一口，两口，三口哄着我吃饭；喜欢你把我背在你宽厚舒服的背上；喜欢你把我放在你的肩膀上，感受坐在你肩膀上的刺激；喜欢和你一起周六周日开着咱们家的"宝马"摩托车，到处兜风。喜欢你的风趣幽默，我经常患得患失，不满于现状，自卑而自负，你会说一些搞笑的笑话，可谓妙语解颐，我的心情即刻多云转晴了……

现在，咱们这两颗相依的心，终于翻开我们新的一页了。在咱们紧握双手，拖地的婚纱下，捧着，掩着一串串幸福。现在再加上可爱的孩子，家里更是热闹，原来我的幸福也曾像花儿。

锋，亲爱的老公，我祝你生日快乐！心想事成！

藏在苜蓿里的母爱

出差回到家时，天色已晚，一天的舟车劳顿使我疲惫不堪，本想随便吃几口馒头垫巴一下，洗洗便睡。

然而，母亲不同意，说空着肚子没法睡踏实觉，非要给我包苜蓿饺子。母亲一边娴熟地包着皮薄大馅的苜蓿饺子，一边跟我闲聊着："前段时间，我看视频里中医说，苜蓿能促进消化，补充维生素，你平时工作忙，多吃苜蓿饺子对身体好。"我点点头，心里暖暖的。

母亲不用我帮忙，我便到阳台上溜达了一圈。不经意间发现窗台上放着百合莲子，那是我过年时带回家给她泡水喝的。常听她说睡不好，想着长期坚持喝养心安神。我过去打开一看，还有很多包呢，瞬间满脸不高兴的样子跑到母亲跟前问："妈，您怎么没泡着喝呢？要放到过期再喝吗？"她抬头望了我一眼，继续低头包饺子，答："喝白开水多好，泡这些太麻烦了。"闻言，我更是不依不饶："那去田间挖苜蓿干吗？啃馒头不更省事吗？"

母亲说："那不一样，你回来了，我干什么都不麻烦。"母亲总是这样，为了我而付出，却从不觉得麻烦。我没再答话，强忍着眼里打转的泪水，转身去了院子。仰望星空，觉得母亲的爱如同那满天星斗，汇聚成无尽的光芒，照亮我的每一个角落。想到这里泪水潸然而下，然而又怕母亲担心，悄悄拭干泪水。我拿了新鲜的圣女果塞到母亲的嘴里，母亲笑着点点头，示意让我吃，她忙着呢。

第二天，母亲又端出一圆筛子苜蓿，洗净晾着，准备给我做苜蓿菜饼。她笑意浓浓，边和面边说，烙苜蓿菜饼的手艺还是从你外婆那学来的。此时的母亲像是等待被夸奖的孩子。烙苜蓿饼耗时费力的，光站在锅灶台边得一两个小时吧。平时，母亲一个人在家的时候，她都是将就着吃饭，像包饺子，烙饼之类耗时间的事，她都不肯忙活。

母亲说每次吃苜蓿菜饼时，眼前都会晃过外婆烙苜蓿菜饼的样子，每次烙好的饼都会想是否和外婆给她做的一样。我知道，母亲是想让我以后吃到苜蓿菜饼时想起她，吃不到就会深深想念，把这份独特的味道烙进我的内心，让我念念不忘。

母亲将苜蓿沥干水分，剁碎，放入瓷盆里的面粉里面搅拌，再放三颗鸡蛋，倒上豆油，再放一点盐、五香粉、姜末和葱花，然后用筷子全部搅均匀。将揉好的面团切成小剂，做成小圆饼，撒上芝麻，烙出来的饼软嫩香酥，让人念念不忘。

母亲让我烧火热锅，母亲将一个个醒好的小圆饼重新整理一下。"我们一会儿就可以尝到香喷喷的苜蓿菜饼了，你多吃点……"母亲站在灶台前等着锅热，抬头望向窗外，看着那轮已经渐圆的月亮，笑了笑说："时间可真快，上次回来时的月亮也像今晚的一样半圆。"

我很享受这样温馨的时刻，母亲边和我拉家常，边用铲子在锅边一遍又一遍翻着饼，还会讲烙饼的技巧，烙饼火候要把握好，小火煨出来的好吃，火大烧焦了还是半生熟。我嗅一嗅饼子的香味，感受一下柴火油烟里此时母亲的快乐。空气里弥漫着饼香味四散开来，瞬间勾起我的食欲，馋得我直咽口水。

趁母亲出去拾柴火的功夫，我偷偷掰了一小块，烫死了，真叫好吃。这时母亲进来了，看到吐舌头喊"烫"的我笑了说："你这孩子，看你馋的，还没熟呢。"我一直围着灶台等着，饼子慢慢地一点一点变得金黄，散发出浓郁的香味，母亲说："好了"，便切了一小块，吹了好半天，"啊，"让我张嘴尝。我扑哧笑了，温馨而又不好意思。俗话说，孩子不论多大，在父母眼里，永远是个孩子。确实是啊。此刻，有母亲疼着爱着，我觉得自己是最幸福的人。

苜蓿菜饼，包裹着整个春天的味道，带着烟火里的深情，悄无声息地融入了内心深处。母亲在，家就在。母亲做的饭菜，永远是最好吃的，也是最让人心心念念的。母亲的这份疼爱永远刻在心里。

当代实力派作家

—— **尹 瑞**

书香四溢秋绵长

在很长的一段时间里，我都很喜欢买书，当我以为买书等于看书的时候，以至书架上到处都已经是被灰尘沾染的痕迹。

我喜欢看书，看有意思的悬疑小说。所以在工作后的几年里，我用工资购买了很多我喜欢的书。那时候的我几乎把日本作家东野圭吾所有的小说全部堆满书架。因为工作的关系，我几乎每个月都会去买书。每次上班都会带着一本小说用来消遣时间。到后来同事知道我有很多这样的小说，便都跑来借书，导致整个工作区域流转的几乎都是我买的书。

很多人说自己喜欢书，但却从来不爱惜书。发黄的纸张，卷边的痕迹，甚至书皮被撕掉大半，翻开后，被涂被画，还有辣椒油洒落的痕迹，让整本书看起来斑驳不堪。明明是才购入不久，却好像被岁月带走了浮华，只剩一具空壳。

同事问我："你为什么喜欢买纸质书？现在大把大把的读书软件和电子书如此多，在手机上读书不是更方便？"而我却不以为然，因为太喜欢新书的味道，喜欢触摸书上的每一行字，每一段话，每一页。我可以在书本上随意写下自己的想法，对书的理解，建立自己独有的财富，而不是一键删除就能抹去的东西。

因为不善交流，不太爱表达的腼腆性格，读书就成了我最好的选择。后来，我不再拘泥于悬疑小说。我想去看看那些我没有读过的书。张爱玲说："书是最好的朋友。"唯一的缺点是使我近视加深，但还是值得的。

读了杨绛的《我们仨》了解先生一家人的点点滴滴。从一场梦老人的梦开始，到"我们仨"最终还是走散了，温馨的三口之家，平淡的生活，这就是普通人的生活写照，用一种娓娓道来的方式，传达着三口之家几十年的爱。一生很短，短到一本书可以记载，一生又很长，长到我们都不曾遗忘。

读《瓦尔登湖》使我内心纯净，看到书中别样的风景，更看到的是回归本心为自己而活的自由。读余华《活着》命运夹杂着苦难的福贵，让人反思生命的意义所在。即使生活如此蹉跎，身边的人——离去，也要保持微笑。

冰心说："多读书，读好书，好读书。"当你长年坚持读书的时候，便会发现内心在变得强大与充盈，而不为外物所动。

再后来我读美国作家雷蒙德·钱德勒的《漫长的告别》感受到在人生这部舞台剧中，人们在一次又一次的告别中渐渐走散，甚至来不及说一声"再见"，此生便不复相见。但这不正是这场告别的意义所在？就像马洛说出了这样的话："别了，朋友。我不会说再见，我已经和你说过再见了，那时候说再见还有意义。那时候说的再见悲伤、孤独而决绝。"人生本就是一场漫长的告别，与家人告别，与朋友告别，甚至与自己告别。但无论如何告别，都会带着内心的温暖，继续行走于这漫长的日子里。

秋风起，云飞扬，枫叶落，秋绵长，打开一本好书，沉浸在文字的世界里，伴着书香气息扑面而来，在书中领略一段属于自己独有的奇妙旅程。

重阳记忆

农历九月九日是中国民间的传统节日——重阳节。王维写："独在异乡为异客，每逢佳节倍思亲，遥知兄弟登高处，遍插茱萸少一人。"诗意曲折有致表达出浓浓的思念之情。

外婆在我的记忆里是个干净利落的农家人，她会包揽家里所有的家务，田里的农活，子女的穿衣吃饭，但唯独不会顾及自己的感受。那时候家里穷，很少能吃到好的东西，我永远记得外婆饿得四肢无力的时候吃的是白糖水泡馍，而母亲也是如此。

旧时的重阳记忆里，总会收到外婆送来的花馍。那是一个比儿时的我还大的馍。花馍下大上小，像宝塔一样巍峨壮观。宝塔最底下是一圈波浪式的锁边，主体上则是用小竹签插着各种各样的虫鸟鱼羊，菊花与莲花以及围绕的龙、手舞足蹈的猴、摇尾卖萌的小狗。栩栩如生地展现出动物开会的场景。听外婆讲：这样的花馍是预示日子和和美美，财运源源不断呢。

后来，我们长大了，外婆却走了。

在之后的重阳节里母亲都会带着我们一起做花馍，许是怀念外婆吧。做花馍之前母亲都会先攒好面，我们用面团捏出不同的样子，我们姐弟俩觉得很有趣，兴致盎然地包揽了捏动物的活儿，就像过家家一样。面团捏完了，我们脸上、身上全是面粉，不知道的还以为我们搽脂抹粉了呢？而接下来，收尾的工作落在了母亲头上，母亲系好了围裙，背对着我们，有条不紊地揉搓手里的面剂子，看着母亲的样子，我一时间有点儿失了神，朝弟弟喊了一声"看，像外婆"。母亲转过身来，表情稍显凝重，眼神里藏不住的红色，然后看了我们姐弟一眼，不等我们反应过来就转过身去把我们捏好的"四不像"重新修整一番，接着母亲用辣椒当作动物的舌头，黑豆作为眼睛，一个又一个镶嵌上去，此刻动物们显得更加灵动起来，我们也下意识地欢呼起来。母亲什么也没有说，只是略显熟练地将捏好的面团一个个放进锅里蒸熟取出。我看着母亲的背影显得如此落寞。在这样的情况下，我们与母亲还是将花馍完美复刻了出来。

一年又一年，又遇九月九。

今年的重阳节我提前跟母亲约定好，一起去看看这一季盛开的菊花花海。

清晨的阳光透过树叶洒在地面上，五颜六色的菊花争相绽放着，秋风拂过，它们扬起头来，个个精神抖擞。露水沾湿它们的衣衫，它们抖动身体来回摇摆，好似将露水放在手中把玩一般。菊花的香气就这样恍惚间扑面而来，清新淡雅，却又使人心旷神怡。

我看着母亲被风吹得凌乱的青丝，感觉母亲老了许多，眼角的皱纹更深了，脸上也有了很多外婆的影子，不同于以往的是怀里抱着的小外孙，让这个重阳节好像有了些许变化。对母亲来讲生活似乎也有了新的希望与寄托。

菊花就这样静静地绽放，你赏与不赏它就在那里，屹立于风中，百折不挠。

赏菊回来的路上母亲的脸上一直挂着笑容，嘴里念叨着感叹菊花之美，生活之幸福。而我突然意识到，母亲与往日似乎有所不同，而那些年里为家庭付出，为子女着想的外婆，正像今日母亲这般模样，坚强不屈，默默地付出一切。而思念也似乎如传承一般在我与母亲之间悄然发生，实时上演。

诗云："时节是重阳，菊花牵恨长"虽然很多年过去了，思念的厚重感一直无法抹去，那年的重阳记忆也一直藏在心中，默默怀念。

2023 再见，2024 你好

时光流转，岁月更替，回首往事，过眼云烟。整理过去，展望未来，掸去一身浮沉，静待下一季花开。

2023年，是马不停蹄的一年，是期待与失望相互交错的一年，面对种种过往，时而惊慌失措，时而措手不及。这一年无论积极与否，都已镌刻在前进的齿轮中。

这一年里，生活七零八碎，工作不尽如人意。儿子的降生，喜悦与烦恼各半，烦恼的是无数个夜晚被叫醒的啼哭声，喜悦的又是被无数笑容治愈的咿呀学语声。为此我见过凌晨两点的夜空，也见过风雨里无数赶路的人，听过夜晚的风，也淋过夜晚的雨。

时常感叹，反复循环的工作既不有趣，也不高效，当被动地接受着一切，披星戴月闯荡在第一线，看着被暴雨困住的车辆，被生活叫醒的人，感受突如其来的惊喜，和无数次感动的瞬间。不尽如人意瞬间被治愈。索性即使前路坎坷，看看身边的家人，父母健康，爱人相伴，儿子可爱。虽不能时时顺意，倒可以尽量生活得肆意洒脱。

这一年即使生活不易，也会时时相聚。《岁暮到家》里说："爱子心无尽，归家喜及辰"，岁暮回首，家人相聚，品尝着母亲亲手做的饭菜，听着父亲语重心长的教导，与家人围坐，聊聊家常，谈谈工作，品茶吃饭，好似将所有的疲惫在这一刻全部遗忘，父母爱意深沉，因此每一次归家都珍惜和渴望爱与希望在彼此间传递，乘着爱意的光温暖一整年。

2024年，那就做一个平凡的人。诗有云："居间无贺客，早起只如常。桃板随人换，梅花隔岁香。"在平凡的日子里，做平凡的事情。感恩国家强大，也愿祖国繁荣昌盛。让我们在每一个平凡的日子里，平淡简单地生活，宁静美好，怡然自得。让每一个细水长流的故事里，孕育着每一个不同寻常的日夜。

2024年，做一个充满能量的人。靠近光，成为光，带着光将爱意投放进人间烟火里，让光芒照进心底的黑暗，照亮每一个角落，让光芒照耀着人间无尽的悲喜，前方荆棘也好，光明也罢，始终保持光芒，期待每一个与美好相遇的瞬间。

2023年的惊涛骇浪已成为过去，一切前尘往事随风飘散。道一声"2023再见"，问一句"2024你好"。此后，时刻清醒，保持热爱，坚定不移地朝着新的天地继续前行。

画在墙上的童年

自从儿子迷上了画画，家里的墙面无一幸免地"遭了殃"。

为此儿子的姥姥三令五申必须制止这种行为，而我不以为然，作为母亲，我自然不认同自己母亲的这种说法。因此，为了儿子画画这件事，母亲没少生我气。

有一天，我领着儿子在路边闲逛，儿子发现路边的墙上有很多涂涂改改的粉笔画，转头便问我："妈妈你看，路边的墙面上都可以画画，为什么我每次在家里的墙上画画姥姥要生气呢？"他睁着双大眼睛，等着我的回答。

我告诉儿子："姥姥没有生气，姥姥只是觉得白白的墙面脏了可惜，就像你特别喜欢的奥特曼玩具一样，你是不是也非常珍惜自己的玩具，不舍得弄脏它。"我看着儿子，他扑闪着大眼睛看看我，似懂非懂地点了点头。就这样，我看着身边彩色的粉笔歪歪扭扭地镌刻在墙上的画面，领着儿子朝前走去。

回到家，我反复回想路边墙面上的画，我仿佛看到了一个孩子快乐成长的样子，这一刻，我想起小时候的种种，那个听话的自己，从苹果先吃坏的开始，画画只能在纸上，扔了可惜等一系列教育。如今的我已为人母，我不想因为一支画笔而困住儿子成为一个画家的梦。

那天晚上我便与老公商量，不仅保留儿子的天性，同时还不会让母亲生气的方法。老公随口嘀咕了一句："要是有墙面橡皮擦就好了。"我说："对啊。"接着我拿起手机，上网一顿搜索，终于让我找到了一款神奇的水洗蜡笔，无论画在墙上，还是地板上，只要用湿巾轻轻一擦，便能恢复原状，因为好评过万，我随手便下了单。

几天后，水洗蜡笔到了。我和老公郑重地把儿子叫到身边。告诉儿子："这是爸爸妈妈送你的礼物，以后你可以尽情地画，把你的快乐画在墙上，把你的想法画在墙上，你开心了可以画画，你不开心了也可以画画，爸爸妈妈期待你成为画家的那一天。"就这样，儿子近几天阴云密布的脸上，好像一下子拨开乌云见晴天了一样。

儿子放学后，拿起画笔就往墙上画，当母亲准备制止儿子想要批评他的时候，我对儿子说："过来，给姥姥施展一个魔法，去拿湿巾，把你刚刚画在墙上的那几笔擦掉。"儿子声音洪亮地回答道："好。"就这样母亲看着儿子用湿巾擦掉了墙上的痕迹，表情也从严厉变得惊讶。我对母亲说："妈，现在只有你想不到的东西，没有网上买不到的东西。"这时，母亲笑了，对着儿子说："你给姥姥画个你最爱的奥特曼。"就这样，儿子天马行空般地在墙上用画笔描绘着，而我和母亲则坐在沙发上静静地看着。

童年记忆是一辈子的美好回忆，简单又纯粹，美好又有趣。在成长的路上，时刻保护孩子的热爱和探索，一起见证孩子这一段画在墙上的童年。

年货"保卫战"

在老公把采购的年货运回家的时候，儿子的吃货本质也暴露无遗。当天，儿子便悄悄潜进厨房偷吃年货，不料却被我逮个正着，看着可爱的小模样，我不禁想起了自己童年时候偷吃年货的往事。

那时候家里拮据，除了一日三餐的粗茶淡饭外很少能吃到好吃的东西。基本上都是趁着过年才会买点儿苹果、橘子这类水果，以及花生、瓜子和水果糖。在农村老家有这样的习惯，喜欢把吃的水果蔬菜等食材放进地窖或是放在楼梯底下的隔间里，这样才能让食材保鲜很长一段时间。不仅不怕东西冻坏，也不怕老鼠偷吃。但防不胜防的是，父母把购置的年货放置在楼梯隔间时，也就注定了我的偷吃。

一个下午，趁着父母干农活的间隙，我摸黑进入到楼梯底下的隔间，怀着忐忑的心情，摸到圆乎乎的东西，冰冰凉凉，我心想，是苹果。于是，我一边慢慢地解开水果袋子，另一边耳朵用力地想要听见外面有没有父母走动的声音，我小声地不敢大声呼吸，生怕每一次呼吸吸引到父母的注意力，被逮个正着。

就这样，我一边摸黑，一边往兜里揣着零食和水果，身上所有的口袋都被我塞得满满当当。我满足地逃到门外，找了一个角落，大快朵颐地吃起来。许是侥幸心理作祟，之后的每一天我都会趁着父母不在，去楼梯下面抓几把零食揣兜里。就这样，一天又一天过去，直到除夕晚上母亲准备拿出年货和大家分享时，零食和水果已经见了底。索性凑合一晚，明天再重新购置。甚至当时，母亲满心疑惑地跟父亲说家里有老鼠，也未曾怀疑我。

于是，母亲又购置了一批年货，但这次母亲给年货上了锁，锁进了柜子里，但最终还是被我发现了钥匙，水果、零食进了肚子，母亲疑惑时，我斩钉截铁地跟母亲说，肯定是老鼠，反正就是不承认偷吃。而我与母亲的这场年货"保卫战"没有输赢，因此也就告一段落。

后来，我把儿子偷吃年货的事情告诉母亲时，母亲说："别说我外孙子偷吃了，当年你偷吃还少啊？"我听完脸都不觉得红了起来，原来，母亲一直都知道当年是我偷吃了年货。因不忍责备，便将这一切归咎给了老鼠。说着我便和母亲大笑了起来。

在母亲眼里，孩子单纯善良，烂漫可爱。嘴馋是孩子的天性，而偷吃的年货里面饱含父母的爱。就像我对待儿子一样，所谓的年货"保卫战"不过是父母给孩子春节里最好的爱。

诗意里的春天

春回大地，万物复苏，这一季春色和着诗意辗转而来。

春天的诗意，当与暖风为伴。诗人孟郊有云："春风得意马蹄疾，一日看尽长安花。"看春风吹云散，换取无尽怅然，骏马奔腾掠过心间，一览春日美景。享尽大好河山的风光，长安的繁华早已尽收眼底。春风依旧藏着冷峻，但藏不住这风光旖旎的美景，站在春风里，感受春日美好，让风的自由带走冬日的阴霾。是春日的风叫醒了大自然，同时让春雨也来得恰如其分。

春天的诗意，当随好雨而来。而杜甫《春夜喜雨》中感叹："好雨知时节，当春乃发生。"写春雨贵如油无声无息却又滋润万物。春雨装点着大地，唤醒土地上每一株植物，它们悄悄地露出小脑袋，嫩绿的叶芽在阳光的映射下，显得分外美丽。阳光洒落草地上，在雨珠身体中形成一片斑驳的五彩缤纷的光影。雨水滋润大地，使河流滚滚向前，给人们带来农耕的希望，哪怕满地被雨水散落的粉红，哪怕是桃花命里的劫数，桃花也愿化作春泥，护尽这大好河山里的每一寸土地。

春天的诗意，当在繁花中盛开。诗人秦观有云："春路雨添花，花动一山春色。"春日繁花为春色增添了一抹色彩，深深浅浅的颜色，像少女的妆容一般精致。繁花点缀大地，在山间、在绿意盎然的枝头绽放，一朵一朵似云海绚烂。繁花带着热情，与山河为伍，与大地为伴，释放着动人的芬芳，在阳光下交相辉映，构筑春天里一幅幅美丽的画卷。

春天的诗意，当与鸟鸣共欢。白居易《钱塘江春行》云："几处早莺争暖树，谁家新燕啄春泥。"写春天里早莺争暖树，新燕忙筑巢。忙碌的鸟儿在清晨叫醒酣睡的人们，美妙的旋律在耳畔轻轻歌唱，歌唱春天的浪漫，歌唱春日的欢愉。

偶见打闹的几只小鸟，在树梢跳跃，千姿百态，灵动又可爱。

在这一场春日与诗意对话中，美景显得更加灵动了起来，我们跟随诗人赞春的脚步，一场古往今来的春日盛宴也就此拉开帷幕。

点亮黑夜的灯

起夜，对于发烧感冒的人来讲异常艰难，于是，拖着沉重的身体，摸黑打开灯，走进洗手间，镜子里出现的脸，显得如此苍白无力，这一刻似乎一下子清醒了过来。

回到房间，躺上床的那一刻起，辗转反侧难以入眠。

于是，开始胡思乱想。想起小的时候，住在农村老家。晚上起夜的时候，总是要走过一段很长的路才能走到洗手间。尤其夜晚吹来的风，呼呼作响时，总怕会遇见《聊斋》故事的主角，飘忽眼前。对于小孩子来讲，家人陪着一起上厕所，打开手电筒，总是安全很多，所以在很多个这样的夜晚，手电筒照出的灯光，照亮整个天空与地面，亲切又安全。

上高中时，下了晚自习，往家走的路上，总要穿过一段没有路灯的地方。带着心里的恐慌，独自朝前走去，步伐很快，不敢说话，只有两只脚来回切换，此时就是害怕一点点的响动，也会招惹黑夜的精灵。可每次这个时候，父亲早已等在黑夜的尽头，后来那一段黑夜的路，被父亲的声音照亮。

后来，再长大一点点，看见过路边的霓虹闪烁，汽车行驶的远光灯，理发店门口的灯带，饭店的招牌灯，夜生活在年轻人的生活中越来越盛行。路边的灯光，照亮黑暗里所有的角落。于是一步一步，影子追逐着前方形单影只的我，即使胆小，也未曾惧怕黑暗，心中的灯此刻承载了生活的全部。

工作后，夜晚的灯，便由我来照亮，看穿梭的行人，来往的汽车。不再惧怕黑暗，要成为夜里的星星点点。为迷途的人指明方向，为疲惫的人提供栖息地，慰藉心灵受伤的人，每一次面对黑夜里的种种，都释放着内心积攒的光。

我转头看着窗外，夜晚的灯，好亮。此刻，老公也被我吵醒，他起身端来一杯水，小声地说着："感冒多喝点儿热水，别胡思乱想了，早点儿休息，明天才能精神好。"我抬起头接过水，说道："渣男语录。"我俩相视一笑。于是，我将热水一饮而尽，盖好被子，一整夜安眠。

《人民日报》上有这么一句话"人间何止一两风，平生何止万千梦"，不只是夜晚吹来的一阵风，哪怕一件微末的小事，满足我们的遐想，点亮黑夜的灯，撑起人生千千万万个被黑夜困住的梦想。

秋来红薯香

诗有云："秋气堪悲未必然，轻寒正是可人天"，又是一年秋风起，阳光明媚，岁月静好。

红薯的香气隔着窗户飘向二楼阳台，吸引着我。抬眼望去，街道旁卖红薯的小贩烤炉旁围着三两个学生，他们眉飞色舞的表情，似在谈天论地。我吮吸着红薯的香气，陷入沉思。

那年，我们还很小。我想起和爷爷去挖红薯的情景，带着一丝好奇卖力地挖着红薯。

那是一片很大的绿油油土地，足足有三亩。红薯叶子占据着整个地面，它们排列整齐地在各自岗位上发光发热，但我却丝毫看不见红薯的影子。我大声喊道："爷爷，你说的红薯在哪儿呢？为什么全是草？"爷爷笑着说道："走，我带你一起寻宝。"爷爷左手提着篮子，右手拿着铁铲，径直走向红薯地。我跟着爷爷的步伐，踩着爷爷的脚印一路相随。爷爷蹲下身子，拿出提前准备好的铲子，开始对着一片空地开挖，接着红薯尖冒出头来，为了防止挖掘期间红薯受伤，爷爷对着红薯尖用手轻轻扒开围在周围的土，然后左右晃动，直到三分之二的红薯都露出来，运用巧劲儿使劲儿地往外拉，一根完整的红薯在我眼前展开。我惊讶地张开嘴巴，一声"哇"之后，爷爷笑着将红薯扔进了篮子里。接着，第二根儿，第三根儿，第四根儿……满满一整筐红薯。

我学着爷爷的样子，颤颤巍巍地举着铲子，一铲子挖下去，红薯受伤了。"啊，怎么会这样？"我喃喃地说。我并没有放弃，接着挖，用铲子不行就用手挖，虽然红薯受伤了，我也有一点伤心，但手里的动作始终没有停下，我看着红薯一点点变大，然后用力拔起来，结果，它断了，它竟然断了。此时，我深受打击，哭得天花乱坠。爷爷见我狼狈的样子，笑得很大声。

可是，无论怎样，爷爷还是帮我把红薯剩下的部分挖了出来。我心想，今天这红薯无论怎样始终是我第一根儿红薯，即使它受了伤，我也要吃了它。我把它轻轻放在篮子里拼好，告诉爷爷："今晚我要烤红薯。"

一天的挖红薯任务完成了，我们也顺利回了家。我第一时间让奶奶帮我起锅烧水，而我则把自己挖的那根儿红薯放在了锅底的火上架着烤，我使劲儿拉着风箱，好像撒气一般，直到红薯的香气弥漫整个厨房，红薯熟了。拿出红薯，我咬了一口，好香甜，一瞬间挖红薯的苦难过程全然忘记了，只记得此刻开心得要跳起来。我把烤好的红薯分给爷爷奶奶。奶奶一边吃，一边咂嘴，嘴里说着"囵囵烤的就是好吃"，甚至竖起了大拇指。

那时候只知道红薯香甜可口，而如今却发现思念浓烈又百转千回。

诗云："冉冉秋光留不住，满阶红叶暮"，秋风萧瑟，红薯飘香。这一刻思念不再是落寞，是这一口香甜的红薯香气里，所带来的生活希望。

春来一季心欢喜

"胜日寻芳泗水滨，无边光景一时新"的春日又到了。在这一季辗转的春日里，依旧对此心生欢喜。

蜗居在院落的长椅上，任由春风吹散头发，温柔又腼腆。我见阳光洒满大地，似一道金光装点着世间的美丽。看树枝簪起满头绿芽，桃花白嫩的粉贴在脸颊，以及空气中弥漫着泥土的清香，和被春雨洗刷了冬日的阴霾。杜甫在诗里写："迟日江山丽，春风花草香。"风光旖旎，花草芬芳，无一不在告诉我们，春天真的如约到来了。

锄头落地，被翻起的蚂蚁窝，蚁群四散而逃，看它们惊慌失措的样子，像极了从前不谙世事却无能为力的模样，于是，我努力观察，它们像群居的动物一般，寻找彼此的气味，排成一队又一队，找寻新的家园，此时，我撒下一把春天的种子，我想即使它们没有家，我是否可以为它们提供一些吃食，我的想法也许天真了些，因为我既不知它们寿命几何？又不知它们会搬去何方，所以，我只能静待春日撒下的那把种子夏日开花，秋日结果。

街边小摊上的叫卖声充斥整个春日。于是我起身过去，热情的大姐邀请我试吃，告诉我：梨子又甜水分又大，又告诉我吃梨的好处，于是，我让大姐挑了几颗梨子带回家。回家后，我特地煮了一锅梨汤想要品尝，但独自品尝略显孤独，于是拿起电话，我想告诉朋友们，我此刻的欢愉，我并不觉得时间漫长，相反，这份喜悦能到达朋友的世界里，也许会显得更为美妙。

春日的阳光将整个院子填满。此刻我满脑子皆是诗人王贞白所言"读书不觉已春深，一寸光阴一寸金"的诗句。于是，我拿起一本我最爱的书，代入自身灵魂，与书中人物共鸣，同悲喜共患难。跟着作者的笔调一同感受人物的命运，看人物颠沛流离，最终在春日盛放的时候，拨开迷雾见阳光，于是，当春日的风吹来时，告诉此刻的我要清醒过来，认真对待当下生活，我合上书，告别主角继续哼唱着春日的序章。

院子里偶然跑来的几只猫，悠闲地扭动着婀娜的身姿，像少女在春日明媚的阳光里漫步在云端。只见猫咪跳上墙头，在瓦砾之间来回徘徊踱步，转身之际猫咪欢腾地跳跃至树梢，树枝瞬间被袭来的重量压弯了腰，但大树却乐意承受如此沉重。纵身跳下的那一刻，完美展现舞者的身姿。也许猫咪也在艳羡自己在春日的时光里身处如此温暖的世界之中，没有所谓圈养，只有来去自由和与之平等的对话。

最终，我想起了有人说过那句话："希望的种子在春天的土壤里生根发芽，带给我们无尽的信心和力量，让我们勇敢地追求梦想。"而这句话在我脑海里回响了好久，可是，我只要播种希望就好，我只要那份力量感就好，结局如何，且看风雨如何飘摇，因此，当下欢喜，便是春日里最好的时光。

春分，是一首春日的赞歌

诗有云："四时唯爱春，春更家春分"，应春日之约谱一曲春日的赞歌，轻吟春日的希望与祝愿，听这一首春分节气里歌唱的声音婉转悠扬。

春分的风，温婉轻柔。轻柔的风缓缓吹过，唤醒了大地，带来了生机。也使我想起那首"春风如贵客，一到便繁华"的诗句。春分的风，吹过头顶的风筝，细长的线穿越两头，一半掩埋人间，一半放逐天际，仿若在现实与梦想之间来回穿梭。春风低声吟唱，唱尽春日的赞歌，在无尽的春日里播种希望，谱写未来。

春分的雨，细腻情长。"随风潜入夜，润物细无声"，淅淅沥沥的春雨降落人间，聆听春雨滴答作响，耕牛也已经扎根于土地，一根绳牵扯住一生的劳碌。是自愿的吗？还是将这土地爱得深沉？田里的农人，辛勤耕作，默默付出，与土地亲密接触，以期待的姿态等待着秋日的收获。春雨适时地出现，保证了田间的每一株农作物都得到充足的水分，以便在春日里肆意生长。

春分的枝头，红香翠绿。且看"枝头几片嫩芽飞"优雅飘逸的花朵，绽满枝头，似少女亭亭玉立。白的纯净、粉的娇羞、红的热情、黄的肆意，仿佛每一个颜色都在竭力为春日装点美好。我本想折一枝花将春天带走，却又心生怜悯，我想让春天的花开在每一个路过的时光里跌跌撞撞找到属于自己的幸福。

春分的阳光，明媚灿烂。当白居易感慨："日出江花红胜火，春来江水绿如蓝"时，而我也在迎接清晨的阳光盛开在天边，阳光撒一把金色的丝线穿越云层之上，每一个宁静的早晨光芒也充斥在房间内外，温暖又惬意。当阳光洒在大地上退去阴霾，折射在水珠上五彩斑斓，照射进心里带来无限温暖。

春分，是一首春日的赞歌，当白昼与黑夜相等之时，生命力也扎根于土地无限生长。当春分奏起这首春日的乐章，在净化内心之时，也给予我们新的希望与挑战。

当代实力派作家

——周　美

自由放飞的童年

童年时光是我永远抹不去的美好记忆。

小时候每到暑假，村里就会放电影。在那个物资匮乏的年代，看一场电影对于孩子来说，像是奔赴一场盛大的节日狂欢。

孩子们早早吃完晚饭，带上凳子与小伙伴们相约，去代销店前的一块大空地里占位，那是专门放露天电影的地方。电影开始前，我和小伙伴们一起玩，跳格子、翻花绳、捉迷藏……早忘了占位这件事，我们追逐打闹，虽然累得满头大汗，却乐此不疲。

电影正式放映了，我和小伙伴迅速坐在凳子上，边看电影边吃瓜子，一派悠闲惬意的模样；没位置的幼童被大人扛在肩上看，颇有"一览众山小"的气势，我们享受着电影带来的乐趣，沉浸其中。发电机的轰鸣声、人们的喧哗声、电影播放的声音，整个露天电影院像一片欢乐的海洋，热闹非凡。

看完电影，已经很晚了，我遇见隔壁村的同学，又跟去继续玩。在家忙农活的母亲见我迟迟不归，在村子里到处找，根本找不着。那晚我回家后，父亲告诉我，漆黑的夜晚，母亲担心沿途有河我会发生意外，急得哭了。"母盼子归心暗悲"，小时候贪玩，完全体会不了大人盼孩子归家的心情。

夏日午后，蝉声嘶叫，热浪滚滚。我准备好钓钩、蚯蚓、水桶、网兜，来到小河边。先把钓钩穿上蚯蚓，轻轻地放入水中，然后半蹲在有踏板的草丛间，等待小龙虾上钩。天气闷热异常，虾儿们似乎都迫不及待地露出身子，抓住水草，像趴在游泳圈上似的，漂浮在上面透气，它们又馋又有些呆头呆脑，放了诱饵，很容易上当。不一会儿，便钓了小半桶，心想今晚可以大饱口福了，我哼着小曲，回了家。

正在剥玉米的母亲，看着我晒得通红的脸，又看看装在水桶里的小龙虾，怒气冲冲地说:"你去钓小龙虾了?你怎么可以去河边呢?多危险啊,掉水里就没命了,以后不准去了。"我悻悻然对母亲说:"好的,以后不去了。"我钓到了小龙虾很有成就感,以为母亲会很高兴,正准备向母亲炫耀一番,却遭到了母亲的苛责,心里非常失落,但我不怪母亲,我知道,那是母亲爱的训斥。

童年有太多美好的回忆,最难忘的还是学自行车。

那时,村里有个小型作坊,有员工骑着16寸自行车来上班。看到他们骑自行车,衣袂翻飞,我羡慕不已。学校里每周五放学都比较早,我二话不说,推着别人的小自行车,自学起来。学了好几回,也摔了不少次,一路跌跌撞撞,终于学会了。

有一次,不知怎的,骑着骑着撞向了大水渠,自行车倒栽葱似的架在水渠上,整个人挂在自行车中,像小猴子表演杂技。头朝下,脚朝上,看到的是蓝蓝的天空。爬不起来,动也动不了,脑袋嗡嗡作响。调皮的我这下尝到了"好"滋味。那时的我,不知道要征得别人同意后,才可以用自行车,年少无知,肆意妄为。

多年后,为人之母,终于懂得当年母亲的不易与牵挂。庆山说,一个孩子拥有在乡村度过的童年,是幸福的际遇。无拘无束地生活在天地之中,如同蓬勃生长的野草,生命力格外旺盛。

我的童年,那一段无忧无虑的时光,亦如一串晶莹剔透的明珠,在岁月的长河中散发着光芒。

难忘恩师情

我的小学校园，就在我们村庄里，靠近串场河，白墙灰瓦的三排简易平房，有一个大的操场，学校四周种满了树。

校长叫李文华，教我们数学，他个子不高，清瘦，鼻梁上架着一副黑框眼镜，文质彬彬的，颇有民国文人的清风傲骨。

有一年冬天，下了非常大的雪，足有十厘米。我穿着厚重的棉衣，裹得严严实实，踩着齐膝盖厚的雪，深一脚浅一脚去上学，艰难地挪到了学校。

刚到教室，校长进来了，他组织我们去操场铲雪。同学们跺着脚、搓着手、哈着热气，欢呼雀跃地拿起大扫帚、铁铲来到操场。放眼望去，村舍、庄稼、屋顶、树上，到处都是白茫茫的一片，像铺了一层厚厚的棉被。

看着孩子们的小脚印，东一串西一串印在雪地上，这时一向严肃的校长，趁休息间隙，情不自禁地唱起了歌："洁白的雪花飞满天，白雪覆盖着我的校园，漫步走在这小路上，脚印留下一串串，有的直，有的弯，有的深啊，有的浅，朋友啊，想想看道路该怎样走……"然后意味深长地跟我们说："孩子们，地上的脚印，代表着你们将来要走的路，你们要选择好人生中的每一步啊！"

那样的场景，那样的话语，深深地印在脑海中。对于三年级的我来说，第一次接触人生这个大课题，似懂非懂，却铭记于心。

读小学时，学了作家冰心的《小桔灯》，文章的故事情节充满了感动人心的暖意，我被深深地吸引了，从此喜欢上了看书。

上了初一，写了一篇比较好的作文，语文老师很重视，他找到我说，写得好的文章是可以发表的。那时候我的心中开始萌发了想要发表文章的种子。

由于家庭原因，初二我转到别的学校上学。语文老师是我们的校长，她是一位身材高大、豪爽开朗的女教师，还有很大气的名字：吴介平。她成立了文学社团，利用自己休息的时间，给写作优秀的学生辅导作文。

优秀的同学很多，名额有限，我没被选中，可又喜欢文学，怎么办呢？思前想后，怀着忐忑不安的心情，鼓起勇气，走到校长办公室，与她说明情况。她没有立即拒绝我，而是问我，加入社团每周要上交两篇优质作文，你能做到吗？我紧张极了，连连点头。后来老师竟破格同意了。

多年后，我外出打工，结婚生子，生活经历了不少挫折，然而，我始终没有放弃对文学的热爱。我利用碎片化时间看名家名篇，摘抄诗词，尝试发表文章，结果都石沉大海。年少时的梦想萦绕于心间，有一种强烈的愿望想要实现它。于是，报了网络文学班，学习专业课程，其间换过许多老师，有的老师也帮助我发表了文章，但似乎都不是我想要的写作方式。

一次偶然的机会，我把累积近5万字的写作素材，发给了曾经帮助过我的老师——作家沉香红，她认真看过文章后，用微信给我发来信息："你的文笔基础还不错，把自己经历过的事情，写得非常细腻，真的是吃这碗饭的人，以后还要坚持写下去。""真的是吃这碗饭的人"，几个很朴实的字，让我难以置信，却给了我莫大的鼓励和希望。

大概是文章中，几十年执着追梦的热情感动了香红老师。她在百忙之中放下工作为我辅导文章。在手把手指导我的过程中，香红老师总是说："你的文章非常感人，经历也让人佩服。坚持走下去，你真的好适合出版图书呀！"老师对我的激励和肯定，让手机屏幕前的我泣不成声……

看到一句话："得遇良师，何其有幸。启迪人生，指引未来。"说出了我的心声。年少的梦想，兜兜转转，走了许许多多的路，一路上遇到了难得的几位恩师，如一颗颗启明星，照耀着我前行，改写了我的生命轨迹。

特别是香红老师，是您帮助我圆了文学梦，谢谢您！

父母的爱如汪洋大海

上小学时，学校来了一位摄像师，专门给同学们拍照。

记忆中不像是学校组织统一拍摄，是同学们自愿拍的黑白照。看见别的同学拍照，一会儿摆姿势，一会儿颔首微笑，一会儿寻找风景，我跟在后面羡慕极了。在那样一个春暖花开的季节，即使是黑白照，也能想象出，拍出来的照片该有多美啊！

我自作主张地请摄像师拍了一张。可是，拍完照要交钱，而我却没有。于是，我恳求摄像师，等他把照片送来再给他钱，他同意了。

傍晚放学回到家，父亲也已经下班了，他把外套脱在家里，下地劳作去了。看着外套，我不由自主地翻开父亲外套的表袋，看有多少钱，数了数，才十几块钱的样子。于是，我悄悄地拿了五元钱，放进了自己的口袋。

过了几天，听到父亲问母亲："表袋里好像少了五元钱，你有没有拿？"母亲回答："没有。"又问了姐姐，也说没有。父亲奇怪了，问我说："小闺女，你有没有拿钱？"我知道事情败露，躲闪不及，支支吾吾地说："拿了，学校拍照片，我也拍了，拿去交费了。"我的心跳加快，害怕遭到父亲的责骂。

只见父亲皱着眉头，一脸不解地问道："拍照片是学校统一要求拍的吗？你跟我们说清楚。"我低着头小声回答道："是自愿拍的，怕你们不同意……爸爸，我错了，下次不敢再拿了。"父亲点了点头，便和一旁的母亲说，孩子知道错了就好，相信她会改正的。

次日的夜晚，在昏黄摇曳的灯影里，我趴在桌上做完了作业，母亲对我说："你要钱，可以好好跟父母说，不能自己拿。女孩子要学好，拿家里的钱，还能原谅，拿外人的钱，要被警察抓去的，下次可不能再这样了。"我提心吊胆了几天，此时内心才得以松懈。

依旧记得那时候母亲温柔的叮咛，她没有像别的家长那样破口大骂，使我幼小的心灵得到很好的保护。这件事回忆起来，至今令我难以忘怀。

最初，我所读的中学经常更换老师。印象中有女老师生孩子了，换老师；有女老师管不住男生，气得不愿教了，换老师。换来的是高中文凭的年轻人来代课。我想转学，听母亲说，表哥刚好有熟悉的老师，在另一个中学任教，可以请他帮忙。于是，得到父母的支持，老师的帮助，顺利地转学了。

转学后，上初二的我，寄宿在父亲厂里，开始了独立生活。中午在学校的食堂用餐，晚上在父亲厂里的食堂用餐。父亲有时上中班，他用特意为我买的煤油炉，给我做可口的饭菜，为我改善伙食。有一次父亲上早班，晚上我放学回来，他已经下班了，等我写完作业，入睡时，发现枕头下边放着一个红彤彤的大苹果，还有一张留言条，上面写着："苹果留给你吃，小闺女。"我如鲠在喉。

长大后，从邻居那儿得知，父亲常常在他们面前夸我能干。学习写作后，发表的第一篇文章，便是写我的父亲——《"暴躁"父亲的温柔》。印象中父亲话不多，能得到他的肯定和认可，我非常开心。

父母的爱似汪洋大海，点点滴滴，汇聚于心。阿德勒说："幸运的人，用童年治愈一生；不幸的人，用一生治愈童年。"我恰恰是那个幸运的孩子。

漫漫打工路

17岁的我，中考结束后，迫不及待跟随大姐南下打工。在广东某电器制品厂上班。

老板是香港人，主管是广东本地人，一位个子高挑、做事干练的女孩，扎着马尾辫，笑容似乎随时挂在她脸上，走路大步流星。大家都叫她阿芳。我很欣赏主管的处事方式。

那时候做学徒，灯泡钨丝扣线。车间在二楼，每天一开工，广播就开始播放电台音乐。张学友的《吻别》、杨钰莹的《我不想说》、李春波的《小芳》、那英的《雾里看花》……那是单调的打工日子里最快活的时光。

宿舍和食堂在三楼。每到中午下班，工友们争先恐后地跑上楼去食堂打饭。很多菜用猪油炒的，爱吃的人觉得很香。可是，我不爱吃，每次都吃不下菜，甚至有时闻到猪油味会呕吐。很多时候，都用腐乳下饭。

晚上下班吃饭、洗澡后，我就躲在下铺的床上，床上挂有蚊帐，与外界隔绝了。在属于自己的小小空间里，有时听收音机，有时手捧小册子学习广州话。我第一次住集体宿舍有点无所适从。从没出过远门的我，不知道外面的世界究竟如何。在家时，好奇地想看看四川人、广东人都长什么样子。

一个月后，我收到录取了通知书，我考上了职高，学企业管理。然而，我放弃了，选择继续打工。

因为我吃不下这个厂的食堂饭，第二年转去另一个厂里。

到了新厂，开始学技术：灯泡摆丝。大车间内每个灯泡摆丝的员工，工作台前安装着一组灯头，我们灯泡摆丝的共有十多名员工。靠墙的南边，并排放置有两组真空排气的机器，需要用火箱烘烤灯泡；还有一组是吹灯泡壳的，一排有八个火源头。就是这样的空间，车间门还得紧闭。所有火源不能有风，否则无法工作。

南方的夏天，异常潮湿闷热。

我们每个人的座位后面放着一台风扇，它只能低着头吹。我们的前胸后背流淌着汗水一直到腰间，衣服全湿透了。三组不同工种的工友，聚集在水深火热的大车间，挥洒着青春的浪花。日复一日，年复一年。

通常月底既发工资又放假。这一天，我们都会去镇上。从厂里走到小镇约有十里路，虽然细心的老板买了好几辆自行车供厂里员工用，但工友多，谁先骑走了，后来者也就没有自行车骑了，只能走路。

发到手的工资，我们留一点点生活费，其余从邮局寄回家。有时会从老乡工友那儿借一些钱，多凑点钱寄回家。收到钱，母亲很开心。年轻的我们，希望得到母亲的认可，很想让母亲知道，女儿长大了，会努力赚钱了，好日子有希望了。

厂里免费供应水、电、煤气。饭菜自己煮，只需简单的三餐及日常支出。印象中三姐妹的生活费，一个月合在一起才120元，却没有一个人觉得日子清苦。

其实，我心里一直藏着梦想，先休学一年，等打工赚到些钱继续读书。日子像水一样缓缓流淌着，那年的暑假即将到来。我来到小镇上，精挑细选了几套新衣服及两个新的行李包。准备辞行。

一想到可以回家读书，心里充满了期待。

至今仍清晰地记得，在广州火车站，那时没到检票时间，进站前都得在站外等候。站外旅客熙熙攘攘，大姐带着我，背着好几个行李，缓缓移动，好不容易才找到一处坐下来。装了新衣服的新包及另一个新行李，没舍得坐屁股下面，坐在其他老旧的包上。大姐低着头，我东张西望，忽然一个"禅师"穿着的人吸引了我，他披着黄色僧服，脖子上挂着一串佛珠。我一直看着他走过去，完全蒙了，根本没在意放在身旁的行李。等到回过神来，才发现两个新买的行李包不见了。

我们欲哭无泪，匆匆忙忙选择了报警，无果。

新衣服丢了是小事，另一个新行李，里面装了我们的工资：3500元现金，其中有1500元是帮工友带回家的。此刻的心情，无以言表……

那天，是1994年的6月26日。异常灰暗的一天。

后来的日子，大姐省吃俭用，努力打工，还了工友的1500元。吃一堑，长一智，是别人的钱，再穷也一定要还给别人。

梦想与现实

家中建楼房，钱已所剩无几了，然而我却提出要读书。父母被我纠缠得够呛，无奈，答应给我去亲戚家借。

翻开多年前的日记本，瘦小的字迹映入眼帘。我在日记中写着："今天，我独自一人去汇龙市区，从家步行至南面马路时，看见一辆写着"南通至启东"的汽车刚好经过。汽车暂停，车里飞快地跳下来一名旅客。我见状，赶紧招手，示意我要上车，可司机像没看见一样，绝尘远去，我终究未赶上那趟车。只能等下一辆。"（8月5日）

"不知我报名的情况怎样了？好不容易熬了半个多月。我好希望，我真的能再一次进入学校。我期待着……"（8月22日）

8月5日去市里职校报名，服装设计专业。8月26日收到录取通知书。姨妈去银行取了钱，借给我。我欢呼雀跃。

想继续学业，在心里已压抑了整整一年。

办理入学注册，学费两年合计3290元，加上学校住宿、生活费及其他开支，两年花费约6000元。我犹豫了……

去找了父亲以前的同事田叔叔，他说，这个学校教育制度不是很好。你自己考虑考虑。要钱的话，你也可以来我这里拿。我紧锁眉头，这可是我一年来日思夜想的事啊！

从车站到学校，学校到车站，走了六个来回。

我思索着该如何选择？

隔了几天，田叔叔给父亲打电话，关切地问了我的情况。

最终……

梦想没有实现，回到现实生活中，在家里劳作。

暑假将近尾声，我去看望昔日同窗好友玥。她理想中的小中专没考上，现在上普通高中。我告诉她了我这一年的经历，同是天涯沦落人，她看起来已经调整好了状态，要继续努力，为考大学做准备了。而我，似乎仍旧难以自拔。错失了这次上学，下次也许再也没有机会了。临走时，她给了我一本她写的日记，起名为《心叙》。

依稀记得，有一天晚上做了个梦。梦见我和好友玥及其他同学在一起，高老师让我做广播体操领队。我激动又胆怯，没有勇气面向大家，而玥鼓励我、帮助我，在她的目视下，我点点头，终于喊出："立正！稍息！"而后开始带领大家跑步……

第二天，我跟父亲趴在房顶上盖瓦片，邮递员叫道："某某，有信。"我很冷漠，心情平淡，继续盖瓦。干完活，我拿起信看，竟然是吕四中学寄来的，是玥！看见熟悉的字迹，我迫不及待地将信打开，读完，我的思绪犹如一张庞大的网遮盖着，任由它喊叫、拍打、乱抓……

玥在信中写道："我在《心叙》中所写的那段经历，已成为凝固的过去，雕刻在岁月里，让时间的巨手不慢也不急地推向远方！"

日记里，关于她的心路历程，我读懂了她。她是班长，品学兼优，她的理想是考上中专，她曾说过，师范毕业就可以早些工作了，家里负担轻一些。

回首往昔，那时才十七八岁的我们，花一样的少女啊，却都早早懂得了要减轻家里负担。日记里她写中考失利的痛苦，正是我的心声，整整一年，她从沮丧中走了出来，已重拾信心。而我一直深陷谷底，无力挣扎。所以读完来信后，再一次刺痛了我痛苦的内心，我需要自省。

我鼓励自己，勇敢地站起来，面对它。我给她回信："年少的我，需要奋斗，我不可以沉睡不醒。虽然现在我已不是一位学子，但我依然还爱读书，前几天，我向南通报社投了一篇稿件。可能不会录用，但我不会停下，会继续写。"

我两次放弃了上学的机会，我的命运似乎被老天注定了。

重回南方继续打工，老老实实，死心塌地打工。

夏季，在车间里工作，汗流浃背的滋味，历历在目。我们的操作过程是这样的：左手用叉子叉住小灯泡壳，放在灯头前加热（灯头将气体组合，打开开关点火后能成火焰），右手用镊子将钨丝摆进灯泡壳内，旋转小灯泡壳，经过高温燃烧，玻璃熔化后，钨丝被稳稳地封在泡壳正中间，然后将灯泡壳的一边轻触火苗，破出芝麻大小的洞，再将小圆玻璃管熔化与小洞连接，拉成细小接管，几十秒内就完成了工序的操作。左右手的配合需要十分协调。

有一天刚上班，领了灯泡和钨丝后，点燃工作台前的灯头，开始操作。刚做了几只，意外发生了，左手叉住的灯泡壳刚放入火焰内，突然破裂了。因为有气体的作用，破裂的灯泡壳崩到了右手臂上，甩也甩不掉，我惊慌失措地大叫起来。不一会儿，皮肤上便鼓起了包，火辣辣的，工友们见状，赶紧替我摘下了灯泡壳，帮我涂抹烫伤药膏，并告诉我不可以沾水。

第二天，烫伤的部位起了大脓包，我感觉胀痛得难以忍受，小心谨慎地对待它。过了好多日，脓包破皮结痂了。从此，右臂留下了永久的伤疤，我称之为青春的刺青。

每当厂里赶货，需要加班，我们部门都加班至凌晨一两点。夜，静悄悄的，机器的轰鸣声伴着我们，犹如伴着我们美好的青春年华。

值得庆幸的是，老板非常和善。他70多岁，上海人定居香港。有时用上海话与我们聊天，特别器重启东和海门的员工。夏天的夜晚，我们几个工友偶尔跑去二楼看电视。老板也在，他让助理拿出水果给我们吃。有一次，吃冰镇的荔枝，轻咬一口，透凉甘甜，沁人心脾，像巧克力般丝滑的感觉，至今难以忘怀。那是我第一次吃冰镇荔枝。

老板给员工提供的基础物资还是很好的，比如：自行车、煤气灶、电视、浴室、宿舍。水、电、煤气费全部免费。特别是工价，比别的厂高。中秋节发礼品，春节返厂报销来去路费，发红包，衣食住行几乎都齐了。还记得有一次，老板请我们车间全体员工去镇上喝早茶。20岁，花朵一样的年华，爱漂亮，想买黄金首饰，老板从香港给我们代买黄金饰品。老板对我们的好，不敢忘，也不能忘。

我依旧看书、写日记。结识了榄核小学许明健老师（广东人，毕业于广州冼星海音乐学院），杨俊慧（四川人），笔友陈镜波（广州番禺人）。与他们的相处中，学到了许多为人处世的方式。

我最轻视的是厂里的作风。与老板同居的是一位二十六岁的女子，别人都叫她阿英，专管老板的衣食住行。厂里很多都是二十出头的姑娘，特别是阿英被她哥哥接走后，有些人挤破头想得到老板的宠幸。

年少气盛的我与杨俊慧，对这些令人痛心、鄙夷的不正之风，痛恨不已，我们不约而同地告别那家工厂。

我在日记中写道："我一直流浪在异乡，做着并不喜欢的工作。我不承认命运会安排一切，还想着半工半读，先谋生再发展。或者办一家厂，我要去努力，可能九分失败，一分成功。或者没有成功的可能，无所谓，因为我奋斗过了。"

精神食粮，温暖我一生

书籍，给我力量

这是一家新开的灯泡厂。

老板，台湾新竹人，国字脸，嘴唇有些小缺陷，人很善良。他爱好广泛：喜欢弹吉他，写毛笔字。有时候与老板娘（四川人）去各个省淘当地的古董，收集字画。之所以留在那儿，是心中想朝着电珠行业发展。

老板完全不懂技术，厂里一切事宜，全由厂长管理。厂长姓魏，浙江萧山人，戴着个大框眼镜，整天笑眯眯的，有时大笑起来，眼睛成一条缝。魏厂长家里有些书，我借了《中庸》及其他书籍，带回宿舍读。

读完《中庸》整本书，我的思想有了很大进步。年轻好胜，满身带刺的我，似乎略懂了些为人处世之道。知晓了中庸之道：指不偏不倚，折中调和的处世态度。只是一直恋恋不舍的是上学，四年来飘荡的心找不到边际，无助、徘徊、多变……渐渐长大了，懂得多了，知道办厂并非容易之事，便一下冷了发热的心，想安分地做一份稳定的工作。

毛姆说，培养阅读的习惯能够为你筑造一座避难所，让你逃脱几乎人生间的所有悲哀。

雨果也说，各种各样的蠢事，在每天阅读好书的作用下，仿佛在火上的纸一样渐渐燃尽。

打工的日子，面对各种诱惑，我如一只静观天空的井底之蛙，时而发出喟叹，时而表露出几分怜惜。打工的日子，我一直保持缄默，保持两个小小的爱好——阅读，写日记。

厂里招了许多年轻人，我对其中一位女孩印象深刻，她是安徽人，十六岁便去了北京当保姆。她圆嘟嘟的脸，说话声特别响亮，家乡音夹着北京口音，有些带卷舌及儿化音，加上她爽朗的性格，让人觉得既可爱又好笑。只是，后来的她爱上了一位大她十多岁的已婚男人，男人到广东做装修，她跟随着来南方打工。她也明白，这对别人的家庭不好，但她又无法自拔。她也不知如何是好。我为她的选择感到可惜。

老板娘的弟弟，倒三角的脸型，眼睛极小，说话声嗡嗡的，像一句话永远说不利索的样子。皮肤黝黑，整天游荡，无技术，他喜欢厂里的一位姑娘，人家不理他。另一个男人，厂里的技术工，各方面都很优秀，喜欢老板娘的妹妹，听别人说在他的努力下，终于追上了。

我尝试着写打工人的故事。写他们美好的爱情、亲情、友情及励志故事，向佛山某杂志社投稿。

工作台前一簇簇燃烧的火焰伴随着我，而日渐冰冷的内心也裹挟着我，挥之不去。不迷恋都市的霓虹灯，不迷恋都市的生活方式，更没有资格享受。我很清楚，长期生活在外面的人很容易忘却自我。

年华易逝，我渐渐地长大了，体验了打工的滋味。

那是属于我的花样年华：17—20岁。

友情，温暖一生

一直受笔友C的帮助，倍感热泪盈眶。每月他都会带上各类书籍，来厂里看我，从罗兰的《处世小语》、林清玄的散文集、三毛的《撒哈拉沙漠》及鲁迅的《呐喊》《彷徨》，到外国名著《钢铁是怎样炼成的》《牛虻》，以及杂志……

史蒂芬·茨威格写道：在一个毫无权利可言的时代，阅读是有教养者唯一的特权。而一个喜欢自由而独立阅读的人，是最难被征服的，这才是阅读的真正意义，精神自治。那段时间，一下班几乎所有的时间都用来读书，间或听收音机。每当夜深人静时，以书为友，我沉浸在书的海洋。

在榄核镇打工时，厂房二楼的平台，留下了我一次次徘徊的足迹，仰望星空，一次次与自己对话……

我常常问自己：觉得青春就这样了吗？在日复一日的流水线中流逝，无休止地打工？

那时候，笔友C家种了许多花，每次他来看我，都会带花给我，工友们见了一个劲地笑，好像暗示些什么。我与笔友C面面相觑——我们仅仅是纯洁的友谊，难得的知己。有一次，他带了一大串的玫瑰花来，我分了几枝给好朋友。美好的事物，一起分享，大家都分外开心。清晰地记得，那一朵一朵的花，在我青春的枝头，焕然绽放。

笔友生日，他最大的愿望就是要我回老家。他认为广州并不适合我，担心我变质。经过深思后，我决定回家。

一天，一位武馆的朋友说顺道去江苏，可以带我回家。临走，我在厂里，等笔友C来拿书。BB机呼他，迟迟没有复机，无法立刻就走，于是武馆的朋友先走了。后来，笔友C送我到火车站，那时我临时改变主意想去杭州，可一个人去又害怕，迟迟不肯买票。笔友C见我欲哭无泪的样子，瞒着他家人，买了票送我去杭州。

在杭州游玩了两天，笔友C洒脱地背起旅行包，满带着自信，微笑着与我挥别。我赠送了他一盒西湖名茶——龙井。我与他之间没有一点点的依恋不舍之感。我们彼此都知道：无需再伤感，朋友是另一个自己。

笔友C是我在广州打工时结识的，到现在都还没有一年，在这短暂的日子里，我们从相识到相助，我是多么幸运哪！在广州打工的日子里，独自尝试了生活的酸甜苦辣，物欲横流的世界里，"文明"这两个字悄然流逝，而笔友C与我有着同样的悲叹，惺惺相惜。

后来的我们隔三岔五，传递信件，畅谈过去、现在和未来。记得他给我寄来的一封信中写道："我们现在怎样不要紧，要紧的是我们未来将变成怎样的自己！"

我看完信后，那句话深深地印在脑海，每当遭遇挫折时，都会不断勉励自己。（1996年8月）

多年后，我时常在浅淡的午后想起往事，想起读过的那些书，书籍和友情，都是我的精神食粮，足以温暖我的一生。

杭州，一座浪漫的城市

邂逅爱情

最初来杭州，在姐姐的店里做帮手，做些杂事。过了一段时间，才找到了工作。

我的新工作是在一家店做工程晒图。用的是半自动机器。经常需要加氨气，图纸就会更清晰。店里印制后，折叠好图纸，由我负责送。送各个单位及研究所。那时店里有辆小自行车，我从大关路出发，穿梭在教工路、文一路、文二路，骑行小半个杭州城。那片区域全是大学校区，学校门口贴着面向社会招生的简章。学电脑、财务、工商管理……

我满怀期待来到了杭州电子工业大学，在电脑培训班报了名。白天上班送图纸，下班后，骑着自行车，去学校上夜课。从莫干山路骑到文一路，风雨无阻。经过一个月的培训，课程结束，考试后拿到了电脑初级证书。

早春二月，下着雪。自行车在路上坏了，身边没钱，无法修理。这时，老板娘就叫我走回来。当天，怎样到家的，已记不清楚，唯一记得的是泪水止不住。我不想做了。

又在姐姐的店里帮忙了一段时间，看见文印店招人，我怀着忐忑的心去面试。因为上过电脑培训课，我只学会五笔字根法及基础课程，并不懂排版。我向老板娘说明了情况，意外的是：老板娘说可以教我。

我终于找到了喜欢的工作。在文印店工作的一年，虚心向老板娘学习，常常遇到客户等急用的资料，我不计报酬主动加班。时间久了，学到了许多技能，能独自胜任文印店的工作。

沈从文说：在最好的年华遇到最好的你。——既见君子，云胡不喜？宛如清扬的日子，找个好人相爱吧。

后来，我遇见了爱情。

杭州首届烟花大会开幕，我们相约1998。

几年后，结婚生子。与先生一起打理店铺。小目标实现了：开了分店，在杭州和睦路。那年正值非典时期，孩子20个月，呼吸道感染，被医生告知要住院。孩子打点滴、吃药、抽血。由于病痛折磨，他大颗大颗的泪珠，流淌着！让我心疼不已。

炎炎夏日，白天我打理店铺，母亲在医院帮我照看孩子，晚上关门打烊后，匆匆去医院陪伴孩子。出院后，由于不懂得护理，加上我感冒，本来没有完全恢复的孩子，又一次感染病毒。孩子又住院了。

回来后，孩子或因抵抗力弱，居住环境差，又去看病。我无知？为什么会这样？难道好事多磨？每天清晨五点多起床，骑着电动车匆匆赶去分店，开了半个月，孩子接二连三生病，我心力交瘁。后来干脆店也不管了，住进医院，照顾孩子。

孩子整整病了一个月零五天，我数次来回奔波！差一点放弃继续开店的念头。我在心里默默地对自己说："多少个彻夜未眠，跑了多少里路，找了多少天，才找了满意的店铺。不管盈亏都要坚持下去，开店容易守店难。"

艰难创业路

先生开的第一家店，位于杭州大关路。隔着一条街的建华集团将开五金机电市场，我们的零售生意不温不火，混些柴米油盐的开支，不难。然而，市场开起来，我们将面临冲击，市场产品齐全，影响力大，小店不置可否将受影响。于是，我们考虑去五金机电市场发展。

也许机遇并不垂青我们，结果功亏一篑，我们还年轻，需要努力！此时，分店开了近半年，决定关掉。心中不免有些不舍，只能不断鼓励自己，就当赛前的热身吧，培养独自经营的能力，也未免不是件好事。

接着，我们着手做配件批发。前店后仓。一个多月的时间里，我们一边做前期准备，一边从供应商那儿发货。电脑买来了，十几万的货款出去了，货架上的货上了一层又一层。大量的货进入，租的仓库已放不下了。管物业的周先生，将厂房空置的四楼，借给我们，暂时放一下货物。货成批地上去，苦了这些帮忙的员工。客户要货时，得从四楼搬下来。

每天匆匆忙忙的。但是我们的店内安排有序：先生每天配货、盘点，我有时手写开单，有时电脑开单。先生压力特别大，大事小情都是他操心、把握，我主内兼管店内的零售生意。健健管业务，向荣管安装公司的修理，赛飞刚学，一边学一边送货。母亲管孩子，父亲管后勤，常常为了省些支出，跑大老远的杨家门菜场，那里米价、菜价便宜些。有时还去钱江市场边上的农贸菜场去采购。

刚刚开始起步，能省则省。一些小生意，比如说，两个转子，一个齿轮都用电动车送货上门。也总遇到不讲理的客户。有个客户，起初给他带两台博世角磨机，没赚他钱，纯属顺路带货，然而送去后却一文不给，硬是拖欠着。想马上把整机拿回来，却安慰自己，算了吧，大不了下次整机不再帮他带了。还有一个客户，因为批发市场暂未开张，见我们店里有焊机，报了些配件来，顺带把焊机也给他送去。谁知，他卖给工地，说漏电，于是报些配件让送去，把焊机又给退回来了。我心怀不满，先生却坦然，安慰我："服务行业做的是服务。刚开始做，多一个客户，多一些希望，要赶走一个客户很简单，要积累一批客户，是多么不易。"我对此心服口服。

6月，先生去外省跑业务。白天，修理好的工具要安排送去工地，给其他客户安排送配件，配货、开单、算账，接不完的报货电话，还有门店的零售生意。晚上歇下来，头都昏了。孩子身体欠佳，先生去外地跑了十多天的业务，母亲有事去上海十多天，我白天工作，晚上带孩子……

没跑业务之前，我们总商量着如何赚钱，想出人头地。现在业务跑出来了，他不在店里，我每天要打理繁杂的事务，照顾生病的孩子，货款欠出去的收不进来等。以目前的状况，我开始打起了退堂鼓。我很向往这样的生活：夫妻俩带着孩子，开个小店，有生意做做，没生意么悠闲一些。先生却坚定了信心，要继续做下去。他说，十几万垫下去了，做也得做，不做也得做。

7月7日，先生去宁波出差深夜到家，收到6000多元货款，他把装着现金和手机的裤子，随手放在一边，倒头就睡着了。孩子整晚发高烧，我一宿没睡，给孩子倒水喝、量体温、把尿，困得眼睛都睁不开。

我们租的仓库（隔了一小间当作住房）在店铺的后面，中间有一条公共长廊，并且有个公共铁门。每天早晨，别的单位员工来上班时，自行车要推进长廊的。

第二天上午，我搂着孩子坐在前面店铺，先生睡醒后发现，我们的仓库门不知什么时候被打开了，昨天宁波收来的货款和一部手机不翼而飞。

以后的几天，一家人都抱着复杂的心情，各怀心思都憋在心中，慢慢地，时间久了，家里像是烧开的锅似的——沸腾了，互相谩骂、指责、怨气冲天……

有时想想，算了吧，不干了，这么不遂人愿。可现实中，烂摊子能搁下吗？不做，孩子将来能有优越的生活吗？我就安慰自己：就当少赚了，或者厂里少给了一个利润点，或者是……

先生也想开了，说："钱被偷了，心里也很难受。但是，这反而能促使我再多努力些，多做几个客户，把它补回来。"（2004年）

在配件和整机一起批发的同时，先生想要组装电动工具机器，我执意不肯。创业的艰辛、苦累能承受，最不能承受的是两人意见不合。婚后一直很多磕碰，想法迥异，比如：早几年，我去超市，给自己买东西，舍不得花钱，能省则省。给孩子买，倒是很舍得。先生却说，钱不是省来的，是赚来的……

就这样，我们一边在创业中，一边在婚姻中，在鸡零狗碎的生活状态下，苦苦前行，度过七年之庠。（2005年）

春节过后，我把孩子放在老家，婆婆帮忙照看。

看着一辆辆轿车来来往往，我想：他们同样在外头混一年，怎么就那么好呢？虽然我现在有了面包车，却也没挣到太多的金钱。我没努力吗？然而，先生总在这时说出一些言之有理的话语，让我心服口服。于是，正月初九，我狠下心，扔下还在睡梦中的爱儿，跟随先生及带病的母亲，一路伴着泪珠返回杭州。

紧接着，便是夫妻俩最忙碌的时刻。每天迎接从老家发来的几十件货物、大件的电动工具。从托运站运来后，搬至店铺后面的库房。每天在焦急中等待着货物的到来，又在担心中思考着：到货后如何搬进仓库，如何归类。

因为是第一次做批发，我们毫无经验。元宵节未过，员工们都没来上班。

到货后，先生一人扛，我与母亲一起搬。母亲还要为我们做饭、洗衣。她本来身体羸弱，在家都是父亲照顾，此时，都是为了我们，她顾不上自己，义无反顾地来帮忙。搬了好多货物后，先生手臂一直痛，去看病，说是关节炎。我，大干一番后，有好长时间背疼。没办法，生活所迫。

忙得停不下来，心里却好想孩子。4月，实在想念得很，趁稍稍有些空隙，回老家接孩子来杭州。

6月来了通知，店铺要拆迁。要求8月之前腾空，一边找库房一边搬货、理货，整整一个月没停歇。仓库在地下室，住房也在地下室。

我寻思着：几年来，批发零售，忙忙碌碌。也该对自己好一些了。于是，趁拆迁出去放松一下。9月2日，父母、先生和我带着孩子，一行五人跟随旅游团去了北京。

10月，转了建华市场的一间店铺。仓库搬至市场三楼。某一天，我突然昏厥，当时心跳剧烈，大口大口喘气，手脚发麻发紫。先生火速叫上小伙伴紧急开车，一连闯了好几个红灯，送医院抢救。

店铺开了一年，生意惨淡，果断转租了。

专注批发，全线仓储式配送。仓库不够用，在市场三楼又另租了几间。由于市场规定，只能用照明灯，酷暑难耐的夏季，没有风扇，密不透风，烟尘四起，这样的环境真叫人无法忍受，心里想再找个店铺。

批发已逐渐形成小规模，杭州市区及周边地区配送，每天脚踏实地埋头苦干。

莫泊桑在《羊脂球》中写道："有时，我可能脆弱得一句话就泪流满面，有时，也发现自己咬着牙走了很长的路。"这几乎是我当时当下的生活境遇。（2006年）

后来，我们新转了店铺，又买了住房。中秋节，市场放假四天，趁假期回老家拿户口本（办房产证用），这真是一件幸福的事儿。朋友说，买房了，心里落下了个大石头，做事有拼劲了。是啊，看到希望了！

中秋后回家，到处一派丰收的景象。橘子挂满了树梢，柿子也似小灯笼，芦稷穗条呈褐红色，用刀切下一段吃，汁水甘甜。花生也可以采摘了，拔起一把花生藤，花生如小铃铛一般，垂挂着，颗颗粒粒，大小不一，分外饱满。

庄稼成熟了，人们正忙着收割。黄豆从豆荚里噼啪地炸开了，棉花含着籽，静静躺在阳光的怀抱，享受着无限的温暖。扁豆在那交错不齐的藤蔓上，垂着娇小的身子。茄子、青椒也都垂挂在各自的苗架上，等着人们采摘。

临走前，去看了先生的外公，一个耄耋之年的老人，已知自己活不了太久的老人，躺在床上不能动弹，手在瑟瑟发抖，爱酒如命却已滴酒不沾了。生命如夏花，花开花落……

零售生意红火，店内搭阁楼。整个建华机电市场生意兴隆，车来车往，一片如火如荼的繁忙景象。

批发生意随着房地产的开发，每天送货繁忙至极。无论市区还是杭州周边城市，都在大建设中。市场租的仓库不够用了，另租了小区的平房，或许想学习温州人，他们吃苦耐劳，住地下室、睡地板的创业精神。我依旧选择住在仓库，再次体验困苦，想着不久就可以住新房了，心里像吃了蜜一样甜。

住库房不仅省了租房费用，而且眼睛一睁开就可以开单、算账，迟一些睡觉还能理货、配货，先生送货回来，有退货直接卸货。工作上方便了许多，但是堆满了各类物品，环境非常糟糕，犹如困在笼子之中。困囿其中，无声挣扎，撕心裂肺，万箭穿心，像黎明前，需要勇气、等待、历练，穿越黑暗。

用尽所有力气，趁机遇好，生意好，努力多赚些。与自己对话。

买房听到消息，政府有规定，凡是在2009年购房的外地人，高中文凭，付清总额满80万房款，可以入户杭州。通过短期学习，我取得了杭州青年专修学院的高中证书。

一年后，批发生意持续发展，仓库不够用，整体搬迁至储鑫路。

那几年，身体状况欠佳，脑供血不足，整日晕沉。午饭后，特别易犯困，需要休息。或许零售客户催得急，一路小跑去拿货，心急火燎；或许是生意太好，心情激动不已；又或是生意没做成，失望、受挫，内心放不下，总之五味杂陈。长期积累，动了情志，伤了心脾。

又过了几年，生意渐渐平淡，彼时身体累垮了。那就慢慢来吧。此番艰难创业路大抵也让我领悟太多，同时也引领我朝着自己向往的生活前进。

吾一日三省吾身

内省

春节，在家休养，已近半月了。坐立不安。光吃光喝，似乎找不到人生的方向了。想来，我也是不能安定的命吧。

从年初得了风寒开始，肠胃闹腾个没完没了。待在家也待不住，最好是努力干。真的累了，必要时休息一下，也是不错之选。

有些事情不太顺利，越放大越复杂，缩小了也就小了。心中一直思索：人活着难道就等老吗？人生的方向、价值，何在？

有的人天性乐观，却患上了绝症；有些人身体健康，却悲观面对生活（心理有病）；有些人无病呻吟；有些人积极向上。既然痛苦也得照样生活，那么何不快乐生活呢？

体会不一样的人生，先是努力，努力朝前，积极面对生活。忘却过去，展望未来，多多赚钱，再做投资，实现梦想。

别人以多赚钱为梦想，我应该也一样，有钱了什么都好办了。我始终没从有价值的工作跟金钱（赚多些钱）这根筋上转过弯来，无价值的工作，光赚钱只会满是铜臭味。但当我哪天以赚钱为乐趣时，我想我也解脱了……

很多事都发生的话，把它想得简单化。一切都很正常，很正常，没必要作茧自缚，没什么大不了的。去了一趟医院，知道家家都有难念的经！真是如此。这些问题既然有了，就接受，就面对啊，没什么值得烦恼。世人都有呢，人家照样在过，为什么，你就纠结呢？

不能杞人忧天，更不要自怨自艾。别有事没事把别人看得优雅、高高在上，把自己看得一文不值。因为你不知道表面光鲜的家庭，实际上是否是一地鸡毛，甚至更离谱。每个人都有自己的故事，每个人都有不堪回首的往事，看被压力打趴下来，还是努力去超越它，你战胜生活，还是生活战胜你。

不必太拘束于生活，被它压得沉重，重得喘不过气来。相反因为重压，你勇敢地站起来面对，朝它嗤之以鼻，做给生活看，争气给它看，那你就是胜利者，你对它鄙视一笑，我把你打败了。

窗外的风景依然，樱花灿烂无比。绿的叶、粉红的花，相互交映在一起，层峦叠翠。在微风的吹拂下摇曳着娇柔的身姿。

一切都是那么美好。我要战胜骨子里的懦弱、卑微、悲观、狭隘的另一个自己。

中秋已过。看中了一个商铺。想购买下来。估算很实惠，买一层（赠地下负一层），机会不多啊。想想租仓库的费用一年5万，10年能省很多，而且仓库房租年年涨。想来投资也挺好，出租的话，租金也有些，就当添置一份家产吧。这几年，同行竞争激烈，计划缩小规模。

11月，拿到新购买的商铺钥匙。父亲打电话来乐呵呵地说要来帮忙搬货物。是的，再一次搬运。又得搬仓库了，搬到自家的商铺里，门面朝南正开门，两间。

日子在一天天的憧憬中度过，面对现实，又在一次次的失望中散漫而过。早早地踏入社会，忙着赚钱，家人抱团，努力前行，有了一些小家产。十八岁的梦，依然如昨清晰，我在日记中写下这一段话："愿你历尽千帆，归来仍是少年！"

我想要，去寻找。

我的思绪回到现实中，继续整理仓库……

11月持续理货，有时加班至深夜，用了一个月搬完仓库。后续还有待慢慢整理归类。一路走着，一路回望。收获满满，终于在第十个年头，破茧而出。十年超负荷运转，飞逝的青春，望尘莫及！（2013年）

新生

有二宝了！怀孕三个月时，姐姐来管店，我在家安心养胎。八个多月时，彻夜难眠。高龄孕妇，仰卧、呼吸感觉困难，夜晚翻来覆去，需要常常侧身，长时间忍受，等待"卸货"。

分娩了！孩子第一个月尚能安稳睡觉，第二个月开始昼夜颠倒，不能放床上，放在推车摇睡了，过一会儿，"哼哼"啼哭不停。抱睡了放在床上，似乎秒醒，又哭。抱着睡好些，我倚着床背，半坐半躺，孩子睡在我怀里，如此，度过了多少个漫长的夜，不自知。

倏忽间，二宝两个月了。年底，先生要出去收账。姐姐也有事不来了，我开始了带娃做生意的日子。

寒冬，大雪纷飞，冻得哆嗦。打开车门，将孩子躺卧放在安全座椅上，系好安全带。关上门，坐在驾驶室，搓搓冻僵的手，发动汽车，等车子暖和些，开车回家。车开到半路，孩子啼哭，我停靠在路边安全位置，给他哺乳。那一幕的冗长记忆，挥之不去。

过了几个月，我从店里换至批发部。在仓库的日子，等待员工装车，配货，算账，中饭来不及吃，边开单边哺育嗷嗷待哺的孩子。等他们出发后，我推着婴儿，步行十分钟，两点左右到家。有时饿、困同时袭来。像吸干了自己的精血，为什么如此对待自己？

常常上午在仓库，安排员工配货结束，我去管店。车里装满了货，把婴儿车折叠，塞进货车里，然后抱着孩子，坐车跟随去店里。到店里与先生交接。

先生外出谈业务，有时客户来了好几拨，任孩子在一边哭闹，先给客户拿货，客户买好商品走后，再哄孩子。有时去洗手间，孩子睡在推车里，没人照看，怕被别人抱走，连车带人藏在高的货架底下，急速飞奔。店里吵闹，他不能好好睡，我得抱或哄，连轴转，没得丁点时间休息。几日下来，我便累趴下。

庆山在她的书中写道，那样一年，真实的生活本质，生命的劳碌，呈现一种生命本身不自知的拖沓冗长。我深有感触。

想着自己是不是病了，想去看病，再想想与其吃药，不如心结打开，便不用去医院。以前太节省，吃的穿的，舍不得花，心理矛盾嘛！现在思想上仿佛明白了，有意识想过更好的生活。可是想归想，但是心里还是觉得拧巴难受。劝自己别老是把钱花在购房、购车上，应该在自己及孩子的生活品质上多花费些。自己的想法挺好，打扮得体，可是根本无法顾及。

我纳闷，别人为什么懂得选择最好的物质消费呢？

我虽然继承了父母的性格脾气，兼容优缺。这不是我能选择的，唯有努力超越自身，学会善解人意、乐观开朗、内心愉悦。悟出这些，来得有些晚，但总算开悟。内心强大、坚强，我到了三十六岁才懂得人生，才悟出了一丝的意味。古人言，四十不惑，深有体会。

新年愿景：报了写作班。终于跨出了这一步。

晚上睡觉时，好似一直浅睡状态。心里想着，有一天，文章刊印在杂志上，那该多么兴奋。我说：做白日梦。我又说：能想，敢想，行动。希望在前方。

为了梦想，一步步前行……

报名付费。陈老师拉我进了ＱＱ学习群，周一至周五，由各个班委上课。有写小说课，有写散文课，还有写纪实课……每位老师各有千秋，各自有擅长的领域。

初学者听课，先给自己定位，看自己喜欢什么文风，再到群文件看相对应的课。持续阅读、摘抄，尝试写、修改，不懂就问。这是起初知晓的学习步骤。

梦想要有，万一实现了呢！（2014年2月22日）

"暴躁"父亲的温柔

都说父爱如山，沉默而温暖，但我的父亲是个例外，他十分暴躁，一点就燃。

寒冬腊月，父亲愣是从被窝里把姐姐提溜起来，吼她去把饭碗洗干净。哥哥成绩稍微有点下降，便追着他打骂；从外面踢球回来，不知脱下的外套落在哪里，父亲暴跳如雷，硬要他寻回来才给饭吃。我年纪最小，也没幸免，衣服没叠好、书本没及时放好，都能被他训斥一顿……

记忆中，父亲总是骂骂咧咧的，搜遍每个角落才能打捞到一丝他的温柔。

那时村里只有一两户人家有电视机。傍晚，我吃过饭，作业得到父亲的认可后，就迫不及待地去看电视了。那是记忆里最快活的时光，看完精彩的电视剧，已是晚上九点多了。我迷糊着眼，开始打瞌睡。父亲总在此时出现，喊一声"贪睡猫"后，便深一脚浅一脚地把我背回家，日复一日。

那是年纪小的唯一好待遇，拥有父亲的片刻温柔。真希望时光走慢一点，让我留在父亲的背上再久一点。

然而光阴转瞬即逝，很快我就失去了这唯一的好待遇，和哥哥姐姐一样在父亲的呼呼喝喝下磕磕碰碰地成长。

直到我读五年级时，有一回因病需连续打两个月的青霉素。父亲一声不响地骑上自行车，载着病恹恹的我，去镇上打针。那时从村里到镇上还没铺水泥路，凹凸不平的土路上尘土飞扬，一路颠簸到达医院。打完青霉素，我疼得难受，想着还得一路颠簸着回家，就更难受了，简直雪上加霜。而这时，意外发生了，父亲默默看了我一眼，示意我坐上自行车，他自己却没骑上来。就这样小心翼翼地推着我回家，一走就是一个小时，一走就是两个月，遇到坑坑洼洼的地方，还会细心地绕开行走。

我望着父亲的项背，过往的美好瞬间苏醒，也许渐渐长大后的我只有在这种病痛时刻，才有资格享受到父亲片刻的温柔。

　　进入中学后，由于学校靠近父亲的单位，我便住在父亲的宿舍里。有一天，放学回来，我认真地写完作业，准备睡觉，突然发现，一个又大又红的苹果，藏在了枕头底下。我惊喜万分，猜想着苹果哪儿来的？这时，站在身后的父亲说："这苹果，你吃了吧。"我转过身来，父亲生硬地拍了拍我的肩膀说："昨天，看到你的班主任了，她说你成绩进步很大。"只言片语中，父亲远去的温柔穿越无声的岁月，又回来了。

　　后来，我还知道那个苹果是父亲的同事给他的，他没舍得吃，藏在了枕头底下。于是，我更加努力地学习，因为我刹那间意识到，长大后的我唯有用好成绩方能换取父亲的一缕温柔。

　　再后来，我离家去外地求学，继而忙着工作，长大成人的我远离了父亲的暴躁，也似乎遗忘了父亲的温柔。我努力打拼，从经营一家店铺，逐渐发展成为工厂，事业小有成就。偶尔回家，听到村里人说我做事利落有责任感，像极了我的父亲。父亲听后，乐呵呵地笑得眼睛都快没了。我愣住了，忽然发现父亲竟不再暴躁了。

　　往事从脑海翻滚而来，我似乎明白到那些年父亲脾气暴躁的原因了。那是为了让他的孩子们在日常的点滴中，严格要求自己，养成好习惯，将来有一份不错事业，过上更好的生活呀！我转过身去，热泪滑过脸庞，为我今后的工作注入一股动力。

　　有一段时间，我常常熬夜加班，终于累倒生病了，脾气也变得暴躁起来。那时，我已经把父亲接到我的新家住了。面对动不动就发脾气的我，父亲不动声色。他默默在每天凌晨五点起床，亲自为我熬中药，熬了几个小时后，把汤药小心谨慎地端上二楼，也没有过多的话语，只有一句："趁热喝了。"此时的他已上了年纪，背有点驼，头发几乎全白了。我捧着热乎乎的汤药，如鲠在喉。以前觉得父亲的温柔甚是难得，现在是天天都能感受到父亲的柔和了。

　　一天，丈夫发货回来，随手将托运单丢在桌上，我见了又忍不住大发脾气："说了多少遍了，每次的托运单据都要夹在固定的地方，便于客户随时查询，而且月底结账，托运单也是个凭据，方便结账。养成这个习惯就这么困难吗？一点小事，都要我操心！"我忍受着身体的疼痛，气呼呼地斥责丈夫。丈夫脸上挂不住，红着脸大声说："自从生病后，你的脾气就变得越来越暴躁了，像变了个人似的！"站在一旁的父亲，哆嗦了一下，沉默着走开了。我望着父亲离开的背影，一时语塞。

这一刻，我终于体会到，以前父亲脾气暴躁得更深沉的缘由了。母亲常年生病，父亲要一个人养一家五口，下班回家，不仅要去地里劳作，还要教育三个孩子，生活的重担全压在他身上。他很疲惫、焦虑，所以才经常发无名火。

正想着，手机里收到了一条短信：我跟他谈了几句，你也和他谈谈吧！夫妻哪有隔夜仇。短信是父亲发来的，字里行间没有丝毫的责怪与暴躁，只有无尽的关爱与温柔。瞬间，泪凝于睫，我回复了一个"好"字。

我的父亲从来都不完美，但并不妨碍他在我心中的伟岸。

大漠孤烟上的牧民

——读《冬牧场》

李娟说:"人之所以能够感到'幸福',不是因为生活得舒适,而是因为生活得有希望。"我被这句话深深触动了。

如果你生活在幸福之中却感受不到幸福,或者当下生活正处于迷茫之时,不妨让生活慢下来,静静地品读,由新星出版社出版的《冬牧场》吧。这本书是当代作家李娟的散文集,里面记录了她跟随新疆哈萨克牧民居麻一家深入冬牧场的生活经历。让我们见识到了在无际的荒野和漫长的冬天中,牧民游牧生活的艰辛动荡及他们个性淳朴、坚韧的内在品质。

她描写最初的迁徙过程,状况百出。去"冬窝子"之前,先确定了最适合她入住的牧民居麻家,然后做好各种准备,在零下二十摄氏度的高寒天气,扛着重达二十多斤的衣物和居麻的女儿加玛及另外同行的两家牧民,全副武装进入荒野。羊牛马群、驼队浩浩荡荡,一路上不但环境恶劣,而且还要提防狼的袭击,经过三天的迁徙,历经艰难到达目的地。而居麻及其邻居,则需要准备成吨的粮食、饲料和冰块,三天后雇着汽车赶到。

李娟写道,当她一个人牵着驼队,孤独地走在沙漠中,大地空空荡荡,天似穹庐,由此她联想到:千百年来,牧民途经同一片大地时同样孤寂的心情。我想起王维的诗句:"大漠孤烟直,长河落日圆",同样的意境,境界阔大,气象雄浑,但令人内心感受到有种说不出的怅然和沉静。

她笔下牧民的游牧生活,直击灵魂。在大地起伏之处的洼地,挖两米左右的深坑,坑上搭几根柱子,周围用羊粪砌成,一条倾斜的通道通向坑里,装扇简陋的木门,便成了冬天的房子:地窝子。他们喝的水是雪化成的水,雪要靠体力去背,得来不易,非常珍惜,以至于省了还要再省,几天不能洗澡;牧民在严冬里，依然要早出晚归放牧，在荒野寻找枯草。读完让人感到后背发凉，这样的荒野求生，牧民游牧生活的动荡，徐徐向读者展开了鲜为人知的苍凉。

庆山说："真实的生活本质，生命的劳碌，呈现一种生命本身不自知的拖沓冗长。"我生活的小城，最冷零下九摄氏度，骑电动车送孩子上学，雨水打在脸上针刺一般生疼，手冻得僵住麻木了，难以忍受，感觉冬季漫长又难挨。可是，当我读到了书中牧民们的生活艰辛劳顿，却有着坚韧的生命力，瞬间我被彻底治愈了。

书中写道牧民们热情、好客、重礼仪。有牧人找丢失的骆驼，经过居麻家，嫂子忙完手头的活，就铺餐布，切新馕，奉上茶水，招待牧民，牧民喝完茶，郑重地做了感谢的巴塔；居麻想卖马给牲口贩子，在价格没谈拢之前，煮了一大锅羊肉与麦子粥待客，然而，马却没有卖成；去加玛的嫂子家串门，她煮了风干肉，隔壁邻居煮了一锅手抓饭，扎达的同学家煮了土豆烧肉，餐桌上摆的食物非常丰富，除了馕块，还有各种干果、奶疙瘩及油炸的各种面食，热情地款待客人。看到这里，被他们的欢声笑语、热情洋溢所感动，内心升腾起了无数温暖的小美好，无限感慨。

"野云万里无郭城，雨雪纷纷连大漠。胡雁哀鸣夜夜飞，胡儿眼泪双双落。"整本书，逼真还原了那个冬天的所有寒冷及荒野恶劣的环境，但也写出了牧民们的小团圆与小温暖。从她平静，隐忍的文笔中，我感受到字里行间始终以暖暖的笔调为基础，不露声色地描绘苦难，而不是抱怨。正如她所说，人因为生活有了希望而幸福，深有感触。

当代实力派作家

—— 林新发

浊酒一杯敬生活

周末，与许久不见的友人小聚，几杯酒下肚后，友人彻底打开了话匣子。他絮絮叨叨开始吐槽：从孩子每天写作业拖拖拉拉到公司每月的业绩压力很大，从父母总干涉孩子的教育问题到被贷款压得喘不过气……趁着他吃菜的间隙，我即刻见缝插针地说了一句："谁的生活不是一地鸡毛？"

友人愣了片刻，理直气壮地道："你呀。"完了还加上一句，"每次我觉得日子难过的时候，想到你，我就更觉得过不下去了。"

这个答案实在令我惊异。我的生活何尝不是一地鸡毛？人到中年，肩负太多责任，有太多身不由己，也有太多烦恼和压力。生活不曾绕过他，难道饶过我了吗？没有！

朋友总说羡慕我们夫妻都是老师，工作轻松收入高，还有假期。其实，没有哪一个职业是容易的。作为老师，哪一个不是日复一日早出晚归，为了学生的成长和他们的成绩呕心沥血、鞠躬尽瘁，一天到晚净顾着管别人的孩子，却忽略了自己的孩子。到了晚上，我和妻子好不容易能挤出点时间督促儿子学习了，却时常在儿子的教育问题上与父母意见相左，甚至爆发争执，"浴血奋战"多年好不容易统一了战线，本以为可以松一口气，没想到真正的"战役"才拉开帷幕——儿子才是终极大魔王。哪一天不是斗智斗勇？作业功课、衣食住行、身心健康、人生态度……哪一桩，哪一件不需要父母操碎心？

作为"城漂一族"，想在城里安家本就不是一件容易的事。想当初，光是买房子的首付款就掏空了我和妻子工作多年的积蓄，还欠了一屁股外债，紧接着又要开始偿还房贷和装修贷，加上那时候儿子正嗷嗷待哺，身上的压力可想而知。可是只要想到自己终于有了可以栖身的家，身上瞬间又充满了干劲。

友人听完，大为惊异——他大概没有想到，他家那一地鸡毛，我家一根不缺。

"你抱怨的这些问题，其实大部分家庭都要经历。我不爱去说，并不代表我就能避免。生活就是这样，不能叫人处处都满意。但我们还要充满热情地活下去。人活一生，值得爱的东西很多，不要因为一时的不满意，就灰心。"我吐了口浊气，笑着说道："生命是一场有去无回的旅程，有喜有悲才是人生，有苦有甜才是生活。我们应该考虑的，是如何好好地快乐度日，并从中发现生活的诗意。"

沉默了一会儿，友人哂然："原以为你会为我盛一碗菌菇人生鸡汤，没想到你直接给我上一壶生活的浊酒。"

杨绛先生曾说："岁月静好是片刻，一地鸡毛是日常。即使世界偶尔薄凉，内心也要繁花似锦。浅浅喜，静静爱，深深懂得，淡淡释怀。望远处是风景，看近处才是人生。"我深以为然。人生多不易，不如取浊酒一壶，一杯敬往昔，一杯敬余生，一杯敬远方，一杯敬自己！

"护花使者"小暖男

自从女儿出生之后，我家忽然出现了一个"护花使者"。

我和爱人说话的声音稍微大点，儿子就会来提醒，别吵到妹妹。我们做饭的油烟味刚飘到客厅，儿子就跑到厨房抗议，要求我们紧闭上门，别呛到妹妹。妹妹只要一哭，儿子会第一时间催促我们放下手头上的事，给予妹妹爱抚和安慰。每当妹妹睡着时，儿子总喜欢仔细地端详着她，那神情仿佛是在端详着一件巧夺天工的艺术品。

其实，对于要不要二胎，我和爱人纠结了很久，迟迟下不了决心。除了有经济方面的考量外，更主要还是为了照顾儿子的感受。所以，直到儿子九岁多，爱人才怀上了二胎。女儿尚未出生时，我和爱人总担心，儿子会觉得被冷落，而伤心难过。可自从他端起了"护花使者"的姿态，家里的人也都放心了，看来他比所有人都稀罕这个小公主呀。

一个周末的午后，我发现儿子长时间将自己关在房间里，就下意识地认为他又和以前一样，躲在房间里玩平板。于是，我怒气冲冲地推门而入，正准备狠狠地训斥他一番，却看到他正端坐在钢琴前，认真地练习着新近学的曲子。我瞬间转怒为喜，哈哈一笑道："原来你是在练琴啊，干吗又是关门又是关窗的，还把钢琴的声音调得这么低……"儿子连连对着我做了几个嘘声的手势打断了我，并压低声音嗔怪道："你小点儿声啊！妹妹正在睡觉，我是怕吵到她了。"

儿子的话，让我不由得愣住了。半晌，我摸摸儿子的脑袋，欣慰地说了句："你真是个懂事的好哥哥。"然后，转身走了出去，临出门前我轻轻掩上了房门，我得成全儿子的一番苦心。

我和爱人发现，自从有了妹妹，哥哥变得懂事很多。每天放学后自觉吃饭、写作业，接着主动下围棋、练钢琴，简直就像换了个人。要知道，以前经常因为这些事闹得家里鸡飞狗跳。用儿子的话讲，他是为了让我们少为他操心，好腾出更多的时间来照顾妹妹。不仅如此，以前儿子很排斥拍照，各种不配合。现在一说到跟妹妹合照，他全程异常配合，全无半点不耐烦。

爱人欣喜于儿子的表现，她开心地对儿子说："妹妹还小，时刻离不开人。我和你爸原本还怕你心里会有疙瘩，认为我们忽略了你，显然我们的担心是多余的，你是一个贴心的小暖男。"儿子看着爱人怀里的妹妹，深情地说道："这还用说嘛，毕竟，血浓于水啊！"爱人激动得一把抱住了儿子。儿子的话，让我的心湖泛起一道道温柔的涟漪。

女儿的降生，彻底激发了儿子的责任感和保护欲，他的表现，每一天都在治愈着我们繁忙后疲倦的心。人们常说，大孩子是来报恩的，我深以为然。我相信儿子一定会是一个称职的好哥哥，他会暖心地陪伴妹妹长大，给她帮助，为她指引。

"炸"出来的年味

人间烟火气，最是腊月时。每到这个时候，我都会不由得想起故乡，想到香气氤氲的村子，想念家家户户"炸"出来的年味。

前两天与母亲通电话时，不知怎么就聊到吃上面了，我跟母亲讲，这段时间突然很馋她炸的醋肉。母亲大笑道："想吃醋肉还不简单，过年的时候我多炸一点儿，保准你吃个够！"

母亲的话，让我的记忆翻转到儿时与母亲在灶台前准备年夜饭的那段时光。在老家，各式各样的油炸食品是乡亲们逢年过节的必备美食。比如炸醋肉、炸鸡卷、炸菜头粿、炸鱼块、炸芋头……每一样炸物都承载着我难以磨灭的美好记忆。尤其是临近年关，整个村子都浸在油炸的香气里了。

除夕那天，天还未放亮，母亲就趸进厨房里，一早上都在忙着蒸糕炊粿。草草扒几口中饭，母亲不待喘口气，又一头扎进厨房准备年夜饭。我知道母亲要开始油炸各种好吃的了，顿时没心思出去玩了，紧随母亲进了厨房。我坐在小板凳上，在母亲的指挥下不时往灶膛里添些柴火。待油温升高，母亲拿来提前备好的各种食材，逐次放入油锅。只听得"滋啦滋啦"几声后，紧接着便是一阵"咕噜咕噜"的声响，食物在油锅里上下翻腾。油锅上方一时间云蒸霞蔚，香气乘着空气的船只划进了我的鼻腔，让我口舌生津。

在所有的油炸食物里，我最钟爱醋肉。醋肉通常选取里脊肉抑或猪腿肉切成薄片，加入适量的老醋、盐、糖、蒜泥、姜末等调料，用手使劲抓匀，直到醋汁被充分吸收，腌制两三个小时后，再将肉片裹上自家产的地瓜粉，放入油锅中油炸，炸至定型，即可起锅控油。炸好的醋肉外表金黄，肉香醋香飘满厨房。

灶前早已按捺不住的我，顾不得烫，抓起一块就往嘴里塞。因为醋肉恰恰就是刚出锅热腾腾时口感最佳，皮酥肉嫩，一口咬下还有汁水迸出，淡淡的醋香则完美中和了炸物的油腻，让人完全停不下来。母亲怕我一下子吃太多油炸物会上火，几次勒令我少吃点，然而其他的炸物简单尝尝也就算了，唯独醋肉，不吃到满嘴流油，肚子溜圆，我是绝不肯罢休的。热气腾腾的油锅，香味氤氲的厨房，喜笑颜开的家人，烟火气十足，那温馨美好的场面，令我至今记忆犹新。

长大后远离故土，常年为了生计奔波，时常怀念起母亲的炸醋肉。想到醋肉的用料极其简单，制作过程也并不复杂，我几次兴冲冲买来食材自己尝试着炸醋肉，却怎么也做不出记忆中的味道。我一问才知母亲炸醋肉的过程看似简单，其中竟潜藏着无数的细节，饱含着母亲对家人的深情与用心。

记忆中，年轻干练的母亲站立于灶台前，醋肉炸好后一勺一勺地被她捞起，而年味就在我一勺一勺的热切期盼中愈发浓烈。我想，我怀念的不仅仅是醋肉的滋味，更是亲人相聚、其乐融融的美好岁月啊！

炮仗花开春意浓

夕阳欲颓，结束了一天繁重的工作，我带着满身的疲惫驱车驶离学校。车子刚出校门不久，无意中瞥见学校的围墙上竟攀爬着成片的橙红色花海，那火焰般的热烈瞬间吸引了我，连忙摇下车窗，贪婪地欣赏着这一整墙的炮仗花海。在车里看了半晌仍觉不过瘾，我索性将车停好，走到围墙前，细细欣赏，沉醉其中不能自拔。

"累累龙须锦囊开，排排绛蕊馨钟来。参差错落如鞭炮，预报新年火焰裁。"炮仗花是一种观赏性极强的藤本植物，因其橙红色的花朵累累成串，状如鞭炮，故而得名。每逢花开时节，热闹的花枝便如瀑布一般倾泻而下，铺金堆锦般遮盖了绿叶，一簇簇橙红鲜艳的炮仗花，仿佛一串串红色的鞭炮扎成一片，绚丽夺目、浓艳喜庆，为大地描摹出一幅饱蘸生命繁华的春日画卷。

端详着这怒放的生命，我的心绪倏尔浸润。因为，这欢悦的细节，火热的迸发，其实就是昭示蓬勃蓊郁的生命热情。而生命就该炽热昂扬，这是每一个生命本身的伟大和骄傲！看着橙红鲜妍的小花张扬，我连忙掏出手机，按下快门，将这帧花事定格住。

从此以后，每天上班前，我总爱在炮仗花墙前流连片刻，让清晨的阳光暖暖地沐浴全身，看一墙明艳，一天的心情也跟着轻快起来，工作效率更高了。下班后，我也爱到花墙前发一会儿呆。一个人的赏花时光，静影沉璧，时光静默无垠。在刹那间，我便与各种闲杂事脱离，自己找到了自己。

"若待上林花似锦，出门俱是看花人。"蓝天白云下，微风拂过学校围墙上橙红鲜艳的炮仗花，绿叶舞动，鲜花烂漫，红得耀眼，美得炫目，一切都和春天融合得恰到好处，惹得蜜蜂与彩蝶争相踏访，更引来爱花之人流连驻足。

一日上班途中，偶然看到学校的花墙下聚集着众多家长和学生，他们或陶醉在花海中，尽情享受着"橘红盛妆"的魅力，或以盛放的炮仗花作为背景，拍照、拍视频，记录眼前热烈奔放的烂漫春光。看到这一幕，我不禁勾起了嘴角。

众花中，我最钟情炮仗花。因它，暖阳和风下，春花灿烂、景色宜人。而那满墙的炮仗花，开得热情洋溢、鼓舞斗志、振奋人心，就如"万国花"中的翘楚，充满了生命力，为校园春日增添了浓浓的春意。我流连于这一抹花红，不仅因为它们形色俱美，更因为它开出了一股顽强生长的精气神。我想，人生亦该如此，不管时下如何，总要去期待一场盛开，如海一样磅礴，如海一样浪漫，也如海一样深情。

秋韵悠长书卷香

"秋读书，玉露凉，钻科研，学文章，千金一刻莫空度，老大无成空自伤。"秋天是一个很适合读书的季节，因为秋有沉稳的意蕴和阔然的胸襟，易让人远离俗世喧嚣，在优雅、闲适和深远的秋天里捧卷而读，静品书香，收获满满。

我喜欢在秋阳里读书。秋阳柔软，连带着空气也是微凉中带着妥帖，它像一位成熟稳重的大家闺秀，温和柔软，默默地给予人们温暖和明澈。这个时候，独坐于静谧、安宁的庭院中，淋浴着温暖的光线，轻轻翻开一本散文集是最好不过的了。我读林清玄的《人生最美是清欢》，学着作者"以清净心看世界，以欢喜心过生活，以平常心生情味，以柔软心除挂碍"，内心清明，不染俗尘；读周国平的《安静》，挖掘内在精神世界的宝藏，于字里行间思悟人生、承载生命。

我喜欢在秋风里读书。秋天的风，历来是文人墨客争相吟诵的对象。当一缕清风，从天边而来，采绮丽流霞一抹，飞过苍穹山野，一路将流霞抛洒，诗意便乘风而来。这个时候，持一卷诗书去林间坐坐，在飒飒秋风中，让文字随着风儿飘飞。我读张说的"秋风不相待，先至洛阳桥"，读出远行游子对亲人的眷恋。我读李白的"张翰江东去，正值秋风时。天清一雁远，海阔孤帆迟"，读出诗人送别友人时的依依不舍。我读刘彻的"秋风起兮白云飞，草木黄落兮雁南归"，读出一缕清风里携带的万千思绪。这一刻，我仿佛穿越千年时空的隧道，与古人思绪相通。

我喜欢在秋雨里读书。秋天的雨，或缠绵，或滂沱，或轻柔，或激烈，深情款款而来，脉脉含情停驻，每一种秋雨的表达，都注释着光阴故事里那些曾经的一往情深。这个时候，最适合煮一壶清茶，临床而坐，与小说为伴。读马尔克斯的《百年孤独》，可从布恩迪亚家族百年的兴衰、荣辱、爱恨、福祸和文化与人性中根深蒂固的孤独来思索文明和觉醒，最终摆脱孤独。读曼迪诺的《羊皮卷》，可通过各类成功人士的励志经历，解读出成功的秘密以及随之带来的幸福生活的意义。每次读完，对人生又会有不一样的感悟。

　　秋天的书香，祛除了季节的浮躁，成就了清秋沉静的优雅。在秋天里伴读光阴，怀淡淡的心境，携浅浅的欢喜，悄悄将书香融入季节的文字里，在风轻云淡的日子里与书相逢，与书邂逅，与书长情读春秋故事，读流年崭新，读人间深情，给予岁月别样的美。

有钱没钱，回家过年

身居异乡终是客，叶落归根方为真。

春节之所以能成为所有传统节日中最重要的一个，是因为它始终与"回家"这个温暖的词汇联系在一起。然而每近年关，却有一些游子因为这样或那样的原因"恐归"。于他们而言，回家是一种渴望，也是一种愧对。当丰满的理想在现实的磨炼下变得瘦骨嶙峋的时候，他们不忍过年回家时看到父母失望的眼神，只能以不回的方式去承载现实的落差。对此，我深有体会。

儿子上幼儿园后，为他以后的升学考虑，我和爱人不得不开始为房子的事奔波。那年，在经历了一番艰难的斟酌对比之后，我们终于挑中了一套称心如意的房子。然而，想在城里安家实在太难了。光是房子的首付款就已经掏空了我们多年的积蓄，甚至还欠下了一大笔外债，更何况还有接下来的房贷、装修贷，压得我们快喘不过气来。我和爱人只能一边拼命赚钱，一边尽量节省开支。

到了年底，随着年关的脚步越来越近，看着朋友圈里大家纷纷踏上了回家过年的路途，我却一直在回与不回的抉择中纠结着。没办法，囊中羞涩啊！除夕那天，突然接到了母亲打来的电话，问我什么时候回家过年，我讷讷无言。母亲说："你爸最近天天往村口跑，看着那些回乡的人。他嘴上不说，但我知道他在盼着你回来……"母亲的话听得我心里很不是滋味。我能想象年迈的父母每天翘首以盼地等待着自己孩子回家的模样。平时不回有个忙的借口，过年再不回，不管是道义上，还是情感上都说不过去。

见我半晌不说话，电话那头母亲轻轻地说道："我和你爸不求你大富大贵，只要过年的时候一家人能快快乐乐、平平安安地在一起，就是我们最大的心愿！赶紧回来吧，年夜饭都准备好了。"

放下电话，匆匆收拾好行李，我驱车带着妻儿直奔老家。到家时天色已晚，此时父母不顾凛冽的寒风都站在门外，等待着我们的归来。当看着父母精心准备了一大桌丰盛的菜肴时，我那颗被风吹凉的心逐渐变得温暖起来。

酒过三巡，菜过五味，微醺的父亲拿来一沓钱不由分说硬塞给了我，酒劲上头的父亲脸色泛红，但他的神情异常真诚："儿子你记住了，有钱没钱，回家过年！我和你妈并不需要你多么富有，也不需要你多么成功，我们需要的仅仅是大年三十晚上，一家人能聚在一起，聊聊天，吃顿团圆饭，送上彼此的新年祝福。这就是我们最大的心愿！"闻言，我鼻子一酸，眼泪差点掉下来。

"有钱没钱，回家过年，原来我想衣锦把乡还。有钱没钱，回家过年，家里总有年夜饭……"春节作为中国最重要的传统节日拥有着不可撼动的地位，它是千千万万的中国人的心灵归属与灵魂羁绊。那些漂泊在外的游子，在尝过了酸甜苦辣，看过了冷暖百态，更能体会到团圆的不易。所以，不管有钱没钱，过年都应该回乡与家人团圆。因为有了团圆，再平凡的孩子也有了希望，有了团圆，再受伤孤独的灵魂也会被治愈。

成全父母的快乐

友人的母亲痴迷于跳广场舞，每天风雨无阻出门跳舞，一跳就是好几个小时。晚上折腾就算了，就连白天也不安生。白天的时候，母亲就跟着她的老年舞蹈团到处排练、表演，难得在家时也要听着音乐，跟着视频学习新的舞蹈动作，可劲儿地折腾自己。这让友人很不满，她认为跳广场舞应该是休闲放松的娱乐活动，然而母亲这样忘我投入，不仅起不到健身的效果，甚至可能会适得其反。友人几次因为跳广场舞的问题与母亲发生争执，导致母女关系闹得很僵。

当朋友跟我诉苦时，我也聊起了我的烦心事。

我的父亲特别热衷于钓鱼，每天早出晚归去钓鱼，但老父亲钓到的鱼却少得可怜。平时生活中扣扣搜搜，花点钱都要左斟酌右思量的父亲，却舍得将绝大部分的退休金花在购买钓鱼装备上。我对父亲钓鱼的嗜好深恶痛绝，几次向父亲提出严正交涉，要求他不要再去钓鱼。父亲虽然嘴上答应"好好好"，但依旧照钓不误。

那天刷抖音，刷到了79岁的网红老太太雷秀云的励志视频。雷秀云出生于陕西省富平县的一个农村，只有小学文化水平，却异想天开想要写一本书来记录自己和家庭七十多年的发展变化。起初儿女都不支持她写作，别人也不看好这件事，于是她只能背着儿女在家悄悄写。一年以后，雷秀云写出了厚厚一沓草稿。但回过头阅读的时候，却发现自己写了一本杂乱无章的流水账，这让她产生了放弃的念头。这时，儿女发现了母亲一年多的成果，看到老太太有如此毅力，他们改变了最初的想法，一有时间就帮她改正错别字、修饰语句、整理思路。经过反复修改订正，三年后雷秀云终于完成了十几万字的手稿，并在儿女的帮助下，圆了自己的出书梦，创造了一个奇迹。

看到这里，我不禁想起父亲的那点小爱好。其实无论是什么年龄，每个人都有权利追求自己的快乐和激情。发掘自己的爱好，可以改变固有的生活模式，带给自己更多的乐趣和充实感。父亲年轻时，为了照顾家庭，不得不放弃了自己的爱好。辛苦操劳了一辈子，他晚年终于能做回自己时，却又遭到我的反对，父亲的心里该是怎样的伤心。于是，我对父亲说："您要是觉得钓鱼快乐，那就去钓吧，不过要注意身体啊。"从那以后，闲暇之余，我会陪着父亲一起去钓鱼。我父亲快乐得像个孩子，他也努力找到了爱好与生活的平衡点。

我把雷秀云的那段视频放给友人看了，还把我的改变讲给了友人听，友人立即陷入了沉思。回家后，友人不再反感母亲跳广场舞了，母女感情和好如初。最近，她经常在她的朋友圈，晒老母亲跳广场舞的视频，她还说："我现在才知道，父母的快乐，要学会成全，他们的快乐，比什么都重要。"

是啊，成全也是一种孝顺！成全父母的快乐，父母才会放松地享受他们的生活，然后在兴趣里找到自身价值，活得轻松而快乐。

接母亲来城里过中秋

　　以往的中秋节，我都会带着妻儿回到老家。正当大家都在享受这难得的团聚时光时，只有母亲难得清闲，她整日埋头于厨房里，煎炒煮炸焖炖煨，恨不得把所有好吃的都搬上餐桌。不忍母亲年年如此操劳，去年中秋节前夕，我和妻子商量了下，准备接乡下的母亲到城里来和我们一起过，顺便带她到这个城市转转。

　　那天晚上，我给乡下的母亲打电话，说明了我和妻子的想法，没想到母亲一口回绝。母亲说："儿子，你们刚装修了房子，我大孙子还要上兴趣班，压力大着呢！我就不去给你们添麻烦了，再说乡下人也不兴过啥节。"后来，禁不住我和妻子的苦苦劝说，加上对孙子实在思念得紧，母亲终于同意来城里一趟。

　　中秋节当日一大早，当我们一家三口还在睡梦中时，被一阵急促的门铃声吵醒。打开门一看，原来是母亲，她提着几大包家里的"土特产"，发丝凌乱地站在门外，一副风尘仆仆的样子。我惊道："妈，你怎么提前来也不跟我打声招呼？不是说好了我去接您的吗？"母亲笑道："我想着现在油费那么贵，你开着车来回折腾也很辛苦，我就干脆自己搭车过来了。"母亲话音刚落，就直奔厨房忙活起来。不一会儿，一桌可口的早餐便已准备妥当。

　　吃过早饭，我和妻子带着母亲把这个城市的一些景点游览了一遍，回来的路上，想到母亲已许久不舍得添置新衣，便顺道去了一家商场，为母亲选了几身得体的衣服。当母亲在收银台知道衣服价格后，心疼得直嘬牙花子。回到家后，母亲一个劲地唠叨，说城里的东西真是贵得没边了，说我们不该给她花这个冤枉钱，还说她早知道就不来了。

　　所以，后面几天，母亲说啥也不肯跟着我们出门了，天天宅在家里，精心地为我们烹制一日三餐，抢着做各种家务，忙得脚不沾地。原本接母亲来城里，是想让她来享几天清福，谁承想她却把"战场"从老家转移到我家里，看着这一幕，我和妻子既感动又无比地惭愧。

愉快的假期时光倏忽而过，母亲以家里还有农活要忙为由，拒绝了我们让她多住几天的挽留。那天，送走母亲后，我和妻子在整理房间时，无意中发现了压在被子下的一沓钱，细数一下，整整一万块！我正愕然时，电话铃响了，母亲打来的。还未等我开口，电话那端的母亲便说道："儿子，我走的时候，在被子下留了一万块钱，这一趟过来，你们带我游玩，还给我买衣服，花了不少钱，你们要在城里立足可不容易，花钱的地方多着呢，妈老了，帮不上你们什么忙，这一点钱你们就拿着吧，算是妈的一点心意，你别担心，家里啥都有，用钱的地方少。"

挂断电话，我和妻子的眼睛一下子就濡湿了，母亲留下的那一万块钱，就像一块巨石一样，压在心上，显得那样沉重。我知道，这就是母爱的重量。

冬来最忆红薯香

冬日凛冽的寒风将原本繁华的大街吹得冷冷清清，街上行人寥寥且大多行色匆匆。忽然一缕温软香甜的熟悉气息漾了过来，让周遭的空气有了脉脉的涟漪。我循着香味望去，发现街边的刺桐树下，一个头戴毡帽的老人正站在铁桶前卖着烤红薯。我当即迈步至老人面前，毫不犹豫地买了两个。

手捧着热乎乎的红薯，小心撕下烤得有些焦黑的外皮，露出金黄的果肉，咬一口，软糯香甜，令人口舌生津，欲罢不能。热腾腾的烤红薯，散发着诱人的馨香，飘飘袅袅间，儿时烤红薯的记忆立时浮现在眼前。

"粮不够，红薯凑。"在儿时缺衣少食的时代，红薯是乡亲们重要的口粮。每逢红薯收获的季节，家里的杂物间、墙根下，四处都堆满了红薯。到了冬季，万物凋零，物资匮乏，红薯便被母亲变着法儿端上餐桌。红薯的吃法很多，蒸着吃、煮着吃、熬红薯稀粥，还能制成红薯干片，晒干后煮汤吃或加进稀饭里煮……而我最钟情的，还要数烤红薯。每次母亲在灶台前忙碌时，我总要第一时间凑过去。明面上是给母亲打下手，帮忙往灶膛里添柴火，实际是为了趁母亲不注意时，往灶膛里塞一两个红薯。等到饭熟火灭，我第一时间操起烧火棍将埋在余烬里的红薯扒拉出来。

我顾不上烫手，左右手来回颠着，一边用嘴吹气，一边迅速地剥开红薯被烤得焦黑的外皮，露出金黄色、软绵绵、热腾腾的瓜瓤，轻轻咬一口，香、甜、面、糯，一股甜美的薯香霎时间在唇齿间游走开来，我忍不住捧着红薯大口大口地吃起来。由于吃得太急，吃完后我的手上、嘴边黑漆漆的一片，免不了要被母亲数落几句，我却乐此不疲。烤红薯可以说是我童年时代最美味的食物，怎么也吃不腻。

长大后远离故土，我在很长的一段时间内没有吃过烤红薯。随着经济的不断发展，红薯这种难登大雅之堂的粗鄙食物，逐渐淡出人们的餐桌。我曾几次兴冲冲地从菜市场买来红薯，用微波炉和空气炸锅烤过红薯。虽然这样烤出来的红薯干净卫生了许多，然而我却再也尝不出童年时的那种快乐和香甜的味道。

有一次，我和妻子带着儿子到一家农场参加社会实践，农场里种植的成片的红薯，勾起了我的无限情思。我兴致勃勃地带着儿子动手挖红薯，拾柴火，再次体验了一回童年烤红薯的过程。可惜的是，烤红薯这种原始的烹饪方式并不为妻儿所喜。

如今，随着人们对养生的重视，红薯这类营养齐全的天然滋补食品又慢慢回归到人们的餐桌上，受到大家的青睐和追捧。一到冬季，街上便多了不少烤红薯的摊子。每次路过，我都要买一两个解解馋。因为吃着红薯我就会情不自禁地想起家乡，想起儿时烤红薯的情景，一股甜甜的滋味流进我的心田，一股温暖瞬间弥漫全身。

老家的年味

按照老家的规矩，春节在腊月廿四小年这天正式揭开序幕，年味就在村子里次第铺开，越来越浓。

"年兜年兜，糕饼祭灶"。腊月廿四这天，村里家家户户都要举行祭灶活动，传说灶王爷负责管理各家的灶火，被作为一家的保护神而受到崇拜。在黄昏入夜之时，乡亲们通过祭灶，为灶王爷上天钱行。祭灶的年俗寄托了老百姓辟邪除灾、迎祥纳福的美好愿望。从即日起，大家就要忙年了，浓浓的年味在山村的每一个角落里飘荡。

闽南有句俗语："清屇则会富。"送走灶神后，紧接着的是一年一度的笲尘，家中的男女老幼齐上阵，一起打扫屋宇，清洗地板，刷洗床桌椅柜……笲尘有"除陈布新"的含义，意为把一切穷运、晦气统统扫出门，家里洋溢着干干净净迎新春的欢乐气氛。以后的数天里，家家置办年货、蒸糕炊粿，忙得不可开交。

到了大年三十，天还未放亮，父母就早早地起了床。父亲拿出提前购置的春联，端来自己制作的米浆，屋里屋外忙着贴春联。很快，一副副漂亮的红春联各就各位，更增添了喜庆的节日气氛。母亲则在厨房里忙着烹制年夜饭的菜肴，香气直往鼻腔里钻，让人不觉口舌生津。

吃年夜饭之前，要先祭祀祖先。一道道精心准备的果蔬菜肴被母亲端上摆在大厅祖先神位前的八仙桌上奉敬，烧香点烛，再烧金纸，以此祭拜先人。

"二九暝，全家坐圆圆。年兜好日子，围炉过新年。"伴随着清脆的鞭炮声，五彩缤纷的烟花腾空升起，年夜饭开始了。我们一家人围坐在一起，吃着美食，畅谈一年的喜事和成就，以及来年的规划和展望，席间喜气洋洋，充满温馨和幸福。吃团圆饭的过程中，父母会在这欢乐幸福的气氛中，给晚辈分发压岁钱，代表着对晚辈的一种深深的爱。

吃完了年夜饭，就进入了"守岁"环节。"守岁"是乡村人辞旧迎新的重要一环，一家老小坐在电视机前，嗑瓜子，吃水果，看着"春节联欢晚会"，热热闹闹到深夜。到了零点敲钟，那一刻，万千鞭炮、烟花奔腾齐鸣，乡村夜色之璀璨达到顶点。

正月里，家乡都沉浸在浓浓的年味之中，乡亲们忙着走亲戚，访朋友，"攻炮城"，巡花灯，好不热闹。一直延续到元宵，春节才算完，人们又开始了忙碌的生活。

老家的年就是这样，年味里有说不完的故事，道不尽的风情。年味里缱绻着人们对吉祥如意的向往，对和谐团圆的渴望，对至善至美的执着追求。无论时代怎样变迁，年，依旧是最让人眷恋的味道。

当代实力派作家

—— 王晓艳

成长路上的一盏明灯

大学毕业已有13年，姚老师慢条斯理的讲话，手拿粉笔在黑板上写字的动作，微微一笑嘴角露出的酒窝，始终在我脑海回放，不免让我常常想起她。

从小学习成绩并不优异的我，在课堂上很少举手回答问题，有时候，为了躲避老师提问的目光，常常把头藏在书本下。这样的日子，几乎陪伴了我整个学生时代。

那年高考落榜后，父亲为了不让我早早进入社会，从邻村正在上大学的一个学生打听到一所高职院校，听说毕业后分配工作，于是父亲果断给我报了名。开学的日子到了，父亲扛着我的行李到了学校，学校很大，楼也很高，是父亲喜欢的学校，对于一个刚跳出农门的我来说，学校简直就是"天堂"。

大学依然有语文、数学、物理，还有专业课和晚自习。我最喜欢语文老师，她是地地道道的上海人，说话就像画眉鸟在唱歌，好听极了，嘴角始终挂着笑容，她从不会呵斥学生，学生都很喜欢上她的课。她每天都穿不一样的衣服，漂亮，得体，仿佛所有的衣服都是为她量身定做的。

姚老师最喜欢让学生写作文。一天临下课时，姚老师又给学生布置了作文，亲情文，字数不限。平日里喜欢用笔记录的我，终于有了崭露头角的机会，放学后同学们都走了，于是我一人独享教室，开始书写我的作文，题目《父亲的手》。人常说亲情是人心里最柔软的弦，所以我选择用文字拨动了心弦。

几天后，姚老师笑着走上了讲台，手里拿着一沓厚厚的作业本。她环顾了教室一周后，说要当面表扬一位同学，还没等我反应过来，雷鸣般的掌声已经传到了我的耳朵。姚老师也成了鼓掌的一员，接着我被邀请上讲台给同学分享我的作文，教室又一次响起了掌声，在掌声中，在老师和同学们期待的目光中，我小心翼翼地走上讲台。

那是我第一次以分享的方式站上讲台，第一次以被表扬的方式站上了讲台，第一次被邀请的方式站上讲台。当我读完作文后，掌声久久停不下来，我看到同学们的眼眶红红的，有的甚至低下了头，同桌打趣说，让我别写催泪的作文了，害得她哭鼻子都没纸擦，我安慰她说，下次争取写一篇让你笑的作文。

一篇作文让全班同学重新认识了我，也让姚老师对我的印象更加深刻。再回想起来姚老师不仅给了我走上讲台的勇气，也让我更加喜欢语文，喜欢写作文，更自信，直到现在我依然没停下书写我生活的笔。

姚老师就像我成长路上的一盏明灯，在光和影的交织中教会了我勇敢前行。姚老师不仅教会了我知识，教会了我勇敢，更教会了我自信，让我在写作这条路上绽放出属于自己的光芒。

痴迷学习的父亲

母亲眼里的父亲优秀、勤劳、刻苦。听母亲说，从小学习优异的父亲，奖状贴满了半边墙，最后却因奶奶生病，在考上高中后遗憾辍学。父亲常教导我说，能读书是一种幸福。

9岁那年，父亲在小镇开了一家店铺，既不是我贪吃的零食店，也不是让我变美的服装店，而是一家农资店，来店里的都是一些庄稼人，父亲深知庄稼人的不易，把从书本上、报纸上学到种庄稼的知识毫无保留地分享给了他们。

一天，我趴在售货柜台上写作业，邮递员拿着一沓报纸走了进来。父亲看见邮递员，第一时间迎上前接过报纸，如饥似渴地翻看着，比我一个学生都渴望获取新知识。

父亲白天经营生意，到了晚上就借着微弱的橘光灯给自己充电，看报纸，看书。从父亲身上我懂得了，这个世界从来都没有轻而易举的收获，生活的法则永远都是：想要得到，必须先付出。

小时候，吃饭时餐桌上总会莫名其妙多出几个我不认识的人，问母亲才得知，他们都是从外省赶来找父亲买农药、化肥的人。有人带着生着斑点的苹果，有人带着从果树上摘的几片叶子，有人干脆口述果树的病因，父亲总能从他们的口述中，叶片的颜色，一针见血地给出果树生病的原因，以及如何医治。如今，店铺依然开在小镇上。

近几年，小镇断断续续也多开了几十家农资店铺，我问父亲，这么多店铺，为什么只有我们家的生意最好？父亲莞尔一笑，说，因为他年龄大。其实，并不是因为父亲年龄大，才拥有那么多的顾客，是因为父亲肯钻研，肯学习，肯努力，肯吃苦，以至于掌握了农作物方面的大量知识，切切实实在为庄稼人排忧解难。可父亲仍然觉得不够，还经常外出参加农作物方面的知识培训。

近三年，苹果卖不上好价钱，大量果树被挖，被砍，种庄稼的人也越来越少，我劝父亲把店铺关了来城里和我们一起生活，却被父亲拒绝了。父亲说，他一辈子与土地，与庄稼人打交道，哪怕有一个人找他买药，他也会坚持开店，因为这是他的事业。听了父亲的话我才恍然大悟，父亲坚守的不仅仅是一个店铺，还有他的心血和自身的价值。

在电子产品盛行的今天，父亲依然坚持每日读报，看书。每次回家，看到父亲愿意为学习点亮一盏明灯，让我感慨万千，我的父亲从未停止学习的脚步，只是长大离开家的我，关注父亲的时间变少了，甚至忘记了我还有一个痴迷学习的父亲。

我在父亲身上觉察到：一个人只有在做自己热爱的事情时，才会生出无限的潜能。深受父亲影响，我也喜欢上了阅读。

父亲的路

在我的记忆里，父亲喜欢下地干活，开心时干活，不开心时也在干活，在父亲眼里，庄稼地里的活永远都干不完。

原本学习优异的父亲，因为种种原因没能上大学，为了帮家里减轻负担便安心在村里种地。于是"农民"成了父亲的标签，但父亲又不甘心一辈子只靠种地为生。用父亲的话说，他要做一个有文化的农民，让农民的身份落地生根，变成金灿灿的金子。

父亲不知从哪儿抱回一摞书，足足有半米高，那些旧得发黄，甚至有些发霉的书，却常常被父亲视为珍宝。每日干完农活，父亲一个人就躲在杂物间，借着煤油灯微弱的光开始学习，有时一学就是一整晚，有时学累了，干脆就在杂物间睡着了。

父亲除了自学以外，还会参加乡里、县里，聘请的果树专家讲课，在那个年代，这样的学习机会很难得，父亲分外重视。

时间不会辜负努力的人。经过很长一段时间对农作物的学习、实践，父亲终于在小镇开了一间属于自己的小店，店名"王某某农资经营部"。看着一屋子摆满产品的货架，父亲笑了。我想，货架上摆放的除了产品，还有父亲的心血和梦想。

父亲的客户群是农民。父亲做生意，喜欢赊账，十多个笔记本里密密麻麻记着赊账人的姓名、时间、金额。我问父亲，我们开店做生意，为什么还要赊账。父亲笑着说，庄稼人不容易，如果不赊账，他们没钱拿什么种地，一年的收成又在哪里？父亲大概忘了，他也是个"农民"。

前几日，我抱怨自己的工作太累，闺蜜工作轻松，想要换工作时，父亲笑着说，人一生走的路很多，适合自己的路却很少。每个人都有他自己的路要走，人的不幸在于他们不想走自己的路，却偏偏总想走别人的路。

听了父亲的话，我恍然大悟，原来，累的从来都不是工作，是对别人的羡慕。

直到现在，父亲仍然坚持初心，是个不折不扣的农民，一路上专心研究土地，研究农作物，带领庄稼人在土地里收获财富。我想，这就是父亲的路，为之奋斗一生的路。

街角有个读书郎

在人头攒动的街头，儿子手捧一本《成语接龙》读了起来，喧闹的人流都未能打扰他，放眼望去他竟然成了街角的一股清流，吸引了来来往往路人的目光。

吃完晚饭，我提议下楼消消食，儿子高兴地拍着手说："好。"于是我们下楼，说着，笑着不知不觉走到了夜市，有卖面条的、卖烧烤的、卖衣服的，走到玩具摊前，儿子就像被施了魔法，挪不动脚步。他说想看看玩具枪，"不是前几天才买的玩具枪吗？"听我一说，儿子撒娇似的说，他只是想看看。我指着前方诱惑儿子说："那里有更好的玩具。"

"真的吗？"儿子反问我。"妈妈不骗人。"说着我牵着儿子的手就往前走。谁知，都快走到街尾了，仍不见卖玩具的，儿子刚要抱怨时，突然看到前方有一个书摊，他快速跑到书摊前，认真地翻看着眼前的书，卖书的老板是个老人，他笑盈盈地看着儿子，儿子却只顾着看书，全然不看老板。

"妈妈，买这本书？"他拿起一本《成语接龙》对我说。我摇头假装说："太贵了，不买。"我话音刚落，儿子撇着嘴说："妈妈，学习不能太小气，要懂得投资。"老板见状笑盈盈地说："爷爷可以送给你一本书。"儿子听后笑着说："谢谢爷爷，学习要妈妈投资才有动力。"儿子说完，不忘回头问我，"妈妈，我说得对吗？""对！"我笑着赶紧走上前用手机扫码付款。

儿子拿着书，爱不释手地说，以后要把零花钱都攒起来用来买书，买学习用品，还说要做一个爱学习的孩子。说着，他边走边打开书读了起来，爱人怕他撞到别人或担心别人撞到他，就劝他回家再看，谁知儿子却说："学习不分时间，不分地点。"爱人只好走在儿子身后，双手护着他，顺着人流，儿子嘴里念念有词地向前走着。

好不容易挤过人群，走到了十字路口。借着路灯，儿子完全挪不动步子了，站在路灯下读起了书。爱人调侃说："儿子，回家再读，爸爸有社恐症。"儿子哪管那么多，头也不抬地继续看着手里的书。儿子双手捧书的样子，在喧闹的街角，吸引了无数人的目光，有人甚至还不忘夸一句"这孩子真用功"。

　　让我想起前几日，一门心思贪玩的儿子，今日却愿意为一本书停留，愿意把时间花费在文字里。看着他丝毫不受外界影响，专心做自己喜欢的事，我真的很欣慰。

　　哪有不懂事的孩子，只有不想改变的父母，看着儿子，我突然觉得很惭愧，半年前买的书到现在都没打开过，看到儿子都这么用功，我哪有不上进的资格。希望在学习这件事上，我能多跟儿子学习，学习他的专注，他的认真，他的努力，以及他愿意为学习改变的决心和动力。

　　一个手捧书本的少年，却成了喧闹街角独特的风景。街角的人很多，"低头族"也很多，但为一本书甘愿做"低头族"的人却很少。

棉被里的阳光

上午，太阳的光铺洒在阳台上，我被这光吸引着，忍不住坐在阳台的凳子上享受起了这份光。霜降后的秋，天高云淡，适合踩着落叶走，亦适合晒棉被。

说起晒被子，我可都是从母亲那里学来的。小时候，一到秋天，母亲最常做的事，就是把家里大大小小的棉被，一条一条展在太阳下晒。而我却像个跟屁虫一样跟在母亲身后，从这条棉被钻进去，再从那条棉被里面钻出来，就像走迷宫一样，一会儿就把自己困在了棉被里。找不到出口时，急得直喊母亲。母亲听见了还好，会立刻上前剥开棉被把我拉出来，母亲要忙于其他事情没听见，我就在棉被里哇哇大哭，可最后都是母亲把我从棉被里面揪出来。

几次之后，我再也不敢钻棉被了。母亲也不再把棉被都展在铁丝上晒了，有时候会把棉被放在椅子上、桌子上或搭在三轮车上面。于是，我又另生主意，直接躺在棉被上，或是把小脸埋在被子里，不肯抬头，被子软软的，阳光软软的，像母亲的手掌心。母亲叫我"二艳，别把口水蹭在被子上了。"我装作听不见，继续在棉被里作怪，母亲也不管了，任由我玩耍。有时候头埋在被子上，整个人被暖暖的光晒着，埋着埋着，就睡着了。

坐在阳台的我，正忆着小时候的事儿，不知不觉竟被暖暖的光晒得睡着了。"有没有人曾告诉你，我很爱你。"此时手机里传来陈楚生的歌。拿起手机一看，是母亲。"今天老家的天气真好，我刚把被子展在太阳底下，你那的天气怎么样？""妈，我这边的天气也很好，我正坐在阳台晒太阳呢！""那你记得也晒晒被子，秋天了，多晒被子，睡觉时被子里也会装满阳光的味道。"我听了母亲的话，把被子从柜子里抱出来，那花花绿绿的被子被我晒在阳台上，被面上大团的花，在阳光下盛开了，开得欢天喜地，开得热闹无比。

睡觉时儿子在被窝，闻了闻被子，说："妈妈今天的被子跟往常不一样。""有什么不一样呢？"我问，"我怎么感觉被子里有阳光的味道？"我笑了笑说："因为我在棉被里种了太阳。"儿子惊讶地坐起身，说："妈妈，你快说说，棉被里真能种太阳吗？"我"扑哧"一声笑了，说："儿子，棉被里怎么能种太阳呢？我今天晒棉被了。"儿子又把棉被放在鼻头闻了闻，说："太阳光可真好闻，妈妈，以后要多晒晒被子，我喜欢棉被里太阳的味道。"那一晚，儿子睡得很香很香。

之后，只要天气好，我都会把被子捧到阳光下，像我母亲那样，把它们一一展开来。但母亲也总帮我操心着，怕我忘记，提醒我秋天晒被子。她哪里知道，走进婚姻的女人，很多事情都会无师自通，譬如，晒被子、做家务、做饭、洗衣服、照顾孩子，做针线活……

花花绿绿的被子被我晒在阳台上，我学着小时候的样子把头埋进被子里，满被子的温暖，如同太阳真的被种在了棉被里，亦像我躺在母亲的怀抱里。

落在棉被里的光，不仅仅是太阳的，还有母亲对我无微不至的关心和惦念。细想，这束光何尝不是照亮我人生路上的光呢！在土地里寻找梦想，在秋风中体验生活，闲暇之余，赏一朵花开，写一段文字，记录生活，抒发情感，在黄昏中寻找通往明天的路。

盛开在眼角的一朵花

"你别笑了，你眼角的皱纹都能开出一朵花了。"听到身边人这样劝我，让我别笑时，我会下意识用大拇指和食指护住我的眼角，甚至还会向对方解释它们的由来。

演员咏梅在一次颁奖典礼上说："别把我的皱纹都给我修平了，那可是我好不容易长出来的。小姑娘在担心变老的时候，我已经跟我的皱纹和解了，现在我不仅不会对我的皱纹感到紧张或抱歉，反而觉得有些骄傲，年龄不是我的敌人，我的故事写在我的脸上，是对时间的一种致敬。"听完这段话，我突然释怀了，我不再用手遮挡我的皱纹，笑的时候也不再小心翼翼，反而觉得笑是一种幸福。

小时候，身边的亲戚见到我都夸我有一双漂亮的大眼睛，我常常以我的眼睛为荣，恨不得天天盯着对方看，让对方夸我。随着长大身边人来人往却再也没有人夸我的眼睛好看，年龄在时间的齿轮下不停地转动，我却总觉得自己还是那个需要被父母呵护的孩子，直到孩子叫妈妈时，我才恍然大悟，原来，我早已长大了。

晚上，爱人和孩子早早就睡着了，我对着镜子洗脸时，发现额头多了几条沟沟壑壑，眼角的皱纹也增加了几条，看着自己，我有些惊慌失措，迅速推开卧室的门叫醒了睡熟的爱人。他睡眼惺忪地跟着我来到了洗手间，我对着镜子指着眼角的皱纹让他看，他看了看说，没变化呀！一听他在敷衍我，我一把拉住他的睡衣衣角，又掀开我的刘海，指着额头的皱纹让他看，他看了看笑着说："我媳妇很漂亮啊！"

我没心思听爱人的甜言蜜语，略带哭腔地说："鱼尾纹、抬头纹统统都长了出来，证明我老了。"他凑近我额头看了看，呼了一口气说："哪有抬头纹？"我没心思再理会他，自顾自地试图用手掌来回抚平抬头纹，爱人见状凑近我，也轻轻用掌心来回轻抚着我的额头，说："变老是每个人都会经历的事情，即使长了皱纹也并不能说明你变老了，只能说你为咱们家付出得太多，连岁月都在帮你记录辛苦。媳妇，以后你只负责漂亮，家务活我全包了。"

爱人的话让我有了些许安慰，可直到听到儿子和同学说："我妈妈平时在家不是忙家务，就是忙着给我做饭，洗衣服，很少化妆，也很少逛街，可在我心里妈妈永远是最漂亮的。"儿子的话像拨开笼罩在我头顶的薄雾，让我看见了一缕光。

生活中，笑是我对美好生活的态度，也是我最喜欢做的事。我不再刻意掩饰我的皱纹，反而觉得它们是我生活中美丽的印迹，是盛开在我眼角的一朵花，是我热爱生活的见证。

吞金兽也要"争宠"

最近好几个同事休年假了，于是加班就成了常态，为了不来回跑，加完班我就直接住在了单位。下午通知明天开始不用再加班了。当我回家打开家门，正在写字的儿子一看是我，立马飞奔过来给了我一个大大的拥抱，老公伸手也要抱抱，儿子站在一边，开心得手舞足蹈。

接着，儿子拿来做好的手抄报《世界地球日》和我分享。文字如下"中华人民共和国，中国我爱您！史松泽出生在中国，妈妈叫王晓艳。"小小年纪的他，把爱国刻入了骨子里，还有对妈妈的爱。

看我接连几天加班，老公在我回家前一小时，炖好了一锅卤肉，想犒劳犒劳我的胃。见我休息片刻后，老公迫不及待地跑进厨房，把卤好的肉连锅端到我面前，先是向我夸赞肉的色泽，接着又向我夸赞肉的味道，说着夹了一块肉放进我嘴里。尽管我刚离开餐桌不到二十分钟，但我还是吃了好多肉。

我回家后的两个半小时里，老公一直围着我转，一会给我切水果，一会给我倒水，一会儿又拖地，一会儿又给我擦洗我刚脱下的鞋子。尽管平时他也会这样做，但今天却有点儿反常，我拉了拉他的手，说："超哥，今天怎么了，这么勤快，是想涨零花钱吗？"老公看了我一眼，说："俗气，我会为多那五块钱折腰吗？"接着又说，"加班最累了，我就是想犒劳犒劳我媳妇。"

儿子一听，急了，扔掉了玩具，看了看我们俩。吞金兽大概觉得自己家里"小少爷"的地位受到了威胁，我以为接下来他要发火时，突然，他跑进了洗手间，再出来时，手上端了一盆洗脚水，"妈妈，我帮你洗脚！"看他认真的样子，我竟有些害羞，不敢把脚伸进盆子里。看我迟疑了半天，老公拍了拍我，蹲下身，说："今天，我们爷俩给你洗脚，你只管享受就行。"

我以为，老公忙前忙后围着我转，儿子会觉得忽略他而不高兴，平日里都是我和老公照顾儿子，没想到，儿子不但没有生气，反而学着爸爸的样子，照顾起了我。

老公的一次献殷勤，让我倍感温馨，让我享受了当"女王"的待遇。

生活处处藏着爱，哪怕一个眼神，一个动作，一句话，一行字，都是爱的缩影。愿小小的家，在吞金兽的"争宠"中，多开出一些花来。

有书不觉时间慢

和儿子逛街，在书摊前我停下了脚步，卖书的老板看上去五十岁左右，他不像别家老板忙着招呼顾客，而是悠然地坐在摊位前，捧书品读。我想，莫不是在他看来"书中自有黄金屋"？

我想，他不和人交谈的原因是他的书价透明：五元一本。一群人围在书摊前翻阅，我也在其中。儿子在边上拉着我的衣袖说："妈妈，人家是见钱眼开，你是见书颜开。"我回头看了看儿子笑着说："书是人的精神食粮，有书不觉时间慢。"儿子似懂非懂地点点头，说："书可真厉害。"

在我的记忆中，父亲也说过同样的话，读书不觉时间慢。在我十岁那年，当矿工的叔叔不小心被铲车轧折了腿，需卧床静养三个月。怕家人担心，父亲未告诉家人独自担起了照顾叔叔的重担。在医院不管是病人，还是家属怨天尤人时，父亲却不动声色地照顾病床上的叔叔，趁叔叔睡觉时父亲会拿出随身带的书。父亲看书的举动引起了同病房人的注意，他们争抢着为父亲打抱不平了，"你年纪轻轻照顾你弟弟，不觉得浪费时间，还有心思看书？心可真大。"父亲头不抬，话不说，目光始终落在书中。

在医院的三个月，父亲前前后后读了十几本书。父亲说只有读书才会让他安顿尘心，不觉得时间慢，反而觉得时间是跑着从身边离开的。表面上，一本书带给不了你什么，但一摞书，一屋子的书呢？读书是生活解压最佳方法，与其到处抱怨生活，不如手捧书，品读智者的智慧。在书中寻找力量，过好当下每一天。

年少时，父亲对书的热爱潜移默化中影响着我，让我内心多了对书的渴望。幼年时，过年的压岁钱，平时的零花钱，我都攒着买了书。工作后，领到工资的第一件事，也是直奔书店而去。结婚时，我还带了满满两大箱子的书做嫁妆。因此，我家先生还戏称我"书虫小娘子"。

董宇辉说："我是沾了阅读的光，修了心也修了容颜，所以总觉得读过的书里是藏着一些福气的。"细细想来，确实如此。这一路走来，书看见了我的迷茫，见证了我的欢喜。我在书中找到与自己相似的灵魂，共鸣于文字之间。每一次阅读都是心灵的修炼，让人在书海中找到情感的升华和心灵的宁静。这是怎样的好福气啊！

纵使，书摊老板身处人头攒动的街头，但有书做伴的日子，内心始终多了一份欢喜，任再纷扰的琐事，也扰乱不了他读书的心；任再枯燥的时光，也不觉得漫长。

枕边的书香味

在读书软件盛行的今天，我却更喜欢手捧纸质书。我贪恋指尖碰到书页时流淌出的淡淡书香味。我痴迷书上的文字，更痴迷那别具一格的书香味。

买书，读书，成了我闲暇时光最好的归宿，每当打开一本书，撕开书上的包装时，总觉得她是远行万里终于归家的孩子，让我爱不释手。家里能放东西的地方，都放着我的书，有书的地方也让我无比踏实和心安。

我习惯在枕边放一本书，不管是睡前，还是起床后，能触手可及到一本书就会无比开心。爱人指着放在我枕边的书说："你把书放在枕边是想睡着后，让知识自动溜进你的脑子吗？"我笑着说："那可说不准，万一实现了呢！"

小时候，生活的小镇没有书店，仅有的小小文具店也只卖文具用品和各类试卷，从没见过一本课外书。殊不知，小镇外面的城市，有那么多书店和课外书。我人生的第一本课外书，是比我年长两岁在省城读高中的姐姐，省吃俭用用了一个月的零花钱，买了一本《冰心散文集》作为生日礼物送给我。那时候，我读初一，姐姐中考成绩优异，被父亲送到一百多公里以外最好的省城读高中。听姐姐说，她们的学校很大，城市更是大到没边没际，说她来到省城才知道，天并不是我们在老家看见的那么大，时不时鼓励我要好好学习。

姐姐深知知识对一个人的重要性。所以，当她走出小镇后，也努力让我看见更大的世界。《冰心散文集》始终被我放在书桌最显眼的地方，其实就是为了给同学们显摆，就连我的班主任看见后，也忍不住拿在手上读一读，也让我更加觉得这本书的珍贵。

冰心奶奶在书里，告诉我们一句话："读书好，多读书，读好书。"短短的几个字，激发了我读书的欲望，让我在文字中感知温暖，明白读书的重要性。不管走到哪里书都被我双手抱在胸前，舍不得装进书包，担心被课本压褶皱。没想到我小心翼翼护着的书，竟是打开我阅读的第一把钥匙。

莎士比亚曾说过："学问必须合乎自己的兴趣，方才可以得益。"兴趣是最好的老师，只有真正喜欢一件事，才会付出精力把它做到最好。

不知不觉家里的书柜已经放了三百多本书，书，已经成了我每个月送给自己的专属礼物。书成了我的朋友，不管是闲暇时，还是忙碌时，或是睡觉前，它总能在我看见的地方等着我。

读书不仅增长了我的知识，也丰盈着我的内心，更让我结识了很多同频的人，读书也让我收获了自信。至今，我的枕边都放着一本书，书的名字会变，不变的是枕边放书的习惯，淡淡的书香味也让我格外踏实。

做欣赏孩子的父母

儿子开学以来，我似乎有忙不完的事，书桌前的他总是一个人忙作业。

儿子的托管老师给我发简讯说，儿子的数学应用题理解有误，做出来的题总是答非所问，让我在家好好给孩子辅导一下。看着简讯我火冒三丈，心想，这孩子是怎么回事？难道上课做小动作，没认真听讲？一时间儿子不好的习惯像过电影似的在我脑子里闪现。

在朋友的推荐下，我给儿子买了一本训练应用题的试卷，并责令他每天放学必须做一套题。面对我的施压儿子很抗拒，说我不懂得欣赏他，总看到他的缺点，说着眼圈微微有些泛红。难道，我真的是一个不懂欣赏儿子的人吗？

当我陷入沉思时，爱人指了指墙上的奖状说："你看儿子多棒，获得这么多奖状。三好学生、优秀班干部、班级第一名……"对呀，儿子在老师眼里是优秀学生，在同学眼里是学霸，在爸爸眼里是自律的孩子，为什么在我眼里儿子就是一个"问题"少年？爱人看我继续发呆，便拿着儿子的作业本坐在我边上，一张一张翻给我看，"老师的批语是优秀、100分、优秀……这是儿子的生字听写本，你看字写得多工整，这是儿子的数学作业本，你看老师的批语又是优秀。"爱人一边翻儿子的作业本，一边说。看看本子，再看看坐在书桌前小小的背影，我才明白，儿子一直都是他自己，而我却成了一个不善于发现孩子优点的妈妈。

我尝试重新靠近孩子，陪他踢球、跑步、骑自行车，在足球场我发现儿子的笑容比在家多，笑得也更灿烂。我陪他踢球，发球时我会故意把球踢得又高又远，让他不那么容易就踢到，面对飞出十几米远的球，儿子从不退缩，在春风里奔跑着，追着，甚至摔倒了就又爬起来，继续追球，直到他稳稳地把球踢进球门，才会稍作休息。看着儿子对踢球的不服输，我才意识到，他比我想象的要厉害。

接儿子放学回家的路上，我顺嘴说了句妈妈今天有点累，回家后他就催促我去休息，说自己去写作业，我试探性地问："作业会写吗？"他拿着数学题看了看，说："很简单，相信你儿子。"说完帮我关上了门。几分钟后他端着一盘水果推开了门，圣女果、橙子、草莓、苹果，更不可思议的是他把苹果切成了小块，并摆成爱心的形状，接着又给我端来一杯草莓汁，面对孩子的举动，我有些受宠若惊，更多的是愧疚。以前他也经常为我切水果，榨果汁，为什么我就是没记住孩子的好呢？我带着歉意给了他一个大大的拥抱，我发现眼眶竟有东西悄悄滑落下来。

昨天去接儿子放学，儿子看见我兴奋地朝我跑过来，并抱住我说："妈妈，我考了班级第一名。"说着他拿出试卷给我看，"哇，你的字写得也太漂亮了，应用题全对。"说完我毫不吝啬地亲了亲儿子的额头。"妈妈，我可是在应用题上下了大功夫。"儿子得意地说。手机响了，是托管班老师：孩子很聪明，最近表现特别棒，尤其应用题做得又对又快。当我把简讯念给儿子听时，坐在电动车后座的儿子笑得很开心，一路上都在和我分享学校的趣事，时不时给我指指开满路边的桃花。

孩子没有太多的小心思，作为父母，我们不能只要求孩子的成绩，更多的是给予他们爱和相信，让他轻松上阵。生活中，父母有太多的琐事缠身，不管如何解决，都要学会做一个善于倾听，善于发现，学会欣赏孩子的父母。

当代实力派作家

—— 张海新

最爱我的人，走了

母亲去世十二年了，可每次在梦里，她如生前一样慈爱。她会做我爱吃的韭菜鸡蛋馅包子，给我一针一线缝制绣花的裙子，冬天把我冰凉的脚放在她柔软的肚子上……就在刚刚，我又梦见她坐火车来看我，刚下火车，她叫我的小名，我飞快地扑向她，而这时她却忽然不见了，我拼命地哭喊……然后，就醒了。

记得我刚刚怀女儿的时候，正好赶上2008年汶川大地震，老公去救灾，走后通信中断，联系不上。因为担心他的安危，我每天看有关汶川地震的新闻，越看越着急，整宿整宿睡不着，加上工作压力大，我出现先兆流产的症状，医嘱说必须卧床静养。那时，我身边没有人照顾，只有同事下班后帮忙带饭、打热水。

妈妈知道后很是着急，一天打几个电话，陪我聊天，安慰我。其实，那时候，她已经查出癌症中后期，需要做手术治疗。她做手术时，不让爸爸告诉我，怕我一着急出意外。等我知道的时候，她已经做完手术四五天，能顺畅地说话了。她用虚弱的声音笑着说："我的手术很成功，你别担心，照顾好你自己，注意身体啊……"我的泪唰地涌出来，内心五味杂陈。

等老公从汶川救灾回来，已经是三个月后了。他休了几天假，陪我回了一趟老家。我紧紧拥抱着妈妈，泪无声落下。她紧紧握着我的手，轻轻摸了摸我高高隆起的肚子，上上下下仔细打量我，眉开眼笑，一个劲儿地说："真好，真好，我女儿也长大，要当妈妈了……"

手术后那段时间妈妈的精神状态比较好。我生女儿时，在湖南婆家坐月子，爸爸和妈妈坐了七八个小时火车来看我，妈妈还亲手给她的外孙女做了棉祆、棉裤、棉褥子、小被子。那些都是她花费了几天几夜，一针一线缝制的，装了满满两大包。晚上，她执意和我睡一张床，半夜三更起来替我照顾哭闹的女儿，想让我多睡一会儿。

2010年8月，我放暑假在家照顾她。妈妈病重，癌细胞扩散到胃部，她总是大口大口吐血，非常痛苦，让人心痛不已。她身体很虚弱，吃不下饭，精神好的时候，躺在床上，我们聊我小时候的事，她的目光很柔和，看着咿呀学语的外孙女，还会欣慰地笑，那是少有的快乐时光。

9月份学校要开学了，我计划把孩子送回武汉入学，再回来照顾她。可是刚刚回去三四天，爸爸就打电话让我赶紧回来。我感觉情况危急，连夜坐火车赶回去。到家时是下午，屋里坐满了亲戚朋友，妈妈已经昏迷不醒，形容枯槁，我跪坐在地上，紧紧握着她的手，不停地呼唤："妈，我回来了，你看看我……"她只是顺着眼角，流下几行泪，再也不能回应我的呼唤，再也没有睁开眼看一眼我们。

第二天清晨五点钟，世界上最爱我的人离开了我，从此，我成了没妈的孩子。

我记得小时候，夏天的晚上，妈妈总是把小竹床搬到院子里，我和母亲相拥躺在竹床上，母亲的故事总是那么多，那么长，她会讲嫦娥奔月的故事，也会指着织女星、牵牛星，给我讲牛郎织女的故事。遥远的星空，浩瀚无边，因为妈妈的神话故事，显得更加神秘诱人。她还总会开玩笑地问我："妮儿，你长大后是留下来陪我，还是去很远的地方工作。"我不假思索地说："当然是去很遥远的地方了，因为我要去挣好多好多钱给你花。"母亲无声地笑了："我家妮儿啊，真是有出息，我以后可跟着享福了。"我咯咯地笑，不知讲了多久，我就不知不觉在星空下酣然入梦。

妈妈去世后，我常常想，妈妈在世时，无数个夜晚，妈妈一定会遥望星空，望着满天闪烁的星斗，思念着自己的女儿。她的女儿远在天边，虽然如星辰一般耀眼夺目，却见不到，摸不着，只能夜夜借着清风明月捎去对她的思念。那时妈妈会后悔放女儿远行吗？

而如今，我也只能夜夜遥望星空，想着那颗最大最亮的星星，一定是母亲的眼睛，她也一直没有离开我，时刻注视着我，守护着我。妈妈，你能感受到女儿的思恋吗？

我看到那颗最亮的星星，眼睛眨啊眨。妈妈，您放心，我一定会好好地，很幸福地活着的。

唤醒我灵魂的那个人

我们生活的那个小村庄，有一所学校。说是学校，实际上就是一间大草房子，土坯墙，麦秸屋顶。

学校里只有一个老师，当时四五十岁，因为是本家，论辈分应该叫他伯伯，为了表示尊重，我就一直叫他老师伯。他从风华正茂的二十岁就开始在村里学校教书，村里大多数年轻人，甚至我们的父辈都是他的学生。就这样，每年金秋九月，老师伯送走一批，又迎来一批，一校一师，守护了风风雨雨几十年，成了村民心中永远的丰碑。

学校坐落在村东的打麦场上，地势比较高。从家里去上学要经过一条小河，河上有个木板搭的桥。我七岁时，上小学一年级了。我和小伙伴们走过独木桥，爬上土坡，就到了学校。每天清晨，老师伯沐浴着晨曦，站在校门口迎接我们，放学了，他又身披霞光送我们回家。寒来暑往，风雨无阻。

一到夏天，雨水充足，暴雨一下，小河就涨大水，浑黄的洪水，卷着庄稼苗，甚至漂浮着大南瓜，从上游呼啸而来。洪水淹没了木桥，我们上学的娃儿们站在河岸边发呆。老师伯就站在河对岸，高高挽起裤脚，弓起脊背，蹚过河水，把我们一个个稳稳地背过河。那一刻，我的小脑瓜有点儿犯傻，甚至渴望多发几次洪水，让老师伯背我过河。

下大雨，不止涨洪水，更糟糕的还在后面呢。房顶年久失修，屋顶漏雨，往往是外面大下，屋里小下。老师伯就用大大小小的脸盆、桶接雨水，雨点落在脸盆里，滴滴答答，如同美妙的音乐，伴着我们朗朗的读书声，声声入耳，句句入心。

北方的冬天真的是冷。西北风呼呼地吹，透过墙缝直往教室里灌，我们穿着自制的厚棉袄、棉裤，裹得粽子一样，来到学校时已经冻得手脚麻木，瑟瑟发抖。老师伯总会在教室里，早早地用干柴在火盆里生一堆火等着我们。我们围坐在火堆前，烤我们冻僵的手脚，熊熊火光映着我们兴奋的笑脸，屋外冰天雪地，屋内却温暖如春，连同我们的心也是热烘烘的。

我们一共有两个年级，十几个孩子，一年级坐前两排，二年级坐后两排。老师伯教学方式独特，他先给一年级上课，让二年级预习课文，等一年级开始写作业时，再教二年级。

下课了，他也不闲着，给我们讲故事，中国的神话传说，英雄黄继光……我们常常听得入了迷，渐入佳境之时，上课时间到了。看着我们意犹未尽的神情，老师伯总是笑着说："你们好好听讲，下课后，我们'且听下回分解'。"为了听故事，我们上课总是卖力地表现。就在那个时候，文学的种子已经在我们幼小的心灵上悄无声息地播撒了。

在我心里老师伯学识渊博，无所不会。他是全科老师，不仅教我们语文、数学，还教体育、画画、唱歌。

阳光正好，微风不燥的日子，我们就上体育课。老师伯会用力地给我们甩长绳，让我们一起跳。他还会当木桩帮我们撑橡皮筋，我们一边唱儿歌，一边上下翻飞地跳皮筋。他看着我们，眼睛笑成了弯月亮。

最好玩的还是老鹰捉小鸡，他当"鸡妈妈"，后面拉着一长串"小鸡"，凶猛的"老鹰"一扑，我们就躲在"鸡妈妈"后面，大声地尖叫，喊得喉咙痛，笑得眼泪直流。

玩累了，我们就随意往草地上一躺，看瓦蓝瓦蓝的天幕上，有丝丝缕缕的云朵飘过，偶有一两只鸟叫着飞过，不留下一丝痕迹。

这时，老师伯就教我们唱歌，唱《王二小》《一分钱》……我最喜欢听《长大后我就成了你》："小时候，我以为你很神气，说上一句话也惊天动地，长大后我就成了你，才知道那间教室，放飞的是希望，守巢的总是你……小时候，我以为你很有力，总喜欢把我们高高举起。长大后我就成了你，才知道那个讲台，举起的是别人，奉献的是自己……"我觉得这首歌的每一句歌词写的都是他，和将来的我。

那天放学回家，我对母亲说："我也要当老师，像老师伯一样，给我的学生们讲故事、唱歌。"在我幼小的心灵里，老师的职业是那么神圣，而我的梦想是那么美好。

七八岁的我，瘦小而多病，内向又自卑。有一次，老师伯带我参加村委小学的数学竞赛。没见过大世面的我，一看到那么多监考老师，虎视眈眈地盯着我，我害怕极了，竟"哇"的一声大哭起来。守在门口的老师伯听见，赶紧跑到教室里，一边给我擦眼泪，一边柔声细语地问我怎么了，我抽泣着说："我不考了，我要回去。"老师伯摸摸我的头，安慰我："别怕，我在这里不走，等你考完试。"考试进行了一个半小时，他一直站在我身后，没有离开半步。我的心出奇地踏实，很快沉浸到考试中。

考试结果出来了，我竟然打败了村委小学那么多高手，得了第一名。我看到在场的几个老师冲我点头微笑，老师伯骄傲地把我高高举起，转了好几圈，我咯咯地笑个不停。那一刻，眩晕的不仅是我的世界，我的自卑与胆怯，也被老师伯抛到了九霄云外。

回家后，老师伯对我父母说："这孩子聪明，是上学的好苗子，将来肯定有出息。"我目光坚定地对他说："我长大了也要当老师。"他蹲下来，拍拍我的肩膀说："你一定要好好学习，将来当一个比我更好的老师，改变更多人的命运。"可我当时只想对他说："你就是最好的老师。"

为了我的梦想，也为了老师伯的嘱托，我一直努力学习，成绩一直名列前茅。高考填报志愿，我毫不犹豫地报考了师范大学。大学毕业后，我如愿以偿，成了一名光荣的教师。我迫不及待地回村去看老师伯，他已头发花白，满脸沟壑写着岁月的沧桑。我告诉他，我和他一样，也当上了老师，我的梦想成真了。他竟然欣慰得热泪盈眶。

我教书育人近二十载，虽谈不上"桃李满天下"，但也精耕细作，"桃李芬芳，教泽绵长"。

我常常想：老师伯只是千千万万普通乡村教师中的一员。他一生清贫，一人守一校，风风雨雨几十年，"三尺讲台育桃李，一支粉笔写春秋"。他举起的是我们，奉献的是自己的一生。正如德国著名哲学家雅斯贝尔斯所说："教育的本质是一棵树摇动另一棵树，一朵云推动另一朵云，一个灵魂召唤另一个灵魂。"

贪恋那一分钟的温暖

自我记事起,我与父亲的关系一直都是疏离的。

小时候,对于父亲,我真的是爱不起来,更多的是恨。因为他是一个十足的"酒鬼"。每次,一看到父亲醉醺醺地从外面回来,东倒西歪的样子,母亲总会忍不住骂他一通,气上来了,还会拿着扫帚打几下,而他却屡教不改。

我讨厌父亲,不仅是他喜欢喝酒,而是他喝醉后,酒气熏天、耀武扬威的丑恶嘴脸。

他每次一喝完酒回来,不是自行车丢了,就是手表丢了,要么就是在哪里摔倒了,弄一身伤回来。不仅如此,他还耍酒疯,人还没到院门口,就大声地喊我们姐弟三人:"妮儿,大双,小双……我回来了……快来扶我!"声音大的,半个村子都能听见。我们三个嫌丢人,不理他,他就骂我们是白眼狼。我们就躲得远远的,不出来见他。

他哪肯善罢甘休,踉踉跄跄地进堂屋,到处找我们,抓到一个,就呵斥:"快给老子倒点儿水喝喝!"又不忘命令另一个:"给我拿拖鞋过来!"他折腾够了,衣服也不脱,一身酒气,倒头就呼呼大睡,鼾声如雷。

有时我趁他喝醉睡熟时,壮着胆子,用棍子狠狠戳他两下,而他还是鼾声如雷。有几次,弟弟还偷偷地往他鞋子里灌水,以表示对他的不满。

可是,他知道后,就会拿起皮带狠狠地抽打弟弟。看着弟弟鬼哭狼嚎的惨相,我瑟瑟发抖,不敢上前,与他更加疏远。

如果哪天父亲不在家,我们姐弟三个能高兴上一天。"山中无老虎,猴子称大王",我们和母亲一起度过美好和谐的短暂时光。我们甚至盼望父亲永远不要再回来。但母亲总教育我们,父亲其实很爱我们,他不喝酒的时候,也在努力赚钱,供我们上学。我们却认为母亲在安慰我们。

后来，发生了一件小事，我的思想也悄无声息地发生了变化。

夏天的晚上，我们都会在院子里过夜，特别凉爽、舒适。两个大竹床，我和妈妈睡一张，父亲和弟弟们睡一张。一天，睡到半夜，忽然下起了雨，我被雨点打醒了，迷迷糊糊地听到院子里一片混乱，可我睡眼蒙眬，不愿动身。我听到母亲唤我的小名。这时，父亲对母亲说："别叫醒他们，我抱他们到屋里睡。"随即，我听到脚步声靠近，接着闻到父亲身上淡淡的烟草味，还听到他小声嘀咕："雨落身上都不知道，睡得真死！"然后，感觉他的大手穿过我的脖颈和膝弯，我被他稳稳地悬空抱起，他快速地跑到屋里，轻手轻脚地放在屋里的大床上，盖上毯子。听他急匆匆出门，我才睁开眼睛。这是我记事起，第一次亲近父亲，第一次在父亲的怀抱中感受到温暖。

后来，睡在外面的每一个夜晚，我都盼望着下雨。如果真的下雨了，母亲再推我、唤我，我都会闭眼装睡，一动不动。这时，父亲总会把我抱进屋里。我特别喜欢，甚至贪恋这一刻——来自父亲短短一分钟的拥抱和温暖。或许，因为过于稀少，所以记忆深刻，弥足珍贵。

母亲患病过世后。我们姐弟三人都在不同的城市为生计奔波，十几年，父亲一个人在老家生活，我们也很少回家。

今年春节，我带着孩子抽空回老家看父亲。父亲欢喜得像个孩子，领我去看他给我们新铺的床，崭新的新棉被、床单，新买的睡衣、拖鞋、洗漱用品。他抱着外孙亲了又亲，爱不释手，又忙着拿零食、洗水果、买玩具。

午饭后，父亲坐在院子里，不知什么时候竟睡着了，冬日的斜阳包裹着他瘦弱的身躯。我忍不住蹲下来，第一次这么近地端详父亲。父亲老了，他歪着满是白发的脑袋，苍白的面庞上，沟壑纵横。他微微张着嘴巴，黑黄的牙齿也缺了两颗，鼻翼随呼吸微微颤动，发出微弱的鼾声。年轻时飞扬跋扈的父亲，此刻睡得如同一个弱小无助的婴孩。我闻到父亲身上的烟草味，倏然，记忆的闸门轰然打开，儿时夏夜，被父亲抱着回屋睡觉的那一刻的温暖，时隔近三十年，突然又回来了。

此时，父亲醒了，看到我，浑浊的眼眸里一惊，他慌忙抹了抹惺忪的睡眼，说："妮儿，你看我老了，不中用了，怎么就睡着了呢？"然后，他冲我羞涩地笑了笑，而此时的我，欠身抱了抱父亲，再一次感受着他的温暖，泪无声地簌簌落下。

父亲，请叫我小名

上初中，我开始住校。每个月父亲都会用自行车驮一袋麦子到学校食堂换成粮票，供给我在学校的伙食。

父亲每次来送粮票，我一般都在上课，他就站在教室窗外，往里面四处张望，锁定目标，就惊喜地大声喊我的小名。老师停下讲课，问找谁，我慌乱地站起来，全班同学的目光齐刷刷射向我，我的脸腾地一下通红，低着头跑出去。

班里同学的父母大都是地地道道的农民，他们可能没有顾及那么多，只想着快点把粮票、衣物送到孩子手里，好赶紧回家干农活。因此，大多数家长都是这样找孩子的，时间久了，我们司空见惯了，谁也不会笑话谁。

后来，发生了一件事，一切都变了。

有一次，上数学课，老师正讲得唾星飞溅。突然，有个声音传来："铁蛋！铁蛋！"这个声音如同水溅入热油锅，班里炸开了锅，全体师生一齐朝外看。门口站着一个中年男人，黧黑的面庞，蓬乱的头发上还粘两根稻草，洗得发白的汗衫，裤脚高高卷起，脚上的军用胶鞋沾满黄泥巴。他手里拎着一个大蛇皮袋，攥着一大把饭票，显然是给哪个同学送粮票的。老师忙走到门口问："请问你找谁？"男人连忙弯腰点头，满脸堆笑说："老师，我找铁蛋！"老师转身大声问："谁是铁蛋？出来一下！"我们纷纷往教室巡视，个个面面相觑，却没有一个人起身。这时，男人忙指着后面，惊喜地喊："铁蛋在那里！"所有的目光都锁定一个人，唐宇轩！啊？唐宇轩叫铁蛋？哈哈哈……全班同学都哄堂大笑，在一片哄笑声中，唐宇轩缓缓地起身，头垂到胸口，逃也似的跑到门口，推着男人往外走，男子不忘对老师说声："谢谢！"才转身离开。又是一阵哄笑，如同涨潮般，一浪更比一浪高。

也难怪大家有这样的反应。唐宇轩高高瘦瘦，白白净净，他的大名让人不由想起偶像剧的男主角，怎么也无法和黑黑壮壮的铁蛋连在一起。自那以后，下课后，班里几个调皮的男生就故意叫"铁蛋，铁蛋……"引得其他同学都哈哈大笑。而唐宇轩刚开始总是低头跑开，不料，这更助长那些男生的嚣张气焰，他们肆无忌惮叫得更欢了。而且吃饭的时候，他们还热火朝天议论着班里其他同学的小名，哪个更土，那笑声异常刺耳。有一次，唐宇轩实在忍无可忍，和他们打了起来，双方不欢而散。

从那天起，自卑胆小的我开始坐立不安，我怕父亲突然出现在教室门口，大声喊我小名，我更怕那些男生也会像对唐宇轩一样嘲笑我。就这样，在担惊受怕中，我熬了一个星期，父亲始终没有来。

真是怕什么来什么，那天我正投入地写数学题，父亲站在窗外大声喊我的小名，我逃出教室，拉着父亲一口气跑到大门口的树下，累得气喘吁吁。父亲疑惑不解，笑着问我怎么了。可是，看着父亲满脸的皱纹，根根白发，我如鲠在喉，一个字也吐不出口。我不敢对父亲说，怕伤了他的心。父亲把母亲做的腌萝卜和衣物都递给我，还不忘嘘寒问暖几句。这时，下课铃响了，我看到有同学从教室里出来，正往这边张望，似乎还听到他们的笑声。我忙接过东西，打断父亲的话，慌不择路地跑进了教室。

从此，少年的自尊心开始作祟。我总是疑心有人在背后议论我，看到那几个调皮的男生凑在一起说笑，我总以为他们一定在议论我的小名。那几天，我晚上做梦都梦到他们肆意的嘲笑声，有几次还从梦中惊醒。

放月假那天，父亲来学校接我。我终于鼓起勇气，一字一句地对父亲说，以后到学校来找我，再也不要叫我小名了。父亲满面的笑容，瞬间凝固成冰，但只是片刻，他又恢复如常。连声说："好，好，我知道了，你已经长大了。"说完，长长舒了一口气。

又过了一个月，入冬了，还下起了小雪。我放学后，看到父亲站在大门口的树下，他是来给我送棉衣、被褥的。西北风夹杂着零星的雪花呼啸而来，他双手放进袖筒里，一个劲儿跺脚，头上、身上落了不少雪，显然已经等好久了。他看到路过的同学和老师，笑着打招呼，说给我送棉衣。这次父亲没有叫我的小名，而是把我的大名叫得格外响亮，仿佛想让每个人都听到。刹那间，我的心刺痛起来!

　　自此,父亲再也没有叫过我的小名了。

　　在我们漫长的一生中,会有很多称呼,是被别人赋予的。我是领导口中的"小张",学生口中的"老师",老公口中的"老婆",孩子口中的"妈妈"……有的称呼让我悦耳,有的称呼在年少时,曾经让我觉得尴尬。可多年后再回顾,却承载我童年所有的记忆。而有些称呼,却能温暖我一生,比如父母叫我的小名。

谢谢你，带我看了一生的好风景

枫是我远房堂哥的小儿子，他比我大四岁，他应该叫我姑，却从来只叫我的小名。

枫天生顽劣，心思完全不在学习上，留了一级又一级。村里的同龄人初中都快毕业了，他却还和我一个班上课。他上课从来不听讲，以逗我哭为乐。我在认真听讲，他趁老师不注意，把作业本撕下来，揉成团，砸我的头，我不搭理他，他就一个劲儿砸。我实在忍无可忍，就举手告诉老师，他被老师罚站。他站在门口也不安分，时不时还伸出头，冲我挤眉弄眼扮鬼脸，每次都搞得我哭笑不得。

一下课，他就冲进教室，嬉皮笑脸地求我，要抄我的作业。我死死抱着不给他，他就趁机抢走，跑得比兔子还快。只留下我坐在教室里，鼓着腮帮子，像一只生气的小青蛙。

我作文写得好，每次都被老师当范文念。放学路上，他就抢我的书包，拿出作业本，阴阳怪气地念我的作文。他比我高一个头，双手举着本子，我急得上蹿下跳也够不着。我就对他拳打脚踢，他就躲着跑，一边跑一边挑衅我，我拿不到作文本，打不过，又追不上，又气又急，坐在地上号啕大哭。他一看我哭，慌了，连忙跑回来，把作文本放进书包，一边帮我擦眼泪，一边忙不迭地举手发誓："别哭了，以后再也不拿了。"我爬起来，狠狠剜他一眼，气鼓鼓地跑了，小书包一上一下拍打着屁股，连头上的羊角辫都气得冲上天。

我不直接回家，冲到他家，坐在他家堂屋里，边大哭边向堂嫂诉说他的罪行，真是"罄竹难书"啊。我委屈极了，哭得上气不接下气。堂哥就用竹条打他，而堂嫂好吃好喝地供着我。我立马抹干眼泪，不顾形象地大快朵颐，吃得满嘴流油。走的时候，嫂子还拎了一包好吃的塞到我书包里。他在院子里罚站，我洋洋得意地冲他奸笑,他瞪着我骂:"叛徒!叛徒!"我大摇大摆出门。哼,我才不管呢,谁让你欺负我。

可他从不记恨我,对我一如既往地好。

堂哥在镇上上班,他家庭条件好,堂嫂又宠他。而我家的早餐只有稀饭、馒头,一年到头吃不上肉。所以,每天早上,他都拎着一个小包上学,里面装着肉包子、鸡蛋和饼干、奶糖之类的稀缺零食。他趁同路的孩子不注意,找借口喊我,我们就躲在麦秸垛后面,偷偷地分吃完,再去上学。他一再叮嘱我,不要告诉堂嫂。我得了便宜,自然卖乖,连声说好,还和他拉钩上吊一百年不许变。这成了我们之间的小秘密。

我们上学要步行五六里路,如果遇到下雨天,他就让我穿着他的雨衣,背着我哼哧哼哧地跑回家,有两次还淋雨感冒发烧了。可他却大手一挥,满不在乎地说:"我是男子汉,怕什么!"

上小学五年级时,我脚底生了毒疮,做了小手术,不能走路上学。他知道后,自告奋勇要骑自行车送我上下学。母亲不放心,怕他毛手毛脚的,摔着我。他在母亲面前胸脯拍得山响:"我保证,每天把人安全送回家!"第二天早上,他果然早早在我家门口等着我,父亲把我抱上后座,他贱兮兮地笑道:"女王陛下,坐好了,车开了!"逗得我们乐开了花。

在我的整个小学生涯,他就是保护神般的存在。

小学毕业,我上了初中,他去遥远的云南边陲当兵。我们再也没有见过面。他会给家里写信,寄照片。我去他家,堂嫂给我看他写的信,字还是歪歪扭扭的,错字连篇,但是,穿着军装的他,却英姿飒爽。我讨要了一张照片,夹在日记本里珍藏。

我上高中的时候,他从部队退伍。一天,我正在上课,突然听到有人叫我的名字。我跑出去一看,是他!经过部队三年的洗礼,他已由一个青涩的毛头小子,长成了一个高大魁梧、风度翩翩的帅小伙。他站在金色的阳光里,光彩夺目,耀眼得我不敢直视。他笑着叫我小名:"我现在在银行开车,走,我开车带你出去玩。"

这是我生平第一次坐小轿车,我手足无措地傻傻站着,怯懦无比,甚至不知道怎么开车门。他忙帮我打开车门，安顿我坐好，细心帮我系好安全带。我们在大街上兜风，看一路繁花在车窗外飞驰而过，却是我从来不曾看过的好风景。

我忽然想起，几年前，那个神采飞扬的少年，骑着自行车，衣袂翻飞，而我稳稳坐在他身后，任微风拂面，看天、看云、看花，欣赏不完一路的好风景。

原来，我这一生的好风景都是他带我看的。

我大学毕业后，远嫁他乡。我们好多年没有见过，也不曾联系。如今，他已过不惑之年，有一对聪慧的儿女。今年再见，他早已双鬓斑白，皱纹爬满眼角，他恭恭敬敬地叫我姑。父亲开玩笑说起他小时候的"劣迹"，他宽厚地笑。我再也找不到他一丝一毫少年时的模样，岁月早已把他打磨成一块温润的玉石。

回来后，我又拿出珍藏几十年他的军装照。细细拂去灰尘，年少轻狂的他，笑容依旧灿烂如初。我紧紧握着这张照片，如同握着我再也回不去的旧时光。我含笑落泪，枫，谢谢！

"小豆包"开学第一天

今天，2023年9月1日，是我家"小豆包"开学的第一天。

昨天报了名，入了班级群，置顶，全天候等待班主任老师的安排。

昨天晚上，老母亲挺激动，忙着收拾书包，新买的恐龙水杯灌满水，贴上姓名贴，笔袋、卷笔器、橡皮、纸巾……一样都不能少。明天要穿的衣服叠得整整齐齐，摆放在床头。忙活到大半夜，定好闹钟才安心躺下，脑子里也不知在想什么，就是久久不能入睡。

第二天一大早就倏然醒了，看看手机，还只有五点钟，却再难入睡，睁大眼睛，望着无边的黑夜，看着天一点点亮起来。没等闹钟响，就一骨碌地爬起来，轻手轻脚走进他的房间，看看还在小床上酣睡的小人儿，心里有几分"吾家有儿初长成"的窃喜。不知所以呆呆站了片刻，俯身轻柔地摸了摸他的头，便心满意足地开始准备早餐。

第一天上课学校没有早餐吃，必须丰盛一点。馄饨、包子，还是煎饼？牛奶、稀饭，还是豆浆？还是都准备吧。时间不早了，要起床了。喊了几声没有应，于是上手拍了两下屁股，他扭动了一下身子，嘴里含糊嘟囔几声，又把头埋进被子，继续睡。我急了，就伸手强拉起来，撑着他的身子坐好，脱睡衣，穿衣服、鞋袜。看他闭着眼睛享受着"服务"，便大吼一声："快点！迟到了！"他一惊，瞄了一眼亲妈熟悉的怒容，才揉着惺忪睡眼站起来，晃晃悠悠去卫生间洗漱。

又被我粗鲁地拉到餐桌边，他还是没有清醒，面对一桌子热腾腾的早餐，无动于衷。"包子吃不吃？"摇头；香喷喷的馄饨端到面前，摇头；牛奶、豆浆、稀饭统统摇头。"那宝贝，你到底想吃什么？"亲妈无奈换了副面孔，"妈妈，我什么都不想吃。"他一脸茫然，头摇成拨浪鼓。软硬兼施还是不吃，一看时间，坏了！只有一刻钟了！慌乱中装了两个包子，牛奶插上吸管往手里一塞，书包背好，校牌戴好，拉起来，一路狂奔，到教室门口正好到点，老师已经开始排队清点人数了。

一屋子一年级的"小豆包"们还处在幼儿园的状态，排着弯弯曲曲的队，东张西望。还有没有睡醒的，勾肩搭背的。一会儿工夫，喊喝水的，要上厕所的……看着班主任老师东奔西走的身影，由衷升起万般同情来。

终于安顿好小豆包们了，班主任疲惫地笑道："家长们，可以回去了，都放心吧！"可家长们还是不愿离开，站着教室门口讨论，"早上没有吃早餐呢！""找不到厕所怎么办？""渴了不知道会不会叫老师？"……一万个不放心。老母亲走到门口，还一步三回头，使劲挥手："妈妈走了，你要听老师的话，记得喝水。"他倒很开心，笑着挥手告别。

走到楼道口，老母亲还是不放心，又回头，趴在窗外偷偷瞄了半天，还是站没站相，坐没坐相。"这怎么得了啊。"一面苦笑摇头，一面下楼。

走出校门，回头再望望，这就上小学了吗？仿佛梦中一般不真实。转身离开，人走了，心留着了教室里。

三年前那一幕还历历在目。第一天上幼儿园，他不哭不闹，背着小书包，哼着"太阳当空照，花儿对我笑……"一蹦三跳进了幼儿园大门，还不忘回头和我挥手说："妈妈再见！"我盯着他小小的背影沐浴在清晨的阳光里，最后消失在楼道口，竟没有回头，我的心突然就空荡荡的。在校门外徘徊了大半天，才回家。

恍恍惚惚回到家，桌上的早餐还微微冒着热气，玩具、拖鞋一切都在，却没有熟悉的声音，也没有一声声呼唤，找你要这要那。更不会缠着你，黏着你，让你做不了事。以前无数个日子，总盼着他快点到三岁，快点上幼儿园，有老师管着他，我就可以自由了。可是呢，他真的入了园，老母亲却没有半点欣喜，心里空荡荡的，有担忧，有失落，也有……

三年弹指一挥间，他又入了小学，这是新的起点。以后还要入初中、高中、大学，他一次次地成长，又一次次地离开我，飞向更高远的天空，我看不到的地方。

如今成了老母亲，终于深刻悟道：盼着孩子一点点地长大，就是他一点点离开你的过程。而作为父母，纵有万般不舍，也要挥挥手，叮咛一句："孩子，你慢慢走！"

"偷"瓜记

炎炎夏日里，有什么比吃上一块清凉的西瓜更惬意的事情呢？每次吃西瓜，我就不由得想起童年"偷"瓜的往事。

小时候，我家在村西头有块自留地。谷雨时节，雨水充沛，气候宜人，父亲栽上春棉花苗，奶奶就在棉垄旁点种上西瓜种子。等到芒种前后，棉花亭亭玉立，西瓜秧也爬满了地。滚圆的花皮西瓜躲在棉花阴处呢。

瓜熟时，我渴望能吃到西瓜，母亲却说："熟了的西瓜先卖了换点钱，等开学给你交学费。"我眼睁睁地看着一个个诱人的西瓜被卖掉，心里焦灼难耐。

一天中午，奶奶神神秘秘地把我拉到一边说：我们俩去偷西瓜吃吧！"偷"？我诧异不已。"是啊，不让他们看到，就我们俩。"奶奶笑得意味深长。我望了望熟睡的父母和弟弟，兴奋得连连点头。

我们祖孙俩走过草木葱茏的田埂，钻进枝叶繁茂的棉花地里，寻找熟了的西瓜，奶奶把手指拢起，一边用手指关节敲西瓜，一边附耳倾听，这是奶奶挑熟瓜的秘诀。我们挑好一个小西瓜，又猫着腰钻出棉田，再到小河边，用清凉的河水洗净瓜皮，坐在田边的大槐树下吃西瓜。

奶奶握紧拳头，朝着西瓜砰砰砰猛砸几下，咔嚓一声，西瓜皮裂开了，露出鲜红多汁的果肉。她用手掰开西瓜，分成两半，我迫不及待地大口大口啃起来，甘甜的汁液如泉水般汩汩流入喉咙，直甜到心里。最后，只剩下一地残缺不全的瓜皮。我这才后知后觉，奶奶一直看着我吃得欢，而她一口未尝。她摆摆手，满不在乎："我不爱吃，太甜了。"那时，我信以为真。

奶奶笑我脸上沾满了西瓜汁，成了关公大红脸。她拉着我直接跳到浅浅的河水里，洗脸、洗手。清澈的河水哗哗哗地缓慢流淌，河底清晰地照见我们的影子，也映射出瓦蓝瓦蓝的天空，白莲花一样的云朵盛放在清澈的河水里，出淤泥而不染。

　　我和奶奶慢悠悠地走回家。西瓜吃得太多了，走路时，我只觉得肚子里有一桶水在逛来荡去。回家时，父母问我们大热天去哪里逛了。奶奶轻描淡写地说，去串门了，然后，我和奶奶不约而同相视一笑。一瞬间，我的内心盈满了甜蜜。

　　奶奶去世后，家里不再种西瓜了。如今想来，那是我此生吃过的最豪爽，最过瘾，最甜蜜的西瓜了。

　　除了这次，童年记忆里，我还吃过一次苦涩的西瓜。

　　一个夏日的夜晚，空气里弥漫着潮热的空气。我们躺在院子里的竹床上，劳累了一天的大人早已酣然入睡，我和弟弟怎样也睡不着。弟弟蹑手蹑脚走到我的床边，拍拍我，轻声耳语："姐，我们去南边瓜地摘个西瓜吃吧！""那不是我们家的，我不去！"我内心很抗拒，但经不住西瓜的诱惑，答应了。

　　我们两个悄声溜了出去，潜入瓜地。彼时，月光如水，泻在一片绿油油的瓜田里。地头有一个瓜棚，里面睡着一个看瓜老头——刘爷爷。他理着光头，眼神犀利，声如洪钟，对人说话凶巴巴的，还总吓哭孩子，白天我是万万不敢靠近他的。此时，瓜棚内鼾声如雷。

　　我和弟弟借着月光，一人摸一个西瓜，抱着就往外跑。突然，身后的弟弟叫了一声，他被瓜藤绊倒了，西瓜也甩出很远，碎了。我赶紧去拉弟弟起来。这时，只听有人大吼一声："是谁？"坏了！刘老头醒了！弟弟也不敢哭了，一骨碌爬起来跑，我抱着西瓜和他一口气跑回家门口，回头看看没有人追来，瘫软在南墙根，大口喘气。弟弟没心没肺，还惦记着西瓜，我把西瓜用拳头砸开，一人一半，狼吞虎咽啃起来。已经不记得那晚瓜是否熟，是否甜，只记得月光很亮，我的心突突跳个不停。

　　第二天，一大早，母亲就把我们从酣梦中唤醒，她揪着我们的耳朵问墙根的瓜皮哪里来的。我们知道事情暴露了，老老实实承认错误，母亲二话没说，拉着我们就来南边瓜棚赔礼道歉，一到地，她喊道："刘叔，不好意思啊，这两个孩子昨晚嘴馋，拿了您两个瓜。这是赔的钱，然后我们再买一个西瓜。"说着就从口袋里掏出几张钱递给刘老头。

刘爷爷没有难为我们，而是语重心长地说："孩子，想吃瓜跟我说一声，我给你们挑个熟的，别偷着拿。我凶巴巴的，也是怕你们糟蹋了瓜。"最终，母亲还是给刘爷爷赔了钱，又买了个西瓜抱回家。

回家后，母亲又一次严厉地批评了我们："不经别人同意，拿别人的东西，那就是偷！不是自己的东西万万不能伸手拿。自己想要什么，也要通过自己的双手挣到，知道吗？来，吃瓜，这是我们出钱光明正大买来的。"我含着眼泪，吃了一口瓜，第一次尝到了苦涩的味道，心里暗暗发誓，以后再也不偷瓜了。

童年的两次"偷"瓜的经历，有甜蜜也有苦涩。但奶奶宠溺的爱和母亲严厉的爱，都必将浸润、滋养我的一生。

苦难是颗清甜的果

董卿说："在我们每一个人成长的道路上，我们所遭遇的挫折、失败、打击、挑战，又何尝不是一份礼物呢？磨砺我们的心智，完整我们的人格。"

那年，我18岁，考上了师范大学，父母欣喜之余，却为昂贵的学费犯愁。开学前一个月，父亲东奔西走，四处求助才为我凑够了学费，我才顺利入了学。

大学第一年，丰富多彩的大学生活令我惊喜，同时，令我焦虑不安的是，父亲每月给的生活费都远远无法支撑我一个月的开支。为了省钱，我早餐只吃两个包子，一碗粥。午餐、晚餐时间，我都挨到最后一个去食堂，因为可以买到便宜的剩菜。即便如此，口袋里的钱还是一点点地蒸发不见了。

第二学年，一开学，我就开始为生计发愁。俗话说，天无绝人之路。正在我一筹莫展之时，班主任为我们班争取到一个勤工俭学岗位。我向学校提交了满满两大页纸申请书，字里行间流淌着真诚和执着，终于打动了劳工处的老师，我的申请通过了。真是"山重水复疑无路，柳暗花明又一村"啊！

十一月份，我正式上岗了。我每天的工作是打扫教学楼周边、马路上的卫生，清理垃圾。那时，马路上人来人往，同学们异样的眼光，如烈日般炙烤着我的每一寸肌肤。而我却选择视而不见，我对自己说，我正大光明靠自己辛苦劳动赚钱，又有什么关系呢！

北方的雪，总是来得那么急。上岗半个月，我所在的北方城市下了一场大雪。我早上五点就起来扫雪了。那时，天还未亮，寂静的校园里空无一人，在路灯的照耀下，暗夜已被厚厚的积雪映射如白昼。我走在茫茫的雪地上，只听到脚踩雪咯吱咯吱的声音。

我开始艰难地清扫着马路上的积雪。一下下地用铁锹把厚厚的雪铲到马路边的角落里，雪被铲薄了，再用大大的扫帚扫。我嘴里呼出的热气变成了一团团的白雾，冻僵的双手也热乎起来，头上直冒汗，贴身衣服也被汗水浸湿了。我站在茫茫雪地上，看前路漫漫，似乎望不到尽头，内心了无希望。

我把穿在外面的红风衣脱掉，挂在路尽头的树杈上。我站在路的这头，远远望去，风衣在北风中轻轻飘荡，如同一团火焰在雪中燃烧，突然间，我又看到了目标和希望，我朝着它努力，一点点靠近，近一步，再近一步。

经过两个小时的不懈努力，终于完工了！我取下红风衣，看着干净的马路，舒心地笑了。

我回到宿舍时，室友们才刚刚起床。她们很惊讶，我竟然起那么早，竟然清扫了两个小时雪！我下铺的闺蜜还心疼地抱抱我，一摸我头上都是汗，让我赶紧换衣服，别着凉了。此时，汗已消，我感觉后背冰凉冰凉的。

大学毕业后，无论我走到哪里，都带着那件红风衣。它见证了我坚韧不拔、不服输、不放弃的青春，更给了我奋进的力量。

二十岁那年苦难的经历教会我太多。苦难是一所学校，于我，它是命运的一次洗礼，更是上天赐予我的一份厚礼，让我学会了在苦难中不断成长。而人生经历过苦难却会更加坚韧，夺目。苦难也是一颗清甜的果，它让我品尝到苦涩的滋味后，更懂得珍惜苦尽甘来的滋味。

很多年过去了，我都忘不了雪中扫雪那一幕！那件飘扬在雪中的红风衣燃烧在雪地里，也燃烧在我的心里，照亮我人生的每一段旅途。

那年花开春满园

那年，我十九岁，还是师范学院的学生，被安排到一所乡村中学实习，担任初一的助理班主任和语文老师。

上第一节课时，我忐忑不安地走上讲台。看到窗外明媚的阳光爬上学生们的笑脸，如同金色的向日葵，朵朵饱满灿烂。我的心房顿时像射进了两三方太阳，温暖如春。

上了几节课，我留意到一个叫小春的女孩，有点孤僻不合群。上课时总低着头，下课也孤零零地坐着，从不和别的同学说话。

一天下课，有个女生悄悄告诉我："老师，你离小春远点儿，她头上有虱子。"我半信半疑。上课时，经过小春身旁，我留意了一下，是真的。谁料，我正好对上她怯懦的眼神，她慌忙地低头，我也心虚地逃之夭夭。

放学后，我向班主任打听小春。原来，小春爸妈离婚后，妈妈走了，爸爸常年在外打工，她跟着年迈多病的奶奶生活。她便如一棵野地里的草，兀自生长。我顿时心生怜悯，暗下决心帮她。

到了校园里春色满园时，花儿们开得粉粉白白，烂漫成一片。

那天，阳光正好，我和班主任私下谋划：以上级领导检查卫生为由，让女生们回宿舍整理房间，洗头换衣。

二十几个女生，在宿舍门口排成长龙，进行"洗头比赛"，场面热闹壮观。我挨个帮她们洗头，轮到小春时，我偷偷把除虱药膏和洗发水混在一起给她洗发。洗完后，我故意吸吸鼻子，夸张地说："小春，你头发真香！"我还给她梳了漂亮的发型，卡上新买的发卡，在其他女生羡慕的目光中，小春的脸上渐渐漾起笑容。

我拿相机给女生们拍照，镜头下是一张张青春洋溢的笑脸。她们身后，满树的桃花在春风中欢笑。

周一早晨，我办公桌上多了一束月季，插在透明罐头瓶里，粉红花瓣，金黄花蕊，羞答答地开。还有一张纸条：老师，谢谢！送您一束花，是我自己种的……

我心底一颤，这哪里是花，分明是一颗渐渐打开的心啊！

此后，每周一早上，我的办公桌上总会多一束鲜花，蔷薇、茉莉、栀子花……备课累了，赏赏花，闻闻花香。我便觉得自己拥有了整个春天。

六月如约而至，我们实习期结束了。

离别那天，学生们在校门口排长队送我们，女生们拉着我的手哭个不停。车开了，我透过车窗，看见小春跟着我们的车拼命地跑。我连忙转头，泪如雨下。

大学毕业后，我去了南方，和很多人断了联系。一次，打电话回家，母亲说有人打家里电话找我。我回拨过去，一个欢快悦耳的声音传来："老师，我是小春，我考上师范大学了，我可以和你一样当老师了……"

我会心地笑了，那年花开满园时，我不经意间种下的善，如今已悄悄开花，不久，也必将"春色满园"了。

翻过"旧历"就是年

儿时，对我来说，翻日历是一天最重要的事。翻过了日历，新的一天才算开始了。

冬天的早晨，天刚刚亮，父亲的收音机准时播放新闻，是唤醒我们的闹钟。我和弟弟在热被窝里赖着不愿起来，堂屋的火盆里，火烧得正旺，父亲把棉衣、棉裤里里外外在火上烤得热烘烘，冒着热气，抱着跑到我们床边。我趁热飞速穿上，第一个冲到堂屋，站在椅子上，踮起脚尖，郑重其事翻过一页日历，喜笑颜开跑到厨房向母亲邀功。母亲围着灶台转不停，土灶里柴火烧得旺，大铁锅里的玉米红薯粥，正咕噜咕噜唱着歌。蒸笼上热气腾腾的白馒头刚刚出锅。她在氤氲满屋的香气里冲我笑，催我快点洗脸、刷牙、吃早餐。

翻过了一页日历，开启了美好的一天。屋外，北风卷着雪花，跳着优美的华尔兹。屋内，一家人围坐一桌，馒头就着小菜，呼呼噜噜喝着热粥，热热闹闹讲着笑话。这是我儿时记忆里最平常，也是最温馨的画面了。

童年里的日历就像一张留存记忆的旧相片。那时，最希望的就是快点翻完旧日历，就可以迎接新年的日历了。因为翻过这一天的日历，我们就有新衣服，有大白兔奶糖，有压岁钱，还有塞满口袋的各种零食。

"辞暮尔尔，烟火年年，朝朝暮暮，岁岁平安。"年终，我总会将旧日历珍藏起来，如同收藏美好的往事。翻过了一本本旧日历，就会一次次迎来新生活。

日历里不仅藏着柴米油盐的烟火人生，也记录着我大喜大悲的每一个人生重要时刻。

那年岁末，我腹中的胎儿即将诞生，而新的一年也将如约而至。我对翻开的每张日历，都有新的期盼。我常常在风和日丽的日子里，坐在院子里，沐浴着蜜色的阳光，翻动着日历，在上面记录下我每一天身体的微妙变化和新感受，对未来新生活充满了憧憬。30天，20天，10天，5天……我每天都在期盼，翻过那一张日历，新的一年来了，新的生命也就降临了。

终于新年到了，女儿出生了，那一天的日历上我记下初为人母的幸福与骄傲："我当妈妈了！母女平安，真好！"新的生命到了，预示着美好的新生活也在迎接我们。

而儿子正好出生在元旦，一家人喜笑颜开，迎接新的一年，新的生命，新的希望。我在日历上写道："又一次当妈妈，凑成一个好字，人生圆满了！"

日历上还镌刻着我许许多多人生美好的瞬间。初为人师的那一天，我喜悦与激动的心情溢于言表，我写道："我终于成了一名光荣的人民教师。时刻谨记：学高为师，品高为范。""珠帘绣暮霭祥烟，合卺嘉盟缔百年。"结婚大喜的日子，我写道："祝我们新婚快乐！"还有结婚十年纪念日写的是："执子之手，与子偕老，琴瑟在御，莫不静好。希望我们共赴更多个10年！"……

"不觉年末将至，只愿尘事冬安。"日历，如同我生命的记事本，铭刻着我人生的每一瞬间的记忆。它流淌着我童年时光里的小美好，也藏着我成长路上的小惊喜。它留下了我一路繁花，欢声笑语，也留下了我的挫折与磨难，辛酸苦痛，予我弥足珍贵。

因为，日历翻过的每一个日子，都是我们沉甸甸的人生财富和对生命虔诚的热爱。

当代实力派作家
—— 邬玲玲

忙年等春归

有民谣"小孩小孩你别馋,过了腊八就是年",每年的腊八节一过,大家就开始期盼过年了。

大人小孩们一起上街,每人买一身崭新崭新的衣服,一双厚实暖和的棉鞋,靓丽温暖地过新年。

再称上花生、瓜子,挑上各样的糖果和饼干,装好满满一袋子,心里便有了五彩缤纷的快乐。孩子们迫不及待地剥开漂亮的糖纸,把糖往嘴里一塞,就咂巴咂巴地吸吮着。年,便变得格外甜蜜和欢快起来。

年关的集市特别热闹。到了年底,更是人山人海。大家拥着挤着都来购置年货。每个人脸上都洋溢着笑容,仿佛将一年来的所有辛苦和压力,都化解消融了。此时是不限制自己的,喜欢就买呗!哪有一年了还不兴"奢侈"一回的?于是过年时的菜品便丰富起来:有火锅炖鸡,有猪头肉、猪耳朵等下酒菜,有香喷喷的"灌香肠",还有"红火火"的猪血旺……仅听名字,就馋得直流口水了。到吃的时候,筷子都不知道往哪儿夹好,每天都有吃不完的美食。"每逢佳节胖三斤",果然不假的!每每过完年,无论大人小孩,多多少少都会胖些。尤其是孩子,脸上变得肉嘟嘟的,肚子变得圆滚滚的,却让人看了欢喜。这样的年,是丰盛而欢欣的。

养鱼的人家,提了渔网,到鱼池边撒下去。两岸围观的人,全都屏住了呼吸。拉住绳子收网,再往回拽时,鱼儿跳跃着、扑腾着、蹦跶着。人们把它们装到盛水的木桶里,年便在鱼儿的蹦跳中,变得灵动而鲜活起来。

备好所有的年货后,大家就期盼着除夕、春节的到来。

年三十儿一到,各家的蒸笼便取了出来。涮洗干净之后,蒸馒头、蒸米饭、蒸鸡鸭鹅肉,一锅又一锅地蒸,将年蒸得热气腾腾、香气四溢。再炒上青椒肉丝、肉末粉丝、蒜薹炒肉、黄瓜虾仁，炖上萝卜排骨、土豆鸡块，煎上韭菜鸡蛋、椒盐小鱼、鸡翅鸡排，做上红烧肉、红烧鱼……一家人围坐在满满一桌子饭菜旁，欢声笑语地吃着、喝着、聊着，盛大又欢喜的年味儿，便在整个屋子里荡漾开来。除夕夜里，一家人在一起，边吃糖果、饼干、瓜子，边看春晚……

从大年初一开始走亲戚：爷爷奶奶、外公外婆、伯、叔、姑、舅、姨家，全都去拜一遍。每到一家，先喊一声："拜年啦！"立马有人笑意盈盈地出来相迎："快进屋坐！"紧接着又是端茶倒水，又是拿水果和糖果拼盘。亲人们围坐在温暖的火炉旁，边吃边喝边聊着，谈谈去年的收成收益，说说新一年的打算安排。

年，便在这跃动的红火中，变得热烈又明亮。春天，也轻手轻脚地来临了。

过年情结

回家过年，是中国人心中永远的情结。

俗话说："有钱没钱，回家过年。"只要提起"回家过年"这四个字，任是再硬的汉子，心里也会涌出无限的温暖与柔情。进了腊月，回家过年是游子心里最暖的信仰。无论相隔千里万里，无论天涯海角，都要回家过年。无论排多长的队，无论买多贵的票，都要回家过年。即使骑摩托车，八九个小时，一千多里，也要回家过年。即便风雪交加，寒冷刺骨，也要回家过年。

回家过年，想要看看家乡的变化：这条小路，什么时候变宽成水泥路的？村里的沟渠都用水泥修好加宽啦？同村的张家小女，就长大结婚啦？连孩子都有啦？同村的吴家小儿子，什么时候考上的大学？咱村怎么又多了几幢小洋楼，是哪几家的？咱家什么时候又栽了那么多果树？什么时候装的热水器？买的冰箱？还有空调？……家乡处于永远的变动之中。这些变化，即使极其细微，也总能触动游子内在的神经。我们都唯愿家乡越变越美好，人们的日子越过越红火。

回家过年，想要陪陪父母：看看父母是否安康？白发是不是又多了些？眼角的皱纹是否又加深了？我们都很害怕那句诗："树欲静而风不止，子欲养而亲不待"。我们都希望在父母的有生之年，多回家看看，多陪陪他们，多尽尽孝道，替他们干干家务活儿，给他们做做饭。但实际上，反而是父母为我们做得更多，不肯让我们干活儿，只想让我们歇着。为我们做满桌子的饭菜，甚至连饭都盛好，碗筷都拿好，只怕对我们照顾不周。那么纯粹无私的爱，永远都是我们心底最柔软，也是最坚强的源泉。

回家过年，想要见见亲朋好友：平时各自忙于工作生活，只有等到过年，亲人们才能团聚在一起，说说笑笑，聊聊天。把"家长里短"唠一遍，把一年的收成细数一遍。倘若谁有困难，亲人们就会伸出援助之手。这就是亲情，剪不断的亲情，永远流淌在亲人们的心间。好朋友也相约着见见面，叙叙旧，回忆回忆过往，展望展望未来。

回家过年，更意味着漂泊的心再次回归。因为家永远都是中国人心的归途，是心灵休憩的地方。身处再繁华的都市，再安逸的田园，心的根都在故土，在家乡。唯有那里，才是身心最初最深的起源和归宿。

回家过年，能让我们的心重新充满爱的能量，让我们在新的一年里更有动力，继续奋斗、努力向前。

欢喜故乡年

大寒过后，年味儿越来越浓。

街上不少的店门外装上了红气球和红灯笼。其中有一家蛋糕店，在挂着的大大的红心气球上，写着"新年快乐，万事胜意"的字样。

超市里的布局也变了样儿，大红的对联和中国结挂了满满一排货架，糖果、花生、瓜子、饼干等年货更是琳琅满目。超市广播里循环播放着与新年有关的音乐，热闹、欢快、喜气洋洋。

这样欢喜的气氛，让我想起自己小时候过年的情景。记忆里的故乡年，是极其盛大而欢喜的。在我四五岁时，我家从爷爷奶奶家分出来后，过小年那天，南方是腊月二十四，新建的砖瓦房落成，乔迁新家"过客"（也就是请上所有的亲戚朋友过来吃饭庆祝），家里家外人山人海，热闹至极。最令我们几个小孩子欢喜的是，从房子中央的顶梁柱上，忽然撒下来无数的糖果，好像从天而降的礼物，让我们惊喜不已。我们像一群小麻雀一样飞过去，蹲在地上争抢着抓糖果，若能抓到，便欢呼着高高举起，就像中了大奖般兴奋，真是"天上掉馅饼，鸿运当头来"。

这之后的故乡年里，年年都有着丰盛的糖果和欢乐。因为在每年的腊月底，父母就会忙着置办各种年货：鸡鸭鱼猪肉、青椒木耳蛋、瓜子饼干糖等各样食物。小孩子最喜欢的当然是饼干和糖果，这些平日里很难吃到的"零食"，过年时可以尽情地吃。大人们也不责备，他们喜欢看到我们满足和快乐的样子。

年三十更是盛大且热闹的。一大早，爷爷奶奶和二叔二婶就会打电话过来，商议团年饭中午在谁家吃，晚上在谁家吃。商量好之后，就各自在家简单吃个早饭，然后一起准备中午的团年饭。小孩子们帮着择菜、洗菜，大人们就切菜、炒菜、炖菜、蒸饭，厨房里到处都冒着热气，飘着饭菜香，浓浓的生活气息令现在回想起来，脑海洋溢着的都是幸福和温馨的场景。

有人吆喝一声："饭菜都做好了，准备开饭啰！"于是，大人小人们都鱼贯而入，到厨房端锅端菜端饭、拿筷子勺子碗。不一会儿，一大桌子饭菜就摆好了，堪称"满汉全席"！爷爷或二叔或父亲，就会拿着长长的鞭炮到外面点燃，噼噼啪啪的声音顿时响起，红光四射，感觉幸福就像花儿一样绽开了。我们几个小孩子捂住耳朵，快乐高兴地看放鞭炮。在欢庆的鞭炮声中，我们被大人拉到桌边坐好。待所有人都围坐好后，一声"开饭啰"，我们便欢快地吃起自己喜爱的饭菜来。

期间，我们还会端起杯子一起碰杯，共同庆贺新春佳节的到来。饭桌上溢满着温馨的亲情，欢声笑语飘荡在整个屋子里，这些都是自己经年里无限温暖的回忆。

吃过中午的团年饭后，亲人们就会在一起，边烤火边吃瓜子边聊天。到了下午四五点，就会辗转到另一家吃晚饭。吃完晚饭各自回家，回家之后洗大澡，洗完大澡后就边吃糖果、饼干、瓜子，边看春晚。而母亲则在厨房一直忙碌：她把猪头、猪内脏和腌制好的鸡鸭放到一个大锅里，然后放上各种佐料：盐、花椒、十八香、卤料等，一直蒸上两三个小时，直到全部熟好熟透，再起锅一一切好装盘，往往要忙到晚上九十点钟，才会和我们一起看春晚。我们全家在一起会一直守候到新年的到来。随着央视新年零点的钟声响起，父亲便拿起最大的一串鞭炮，到稻场上点燃。

就这样，新的一年又一年在震天响的噼里啪啦声中，热烈地拉开了序幕……

二月迎春贺新年

今年的春天，与往年不同，来得格外早。

二月上旬，人们已沉浸在浓浓的年味之中。白日里，爆竹声此起彼伏，连绵不断。街上行人如织，龙狮舞动，锣鼓喧天。一旦夜幕降临，树上、建筑物上缠绕的星星点点的灯光瞬间闪亮。街头悬挂的各式花灯色彩缤纷，令人流连忘返。烟花肆意绽放，将它的繁华与绚烂尽力展现。在这样热闹的喜悦中，人们似乎并没有意识到春天的悄然来临。

天也一如既往地冷。气温最低的时候，几乎能赶上年前最冷的三九。北方的一些地区，甚至还下着雪。人们穿着厚厚的棉衣棉鞋，在风中瑟瑟发抖。风是刺骨的，侵袭着人的全身。寒冷，让人们忘却了春天的到来。

看苍茫的大地，还是枯黄一片。银杏树上吊着零星的干枯树叶，在风中摇摇欲坠；枯死的美人蕉伏在地上，几近腐烂；枯草丛丛，透露出萎顿的僵死的气息，让看的人的心，一直沉到底，提不起丝毫的精神和活力。

但春天，在人们不经意间，还是静静地走来了。

最先探出头的，当然是迎春花。二月的某日，长长的枯枝条上，忽然就蹦出了几朵黄色鲜艳的小花。虽然小得可怜，但在春寒料峭、百花沉睡的时节盛开，格外引人注目。那黄得亮眼的喜庆小喇叭，在风中摇摆着传播着春的消息。第一眼看到它们时，我的神经一瞬间就被触动了，因为它们，我确信春天的确是来了。这种大自然带给人类的惊喜，很神奇，无以言表。

几乎同时被我发现的，还有枯黄树枝上的玉兰花。前几天还只有孤零零的枝干，有气无力地伸展着。偶尔抬头看，突然就发现了几朵玉兰花苞，似粉和白的小灯笼，莹润剔透如玉砌，宛如超凡脱俗的仙女，努力向上地伸展着自己纤细雅致的腰身。它的素雅高洁，引得无数诗人竞折腰。白居易就曾赋赞"腻如玉脂涂朱粉，光似金刀剪紫霞。从此时时春梦里，应添一树女郎花。"它在寒风中依然皎皎绽放、暗香倾诉。

我原以为冰冷和雪冻会使它们延迟盛开，但事实完全不如我所想。原来世间万物，都有它的时间和归宿。

一年只有一季春，一季春只有三个月，一朵花只有一个花期，一个花期只有几个月或短短几日。因为一旦错过花期，就再也没有盛开的机会了。

柔嫩的不知名的小草，还是从枯黄的草丛中慢慢地探出头来，用尽浑身的力气向上生长；嫩黄的尖尖的叶芽还是从干枯的枝头用力地钻了出来，奋力成长；

…………

等到春暖花开的时候，人们就会满怀喜悦地发现，大地繁花盛开，绿树枝繁叶茂，小草瞬间铺满山坡。春天，已由蹒跚学步的孩童，变成了脉脉含情的美少女了！

人们这时才会记起这样的一句诗：若到江南赶上春，千万和春住。

而我却要说：寻得大地一丝春，千万和春住。不要轻易地错过早春二月，错过美丽的迎春花、玉兰花，错过那些富有生命力的小草和叶芽。

因为内心繁花似锦的春天，不也正是从不经意的生动中点点滴滴地开始的吗？

行走在早春二月里

"早春风力已轻柔，瓦雪消残玉半沟"。接连下了几日的大雪终于过去，春天也轻手轻脚地走来了。早春的风已不再凛冽寒冷，而是变得轻软柔和，房瓦上的白雪也逐渐融化了，虽然沟里的雪还有一些没有消融，但已挡不住春天的步伐。

迎春花，已悄悄然地由星星点点成蓬勃之势了。她在春寒料峭中向来来往往的行人，展露出一朵朵阳光般的灿烂笑颜。"金英翠萼带春寒，黄色花中有几般"，唐朝诗人白居易在《玩迎春花赠杨郎中》一诗中，盛赞迎春花凌寒而开的气节，以此明志，表达自己是有骨气、有良知的君子。"迎得春来非自足，百花千卉共芬芳。"宋代诗人韩琦也热烈地歌颂迎春花，虽赶在百花前迎来春光，但她并不是为了自我满足，而是为了和百花千卉一起"共芬芳"，如此高洁的品格，可以和"俏也不争春"的梅花相媲美。

三叶草层层叠叠，旧叶已然遮不住新绿，像新生的婴儿般柔嫩却可爱顽皮。

偶见的玉兰花苞，饱满盈润，在枝头迎风摇摆，招展着初生生命的灵动与活力，它能引人无限的期待与遐想。我仿佛看见莹润洁白、芳郁典雅的玉兰，在枝头优雅完美地绽放，犹如贵妃般翩翩，"刻玉玲珑，吹兰芬馥肌肤凝雪"，美若天仙。

枯木逢春柳叶娇。干枯的枝条上有了新叶，枯黄的干土里钻出嫩绿的小草，柳条初绿，像被二月的春风剪裁过般，整齐地排列在藤条上，随风婀娜起舞，娇柔而百转千回。

小鸟在树枝间轻快地飞着、跳着、鸣叫着，让刚沉睡过来的初春，瞬间变得生动轻盈起来。"草长莺飞二月天，拂堤杨柳醉春烟。儿童散学归来早，忙趁东风放纸鸢。"清代诗人高鼎在《村居》里，描绘了一幅美丽灵动的早春二月景象：草木生长，鸟儿飞舞，杨柳轻拂堤岸，沉醉在烟雾笼罩中。村里的孩子们一放学，就急忙跑回家，趁着东风把风筝放上蓝天。

行走在早春二月里，春风轻柔拂面，小草破土生长，大地春回，连孩子老人们都从家里出来，跃然而动。

世间的一切都有了欣欣然的样子。

妙曼的早春犹如初见，让人生出无限的欢喜来。

早春的暖阳让人感觉像被温暖的羽毛所包围。看到万物苏醒，春意盎然，自己也想要像鸟儿一样展开"翅膀"，心情逐渐飞翔，连脚步似乎都变得轻快起来，喉咙里开始哼出连自己都不知道名字的曲子，心情雀跃而明亮。

将路边捡来的柳枝和迎春花枝带回，插在从网上淘来的景德镇花瓶里，家里立刻就有了春的生动和气息。

带点儿"春意"回家，让自己的心情也随着春花绽放，变得生机盎然，才不枉这春意人间，生命如春呀！

桃花灼灼踏春来

行走在阳春三月里，迎春花早已由二月的星星点点，变成了三月的蓬勃如画了。千朵万朵的玉兰花，也莹润饱满起来了。更让我惊喜的是，路旁年前干枯的桃树，已被盛放的桃花装点得美丽妖娆，释放出无限的美妙和韵味来。

灼然而开的桃花，就像十五六岁粉红鲜亮的女子，让人过目难忘。就像诗人崔护在长安南郊的一户农家里，偶遇的那位人面桃花的女子，"去年今日此门中，人面桃花相映红"，让诗人第二年禁不住再去寻访。可是"人面不知何处去，桃花依旧笑春风"了。从此，这位美丽如桃花般的女子，让诗人终生难忘，也成了流传千古的佳话。

是的，桃花灼灼而开。

它也让我想起《诗经·桃夭》篇里，那句著名的诗句："桃之夭夭，灼灼其华，之子于归，宜其室家"。这句诗里所描述的女子，与崔护《题都城南庄》里的十五六岁的妙龄女子不同，她不仅外貌光艳照人如灼灼盛开的桃花，而且还能守着一方屋檐过日子，这是何等美好的女子。

还记得有一年一家人外出看到桃花时的惊喜。那是在郊外的一户农家旁，两株不大的桃树上，竟然缀满了红艳艳的桃花！五瓣玫红的花瓣，细长如丝的花蕊，五角星似的花托，便构成了一朵朵娇艳欲滴的桃花。它们仿若二十七八的女子，染了腮红，在风中灿烂明媚地笑着；又仿若一只只红色的蝴蝶，在春风的吹拂下蹁跹起舞；还似天边落下的一片片红霞，装点着平凡朴实的农家……

我正沉醉于桃花的美时，从农家屋内走出一位手牵孩童的年轻妇人，看见我们在观赏她家的桃花，便对着我们粲然一笑，轻轻地说："世人只知桃花漂亮，可有多少人知道桃花的功用呢？桃花不仅可以酿酒，还可以在晒干之后泡茶喝，能活血消肿，也可以将它采摘碾碎之后与芦荟胶调和在一起，制成面膜敷在脸上美容淡斑。""哦，我们还真的没想到桃花有这么多功效。""对啊，它们不仅仅是好看呢。"年轻妇人说完，牵着孩童又回屋了。我突然感觉她多像《诗经》里的那个女子，"桃之夭夭，灼灼其华，之子于归，宜其室家"。

以前出去观赏桃花，只觉得有无限的美，只沉浸在它的美之中。如今又能体味出桃花的好来。那样美好的桃花，让我心底滋生出无限的喜悦和欢喜来。

想到这里，我遂加快脚步到超市，选购了自己和家人喜欢的蔬菜水果，一路欣喜地回到小区，也学着《诗经》里的那个女子，"之子于归，宜其室家"，提着蔬菜回家做饭啰！

红绿已繁盛，春意满人间

在繁忙工作的间隙，我们一家人终于抽出时间，在三月的一个周末，到郊外寻春赏春。

"天北天南绕路边，托根无处不延绵。"无论哪个方向的路边，小草已经绿绿茸茸，绵延拔节生长。路旁的庄稼地里，麦苗青青，随风而动，像一片波动着的绿色海洋。

各种花都开了。红色的桃花灼灼而开，"桃之夭夭，灼灼其华。"桃枝上一朵朵桃花，竞相绽放，如佳丽无数，妖娆美艳，唯恐错过自己的花期，再也无处安放青春。

如云如雪的樱花肆意盛放，"十日樱花作意开，绕花岂惜日千回？"只有十天花期的樱花，拼了命地开放，一簇簇，一团团，如牡丹，如海棠，如锦如云般，肆意盛放，即使绕花观看一千回，也不会嫌多厌烦。

洁白无瑕的梨花千树万树，在春风的吹拂下绽放。虽然在古代诗人的笔下，梨花都是伤感的代名词，"杜宇声声不忍闻。欲黄昏。雨打梨花深闭门。""无语。恨如许。方士归时肠断处。梨花一枝春带雨。"可是，此时的梨花，在太阳的映照下，洁白闪亮，纯洁无瑕，熠熠生辉。

粉红的海棠如娇羞的仙女盛开。"海棠珠缀一重重。清晓近帘栊。胭脂谁与匀淡，偏向脸边浓。看叶嫩，惜花红。意无穷。如花似叶，岁岁年年，共占春风。"绽放的海棠花如重重珠缀。娇艳的颜色好似美人脸上晕晕染染的胭脂红。花红叶嫩，意趣无穷。只愿我们的情谊似这海棠花叶，年年岁岁共春风。

路上的人们，在明媚的阳光和柔暖的春风里，褪去厚厚的棉袄，轻装前行。

有拖着砖块的三轮车，咕噜咕噜地向旁边工地驶去。工人们都已开工，砌砖，垒墙，干得热火朝天；也有三五成群出来游玩的，说着、笑着、闲聊着；有孩童玩耍游戏的,天真稚嫩的童音,响彻大地。

在红绿环绕的农舍前,小狗安静地躺着晒着太阳。旁边,一只小猫,灵巧地走过蔬菜地。

我们,寻了一处"绿树村边合,青山郭外斜"的地方,驻足停留。只见翠竹假石旁,坐落着一个农庄。农庄的院落里,有一株桃花安静地盛开,"闲看中庭桃花开",是诗意的享受。我们穿过小桥流水人家,到山边的农地里,看麦苗油油,蔬菜青青。

寻了野韭菜回家,洗净切碎放盘,然后打上三个鸡蛋,用筷子搅匀。再打火待锅烧热,放上一小勺油,加盐,然后把搅匀的野韭菜鸡蛋倒进去,用锅铲摊平,煎至黄焦,翻过来,再煎至黄焦,即可出锅。端上桌,野韭菜煎鸡蛋香气四溢,连家里,也盛满了春意。

伸出手，握手言和

吃晚饭时，儿子说想让我一会儿吃完饭陪他下盘象棋。我因为白天工作的事儿有些不顺心正烦闷着，就一口回绝了他，谁知他丝毫不气馁，提出来要教会我，但我真的是没有心情。

我就问他今天作业做完了没有，他说还有日记没写。我就顺势说："那你把日记写完了，我再陪你下棋，如果下完棋再写的话，不知要到晚上几点了！"他于是心情有些不悦："我不知道写什么。""其实，只要善于观察，生活中有很多事都可以写。譬如，你可以写今天早上咱们出去散步时，你看到、听到的景象。"我耐心引导他。"我不喜欢写日记，写文章，也不知道怎么写。"他干脆地说道。我按捺下性子继续引导："咱们早上在外面散步，看到了哪些树？""石榴树、核桃树、葡萄树、女贞树、法国梧桐。"他答道。"对啊，这些都可以写啊。我们还听到了什么？"我继续引导。"蝉鸣、鸟叫。"他有些不耐烦了，"可是这些都写进去也不够两百字啊！""你还可以写小吃一条街，我们买菜等呀！"我还是好脾气地引导。

"我不想听你说文章怎么写，我讨厌写文章！"我没想到努力教他写日记这么长时间，他直接甩出来这句话。"我教你，你还不想听，别人想要有人指导都没有！教你这么长时间，还说讨厌！我教你，你不想听，你想要教我下象棋，我也不想学！"我的耐性已快被他磨光了。"那我先教你下象棋，然后你再教我写日记"，他提出了他的条件。我感觉不能事事顺从孩子，尤其是在学习上，不能提条件，所以我直截了当地告诉他："你想想你对学习的态度，我教了你那么久，你居然说讨厌，还烦我教你！你想想你这样做，我会答应你的条件吗？"我生气地说，"我到外面散会儿步。你自己在家吧！学习是你自己的事情，你自己看着安排吧！"说完我就出门了。

我来到河边，无助和委屈涌上心头。付出那么多，却得不到他的认可和赞同！想来这世间的大多数父母，都有过这样无奈和难过的时刻吧！我沿着河边五味杂陈地走了半个多小时，才往回走。心想着儿子可能还像以前一样倔强生着气。可是刚到楼下，就看到儿子骑着车过来了，他对我说："妈妈，我已经写完日记了，下来骑会儿车。""哦，那就好！"我有些意外他做出的改变。

"来吧，伸出手咱们握手言和吧！"说完，他向我伸出右手。

这样的举动让我诧异又惊喜，他居然学会处理人与人之间的矛盾和问题了，而且是以这样智慧而大气的方式，没有谁向谁低头，不必去追究谁对谁错，没有谁先原谅谁，只是都向前迈出一步，相互尊重和彼此包容，伸出手，握手言和。

我当然毫不犹豫地伸出了右手。就这样，我们握手言和了！不再去追究之前，又和谐相处了。他写完了日记，我也在他的指导下用心地和他下了一盘象棋。

各得其所，皆大欢喜！

这让我想起成人之间，在矛盾冲突之后，我们总是希望弄清楚到底谁对谁错，总是期望对方先低头认错，总是倔强地不肯承认自己有错。有的人总是被迫成为先低头求和的一方，但天长日久会心理失衡；有些人，谁也不肯原谅谁，谁也不想先求和，所以采取冷战，采取对打，采取摔东西的方式，致使彼此伤害进一步加深，矛盾进一步升级，直到感情遍体鳞伤，终于无法挽回！

其实，人与人之间存在矛盾和冲突很正常，即便再相爱的人，也不可能完全没有矛盾。如何正确处理这些矛盾和冲突，不同的方式会带来不同的结果。

儿子想出来的这种方式，让我看到了一种能保存彼此尊严，不伤害彼此身心，智慧大气、和谐共处地解决人与人之间矛盾和冲突的方式。

那就是，无论谁，伸出手来，握手言和就好。

老赵，谢谢你能来到我的生命里

直到现在，我都还清清楚楚地记得他，记得他和善的面容和略带磁性的声音，记得他在我的高三时光里给予的那些温暖，常常让我无言地感动。

他就是我的高三班主任赵老师。大家都亲切地称他为"老赵"。

"老赵"其实并不老，带我们班的时候，可以说正值稳重成熟的中年。

他总是一副笑眯眯的和善面容，我们班同学叫他"老赵"，他也总是笑着答应。

记得高三上学期，他让我单独主持一次班会。我之前从未单独主持过活动，甚至连单独上讲台发言也没有过。我对他说，能不能换一个人主持，因为我从来没有主持过，也不知道怎么主持。他只是笑笑对我说："没事儿，你想怎么主持都行，我相信你。"

有了他这句话，我便放开手脚，从策划到安排，再到写背主持词，我都按照自己的想法努力去做好。

到了真正主持的那次班会，他没有来，我便关上门，按照预定的程序大胆地发挥了。我还记得我们当时排演了一个有关上学的小品，几个调皮的学生，还有我饰演的老师，现场表演都不错，同学们于是纷纷鼓掌。我透过窗户，看到他在外面窗边的一角对着我笑。我这才深深地明白他的用意。他不来，是害怕我紧张。他在外面看，是因为相信我能做好。

他做每件事儿的深层用意让我们感知：他其实对我们每一个人都有深切的爱惜之心。

他也常常鼓励和安慰我们。

记得高三下学期三月份，一模考试之后，我的成绩从班里前三一下滑落到倒数第十。那段时间，感觉自己整个人精神恍惚，老师讲的课在我脑子里是团团云雾，不知自己身在何处，甚至与同学交谈都无法集中注意力。吃饭、睡觉都完全沉浸在自己的灰色情绪里，真的有一种要崩溃的感觉。

于是我到办公室里找到老赵，跟他说了我的状态。没想到他却轻松地对我说："这都属于正常。有很多高三学生都会经历这样的状态。每个人都有自己的低迷期，你现在所要做的，就是尽快加以调整，从你自己的低迷期中走出来。相信我，一切都会好起来的。"

他的话让我坚信，只要积极地想办法调整状态，就能很快从自己的低迷期中走出来。

事实证明他的话完全正确。我只用了不到一个星期的时间，就从灰色情绪中走了出来，二模、三模的成绩也不断上升，高考更是考出了自己的理想成绩。

永远都记得高考前，我爸给我送菜时，他对我爸说的话："她只要静下心来答题，正常发挥，就差不了。"

他的话像一颗定心丸，让我紧张慌乱的心，一下子就变得安静从容。在高考考场上，即使外面有不少的嘈杂声，我也只是静心地做自己的题。

高考成绩出来的那天晚上，他电话打到我们家后面的商店。20年前的农村，很多家庭都还没有电话。商店的老板，隔着很远的距离，大声喊我爸的名字，然后让我爸转告我去接电话，说是我的班主任打电话来了。

我一路小跑到商店里，等在电话机旁。待电话机铃声一响，我接起来，只听见老赵熟悉的略带磁性的声音说道："玲玲，你知道你考了多少分吗？你考了558分，能上一本重点大学了！"他惊喜的声音让我欣喜和感动。他不知道，我在说谢谢的时候，眼泪已盈满眼眶。

他亦为我们的成功感到欣慰和自豪。

老赵，谢谢你能来到我的生命里！

这世上，除了父母和爱人，恐怕就只有老师，像他一样，那样真诚地希望我们好，那样真切地爱惜我们，尽心竭力地帮助我们、鼓励和安慰我们，也为我们的成功感到欣慰和自豪！

此去经年，那些温暖和感动，依然历历在目，成为我们人生中最珍贵的宝藏，被我们珍藏。

后来，我也成为一名老师，将那些生命中的温暖和感动，变成永恒的记忆，融化在我的生命里，成为我不断前行的动力和同样播撒爱与希望的种子。

生命中那些最可爱的人

我的一生，受老师的恩泽多多。

上小学时，由于性格比较内向，老师点我回答问题时，我总是特别紧张，原本想好的答案，在我从座位上站起来的那一刻变得无影无踪。纵使我使劲在头脑里搜索都是枉然，我的大脑始终一片空白，这让我越发紧张，支支吾吾半天说不出话来。

我的这种表现让很多老师都有恨铁不成钢之感，他们要么批评我连这么简单的问题都回答不出来，要么唉声叹气地让我坐下。老师们的态度让我更加内向，更加紧张，害怕老师的提问。

直到六年级，我遇到了陈老师。他是我们的语文老师，不仅语文教得好，心地善良，对我们每个人总是和颜悦色。

有一次，他上课点我回答问题，我像往常一样半天说不出一句话。我以为他会像以前的老师们一样，谁知他一直面带微笑，一步一步引导我说出了自己的看法。我当时感觉自己紧张得额头直冒汗，声带发紧，说出的声音似乎都带点儿哭腔。同学们觉得好笑，有的同学甚至都笑出了声。但他却说："不要嘲笑同学，能在众人面前说话、回答问题就是勇敢的表现，就是在突破自己蜕变成长！对于这样的同学，我们更应该给她掌声！"说完，他带头鼓起掌来，同学们也纷纷为我鼓掌。

那一刻，我知道自己有了在众人面前表达自己的勇气，也有了能够主动突破自己，发展自己的胆量和信心。

初中时，由于数学难度加大，我的数学成绩很不好，早已没了小学时的优势。还记得初三的数学成绩，几乎每次考试都六七十分，有时甚至不及格。当时我们的班主任是数学老师周老师。他从不因为我的数学成绩不好而批评我，我问他题时，他总是很耐心地给我讲题。甚至在初三上学期的寒假里，他利用自己的休息时间，给我们班数学薄弱的几位同学免费补课。有时临近饭点，他就让师母给我们也做上饭，让我们在他家吃。他的无私精神深深打动了我，我更加努力地学习，数学终于有了较大的进步和提升，在中考时考出了不错的成绩。

上高三时，我家一度因为经济困难交不起学费，我们当时的班主任赵老师，跟学校申请直接免除了我一个学期的学杂费。高考前，我有些心慌，心神不定，老是害怕自己考不好。于是他对我说："只要你能静下心来考，就一定考不差。"这句话让我像吃了一颗定心丸般，紧张浮躁的心一下子就安静了下来，我知道他是想让我安静地做好自己就足够。正是他的这句话，使我在高考考场上能始终以平静、专注、投入的状态，坚持考完所有科目。

永远都记得高考成绩下来的那个晚上，他专门打电话到我家后面的小商店，第一时间告诉我"考得不错"，并告诉我每科的成绩。我能感受到他与我分享的喜悦之情，他惊喜的声音让我无比地欣喜和感动。他不知道，我在电话里说谢谢的时候，眼泪早已盈满眼眶。

我的大学是在武汉华中师范大学上的，它坐落在轻灵的桂子山上。在那里，我逐渐从稚嫩走向成熟。但成长中的很多困惑逐渐在心底沉积，有一段时间自己的心情相当阴郁。当时的辅导员兼专业老师王老师，敏锐地察觉到了我的问题，他及时找我谈心，一次又一次地耐心开导我，让我逐步从阴郁中走了出来。还记得他经常给我说的一句话："人生不可能没有挫折和困难，但你一定要内心强大，野蛮生长，一生向阳！"

生命中那些最可爱的人，他们将关爱与善良、真诚与温暖、情义与美好，播撒到我的内心深处。

受到他们的影响，我也成了一名老师。跟随着他们的脚步，我用真诚去关爱自己的每一位学生，继续将真善美的种子播撒和传播下去。

当代实力派作家

—— 李希锦

冬至思故人

　　不知不觉中，时光到了十二月份，城市街巷、山野间一改以往葱绿的主色调，红的枫叶、杉树，黄的银杏、黄桷，五彩斑斓，天地间悄然变了模样。

　　经过花鸟市场，店家陈列着一盆盆黄的、白的菊花。翻看手机日历，哦，冬至节气快到了。

　　记得，二十年前，也是这样一个天寒地冻的清晨，我和妻子在富阳一家小旅馆醒来，正准备去吃早饭。手机响起，是父亲打来的，"姑子走了"，在我老家语言表述，人去世了，不说死了，而是走了，当时，我脑子里跳出另外一个上了年岁、却不讨我喜欢的远房姑姑，直到父亲补充一句，"是彭琴姑子走了"，顿时，我蒙了，待在原地，眼眶湿润，许久才回过神来，转身跟妻子通报这事，赶紧收拾行李，回杭州，再赶回江北老家。姑姑彭琴跟我爷爷并没有血缘关系，在她十四岁的时候，就辍学来到我们村里，到村里毛衫厂上班，她住我家里，爷爷对她视如己出，直到她十八岁早早出嫁。姑姑婚后，小家庭日子清贫，但是，今天一壶热豆浆，明天一只大西瓜，姑姑对我爷爷孝顺有加。只是，天妒红颜，在她三十六岁那年，因为一场家庭琐事，她永久地离开了我们。

　　十年前，也是在这样一个清冷的早晨，病重的父亲仿佛一台机器，"马达声"渐渐停止，安详地离开我们。父亲去世前一周，我们把孩子安置在城里，开车回去看望久卧病床的父亲，妻子细心地给我父亲洗头、修剪指甲，母亲在一边跟父亲说："儿子、儿媳妇回来看你了，开心吗？""还用谈呐，儿子、儿媳妇对我太好了。"在父亲去世前的两三天，出现明显的回光返照迹象，一直处于昏迷中的父亲，口齿清晰，"行李拿好，赶紧上船……"在我心目中，父亲永远是那个大嗓门，精力旺盛，精明能干的汉子。父亲一路做过生产队干部，村办厂里的供销员，后来，工厂转制，父亲又转型开服装店、贩运鸡蛋，开办小型机械

174

加工企业，父亲是远近闻名的致富能手。

慎终追远，不忘来时的路。

今年年底，我要陪儿子去爷爷墓前。我会给他讲述，同样是这样寒冷的冬季，爷爷年轻的时候，带领生产队队员，人工"挑河"，那时，爷爷二十出头，血气方刚，身先士卒，挑最重的泥担子，一个工期下来，累得吐血，差点丢了性命。我还要给他讲述，我的大伯，他的大爷爷早年在厂里做供销员，负责浙江市场，成为家乡最先富起来的一部分人，大爷爷致富不忘乡梓，给家乡学校捐资办学的往事。我也会给他讲家乡的烈士陈洪元英勇杀敌，打尽最后一颗子弹，马革裹尸的壮举。

冬至过后，将真正进入气象意义的冬天，进入"数九寒冬"。宋代周邦彦有诗云"风雪惊初霁，水乡增暮寒。树杪堕飞羽，檐牙挂琅玕。"民间亦有谚："一九二九不出手，三九四九冰上走……"但是，天寒地冻，不正是在悄然孕育着又一个美好的春天吗？我们从逝去的先人身上，汲取他们对生活的热爱，对生命的担当，我们有理由相信，明天会更好！

百岁老人的"滋补品"

村里的李俊仁大爷，最近刚刚度过他的百岁生日。区里镇上和村里干部敲锣打鼓，鞭炮轰鸣，来到李大爷家里，送上对百岁老人的生日祝福。

这位百岁老人，可不简单，少时饱读诗书，做过几年私塾老师，后来在农业社、生产大队会计岗位上一做就是四十年，认真负责，做的账目滴水不漏，乡人尊称他为"仁先生"。

百岁老人仁先生的外孙女小艳跟我是小学同学。龙年春节正月初八，小艳在同学群里，分享了她外公的照片和亲友给老人祝寿的喜庆热闹场面。人逢喜事精神爽。照片中，百岁老人头发乌黑，面目慈祥，脸色红润，精神不错。要不是小艳介绍说是她外公百岁生日，老人家看上去也就六七十岁的样子。

我们读初中的时候，仁先生的家在学校河西，小三间的堂屋和厨房分开。记忆中，我经常看到他们老两口在家门口走动忙活，不疾不徐。在我印象中，这位中等个子，庄户人黑瘦面孔的仁先生，寡言少语，养几只小鸡小鸭，养条小狗，安静，恬然，静享田园生活，安度晚年时光。

那天，四代同堂的李大爷家热闹非凡。区里送来"百寿图"，镇里村里和有关部门送来十层大蛋糕，还见到了一位特殊的嘉宾——从我们村里走出去，现在城里退休赋闲，八十五岁高龄的任伯，也特意从城里赶来，当面向仁先生道贺。任伯托友人吴老师写了一幅书法，内嵌"百年"、大大的"寿"字竖轴。当任伯出现在仁先生面前，仁先生先是一怔，回过神来，又惊又喜，连声说："难为难为，崇海你也能来，我太高兴了。"任伯朗声道："你是我的前辈，老师辈，我敬重你。当年我从高中辍学回家，你给我很多关心和鼓励，至今忘不了啊！"

六十多年前，任伯正值风华、正茂血气方刚的年纪，"对美好未来充满无限向往"，因为一场意外，不得已辍学回乡，一度心灰意冷。仁先生特意找到他，和他谈人生，谈理想，勉励他辍学不辍志，拿起笔做文字工作。任伯重新振作起来，先后去公社宣传报道组、银行办公室工作，写了好多报道，写了多篇诗歌、散文，在广播电台里播送，登在各级报纸上。任伯出的两本书《笔走阡陌》《豌豆花开》送给仁先生，他一篇篇看了，文中写的都是他熟悉的场景，宣传报道各条战线上的先锋人物他也大多认识，喜闻乐见，百读不厌，放在案头，经常翻阅，用仁先生的话说"比什么滋补品、保健品都要好"。

人生在世，难得百岁，尤其眼前的仁先生耳聪目明，任伯向仁先生问起他的长寿秘诀，仁先生乐呵呵地说道："哪有什么养身之道啊。女儿对我孝顺，一日三餐，规律生活，心情开朗。"一旁小学退休老师，也已八十出头、仁先生的女儿接过话来，"老爷子每天坚持走路、打拳。唯一的爱好就是看书，写写读书心得，坚持记日记，写写书法，他的记忆力比电脑还要好。"欢声笑语，飘出小屋，传得很远……

走出仁先生的小屋，门前小河潺潺流动，水波不兴，春光明媚，清风徐来，百鸟鸣啭，任伯心里满是喜悦和兴奋，不由感慨，像仁先生这样活到老，学到老，勤动脑，百岁高寿，正是新时代人们安居乐业的最好注脚。

清明祭祖

清明时节的神州大地，春风和煦，柳絮飘飞，桃花、梨花竞相绽放，还有那漫山遍野蓬勃灿烂的油菜花，黄得耀眼，美得令人心醉。正是"气清景明，万物皆显"，人们相约郊外赏春的好时节。

清明节，也是祭祀祖先的传统节日。每年，清明时节临近，我们家族成员，无论远近，都会不约而同赶回家乡，参加家族盛大而隆重的祭祖仪式。

清明节这天，天刚启明，承办本年度祭祖仪式的东道主，洗濯清爽，郑重地把记载列祖列宗名讳的家族"族字"请出来，张挂在堂屋家神柜上方，点上清香三炷和庭院中的斗香。而后，家族成员穿着正装，陆续来到这户人家集合。主人会殷勤地上茶，端上热气腾腾的包子、汤圆、烫干丝，家人们彼此喝茶聊叙。吉时已到，家族字辈长、有名望的长者，安排给祖先供饭菜，带领家族成员行跪拜礼，焚烧纸钱给祖先，升鞭。跪拜的人，表情肃穆，以这样一种极为庄重的仪式感，公祭祖先，祈求祖先保佑家族，平平安安，开枝散叶，兴旺发达。

有一次，家族成员之间因为家庭琐事，兄弟不和，心生抵牾，关系闹僵，家族长辈在祭祖那天，动之以情晓之以理，让他们对着祖先"族字"跪下，"本是同根生，相煎何太急""相逢一笑泯恩仇"，过去的恩怨、不快，烟消云散，兄弟握手言和，重修旧好。

记得我小的时候，常好奇地问爷爷，我们以前的老祖宗是哪里的。爷爷不识字，却清楚地说出，我们的祖先是明朝初年，"洪武赶散"，从苏州阊门迁过来的。而我岳父校姓，经考证，是"一代天骄"成吉思汗的后裔，源于蒙古族乞颜孛儿只斤氏，在元末为避难南下中原，改为现在的"校"姓。寻到了"根"，我岳父每隔几年就去一趟内蒙古伊金霍洛旗草原，参加黄金家族祭典。

儒学经典《论语》中，曾子曰："慎终追远，民德归厚矣。"慎终，慎重地办理父母的丧事；追远，虔诚地追念祖先。从而，人们的道德情操就会归于淳朴忠厚，人们的道德风尚符合社会公序良俗的标准，整个社会风气就会风清气正，也就契合社会主义核心价值观的要义。

"耕读传家躬行久，诗书继世雅韵长"。清明祭祖，缅怀祖先英德，感恩祖先庇护，凝聚家族感情，明礼诚信，族亲融合，互帮互助。激励家族成员，遵纪守法，家庭和睦，构建和谐社会；激励家族成员怀"天下兴亡，匹夫有责"之志，勤恳务实，建功立业，给家族带来荣耀。

每次祭祖，家族中给村里乡人做家宴服务的庆哥，不管多忙，指定亲自掌勺，为家族成员带来他的拿手厨艺。用他的话说，"我有这个手艺，烧出饭菜，给老祖宗'吃'，给家人们享用，这是我的义务。"

清明祭祖，聚的是绵延不断的家族情，也是那份浓浓的割舍不断的乡情。

相聚是一首歌

仿佛转个身的工夫，离开高中校园已经三十年了。热心的高中同学早就相约，在今年春节期间组织毕业三十周年聚会。

我们这届高中同学，生于20世纪70年代中期，那些流行于20世纪90年代的流行歌曲，《涛声依旧》《恋曲1990》《星星点灯》《潇洒走一回》……张口就来，伴随我们从青涩少年满头青丝到霜染两鬓兼有"草原荒芜"的模样，一路唱来，直到天荒地老。尤其这首《年轻的朋友来相会》："啊，亲爱的朋友们，美妙的春光属于谁，属于我，属于你，属于我们八十年代的新一辈！再过二十年，我们来相会，伟大的祖国该有多么美！"节奏欢快，唱出整整一代人的心声。

不经意间的一个回头，三十年，时光如水，如诗如梦，悄然流逝。回首往昔，红尘作伴，欢笑，泪水，分别，相思，仿佛这样的初春，晨阳初照，北国雪地上，一串串深深浅浅的足印，曼妙成一幅静美画卷，定格在时代背景墙上。

……

最美的年华，遇见你，真好！

记得是1990年的9月，爸爸腾出时间，骑脚踏车带着我，车后座上绑着妈妈洗得干干净净，还残留着阳光味道的被褥、换洗衣服，来到镇上的高中报到。卧龙桥头，靴子河畔，心仪已久的高中早就敞开大门虚位以待。学校橱窗中，红纸上赫然写着各班班主任和新生名单。教学楼的琅琅读书声，即将开启的住校生活，一切都是那么新奇。

三年的高中生活，秋去春来，讲台上的老师，阳光般无私地闪耀着，如丝丝清风拂过，雨露一样浇灌着我们求知若渴的心田。那天，闲翻《环球人物》杂志，一段话引起我的共鸣。"我生来就是高山而非溪流，我欲于群峰之巅俯视平庸的沟壑。我生来就是人杰而非草芥，我站在伟人之肩藐视卑微的懦夫！"这是"七一勋章"获得者张桂梅老师带领丽江华坪女子高中那些农家姑娘喊出的誓言。何其耳熟，当年求学期间，班会课上，考前誓师大会上，班主任老师，多少次煨炖"心灵鸡汤"，给我们加油鼓劲，描绘考进大学跳出农门的精彩，点燃懵懂青年心头的热情，照亮我们前行的道路。

高中三年的同窗情谊，胜似兄弟姐妹。记得新世纪初的一个夏日，我去北方的一座大城市出差。创业伊始的杨同学陪我在工地边上的小饭馆叙旧。谈到读书时晚自修后，去史老师家的家庭小食堂，五角钱一碗，漾着猪油、蒜花香的阳春面，都是要掂量良久才决定去不去打牙祭的。也是在那天吃饭的当儿，杨同学告诉我，在跟着别人做了几年工程后，自己单干，施工队挖管道不慎挖断了电信局的线缆，这下麻烦大了。请电信局专业人员来补接线缆，花费少说也得三十万，这在当时是天文数字啊。我从他紧锁的眉头中读出，刚刚创业的不易和几多艰辛。不由为他捏把汗。想起网络上有句话：很多人关心你飞得高不高，却少有人关心你飞得累不累。

1993年的7月，我们闯过"千军万马独木桥"，作别高中校园，羽翼渐丰，扑棱着翅膀，飞向高远的蓝天，飞向莫测的远方。而今，或笔直或曲折，或华丽或平淡，或高音激越或低音舒缓，你我的奔跑轨迹，都奏响着时代乐章。

人们常把老师比作辛勤的园丁，菁菁学子比喻成花儿。离开校园的日子里，生命中的每一个不期然的美好，每一份沉甸甸的收获，正像那粉红色、素丽的花瓣，组成朵朵花儿，随风摇曳，汇成一片璀璨的花海，装点着这个世界。

出走半生，归来仍是少年；遍历山河，不染一丝风尘。岁月如歌，再次相逢更是一首经典老歌。你是那夜空中最亮的星星，照亮我一路前行，你是我生命中最美的相遇，你若安好便是晴天。诚如这首脍炙人口的歌词，母校老师的深情祝福，同学们的感恩告白，定格在时光深处，长久地温暖着我。

千里奔赴

俗话说:"有钱没钱,回家过年。"人们千里奔赴,只为万家灯火中那最温馨的一盏。

一次,和好友老侯聊起每年春节千里迢迢回家乡过年,他讲起,多年前,年底收好货款,他连过年衣服都来不及买,就跑去百货大楼买来傻瓜相机和胶卷,只为春节回四川给家中老人和一双儿女拍几张照,留待来年仔细端详,以解思念之苦。我也记得有一年的腊月底,大雪后的清晨,和妻子开车回到家乡,几个月没见,四岁的儿子小脸蛋晒成"高原红",戴个绒线帽子,穿着肥厚的棉袄,躲在奶奶身后,怯生生地望着似曾相识、笑意盈盈的我们,不到半个小时,小家伙像一条活泼的小狗,在我们身边亲昵打转,妻子抱起他,在他脸上左啄右啄,亲个不停。

1999年的春晚,一首《常回家看看》唱出多少游子的心声,让多少游子柔软的心瞬间破防,瞬间泪奔。"常回家看看,回家看看,哪怕给妈妈刷刷筷子洗洗碗,老人不图儿女为家做多大贡献,一辈子不容易就图个团团圆圆……"是啊,在外打拼的我们,最大的安慰莫过于回到家乡,一声"爸,妈,我们回来了。"最动人的场景也莫过于爸妈从厨房走出来,双手在腰间围裙上擦了又擦,接过我们的行李,冲我们一声"到家了?辛苦了!"笑靥,那一刻在他们深深浅浅的皱纹间绽放开来。

千里奔赴,只为和挚爱的亲友见上一面。去舅公家听他分享今年鱼塘的收成,庄前屋后这一年来的新鲜事。去外公家,捧上一杯热气腾腾的油果子茶,欣赏他气定神闲地展纸挥毫,为邻居写春联,一会儿的工夫,"欢歌笑语辞旧岁,烟花爆竹迎新春。"一幅神采飘逸的春联写就,邻居连声道谢,喜滋滋地拿回家。去大哥家,健谈的大嫂金句频出:"小时学会说话,老了学会闭嘴""一家饱暖千家怨，半世功名百世愆"的人生哲理，让我沉思良久。

陆游有诗云"何时见朋旧，细话别开心"。高中同学早就约好，在春节期间组织毕业三十周年聚会。高中毕业之后，同学们分散各地，成家立业，多数未曾谋面，看着聚会名单上的名字，很难和昔日的模样对上号。相思不如相见，师生相聚一堂，把酒言欢，高歌一曲《你在他乡还好吗》。远去了风华正茂，迎来了两鬓风霜，时光不老，友情不散。

千里奔赴，只为亲近游子心头的桃花源。我的家乡，苏北里下河平原上一个河港环绕、风景独好的古镇，我的祖辈在这片土地上，春耕秋收世世代代走过了数百年。这个初春的时节，朔风凛冽，枝头泛黄，大地萧瑟，正悄然孕育着又一个繁花似锦的春天。圩堤上迎风飒立的银杏、杉树，站成一道风景线；蜡梅凌寒自在绽放，田野冬麦青青，空气微甜，又是另外一个画风。站在家乡厚重的土地上，和煦的阳光像母亲掌心的温度，游子卸下奔波的负累，远离职场喧嚣，不妨泡杯绿茶，慵懒地闲翻几页书，耳边轻轻飘来动听的乡音，舌尖滑过"小时候的味道"，实在是人生一大快事。

整理好回家过年的心情，奔赴千里之外心灵的港湾。我想，只有脚踩在故土上，才能心净无尘，心境澄明，放眼来年，和命运相伴共舞，彼此温柔以待。

最难忘的"新婚礼物"

世上最浪漫的事，莫过于在最好的年华遇到你。最好的新婚礼物，不是鲜花、钻戒，而是亲人发自内心对你的赞许。

11月19日清晨，前一天晚上刚刚办完婚礼，吴倩和新婚丈夫黄子立还在酒店里休息。忽然，一阵"滴滴滴"手机铃声响起，婆婆陶大姐在家人群里连发几条语音，语气急切："倩倩有没有起床啊？""这边有个老人倒在地上了，能不能来看一下？"

新娘吴倩，黄山姑娘，芳龄28岁，皮肤白净，鹅蛋脸，长相甜美，现在杭州一家康养医院担任护士长。黄子立看见消息，险情就是命令，这位大学毕业后在部队锻炼过的年轻人赶紧摇醒熟睡中的吴倩。她一个激灵，顾不上刷牙洗脸，简单套上衣服，叫上同为护士的伴娘叶欣，一路小跑跑去现场……

初冬的杭城，天寒料峭，此时酒店门口已经围了一大群人，只见躺在地上的阿姨不省人事，额头上满是汗珠，边上，阿姨的同伴急切地呼唤着她的名字，可是，阿姨一点反应也没有。吴倩见状，立马蹲下身子，跪在阿姨身旁，查看情况。

吴倩凭着职业敏感性初步判断这位阿姨是因为低血糖晕倒的。在得到阿姨同伴"她吃过早饭了"的回答后，吴倩摸了摸倒地阿姨的颈部动脉，脉动微弱，情况危急。

说时迟，那时快，吴倩和叶欣迅速脱下外套，赶紧给阿姨做心肺复苏。吴倩发现，阿姨面色苍白，牙关紧闭，尝试掰开她的嘴巴，向周围的人问道："有没有小棍子？"有人迅速翻包，递上一把小勺子，吴倩接过勺子，熟练地抵住阿姨的牙齿，防止舌头阻塞气道引起窒息，然后继续按压，做心肺复苏。一下，两下，三下……心肺复苏做了五分多钟，救护车也赶到了现场。初冬清晨的风还有些寒意，吴倩和叶欣的脸上却渗出豆大的汗珠，吴倩和叶欣等救护人员把阿姨抬上车，才放心离开。事后了解到，倒地的阿姨是因为血管瘤破裂而晕倒，当天被120急救车送去医院后，随即被转运去上海的医院，两个小时内就进行了手术，所幸，手术成功，人已经苏醒过来。

吴倩和叶欣的及时救助，为手术抢救成功赢得了宝贵的时间。

回酒店的路上，蓝蓝的天空下，一群洁白的鸽子飞过。黄子立心疼地为吴倩披上外套，想到新婚妻子刚刚跪在冰冷的地上救人，他问吴倩："临时急救可能会发生其他意想不到的事情，你害怕吗？"吴倩笑着说："哪还有空想那个，救人要紧。"黄子立也笑了："娶到你这个老婆，真是我的福气啊！"

不只是老公夸，婆婆陶大姐对吴倩也是赞不绝口。就在前一天晚上，我们几位老乡，受邀参加了一对新人的婚礼。在婚礼现场，碰到陶大姐，戴着一副深度眼镜，眉目和善的陶大姐乐呵呵地谈起儿媳也直竖大拇指："人美心善，我这个儿媳妇毛好嘞！"

第二天，倒地阿姨的同伴去上海探望病人，在病房里，特地给陶大姐打来电话，感谢并祝福新娘子。"祝福吴倩新婚快乐，好人有福报！"得知获救阿姨没事了，吴倩也长长地舒了一口气。她表示，"当护士，救死扶伤是天职，危急关头救人，应该做的"。

新娘吴倩的公公黄国轩，是盐城市盐都区楼王镇人，高中毕业后跨进军营，成为一名光荣的人民空军，在部队机关就是个有名的"笔杆子"，转业到地方跨入公安行列，从基层民警干起，先后在三个派出所、局纪委、指挥（情报）中心、出入境管理部门担任领导职务，多次立功受奖，快到退休年龄，仍然一腔热血坚守岗位，践行使命，守护一方平安。

我从《杭州日报》《人民日报》公众号看到对吴倩事迹的报道，致电老乡黄警官，黄警官谦虚地说："儿媳妇很优秀，只是做了分内之事。"我想，婚后第一天的善举，病人的感激和祝福，亲人们的赞许，也是新娘吴倩收到的最好的新婚礼物。

为你点赞，吴倩，盐城人的好媳妇！

杭城之约

"天青色等烟雨，而我在等你。"方文山的这句歌词，镌刻在宾馆门边侧墙上，富有诗意，意境悠远，是恋人的心思，也是相思之人的心语。

相逢总是在九月。金风送爽，丹桂飘香，终于等到你，等到你们，来到杭州。我妻子几位要好的高中同学早就"密谋"着来杭州，给他们的老班长庆生。相思不如相见，来一趟说来就来的周末之旅吧！

有朋自远方来，不亦乐乎？提前一个星期，做攻略，给即将来杭州的同学们联系宾馆，预约饭店，筹划行程。同学一行，周末来杭州只待一个晚上，如果只是上饭店喝顿饱酒，打"掼蛋"厮杀，去歌厅"相思风雨中"抒情一番，就各回各家，未免太单调了点。我跟妻子商议，同学们远道而来，安排他们去西湖边"半日游"，去杭州宋城景区看一场千古情演出，才不枉他们长途奔波，舟车劳顿之累吧。

周六傍晚，妻子的同学们陆续自驾抵达杭州，入住宾馆。晚饭后，安排在宾馆边上颇负盛名的黄龙海鲜大排档，请客人尝尝浙江东海的海鲜。

临开席，外卖小哥准时送来一束鲜花和一个蛋糕，妻子甚感诧异，惊奇地问我："鲜花和蛋糕是你这个直男订的？你什么时候去订的？我咋不知道呢？"我呵呵一笑，"提前剧透，又怎么给你惊喜呢？"望着一束粉红色系的鲜花，和蛋糕上的"Happy Birthday"，妻子嘴角上扬，开心和激动分明在她明澈的眼眸中闪烁。

那晚，我醉了，同学们也都喝得尽兴。频频举杯中，同学们好奇地问我："姐夫，当年你是怎么追到我们班的四大美女之一，我们的班长的呢？"拨开时光的轻纱，当年，他们的班长长发披肩，眸如秋水，微圆的脸上挂着阳光般的橙色，端庄优雅，确有不少追求者呢！"缘分啊，干杯。"我巧妙地避开了采访。

一杯再一杯，谢谢你们从大丰、从南京、从常熟赶到杭州，为我妻子庆生，送上你们的真诚祝福。

次日一早，我们陪客人去西湖边，驻车花港观鱼停车场，一路上，大家有说有笑，叙旧、调侃、打趣。这个秋天，亚运盛会即将举行的前夕，杭城早就梳妆一新，铆足劲向各国来宾展示最靓丽的风景，西湖景区更是"淡妆浓抹总相宜"。景区内，绿植葱茏，花团锦簇，分外迷人。站在绿荫如盖的苏堤上远眺雷峰塔，凉风习习，秋高云淡，一汪碧波，流淌着唐诗宋词，缓缓流动，西湖边的景观鱼儿自在游动，湖里的荷藕已到收获季，却依然荷叶田田，晚开的荷花，雍容绽放，顾盼生姿，好一个"接天莲叶无穷碧，映日荷花别样红。"同行的女生雀跃着，拍照合影，刻录下当下的美好。中午驱车到梅家坞茶楼，初秋的梅家坞山岙间，茶树翠薇，空气清新，景色宜人。泡上一杯青翠的龙井茶，杯中，茶芽翻飞，茶烟氤氲，且让时光慢下脚步，定格在这样舒缓的韵律中吧。下午，去宋城景区欣赏"一生中必看一场"的千古情演出。良渚之光，宋宫宴舞，白蛇传和梁祝的爱情传说，声光电的舞台演绎，仿若一幅画卷，向观众展示这座文化名城深厚的历史底蕴，灿烂的文明，当下的风姿，同学们连连称赞，连道过瘾。整个行程，紧凑，精彩。

同行的刘同学晒出朋友圈，配文问"时间都去哪儿了？"是啊，一晃，妻子和她的同学，毕业快三十年了。回溯时光的河流，当年的一群少男少女，青春活力，蓓蕾初开，在县城的高中，同窗求学。妻子坦言，那时班上的几个"调皮猴子"真是让她这个班长"不省心"，转眼间，毕业之后，各奔前程，同学友情犹如三十年的陈酿，愈加绵香。陈同学去了军营，军旅生涯，羡煞旁人；张同学继续攻读考上高校，后来进入央企；王同学和周同学进入国企机关，更多的同学自己创业，成就属于自己的人生篇章。时光如水，岁月从来不会辜负一颗颗砥砺前行、实现自我的心，岁月也会漂洗、积淀出友情之潭。

时光流逝，也许会很快淹没昨天，但遗忘不了的，却是那一帧帧剪影，一个个美好，悉心收藏，成为记忆深处永恒的相册，历久弥新。

水岸边的风情

少时读书,"鹬蚌相争,渔翁得利"的寓言故事耳熟能详。其实,随着环境、气候的变化,个头小、对环境适应性弱的鹬这类鸟儿越来越稀少,早已被列为国家保护动物,其中,小青脚鹬被列为全球最濒危候鸟之一。近日,《盐城晚报》头版报道,在盐城条子泥湿地监测到,濒危物种小青脚鹬的数量再创新高,达1560只之多。

这样一则关注"小小鸟"的头版头条新闻,折射出在"世界湿地之都"——盐城,从政府层面、科研人员到普通群众、志愿者,人们践行"两山"的理念,推进生态环境保护,珍稀鸟类赖以栖息的湿地环境得到进一步的改善。

在盐城,那个生我养我的乡村,河港纵横,绿树葱茏,鸟儿欢唱,白墙黛瓦的民居掩映其中,不就是天然原生态的湿地公园吗?记得,小时候,在田里劳作的大人们,渴了,去河边掬一捧晶莹的河水"咕嘟咕嘟"喝下去,畅快;写完作业的我们,去田野里割草喂羊,去树林间撒欢,望着树上挂着的还没成熟的桃儿、梨子,久久地出神;也会约上玩伴来到河边,徒手逮傻傻的"虎头鲨",抓几只小龙虾,回去给家人改善伙食。

我的家乡盐城,虽然是全中国唯一没有山的城市,但盐城的生态环境绝优,拥有包括沿海滩涂、湖泊、河流、沼泽等多种类型的湿地,长达582千米的海岸线边上,滩涂面积占江苏省滩涂总面积近70%,为丹顶鹤、"四不像"麋鹿和小青脚鹬、勺嘴鹬这样的珍稀物种提供了绝佳的生活环境。勤劳的人们,用挑河挖港的河泥,堆筑出圩堆,种植果树,撒上花种,来年春来,粉红的桃花,白的梨花,盐城独有、雍容华贵的枯枝牡丹,各色艳丽的花儿,把我的家乡装点得五彩斑斓清香幽远。

也正是从那时起,每次,踏上家乡盐城的土地,仿佛游子站在妈妈面前,用心感受妈妈年轻时的俏丽和温柔。

从地图上看家乡盐城，背依南黄海，西面广袤的苏北平原，像一个沉思者的头颅。无边无际的黄海，潮涨潮落，日夜不停地亲吻着我们脚下的这片滩涂；丹顶鹤珍禽保护区，神奇，灵性，一直心向往之却始终未能踏足，可以想象得出"晴空一鹤排云上，便引诗情到碧霄"的诗情画意；黄昏时分，大纵湖东晋古城水乡湿地，一群归巢的鹭鸶映着波光翩翩起舞，"落霞与孤鹜齐飞，秋水共长天一色。"这般大自然和谐，唯美的景象，独属于水岸边热爱生活的人们。

盐城湿地之美，美在稀有的生态，美在独特的景观，美在清新的空气。瞧，东边滨海生态廊道，中间串场人文古韵，西乡湖荡湿地风景，北有黄河故道风情。站在这片水秀灵动的土地上，东望大海，默念海子的那句"面朝大海，春暖花开"，心潮澎湃，心旌荡漾，烟火气外亦有诗和远方，"从明天起，做一个幸福的人，喂马劈柴，周游世界。"诗和远方，在你我内心萌动，生发，是心声，也是本该就有的生活态度。落日余晖，鹤舞金纱，耳畔忽然响起20世纪80年代的经典旋律《一个真实的故事》，善良、懂得感恩的盐城人，永远怀念一个叫徐秀娟的姑娘，一个把爱和生命留在海边滩涂上的秀丽的东北姑娘。

"此心安处是吾乡"，来到盐城，放下行囊，抵达心灵的故乡。朋友，停下你匆忙的脚步，邀上你的三五知己，来这里歇歇脚，在黄海森林公园吐纳清新空气，观垛田上万亩油菜花，赏"荷兰花海"，徜徉于烟波浩渺的大纵湖，听"四不像"麋鹿呦呦鸣叫，说不定还能偶遇丹顶鹤和勺嘴鹬、小青脚鹬呢。

来吧，朋友，放空你的心灵，释放你的心情，打开你的心扉，就在这里，"湿地之都"盐城欢迎你。

母亲的"私房菜"

上周，儿子打来电话，说是周末有要好的外地同学来我家做客，特意叮嘱不要到外面饭店吃，同学点名要尝尝奶奶的手艺。看来，儿子在同学面前夸下海口，奶奶的厨艺了得。

接到宝贝孙子的任务，奶奶提早几天忙活开来。

"孙子喜欢吃我做的肉圆"，母亲信心满满地说。母亲去菜场买来几斤带皮的五花肉，将去皮的五花肉，放到砧板上，母亲挥动菜刀，剁成肉糜，放进面盆，拌进切碎的生姜、葱，倒一些料酒，少许生抽、糖、盐、鸡精，再倒入煮好冷透、七成熟的糯米饭，磕上十来只土鸡蛋，一起搅拌均匀。而后，母亲把加工好的原材料，搓成一个个球形，放到烧开的油锅里煎炸，几分钟的工夫，香味弥漫开来。

做好肉圆，母亲从冰箱里拿出平时在菜场里买肉积攒下来的几十条肉皮，解冻，削去皮面上的肥肉，准备做肉皮冻。"妈，你的手艺，我要好好学习，将来传承下去。"我站在母亲边上"打下手"，母亲说："自己动手，丰衣足食。自己加工的菜，干净卫生，代价又不大。"母亲对于我虚心求教，自然乐意传授："肉皮用温水洗干净，斫成肉丁，放电饭煲煮上二十分钟，煮烂了，放点盐、生姜末和葱花，盛到大碗里，凉透，放冰箱冷冻。要吃了，拿出来解冻，切块，蘸点酱油和醋。"这个纯胶原蛋白凉菜，撬到筷子上，微微颤动，吃到嘴里，糯糯的，又有嚼劲，恰是佐酒佳肴。

看着母亲加工这些菜场买不到的"私房菜"，忙碌自得的背影。我思绪如潮，时光仿佛回到小的时候，腊月底，临近过年，我和妹妹围着灶台，巴望着大人从油锅里捞出肉圆，迫不及待尝鲜的场景。新出锅的肉圆，鲜香逼人，母亲自然明了我们的心思，笑眯眯地说："你们先尝尝，看咸度怎样？"我和妹妹两个"品菜师"，一口咬下去，外脆里嫩，肉香米糯，葱香微甜，我们学生党，嘴寡舌淡惯了，连道"好吃，好吃"。

而这个肉皮冻，是十多年前母亲进城带孙子，跟着老乡黄奶奶新学来的手艺。往往，去菜场里买菜的顾客，买五花肉，交代卖肉师傅把皮削掉，只要肉不要皮，这般，卖肉师傅总能攒起不少肉皮，半卖半送给我妈。每次，做这道肉皮冻，母亲总是念叨，"不知道黄奶奶还在不在了？"母亲口中的黄奶奶以前和我们住同一个小区，彼此熟稔。我们之前去过几次黄奶奶楼下，按门铃，无人应答，我们只能推想，黄奶奶要是还健在的话，怕有一百多岁了吧？母亲心心念念"一菜之师"的黄奶奶，同样让我为之动容。

正在说话间，门铃响起，快递员送来包裹。是侄子从内蒙古快递来的鲜驴肉，足足五六斤。放在以往，这么多鲜驴肉，怎么加工，是让我们犯难的事。只见母亲气定神闲，打开她的佐料"百宝箱"，拿出八角、桂皮、香叶和卤肉包，口中念念有词：切块，浸泡去血，焯水，生姜葱白煎油，大火烧开，文火慢煨。不消多时，一大盆香味扑鼻的卤驴肉就成功了。我暗自为母亲的手艺点赞。原来，像这类加工卤牛肉、卤驴肉的手艺是她老人家新近跟着"小红书"学来的。

上周末，儿子回到家，带着同学来做客，亲赴一场"舌尖上的盛宴"。除了肉圆、肉皮冻、卤驴肉，还有母亲精心烧出来的"开洋煮干丝""青菜烧牛肉""乌子烧粉丝"，加上老家阿姨快递来的老家特产"小海香肚""醉螺"。摆上满满一桌，荤素搭配，食之，味蕾瞬间被俘获，齿颊留香。

那一刻，望着孙子和客人脸上的笑容，母亲这个厨师长喜笑颜开，她的心里，一定乐开了花儿。

读懂父亲

　　父亲离开我们快十个年头了。每次，有父亲出现在我的梦里，我愿不醒，这样就可以和父亲多待一会儿。

　　可是，梦终归是梦啊！

　　每一次，梦中醒来，恍觉是梦，心头一阵绞痛。

　　印象中，我的父亲嗓门大，精力旺盛，勤俭节约，喜欢热闹，逢年过节喜欢邀请亲朋好友到家里喝杯酒。

　　记得，20世纪80年代初，寒冬腊月，天降大雪，滴水成冰。父母张罗我的十岁生日。那天晚上，雪下得没过膝盖，父亲深一脚浅一脚，去周边村庄待客。那时，农村里刚通上电，但老是停电，爸爸借来汽油灯，堂屋里亮如白昼，父亲还别出心裁地请家宴师傅烧"八宝饭"，将调好的八种原料的饭团放在蒸笼里蒸，那个八宝饭的甜丝丝、带有猪油香的味道，至今，深藏在记忆深处。

　　记得，1993年炎热的8月，我在家里，焦灼不安地等待高考分数的揭晓。那年，高考题目特别难，加之我这个理科生的数理化几门学科薄弱，没办法估分，估了几次分，每次心都掉进深海里般，没底，阵阵发凉。分数揭晓的那天，父亲从镇上骑车回来，阴沉着脸，我心里暗自哆嗦，看来情况不妙啊，空气也凝固起来。我支支吾吾地小声说，要不，去报名上复习班？隔了好几分钟，父亲"扑哧"一笑，哈哈，逗你呢，我儿考上了，上了专科分数线。霎时间，我又喜又急，冲出家门，狂奔到田野里，泪水夺眶而出，考上了，户口可以转成城市户口了。后来，拿到录取通知书，父亲又在家里摆了好几桌酒，包了中巴车把镇上高中的老师请来我家，郑重答谢。那晚，父亲还自掏腰包请了镇上的放映队，在庄上放了一场电影《大决战》。那晚，父亲喝醉了，用他的话说，喝醉也高兴，咱李家也出了大学生了。

也是在那年秋天，父亲给我买来一双新皮鞋，陪我从盐城到南京，再坐船到九江，换乘汽车到英雄城南昌，父亲和我在八一起义纪念碑和学校门口拍了不少照片。哪里知道，我刚进大学校园没几天，一次剧烈运动后，尿血，校医诊断是肾结石。父亲得知我患病消息，立马跟厂里请了假，又从家里赶来学校，请医生开了中药，每天借寝室楼宿管师傅的电器设备，给我熬中药，前后整整一个多月。直到我的病情控制住了，父亲在学校门口小饭馆请我寝室同学搓了一顿，才忐忑不安地踏上返乡的列车。

　　那是2003年，我在盐城的中心地段买了一套三室两厅的商品房。那个夏天特别热，父亲整天骑个自行车穿梭装饰市场，水管接头、涂料、灯具开关，忙得不亦乐乎。新房装修好，父亲又张罗着给我庆贺一下。包了中巴车，把老家亲戚带来城里，参观我的新房子。我没向父亲问起他的感受，他脸上的表情已经给出了答案，他的儿子、儿媳进入社会，经济独立，能在城里买了房子，以后就是正儿八经的城里人了。

　　流年匆匆。夜空中，一颗流星划过天际，窗外，微风轻拂，有雨丝掉落。

　　只有我能读懂父亲，多少个清寂的夜晚，大集体年代做过生产队队长，改革开放后在村办五金厂跑供销，我的父亲，在异乡的旅馆，一杯平价白酒，数粒花生米，就这样打发了……

当代实力派作家

—— 潘铜娟

党岭的秋色

秋色渐浓，层林尽染，我和朋友们相约去党岭旅游。

按照计划，我们前一天晚住在村主任家，第二天登山，车子到达目的地的时候，已经是薄暮时分。山峦间升起一层白雾，一幢幢藏族民居散落在半山腰。有的三五成群，有的遗世独立。以赭红层、金黄、纯白色为主的房屋，掩映在碧水青山中，像一幅浑然天成的山水画。村里的小路上，三三两两的游人在观景拍照，有村民在悠闲地遛马，整个村子安静、祥和。我心里大喜：这就是真正的世外桃源。

第二天清晨，天蒙蒙亮，我选了一匹白马跟着大部队出发。大概走了十分钟，平静的队伍，被一阵欢呼声打破了，"日出啦"，我正视前方，远方的雪峰，森林笼罩在一片红色的霞光里，慢慢地，慢慢地，红色变成了黄色，雪峰镶上了金边，刀削似的山峰像一位身披金甲的勇士，屹立在天地间，威风凛凛，霎时间，我有些明白，藏民为何称雪山为神山了。

爱好摄影的游人挑选最合适的角度按下快门，我屏着呼吸，眼睛一眨不眨地盯着前方。沙漠日出我见过，海上日出我见过，山上日出我见过，唯有雪山日出我没见过。眼见雪山的镶边由红变黄，由黄变淡，太阳终于在山坳里升起来了。一瞬间，整个大地睡醒了，一阵风吹来，树木打了个哈欠，抖掉落在睫毛上的露珠，小草睁开了惺忪的眼睛，踢开了薄霜，一朵朵格桑花向阳而笑。漫山遍野的彩色铃木颜色或深或浅，或明或暗，像打翻的调色盘，美不胜收。

骑马到了飞机坪，统一下马徒步去葫芦海。我们像探险者，新鲜，兴奋，激动。可没走多远，便觉得累乏，六公里的高原山路，对每个人都是不小的考验。我们顺着马道走，遇到陡坡的时候手脚并用。随着山势增高，有的地方的积雪没入了鞋帮，这个时候，就踩着别人留下的脚印前行，心里在默默地感谢前面的行者。途中，不时看到，游客因为"高反"或者体力不支而下撤的，而耳边听到更多的是来自陌生人的鼓励"加油啊，再有半小时就到了"，我和同伴相视而笑，"无限风光在险峰"继续向前吧。

其实未到险峰，沿途的风景也足以抵消行程的艰苦。淡绿的松萝像天丝挂在树上随风摆动，流泉淙淙，白雪皑皑，草甸深黄。最大的角儿应该是落叶松，针叶状的叶子黄灿灿，成片成片地涌到眼前，在这以前，真不知道世间竟有如此多的黄色，深浅浓淡不一而足。间或会有一两只松鼠引起一阵惊呼，碰到返程的游客，他们说看到了野鹿，我们期待中。

我们到达葫芦海的时候，天公作美，对面的雪山完完全全地露出了真颜。天边的白云像一层薄纱高高挂起，金黄色的树林整齐地围绕在岸边，水波清澈碧绿，将蓝天、白云、雪山、树木，统统复制粘贴，在平静的水面形成一道分割线。大美无言，所有的人像走进了童话中的世界，没有人大声喧哗，没有人嬉笑打闹，生怕惊醒了一个梦，都在小心翼翼地拍照。我们坐在石头上，贪婪地看着眼前的景色。山里的风景变化无穷，时而明媚，时而朦胧，各有风情。

天色渐暗，要下山了，我捡一片树叶放进行囊，党岭奇山秀水的瑰丽多姿，安静祥和的秋色，和登山过程中的感悟，都是党岭赐予我的珍贵礼物。

割麦时光

清晨，在一阵鸟鸣中醒来。在"叽叽喳喳"的混音中，听到几声特别响亮的鸟鸣。

"割麦插禾"，我坐起身子仔细倾听，没错，是布谷鸟的声音。乡里人也叫它"光棍好苦"，它一叫就预示着农忙季节到了。

随着这叫声，童年时第一次割麦的情景，无声地闯入我的脑海。那年，我读五年级。当时每到这个季节，学校都会放"忙假"。大概一个星期，叫孩子们回去帮家里农忙。

原本，奶奶叫我在家烧火煮饭，可我不愿意做这些杂事，吵着要下地割麦，想做些看得出成绩的事情。爷爷拗不过我，给了我一把小号镰刀，让我自己随便割。

我学着大人模样，一脚朝前，弯下腰，右手拿刀，左手围着麦子绕一个圈，把它们往怀里带，一刀下去，听见"嚓啦，嚓啦"的声音，便割了满怀的麦子。我拿起一把，在有麦穗的一头打好结做捆麦把用。奶奶看到了，夸我："样子不错，像个干活的。"我听了心里格外高兴，更添干劲，边割边记着自己割了多少个麦把。

可过了没多久，我便觉得腰酸背痛了，拿镰刀的手掌心也被磨得通红，手背上还被麦芒划了一道道红印子，汗水一浸，火辣辣地疼。身上的衣服也湿答答地贴在身上，极不舒服。看着眼前还是一大片的麦田，仿佛怎么割都割不完一样，心里顿时感到害怕，还特别后悔自己逞能。

奶奶看我一直在发愣，就问我是不是累了？我"嗯"了一声，一屁股坐在田埂上再也不想起来了。奶奶直起身子，用脖子上的毛巾擦了一把汗说："累了就歇会儿，歇好了再割。做事要有头有尾。这块地只有两亩，终归越割越少了。

再说，一个壮劳力一天割亩把麦很正常。我们有三个人，更不用怕了。"

听了奶奶的话，我一跃而起，拿起镰刀继续割麦。心里默念：有头有尾。我坚持着向前一步一步地推进。又到了休息时间，爷爷去路边的小卖部给我买了两瓶汽水。我问他，为什么是两瓶，爷爷说，一瓶奖励我主动要求割麦，另一瓶是奖励我第一次参加劳动就能坚持住。

结果不用说，太阳很高时，我们已经割完了整块田的麦子。爷爷用独轮车把麦子运到大场上，我在后面推，路上碰到邻居叔叔婶婶，他们和爷爷打招呼，夸我长大了，能吃苦，得济了。我听到这些话，心里像吃了蜜一样甜。我看向爷爷，他嘿嘿笑着，低哑的声音伴随着麦田的风声，传了很远很远。他布满皱纹的脸庞一下子舒展开来，像一朵盛开的菊花。

从那天开始，每当我遇到困难想放弃时，便会想起奶奶的话语：做事要有头有尾。于是，我就会想尽办法坚持做完，也因此收获了很多宝贵的人生经验。

我离开家乡已经二十几年了，家乡的农忙也已经完全机械化了，不用那么辛苦了。听到这声"割麦插禾"还是那么亲切。回首过往，那些割麦的时光总让我懂得了劳动的重要和意义。我们人生中的每个任务都是无法轻松完成的，都需要我们坚持到底，无论如何也不放弃。让我们追求并珍视生活中的每一个挑战，让我们都秉承着有头有尾的精神去完成自己的每项任务。

故乡月

千百年来，月亮，这轮古老的天体，一直是人类心中永恒的诗篇。它以神秘而深沉的姿态悬挂在夜空，无论是山川湖海，还是城市村落，都逃不开它的温柔洗礼。而对我而言，这轮月亮，更是我心中那份深深的乡愁。

我的故乡没有雄伟的山脉，没有辽阔的海洋，却有一个又一个苇塘，它们是故乡的特色，也是我的乐园。在苇塘里，我总能看到一轮又一轮的月亮，或上弦，或半圆，或满月。那些月亮，就像是我童年记忆的封面，每一页都充满了欢乐和神秘。

儿时的我常和姑姑们在苇塘里嬉戏、采菱角、摸螺蛳。有时会摸到野鸭蛋，自是很开心。有很多次，邻居大婶说，月亮都升老高了，还不回家。我做了一个鬼脸，故意拍拍水面，看月亮的影子随着水波荡漾开去，然后，一溜烟跑回家。

喜欢故乡的月亮还源于我的顽皮。秋天的夜晚，银盘似的月亮缓缓地升出云海，如练的月光像水银般倾泻在大地上。小村庄在月色中变得美丽秀气。吃完晚饭后，我和小伙伴们一起奔到屋后的大路上，双手搭在嘴巴上做喇叭状，扯开嗓子喊："风来了，雨来了，东头小孩不敢来。"没多久，东边的孩子也扯开嗓子叫上了。于是，一帮人笑笑闹闹在一起玩耍了。有玩斗鸡的，有玩跳房子的，有玩捉迷藏的……

那会儿，我特别迷斗鸡，总喜欢和邻居二姐斗。二姐比我大四岁。经常是她一个人摆好姿势立在场中间。我们几个小孩从左右、前面三个方向围攻。我有很多次因为用力过猛，"格"上前，刚碰到二姐的膝盖，便一个趔趄，屁股着地。有时不服气，还要单挑。二姐笑着说："你算了吧，还有几年饭没吃呢！"

我们玩得忘乎所以，直到某家大人喊："小三子回来睡觉啦。"才一窝蜂地散去。抬头望天，月儿已过中天。自己也感到有些过分了，便轻手轻脚地拉开门，上床睡觉。那时候的乡村夜不闭户，路不拾遗。一切有月亮守着呢！

长大后，我外出求学、工作、旅行，辗转多地。看到过许多的月亮。在碧波万顷的爱琴海上，在空阔辽远的鸣沙山上，在雄伟挺拔的黄山之巅，那些月亮美得各有千秋，难分高下。然而，我心里最喜欢的，还是故乡那一轮苇塘中的月亮，悬挂中天，照着我嬉戏的月亮。我知道，故乡的月亮质朴灵秀，充满乡土气息，我知道故乡的月亮跟那些有名的月亮比起来，只能算是小家碧玉。但是我更知道故乡的月亮最大最圆，正如我圆圆的故乡。

故乡月，心中情。它陪伴我走过每一个春夏秋冬，它见证我成长的点点滴滴。我会珍惜这份情思，珍惜这份记忆，用它激励我走过人生的每一段旅程。

平江路上的诗意探幽

冬日明媚，碧空如洗，几缕薄纱似的云彩若有若无。和煦的阳光像一捧细碎的金叶子洒在我身上，暖洋洋的，让人通体舒泰。如此天气，适合在平江路的青石板路上走走停停，觅得一方诗意，一份松弛。

我登上高铁，四十分钟不到，便从上海到了苏州，接着打车直奔平江路。

"一条平江路，半座姑苏城。"只有亲自体验，才知道所言不虚。在这条一千多米的小路上，古城的建筑特点、文化底蕴、美食被保留得最完整。当真是袖珍版的苏州。

从干将路进来不远，一座碑亭赫然在目。那是将近800年前苏州的地图。其中绿色区域就是现在的平江路附近，那时苏州的城市规划是"水陆并行，河街相邻"的双棋盘格局。几百年沧海桑田，平江路依然保持着南宋以来的地理风貌，那数座桥，如华阳桥、雪糕桥、胡厢使桥，至今连名字都不曾改动。

"君到姑苏见，人家尽枕河。"清澈的平江河水波光潋滟。"欸乃"的摇橹声随着水面的粼粼波纹消散相聚，安静古朴。游船上的人们兴致盎然，不时摁下手机拍照。白墙黛瓦，回廊花窗，小桥流水，绿树红花，美得像一幅水墨丹青。

我沿着石板路从南向北缓缓而行。河边鳞次栉比的店铺品种多样。有卖旗袍、汉服的，有卖文创周边的，有茶舍、咖啡吧，有概念书店，有卖糕点卤味的，有博物展览的……应有尽有。那些店名婉约精致，浸润着江南水乡的灵气，其中印象最深的是一家名叫"小苹初见"的店。我轻声念着这几个字，心里便柔软得像一汪水，"记得小苹初见，两重心字罗衣。琵琶弦上说相思。当时明月在，曾照彩云归"。晏几道的深情至今让人感动。

我听着吴侬软语，看到擦肩而过、身着汉服女子的发髻上的步摇闪着金光，一时竟不知道今夕何夕。直到耳畔传来一声声清丽、婉转的评弹，才知道自己站在一家评弹馆门口。跨门而进，服务员热情地打招呼。我扫码买票，服务员带领我在靠窗的一侧就座，随即泡上一壶"碧螺春"茶，端来一碟瓜子。我打量着舞台，背景幕布正中画着半圆形月亮门，上书三个红色大字"闲雅苑"，两边有两扇对称的镂空木门，粉色灯笼高挂，远山如黛，近处喜鹊别枝，红梅争艳。透过雕花的窗子，瞥见院子里有石砌的不规则水池，内有假山、盆景、绿植，还有几条锦鲤游弋其中。如此环境，无愧于名字中的那个"雅"字。

帷幕拉开，男演员五官清秀，身着蓝布长衫，怀抱三弦，端坐在台案左侧。另一侧的女演员穿一袭月白色旗袍，犹抱琵琶半遮面。随着三弦声响起，男演员先开口，唱陆游的《钗头凤》，女生则唱唐婉那一段。一时间，男声的浑厚悲凉，女声的多情隐忍便席卷而来。我喝一口热茶，看邻座的小姑娘跟着节拍轻轻敲打桌面，小声哼唱，好不惬意。

我走出评弹馆，继续向北走。沿河的巷口深处的名人故居颇多，其中有一位清朝的状元洪钧，他的小妾是大名鼎鼎的赛金花。一位是清朝的探花潘祖荫。他们家族总共出了9位进士、36位举人……大儒巷大概由此而得名吧。

日影西斜，我打卡两家人气小吃店，打包一份"鸡脚旮旯"的卤鸡爪，一份当地特产梅花糕，踏上归途。我想，平江路之所以受到追捧，不仅仅因为它古城的韵味，有文化的传承，有美食的诱惑，还有一份诗意和松弛。在那里，我找到了一份久违的宁静和安详。

人生如梅

小院里的梅，深褐色的树干遒劲有力，古意盎然。新抽出的枝条泛着浅浅的绿意，鼓鼓的红色花苞紧贴枝条，像被顽皮的小孩粘贴上去似的——次第有序。

一些梅花已经盛放。玫红色的花瓣层层叠叠，小巧精致。白嫩的花丝头顶着淡黄的帽子，颤巍巍的，像是一只只跳舞的小蝴蝶，让整个小院浸润在一股清雅的冷香里。

这是爷爷亲手栽植的一株梅树，比我的年龄还大。小时候，每到梅花开放的季节，爷爷还要和我讲中国传统文化中关于梅花的故事。

三国时东吴陆凯曾写诗赠范晔："折梅逢驿使，寄予陇头人。江南无所有，聊赠一枝春。"此时的陆凯在率兵南征的途中，看到寒梅盛开，想到了在远方的好友。

王安石有诗云："墙角数枝梅，凌寒独自开。遥知不是雪，为有暗香来。"此时的宋朝人爱梅已成了风潮。有历史学家说，唐人喜爱牡丹，因为雍容华贵，契合大唐盛世的恢宏气象。而宋朝虽然经济繁荣，但因军力不足，外交受挫，所以士大夫更多关注内心世界。哪怕是霜雪严寒，哪怕是孤身一人，也要像梅花一样开放，送来"暗香"。

陆游比王安石更决绝。他说："零落成泥碾作尘，只有香如故。"梅花有了不朽的灵魂。即便是一株野梅，无人欣赏，即便是零落成泥，这样的香气冷幽不绝，散入天地，沁入心骨，它的清寂，它的傲骨，让人敬仰。

"平生最薄封侯愿，愿与梅花过一生。"被称为晚清中兴名臣的彭玉麟，品行高洁，满腹才华。最为人称道的是他的"三不要"原则：不要钱，不要官，不要命。他一生曾六次辞官，仅有一次辞官是在中法大战期间。这位奇男子伟丈夫对梅花情有独钟，一生写了数百首咏梅的诗词，也画了数万枝梅花。他的"军中墨梅"和郑板桥的"竹画"并称晚清画坛双绝。

一代伟人毛主席也极爱梅花。他的《卜算子·咏梅》大开大合："已是悬崖百丈冰，犹有花枝俏。"梅的坚贞、梅的气势直上云巅，无与伦比。"俏也不争春，只把春来报。待到山花烂漫时，她在丛中笑。"在极度恶劣的环境中，梅花不畏严寒，在悬崖峭壁中独自开放，为人们带来春的消息。当百花争妍时，它露出了欣慰的笑容，深藏功与名。

岁月荏苒，爷爷栽种这株红梅时，还是壮年。那时的他上有老，下有小，生活困顿。也许是梅的精神鼓舞了他，面对重重困难，他没有退缩。

如今，他已年届耄耋，依然精神矍铄。每到春天，雷打不动，给红梅施肥、驱虫。这株红梅仿佛也通了人性，年年暗香萦绕，沁人心脾。"不经一番寒彻骨，哪得梅花扑鼻香。"人生如梅，愿我们像梅花一样在人海里修行成长。

四月槐花馥郁香

走在路上，突然闻到一股浓郁的香气，这清新、甜美之气扑鼻而来，令我忍不住深呼一口气，仿佛灵魂都因此被抚慰。我向四周张望，发现原来是路边白花花的槐树散发的香气。我不由得变得更加缓慢地走向它，伸手摘下几朵槐花，细品它们的芳香。

这些槐花，有些张扬着自己的美丽，它们一朵接一朵，密密麻麻，像是一位婀娜多姿的少女，伸手弯腰招呼着路过的游客。还有一些槐花刚刚打开了花骨朵，含苞待放，欲语还羞，仿佛蕴含着无限生命力。

在这充满生机的花丛中，蜜蜂在花间飞舞，采集着甜蜜的花蜜，每一朵槐花上都停留着它们飞舞的身影。在这闲适而自然的环境中，我不由得感叹大自然的神奇之处。

这些槐花不仅仅是美丽的装饰品，更是一种美味的食品，通过田野和村庄的传统烹饪手法，可以调制出美味的佳肴，成为乡村人民的美味大餐。

小时候，每当槐花飘香时，大人们都会用铁钩或小镰刀绑在竹棒上去摘槐花，家家户户都会品尝到这花香美味。当时，我身为奶奶的小小助手，每次她烧一锅热水，我便去田里帮助她采摘槐花。

我会将槐花放在盆子中，剔除中间的那块带有碧绿色的梗，然后清洗干净。等水"咕嘟咕嘟"翻滚的时候，奶奶便把槐花放进去，迅速翻转几下，最后沥干装盘。她把熟面食切成小块，再拌上一些青葱和小蒜，淋几滴香油，再倒上一勺生抽之后搅拌均匀，一盘色香味俱全的拌槐花就完成了。

奶奶做得最出彩的槐花糕更是令人回味无穷，与槐花香气浓郁的天空相配，令我留恋于乡之味。她在焯水沥干的槐花中加入两瓢糯米粉、一瓢小麦面粉、两三勺白糖、一勺香油，用水顺时针搅拌至均匀。当花儿和面粉完全融合在一起后，她便把面团放在砧板上，揉和均匀。

揉和好的面团被按在砧板上，形成一个瘪塘，周围的面团全部挤到中央。经过五六分钟的反复揉捏后，她就把面团切成一块块方形，然后开始上锅蒸制。当她掀起锅盖的时候，满屋子都弥漫着槐花的香气，一锅槐花糕隆重推出，楼下的雀鸟都被香气所吸引。

离开家乡后的我，难忘的是乡村中那些槐树，愿槐花这美丽、神秘，自由而有力的精神，能永久安存在我们的心底，如同大自然中蓬勃生长的槐花树。我们应该拥有对这美好时代的怀念，让槐花成为青春年华中永恒的记忆。

文字也有年龄

"文字有年龄，20岁的人写不出40岁人的文字，40岁的人写不出60岁的文字。"

以前看到这句话，并没有太多的感触。而如今重新读起，却觉得字字入心。

确实，每个年龄段都有属于他们自己的文字。

年轻人的文字明艳动人，喜欢轰轰烈烈，喜欢浓妆艳抹，喜欢语不惊人死不休。

就像女儿最近写作文，经常把她认为写得好的文章塞给我看。我总是瞥了一眼，一笑而过。她娇嗔，说我对她不关心。我拗不过，挑了一篇《理想之光》来看，全文旁征博引，洋洋洒洒，基调激昂。她引用"燕雀焉知鸿鹄之志""长风破浪会有时，直挂云帆济沧海""闪射理想之光吧，心灵之星！把光流注入，未来的暮霭之中"等名言警句，写得热闹非凡，花团锦簇，我大笑。她小心翼翼地问我"是否太过于激情澎湃了？"我对她说："文字的选择，是年龄的必然。如果你写得老气横秋，我倒要担心了。"

中年人的文字，圆润，丰满。生活的酸甜苦辣到这儿已经尝遍。智商和判断力已到了人生巅峰。可以举重若轻地写大喜大悲、大开大合的事了。

我读林清玄的文章，内心常常被一种叫喜悦、温暖的情绪深深感染。他的童年十分困苦，兄弟姐妹众多，经常吃不饱。为了补充蛋白质，他曾经捉蟑螂烤来吃。对于贫穷，他举重若轻，以平常文字写困难岁月，以温暖之心，在日常生活中领悟幸福的真谛。

他写："随顺，就是处在充满仇恨的人当中，也不怀丝毫恨意。随顺，就是随着充满黑暗的世界转动，自己还是一盏灯。随顺，就是看到任何一个众生受苦，就犹如自己受苦一般。随顺，是柔软心的实践，也是柔软心点燃的香。"他心怀感恩，一直保持一颗超越的心，去写真善美，带给人们光明和温暖。这些文字就像是一杯清茗，空灵蕴藉又回味无穷。

老者的文字，没有年轻人的俊俏，没有中年人的老成持重。经过时光的雕刻后，他们想到的都是尘封在岁月中的小事。

季羡林老年的散文集，里面有一篇文章《我的家》。开头是这样写的：我曾经有一个温馨的家。那时候，老祖和德华都还活着，她们从济南迁来北京。我们住在一起……他写些家常话，讲他的婶母、妻子、保姆，还有猫……再读他回忆家乡，出国求学，以及在清华园的文章，也都是平平淡淡，朴实无华。他写到离开故乡几十年，从孩童时代走出去，记起小时候好吃的食物，滋味还在嘴巴里回旋。他写和孙子同游黄山时的天伦之乐，也是娓娓道来，平常温馨。作为著作等身的大家，这一路走来，不知道有多少精彩华章可以大书特书。然而，一切繁华都已成为过去，在庞大的记忆之城里，他最在意的是那些温暖、动人的小细节。

文字确实是有年龄的，它随着人的处境和心境一点点变化，直到融合在午后的阳光里。年轻时，落笔为文，情炽意切，犹如烈火烹油。有"为赋新词强说愁，爱上层楼"的夸张。人到中年，我更喜欢安静平和的文字，由浓烈转为平淡，纵有千转百回，也要不紧不慢，不慌不忙。

"行到水穷处，坐看云起时。"我正学着放慢脚步，看庭前花开花落，云卷云舒。返璞归真，希望能写出更合心意的文字，不负山一程，水一程。

希望种在春天里

春风如诗，温暖而细腻，带着一份生命的期待，我轻轻地走出了家门。此刻的我，仿佛置身于一幅流动的水墨画中，感受着春天的气息，聆听着大地的脉动。

野外，一片片枯黄的柳条已经换上了新装，嫩绿的叶片在阳光下舒展，仿佛是大自然最精致的雕琢。我凑近它们，深深地吸了一口气，淡淡的清香萦绕在鼻尖，那是春天的味道，清新而醇厚，让人沉醉。树下，绿油油的麦田如同一块巨大的翡翠，麦苗经过一冬的沉寂，如今开始拔节生长，充满了勃勃生机。我跳下田埂，用腿去丈量它们的高度，它们已经长得超过了我的小腿肚子，看着它们茁壮成长，我不禁露出了开心的笑容。

菜园里，蚕豆花开得正盛，浓郁的香味吸引了蜜蜂的驻足。我回忆起小时候用蚕豆叶做毽子的情景，那时我能一口气踢上一百多个呢。而焖蚕豆的诱人香味，更是让我难以忘怀。除了蚕豆，菜园里还有叶子绿得发黑的菠菜，这种贴地菠菜在城里的菜场很受欢迎，软糯香甜的口感让人回味无穷。我决定今天就烧这道菜，再配上旁边新出的韭菜，想起"夜雨剪春韭，新炊间黄粱"的诗句，心中涌起一股暖意。一畦畦青菜碧绿肥硕，白灼应该是最佳的选择，这样的日子充满了烟火气，我深深地喜欢。

果园里，更是一片花的海洋。桃花、杏花、梨花竞相绽放，粉白色的花朵争着向我展示它们的美丽。我在花丛中漫步，看看这朵，闻闻那朵，阳光透过树枝的缝隙洒在我身上，温暖而舒适。我轻轻推了推葡萄架，试探它的坚实。乌黑的葡萄藤上已经长出了嫩叶，我期待着再过些日子，在这里搭起秋千。劳累的时候，我可以坐在秋千上，悠悠地荡一会儿，感受清风拂面的惬意。等到果子成熟时，迎着清风明月，我可以边品尝美食边享受荡秋千的乐趣，这样的生活或许连神仙都会羡慕吧。

天空中的麻雀忙碌而欢快，它们飞来飞去，"叽叽喳喳"地叫着，仿佛在商量着什么大事。几只麻雀落在离我不远的草地上，我拿出手机悄悄地靠近，想捕捉它们灵动的瞬间。然而它们非常机警，一察觉到我的动作就飞走了。我收回目光，却被一声声"喵喵"的声音吸引。顺着声音找去，我看到两只田园猫正在互相舔毛，打扫卫生。它们半眯着眼睛，胡须上下颤动，显得十分悠闲。我不禁露出了微笑，这份宁静、和谐让我心生欢喜。

不远处，一个六七岁的孩子向我跑来。他手里拿着一只蜻蜓形状的风筝。孩子的脸红扑扑的，额头冒着细细的汗珠。年轻的妈妈跟在后面指挥着："放线，放线。"起初风筝摇摇晃晃、忽高忽低，但孩子似乎很快领悟了放风筝的技巧，风筝平稳地越飞越高。"咯咯咯"耳边传来孩子欢快的笑声，我也被这份简单而纯粹的快乐所感染。

我迈着轻盈的步伐，走在春天的田野里，心中充满了希望和期待。这片生机勃勃的土地，孕育着无限的希望和梦想。而我，也将自己的希望种在了这春天里，期待着未来的丰收和美好。

遇见桃花源

阳春三月，草长莺飞，桃红柳绿。正是春游的好时节。久闻林芝的桃花名闻天下，我和朋友倾慕已久，当即订票，踏上了从上海去林芝的旅程，奔赴这一场一年一度的盛会。

出了林芝机场，阳光明媚。我们乘坐大巴，窗外，蓝天、白云、雪山、草甸、河流一路相随，让人心情愉悦。吃完午饭，我们来到"林芝桃花第一村"嘎拉桃花村。在车上听导游说上午桃花节开幕，可能游人较多，会影响观景体验。来到目的地，顾虑全部打消，人不多不少，刚刚好。

走过开幕式通道，只见满眼的桃花铺天盖地，像粉色的瀑布，一泻而下。山坡上、田地里、沟壑边，甚至路中间，或斜或直，一大片，一大片，密密匝匝。让人怀疑，是不是这世界上所有的桃花都跑到这儿来了。这些桃树野生的居多，最高树龄有二百多年，最低的也有四五十年，硕大的花冠使劲地往外伸展，估摸有七八米长，树干粗壮，一个人合抱不过来。粉白色的花朵，有单瓣的，有重瓣的，每一朵都是那么娇艳，那么热烈，那么烂漫。完美地诠释了那句"桃之夭夭，灼灼其华"！我站在树下惊叹：世界上居然有如此高大的桃树！今天总算见识到了桃花的热情了，要么不开花，要开就开一树的花，成片成林的花。

我踏上了那条通往桃林的小径。阳光洒在路上，仿佛是温暖的抚摸，为我的前行增添了几分暖意。随着脚步的移动，路两边的桃树越来越多，巨大的花冠在空中互相接应，把路变成了拱形长廊，犹如电视里的画面。

我沿着小路深入桃林，徜徉在花的世界里。蜜蜂在花间嘤嘤嗡嗡，忙个不停。蝴蝶翩翩起舞，穿梭其中。我的头发上、衣服上，都浸润了桃花的香气。阳光在花瓣的缝隙间穿行，投下斑驳的光影。每一朵桃花都是那么娇艳欲滴，泛着柔和的光泽，仿佛是上天精心雕琢的艺术品。

我发现这里的桃花颜色比常见的桃花要淡一些，乍看之下，有点像杏花。我仔细观察了树皮的纹路，确认这是桃花无疑。我想，这应该是桃树的一个稀有品种吧。我沉浸在这片桃花的世界中，仿佛自己也变成了一朵桃花，随风摇曳，与大自然融为一体。

继续前行，桃花更加茂盛。它们开得洋洋洒洒，开得没心没肺。路边的绿草与野花相映成趣，它们在微风中轻轻摇曳，好像在诉说春天的故事。清澈的溪水在阳光下闪闪发光，欢快地唱着歌儿，不知疲倦地奔向远方。

登上观景台，我放眼望去，东边、南边的山顶白雪皑皑，与山腰的苍翠树木形成鲜明的对比。山下，尼洋河宛如一条玉带蜿蜒曲折，田野里的金黄菜花与碧绿的青稞交织成一幅美丽的画卷。而那些盛开的桃花，像是粉色的大蘑菇，又像是擎天的华盖，气势雄壮。春景与冬景在这里完美融合，形成了一幅绝美的雪域江南图，让人啧啧称奇。

西面的桃花绵延至远方的山坡，它们汇集成一片粉色的海洋。这片花海将村庄包裹，将炊烟包裹，将人群包裹，将飞鸟包裹。美得惊心动魄。而北方的青山如黛，天空湛蓝如洗，白云轻纱般地飘在山顶上，仿佛有一位害羞的少女在偷窥这人间美景。

我沉浸在这片桃花的世界中，闭上眼睛，深呼吸这片土地的芬芳。这里的美景让我感到无比的宁静与满足。我想起了那些曾经走过的路，看过的风景。每一个地方都有它独特的魅力。而这里的桃花林，无疑是我心中最美的风景之一。

我站在观景台上，心中充满了对大自然的敬畏与感激。我想，这就是大自然的力量吧。它能够创造出如此美丽、和谐、壮观的景象。而我们人类，也应该学会珍惜大自然赋予我们的一切美好事物。只有这样，我们才能与大自然和谐共处，共同创造一个美好的未来。

春风轻拂，我走下观景台，陶渊明的《桃花源记》在心头萦绕。友人打趣道："不知陶老先生来到此地，会如何再写《桃花源记》？"我笑答："那就不是夹岸数百步了，该是桃花灼灼，云蒸霞蔚，红装百里了，其中的鸡犬相闻用在此处也恰到好处。"

正说着，前方出现了一位大叔，牵着一只金毛犬。金毛犬瞪大了眼睛，吐着舌头，格外可爱。一位四五岁的小女孩，乌黑的大眼睛盯着金毛，目不转睛。她怯生生地伸出手想摸，又有些害怕。大叔弯下腰，轻声说："想摸摸吗？""想。"小女孩奶声奶气地回答。大叔温和地拍拍金毛的后背："趴下，让小朋友撸一撸。"金毛乖巧地趴下，小女孩顿时喜笑颜开。周围游人见状，纷纷要求和金毛犬合影。

迎面走来的是一位身着华丽汉服的妙龄少女，她头戴花簪，身披锦缎长袍，手轻抚着一只可爱的猫咪。猫咪懒洋洋地躺在她的怀里，享受着温暖的拥抱。

桃花树下成双成对的情侣低声细语，他们手牵着手，眼神中透露出深深的爱意。红绳系在树枝上，象征着他们的爱情坚不可摧。祈福的痕迹清晰可见，一张张写满祝福的纸条密密麻麻地挂在树枝上，寄托着人们对美好未来的期许。

有的游人拿出相机拍照留念，捕捉下这美丽的瞬间。有的人则打开手机录制视频，想要将这美景与亲朋好友分享。他们用镜头记录下这片仙境般的风景，希望能够永远珍藏在心中。

热情的藏民载歌载舞，他们身穿鲜艳的民族服饰，手拉手围成一个大圈，欢快地跳着传统的舞蹈。音乐声嘹亮而激昂，回荡在整个山谷中。有的人比赛射箭，弓弦发出清脆的声音，箭矢飞过空中划出优美的弧线；还有的人悠闲地坐在草地上，品尝着浓郁的酥油茶，享受着宁静的时光。

整个场景充满了祥和与安乐的氛围，仿佛置身于人间仙境之中。人们在这里放松身心，感受大自然的美好与神秘。这一刻，时间似乎停滞了，只留下美好的景色与无尽的幸福。"加油，加油！"一阵喝彩声吸引了我。我顺着声音走去，看到不远处围着一群人。走近一看，原来是两位藏族同胞在比赛摔跤。两位小伙子二十出头，浓眉大眼，额头上都冒出了汗珠。看得出都在全力以赴。忽然，人群里传来一声稚气的童声"扎西德勒"，其中一位小伙子大概笑场了，力道一卸，一屁股坐在地上，周围响起善意的笑声。

面对着此情此景，我感慨万分：世外桃源也不过如此！这里没有尘世的喧嚣与纷扰，只有大自然的恬静与和谐。桃花灼灼，灿若云霞，仿佛是陶渊明笔下的理想世界重现眼前。这里的人们热情好客，无论是大叔、小女孩，还是情侣、藏民，都让人感受到温暖与友善。

细细品味这一幕幕美好的瞬间，我不禁想起古人云："人生苦短，莫负韶华。"在这短暂的人生旅程中，我们不妨多去感受大自然的美好与宁静，去体验不同的风土人情。或许在某个不经意的瞬间，我们也能找到属于自己的世外桃源。

望着远处的桃花源，我心中涌起一股莫名的感动。或许这便是旅行的意义所在——不仅是为了看风景，更是为了寻找内心的平静与安宁。而在这片美丽的土地上，我找到了那份久违的宁静与美好。

此刻的我深知：此生若能常如此，人间何处不桃源？只要心中有爱、有阳光、有梦想，那么无论身处何地，都能感受到生命的美好与意义。而那些关于桃花源的传说与故事，不过是人类对美好生活的向往与憧憬罢了。

美好的时光总是过得很快。我们深深地沉醉在这片世外桃源里，当西天的晚霞和粉色的桃花连接在一起的时候，才惊觉暮色来临。再次逡巡漫山遍野的桃花，恋恋不舍地买些桃花做成的土特产，当作对桃花源最好的回馈，告别这片浪漫唯美的土地。

当代实力派作家

—— 苏甜甜

秋风细雨，暮沉沉

"秋分客尚在，竹露夕微微。"秋分，是二十四节气中第十六个节气，也是秋天的第四个节气。古时候的人们将秋分分为三候："一候雷始收声，二候蛰虫坏户，三候水始涸。"

秋，细雨绵绵如薄纱在空中飘舞，薄雾沉沉笼罩在苍穹之顶，像是给大地盖了一层厚厚的被子。

秋分，"分"意指"平分"的意思，每年到了秋分这天，白昼和夜晚的时间同样长，白昼和夜晚平分了这一天的时间。过了秋分，就能明显地感受到"昼短夜长"，而且昼夜温差也逐渐变大，气温逐渐降低，开始进入仲秋时节。

秋分至，秋渐深。抵挡不住渐渐袭来的冷意，屋檐下巢穴中已不见燕子呢喃，它们去旅行了，去了温暖的南方。碧荷已落，花色渐褪，荷塘月色在这秋天里又是另一番景象，水面上绿色饱满的莲蓬，一颗颗清香扑鼻又清热去火，水面下如白玉，脆甜多汁的莲藕，也有清热凉血的功效。

古诗有云"秋分雷自合收声，白露明朝忽震霆。"虽然，雷声阵阵已渐行渐远，但是，也抵挡不住秋雨绵绵。路上行人匆匆，秋色也渐渐浓了起来，细雨伴着秋叶随风飘散，坠落大地的怀抱。

"春种一粒粟，秋收万颗子。"此时，秋收还未结束，田里的玉米不知何时已穿上了金黄的衣裳，剥去外衣，入目是黄灿灿的玉米，果园里枝头上一颗颗的苹果被秋日的暖阳晒得红彤彤，红宝石般的石榴也在秋风中炸开了微笑，让人们感到丰收的喜悦。

"花开是春种，花落是秋收。"春暖花开时节大地苏醒，生命一片欣欣向荣，花落秋来"蛰虫坏户"瑟瑟秋风起，秋天是让人伤感的季节，少了暖阳，少了温暖，五彩斑斓的色彩也渐渐退却，徒留阵阵秋风送来点点寒意。

秋收冬藏，收获的金秋，满载了丰收的气息，冬小麦的播种让来年的春天希望满满。生命成长的过程需要源源不断的能量来支撑，而秋在收获的同时也在准备着，在这秋色里积蓄力量，储藏能量，在花开时节复苏生长。

凌寒露凝白

秋天有些长，秋天也不长，秋日时光悠悠走，路过寒露凝。

寒露，是二十四节气中的第十七个节气，同时是秋天的第五个节气。古代的人们将寒露分为三候："一候鸿雁来宾，二候雀入大水为蛤，三候菊有黄华。"

进入寒露，秋天就进入了倒计时。"袅袅凉风动，凄凄寒露零。"深秋寒露，天气越来越冷。空中一排大雁似乎也感受到了变冷的天气，不曾停留，一路南去。一阵阵秋风送来秋高气爽，也送来了落叶归根。路边梧桐叶从初生星星点点的嫩绿，渐渐长成浓郁的青绿色，大大的叶片就像父亲的手掌，布满年轻的掌纹，为孩子有力地抵挡烈日的暴晒。"梧桐叶上三更雨，叶叶声声是离别"，寒露时节，已至深秋，像父亲手掌的树叶已不再年轻，褪去了活力的青绿色，不知何时已是满树金黄，一片片飘摇于枝头，像是在挥手告别，不舍离去，但是生命总会逝去。

此时已不见雀鸟的踪影，草丛中蟋蟀你一句，我一句，一会儿高声，一会儿低语，让我仔细听听，靠近，再靠近，原来它们呀！一声声地在催促："柿子红似火，摘下装箩筐。"寒露秋霜的又一道美景，霜打的柿子甜如蜜，红彤彤的就像一个个小小的红灯笼挂在枝头，给秋天加了一抹火热的红。秋天的柿子树也是一处美景呢！在被各种黄澄澄、金灿灿占满的深秋，被秋风亲吻的柿子叶也是害羞地红了脸，娇羞不语的柿子叶在这里也是别具一格的。

天气越来越冷了，已很少见到盛开的花了。但是"菊有黄华"，遍地的菊花凌寒盛开，深秋的颜色不多，对于"黄"色却是始终如一。古代文人墨客对菊花也是不禁喜爱，留下千古名句流传至今，"荷尽已无擎雨盖，菊残犹有傲霜枝"，荷花已然凋谢，荷叶已经枯萎，唯有菊花还在傲寒而立。唐代诗人元稹对菊花的喜爱更是到了极致"不是花中偏爱菊，此花开尽更无花"。

寒露来了，秋天快要离开了，天气更冷了，人们渐渐褪去了轻薄的衣服。夜晚来得更早了，也更长了，漫长的黎明更晚了，白昼也更短了。昼夜时光，有长有短，但是不能因为它的长短不一就荒废时光，"一寸光阴一寸金，寸金难买寸光阴"，错过的时光找不回，千金难买，珍惜当下，不要让它像手中的流沙悄然溜走。

　　秋天有些长，也有些忙。忙碌的秋收，让时间走得有些快了，寒夜离别叶落黄，凌寒不语露凝白，也挡不住人们的喜悦。充实地走过这一秋，又觉得秋天有些短。

意浓深秋晚

这场急雨，来得有点猝不及防，肆意而下，来到深秋。

郁达夫说："秋天，无论在什么地方的秋天，总是好的；可是啊，北国的秋，却特别来得清，来得静，来得悲凉。"我本是不喜秋的，秋天是萧瑟的，草木凋零，花色渐褪，总让人伤春悲秋。

我没有离开过北方，不知南方的秋又是怎样的一场景象，郁达夫说："江南，秋天当然是有的，但草木凋零得慢，空气来得润，天的颜色显得淡，并且又时常多雨而少风。"江南的秋来得缓，来得慢，秋的意味淡了些，秋色浅了些。

要说秋天，还是北方的秋天来得深刻，一场急雨送走了蒸腾了热浪，迎来了久违的清凉。园子里的石榴树像是刚刚沐浴而出的娇羞姑娘，在层层树叶中忽隐忽现。在北方，清晨路上行人已不见清凉装扮，一场秋雨，送来的寒气让人们不得不层层添衣，抵御寒冷。道路两旁的梧桐树叶在枝头欲去还留，大雨倾盆而下，枝头的梧桐叶只得无奈离去。凌晨四点的夜空，因这场雨遮住了星辰，抬头望着夜空黑漆漆一片，徒留孤孤单单的路灯寂静地立在街道两旁，点亮漆黑的秋夜。

北方的秋天少不了柿子树的点缀，绿色的柿子树叶渐渐染上了点点秋色，香甜的柿子更是让北方的秋色更深。果园里的苹果在有阳光的日子里努力地剥开脸庞上树叶的遮挡，让阳光晒得红彤彤。紫宝石般的葡萄让秋天的味道更浓了些，秋天的风虽然不是很友好，但是，秋天的味道是香甜的。

北方的秋天，已看不见燕子的身影，乳燕呢喃已远去，屋檐下的燕巢已空。北方的秋促使燕子去远行，去看看没有见过的江南，此刻的燕子已在南方安家了吧！耳边蟋蟀的叫声此起彼伏，《国风·七月》有云："七月在野，八月在宇，九月在户，十月蟋蟀入我床下"，这时的蟋蟀就像家养的宠物，在叫嚣着主人的安抚。

对于秋天，古代的文人墨客对其无不喜爱，留下了很多秋天的诗。南宋诗人叶绍翁的《夜书所见》："萧萧梧叶送寒声，江上秋风动客情，知有儿童挑促织，夜深篱落一灯明。"这首诗用江上的秋风吹起了诗人的思乡之情，寒冷萧瑟的秋天，孩童捉弄蟋蟀的景象，更凸显了诗人的孤寂。

秋天是落寞的，也是壮美的。刘禹锡的《秋词（其一）》写道："自古逢秋悲寂寥，我言秋日胜春朝。晴空一鹤排云上，便引诗情到碧霄。"杜牧的《山行》中写道："停车坐爱枫林晚，霜叶红于二月花。"秋天也有盛于春天的景色，秋高气爽，也有晴空万里，更有美过二月春花的枫林晚景。

北方的秋天来得说慢也快，仿若夏天与秋天就只有一场雨的距离，这就是人们常说的"一场秋雨一场寒"。我本是不喜秋的，它的凄冷、清凉。但是，秋天的意味有些香甜、有些色彩、有些思念。它不是只有孤独的冷清，塘中残荷，金色银杏，红色枫林，踩着沙沙作响的落叶。

秋是收获的季节，丰收的场景无不诠释秋天的美好。

父爱甜甜润端午

"端午临仲夏，时清日复长"这首由盛唐时期流传至今的古诗告诉人们，端午节来了，在临近夏天中间的时候，白天时间日渐悠长的时候。日头渐长，酷暑恼人，此时的太阳就像是还没有被后羿射下来一样，将大地在似火的阳光下炙烤。道路两旁虽有绿树成荫，像凉伞一样的大树也有无法庇护的地方。

夏日的清晨已有热浪迎面而来，靠墙边的一株石榴树映衬着夏日的火热，榴花红似火，就像人们红红火火的美好日子。为生活奔波的劳动人民，早在黎明时分就开始了一天的劳作，辛勤地耕耘，劳动人民的脸上露出了朴实的笑容。即便在端午时节，清晨的街市依旧热闹，早市少不了豆浆、油条的完美搭配，一碗蒜香十足的豆腐脑，再来点与夏天酷暑同款的油泼辣子更是让人食指大动，白糖、红糖馅的炸糖糕更是让人在蜜糖里回味悠长……各种小吃，光是看着都让人垂涎三尺。

这么多的美味小吃，让我的舌头都想为夏日的佳肴来跳一段美妙的舞蹈。但是我最喜欢的还是香甜的蜂蜜粽子，这是一段甜蜜的记忆，我的童年时期是在北方的农村度过的，记忆里，小时候出门就能看见一片洋槐树，洋槐树长在一个不小也不大的沟里，门前的路就是黄土高原的特色，一到雨天就能走过货真价实的"水泥路"。我们当时的生活并不富裕，但是我到现在还能记得在缺吃少穿的年代里，在父亲饱含爱意的目光中，在我的童年时光里品味蜜糖裹着粽子在嘴里绽开甜蜜的幸福岁月。

时光悠长，岁月的痕迹在走过的一页页日历上，日复一日，年复一年，慢慢地累积沉淀，时光愈发厚重，就像夏日冗长，时光漫漫。一页页翻过的日历见证了时光的变迁，褪去了父亲年轻的面容，一笔一画在父亲曾经英俊的脸庞上刻画出了岁月的印记，深深浅浅地融进了黄土高原的色彩。父爱是永恒的，就像绿荫重重的大树，庇护着幼苗不被日光炙烤。夏日绵绵，日光灼灼，夏日里的日光虽炎，但父亲的爱让炎炎夏日变得温柔，端午的蜂蜜粽子更是让这份爱更加甜。

竹林且听风，变亦有新生

每天清晨，路过一片竹林，微风穿过竹林时，竹叶们争相奏乐，奏起一天新的乐章。

年少时，一直认为竹子应该是生长在南方的植物。但是，有一次路过一个村庄，有户人家用竹子围起了一道绿色的院墙。此刻，有些惊讶！竹子竟然也可以在北方生长，而且长得很茂盛。

这是年少时期遇见的竹子，数量不多，但足以改变我的认知。

思绪来到第一次到工作单位时，被眼前这满眼的绿色震撼到了。这么一大片绿色的海啊！仿若在北方的城市遇见了"蜀南竹海"。在这炎炎的夏日里，就只是看一眼这片绿，就已经有凉意来袭了。

如今，这片竹海已不是最初的那一片绿色的海了。经过改建，竹海被分成了三片小竹林，东面、西面和北面各一抹绿。东面和西面的竹林环抱了一汪如镜的湖水，若是在有明月的夜晚，这里的景色真是应和了唐代诗人刘禹锡《望洞庭》中的诗句"湖光秋月两相和，潭面无风镜未磨"。西面竹林和湖边相连了一座别具一格的假山。在三片竹林的中央湖水之上有一座亭子，亭子的东西两面墙壁中空，但接地处建有长椅可供人休息，北面是圆形的拱门，门的左右两侧各有一幅梅花和兰花；南面中间是一幅风姿绰约的荷花，荷花两侧各有一幅绿竹和菊花，这不禁让我想到唐代诗人白居易的《钱唐湖春行》"孤山寺北贾亭西，水面初平云角底"。

现在的竹林虽然没有之前的一整片竹海看起来壮观，但是小竹林里修了弯弯曲曲的小路，让人们可以置身竹林之中，闭眼，静听风穿过竹林的声音。相比之前的远观，就少了一些不能置身其中的美妙了。现在置身竹林中感受着曲径通幽，闲坐亭中静听着林中鸟鸣，如镜的湖面映出林中美景。

在改造这片竹林前，听老一辈的人说，这片竹林长成现在的竹海是很不容易的，最初在这里种竹子时，竹子在这片土地上很难成活，枯死一批，就补种一批，就这样周而复始地复种与养护，才有了现在的这片竹海。

老一辈的人们为了种这片竹海付出的艰辛只有经历过的人才懂，因为改建就要挖去将近三分之一的竹子。见证过它成长过程的人会惋惜，它们能在这片土地上长成竹海实属不易。

但是，改变也未必是坏事，竹林经过改造后人们有了观景、纳凉的好去处。我没有见证过竹海成长的过程，但是，我见过那一片绿色的海，在北方的城市里，也见证了它改变后的新模样。

在最初看着被挖去那么多的竹子，很是惋惜。而且，留下的三片小竹林里稀稀疏疏的还有渐渐枯黄的竹子，我当时都觉得这片竹林被毁了。但是，竹子的生命力太顽强了，一年又一年，这片土地上不断地冒出尖尖的竹笋，渐渐地一株一株长成比我还要高很多的竹子，很高很高地融入竹林，现在的竹林又变得葱绿浓郁。

所以，改变不一定是毁灭，也有可能是一段新旅程的开始。就像这片竹海的改变，就是另一种新生。

小满徐徐至

小满，是二十四节气中的第八个节气，也是夏季的第二个节气，它总能让人们看见五彩缤纷的色彩，感受阳光对人间的热爱。

小满节气，在南方和北方有着不同的含义。在南方，小满中的"满"指的是雨水开始增多，江河渐满。在北方，"满"则意味着小麦经过了寒冬的蕴藏，春雨的滋润，在夏季渐渐地籽粒饱满，等待着收获。

小满有三候："一候苦菜秀；二候靡草死；三候麦秋至。"小满忙夏，路边苦菜生长茂盛，挖些苦菜凉拌着吃，也是夏季的一道美味。过五日，一些喜阴的细软草类因受不了强烈阳光的照射渐渐干枯死去。再过五日，此时虽然是在夏季，小麦们穿着绿色的衣衫，顶着沉甸甸的麦穗，接受着阳光的拥抱想要尽快披上金黄的外衣。

宋代学者欧阳修在《五绝·小满》中写道："夜莺啼绿柳，皓月醒长空。最爱垄头麦，迎风笑落红。"欧阳修用古诗描写了宋朝时小满时节的美景。歌声婉转的夜莺，绿意盎然的柳树，月光铺满了长空万里。这个时节垄间的麦子最得人喜爱，满地落红在初夏的风中轻轻摇曳。这一切刚刚好的千年美景，在今夏重现。

夏日里，虽有烈日炎炎，也抵挡不了花香四溢的诱惑。此时，蔷薇朵朵闹初夏，红的、白的、黄的、粉的……好多的颜色，让人眼花缭乱。可我最喜欢的是红色蔷薇，就像是太阳的颜色，象征着光明，给人以希望和美好。

杏子褪去了雪白的花瓣，将青翠的脸庞露了出来，甚是可爱，但是小满来了，"小满三日见三黄"，麦黄、杏黄、蚕黄，古人将一切都算得刚刚好，就好像忽然之间杏子就褪去了青涩，染就一片黄澄澄。

小满到了，白胖胖的蚕宝宝生命也进入了倒计时，开始吐丝结茧。生命很渺小，也很伟大。从芝麻大小的蚕卵，长成可以吐丝结茧的成蚕。生命成长过程中的艰辛与不易我们都经历过，但是前方还有很多的美好等待着我们。

小满节气开始，雨水量增多，江河水涨，有些地方会举行抢水仪式，由年长的长辈主持。在黎明时分，大家燃起火把，一起吃麦糕、麦饼、麦团，然后，主持者敲锣为号，大家一起踩水车让其运转起来，将河水引入农田里进行灌溉。

小满是一个美好的时节，《月令七十二候集解》中写道："四月中，小满者，物至于此小得盈满。"古人云："水满则溢""月盈则亏"。就像夏熟的小麦，在小满时节渐渐饱满，成熟还需要慢慢等待。

人生亦如徐徐而来的小满，在夏日时光里，踏实前行，像小满一样积蓄力量，不追求所谓的圆满，一样能遇见徐徐向你走来的夏日美好。

夏至款款迎盛夏

夏至的到来，预示着夏季进入最热的时候。夏至，是二十四节气中的第十个节气，没有春的温润，没有秋的富裕，没有冬的蕴藏，有的是火热的赤诚。

"春至花如锦，夏近叶成帷"，此时夏已过半，虽不见入春时的繁花似锦，嫩绿润眼，但是，夏至到，盛夏始，在一年中白昼时光最长的这一天，迎来了盛夏的开始。荷塘里不再是"叶无圆影柄无香，收尽莲歌冷碧塘"。如今，入目尽是碧色无边，娇粉留白，翠色欲滴的荷叶，独立枝头的荷花，深深浅浅的粉色让人不禁想到舞台上尽情绽放的舞者，身着华美的衣裙也不尽是粉色，有深粉色，有浅粉色，有渐变留白的粉白色，还有纯如冬雪的白色。荷花的颜色不只有这些，就单单这些颜色就让我感叹荷花的美妙，还有惊艳的花朵在静待着人们去发现。还没有绽开的花骨朵像刚刚出生裹着绿色襁褓的婴儿，已然盛开在阳光下，怒放的层层花瓣像正当年轻的少年，奋力展现生命里最美好的年华，生命终须走过暮年，这时的荷花就像暮年的壮士，在生命即将消失的此刻，将毕生的心愿都寄托在了莲蓬的小小心房里。

为了映衬夏的热烈，一树金黄色红了脸的杏成熟了，似是感受到了真诚的夏意，一个个黄澄澄的杏子害羞地忙将自己藏在了叶子的下面，让闻香而来的人们一番好找。汁多香甜的杏又让人对炎热的夏季多了留恋。

古人多智慧，将夏至分为三候：一候鹿角解，二候蝉始鸣，三候半夏生。到了夏至，阳气最盛的时节，鹿角就会自动脱落，在这时蝉鸣不绝于夏，夜夜可听到知了声声叫着夏天多美好，半夏是一味草药，在此时开始生长，也意味着夏已过半。

夏天的声声悦耳不只有知了的慷慨激昂，身穿礼服的黑色燕子，搭配着如白荷一样的衬衫，像个优雅的绅士在屋檐下时而这边，时而那边，歌声婉转，为夏日平添了一阵悦耳的音符，"小荷才露尖尖角，早有蜻蜓立上头"，荷尖微露，还未舒展腰身，就有"红粉佳人"等候入座。荷花淡雅，荷叶圆圆，夏天总能"听取蛙声一片"，时而高亢，时而低沉，时而静默。盛夏从夏至开始，热闹的夏天，一片生机盎然，生命的赞歌在这个季节里更加精彩。

处暑凉风抵万金

处暑天渐凉，炎夏行渐远。处暑时节火热的炎夏还在依依不舍地告别，新凉秋意早已迫不及待地乘着风送来了"处暑无三日，新凉值万金"。

处暑时节是二十四节气中的第十四个节气，也是秋天的第二个节气。立秋凉风至，处暑风向寒，这时天气在这一季正式走完了如火的夏，迎来了"黄金万两"都难抵的硕果累累，一片丰收的景象，无不辉映着劳动人民的辛勤。

此时的太阳依然阳光灿烂，只是骄阳少了夏时的炽热，渐冷的凉风送来了丝丝的寒意，也没能抵挡春华秋实带来的无尽丰收，鸟儿们也在尽情地欢呼着，在空中时而低飞，时而盘旋，时而驻足，就像是孩童愿望得到了满足，用各种欢快的方式来表达不能言语的愉悦心情。

池塘里"莲叶何田田"，也不是只有"江南可采莲"，北方的荷塘也有菡萏盛放，荷叶层层叠叠，凉风忽从荷塘路过，层层荷叶就像少女身着的俏丽衣裙，一层一层在风的抚摸下变成了碧色波浪此起彼伏。唐代诗人王昌龄就有"荷叶罗裙一色裁，芙蓉向脸两边开"的诗句流传千古。

院中的枣树的枝头挂满了成熟的果实，犹如绿色玉盘中的红色宝石，压得枣树的腰身弯了许多，满树的红枣，有满红的珠圆玉润，有红绿相间的妩媚妖娆，还有碧色若初的青涩稚嫩。这满树的红枣既点缀了世间美景，也满足了唇齿留香。有如此的美味香甜，又怎能少了悦耳蝉鸣，夏蝉鸣，声声入耳，秋蝉鸣，更为甚。丰收少不了喜悦的陪伴，喜悦更少不了蝉鸣伴奏的动人心弦。

处暑三候是穿过了千年时光，依然如向导般在今天为我们指引方向。一候：鹰乃祭鸟，老鹰在此时捕获大量的鸟类，摆在地上，就像祭祀一般，世间万物皆有感恩之心，感念大自然的美好馈赠，感念天地赋予了世间万物生生不息的传承；二候：天地始肃，天气转凉，秋草渐黄，在这时欣欣向荣的景象已不见，取而代之的是一片苍凉之景，落叶为这肃杀之气增添了一丝盎然生机；三候禾乃登，稻谷丰收，满满的金色稻穗就像一尾尾金色的鲤鱼畅游在稻田里，宛若钱塘江难得一见的鱼鳞潮此起彼伏。

时光的列车已然载着夏的炽热去远行，处暑身披寒凉在这一站已悄然登场，却也惊得荷塘菡萏抖落满身花瓣，露出心中所爱——莲蓬，寒亦有丰收。春华转秋实，花落莲蓬出。处暑凉风也有暖意，送来丰收抵万金。

夏风挽月夜微凉

"随风潜入夜，润物细无声"。在这仲夏闹哄哄的夜里，晚风微凉，伴着蛐蛐在草丛中奏响夜的乐章。

"晓看天色暮看云"的景色不只在书中读得到。若有幸偶遇日落西山，暮色黄昏，天边几片闲云，随意散落，要停留，要远走，像是远行的游子，既牵挂身后的故乡，又不得不携手时光远行，无奈中有着深深的不舍。

时光的旅人，从不停留，柔柔的夏风，挽住时光，却还是不能让它停下离开的步伐。小草在风中舞姿轻盈，在仲夏的晚风中游刃有余，这样的舞姿只为在这一刻为时光旅人留下点点挂念。

暮色渐深，以地为台，青草为毯，充满生命力的舞台上，"演奏家"们的声音此起彼伏，有十面埋伏的危机四伏，有小河淌水的岁月静流，有润物无声的淡然若素。这么美妙的音乐盛典，又怎会少了欢呼雀跃的观众呢？台下蚂蚁们陶醉在这引人入梦的音乐声中，忘记了回家的时间。何止是蚂蚁沉醉其中，你看舞台边缘的流萤闪动，久久不愿意离去，还有孩童们蹲在舞台边伸着头想要看清楚这场音乐盛宴。

随着演奏会的渐渐落幕，挂在树梢上的月亮悄悄离开了，有谁看见月亮去了哪里呢？晚风还在，它悄悄地说："你们都在专心听演奏会，都没有发现我挽着月亮静静地散步呢！这不，走着走着，月亮就越来越高，越走越远了，我都挽不到了。"抬头看见不在树梢上的月亮，已经在任何人没有注意的时候悄悄地越过树梢爬上了高高的夜空。唉！曾经的触手可及，却不曾留意，现在仰望夜空遥不可及。

月华如水，凉沁夏夜，一阵风掠过，凉意挽风而行。

夏天就像是指挥家，而夏夜的风犹如指挥家手中的指挥棒。让夏天的夜拥有了山涧里流水潺潺般的凉意，三伏天里的酷热难耐，遇见夏夜的凉风都不知道躲在哪里不敢露面。

演奏会结束了，演奏家——蛐蛐也回家睡觉了。窗前明月高悬，微风也不急不躁地在床边溜达溜达。

夏夜晚风微凉，挽着明月见证了一场声势浩大的音乐盛典。

"歪打正着"的玉兰树

在成长的路上，不一定平坦，但生命总会找到绽放的方法。

枯荣一瞬，逆流难行，在逆流中找到顺流而下的小船，驶向阳光照进来的方向。

我刚开始参加工作时，单位大楼前有一个小花园，花园被做了两条金鱼的样式首尾相连，花园靠近大楼处有一棵玉兰树，到了开花的季节，粉紫色的花朵挂满枝头，很漂亮。路过的人们都不禁驻足欣赏。玉兰树的长势很好，像伞一样的树冠比其他地方的玉兰树看起来更茂盛。

我做着自己喜欢的工作，工作之余还有美景可赏，这是多么的惬意。

但是，因为单位扩建，在原有的大楼南面又建了一幢高楼，小花园的面积缩减了很多，原有的两条金鱼只留下了两只大眼睛，还有旁边的玉兰树。见过小花园之前景色的人们无不惋惜。唯留下曾经的大眼睛，证明灵动的金鱼存在过。没有见过的人可能会好奇，那两个圈在花园里是做什么的，见过的人眼前呈现的是两条活灵活现的金鱼。

南楼、北楼，还有两幢楼之间的连廊遮挡了小花园的阳光，但是，丝毫没有影响生命的成长。

很长一段时间都没有关注过小花园的景色，它曾经最辉煌的时刻已经存在我的记忆里。有一天，从这里经过，看到玉兰树还在，树的周围还多了些鸢尾花。但是植物少了太阳光的抚摸，它们还能健康生长吗？

再后来，我的工作地点转移到了新大楼里，从窗户刚好能看到小花园，看到玉兰树。我原以为的凋零、枯萎，没有看到，映入眼帘的是正值开花的玉兰树，一树繁花，美不胜收。但是，树还是之前的那棵玉兰树，但是它的头顶变了样，不再像一顶美丽的花朵做成的伞，而是像迎客松一样，伸出花朵做成的手臂迎接前来赏景的人。

玉兰树长"歪"了吗？不是的。在阳光没有被遮挡时，玉兰树的周身都被阳光包裹，整棵树的生长是同步的，共同繁荣。

在阳光被遮挡的日子里，玉兰树也曾彷徨过，迷茫过，没有阳光的玉兰树，还会出现昔日的满树繁花吗？

生命是追逐着太阳而生的。

繁忙的工作，让我无暇顾及窗外的美景。偶然间，不经意地在窗前向下看去，玉兰树开花了，只是改变了它原来的树冠形状，像迎客松般伸出开满粉紫色花朵的手臂。玉兰树的树冠向东面茂密地生长着。仔细看看，玉兰树的南面、西面和北面都被高耸的大楼挡住了阳光，只留下了东面，阳光从这里照耀着玉兰树。

生命追逐着阳光而生，在这里玉兰树找到了生长的方向。阳光下茂密的花枝和西面花枝稀疏形成了鲜明的对比。正印证了那句"万物皆有裂痕，那是阳光照进来的地方"。

成长路上的崎岖，那是让生命更加坚韧的考验，生命的裂痕，会让阳光照进来。就像这棵长"歪"了的玉兰树，总会找到阳光照进来的方向。

当代实力派作家

—— 肖海俊

守住幸福，迎新年

丈夫老早就在计划着周末去商场给孩子们买新衣服，新年来了，要穿戴一新！他每年过年都会给孩子们置办新衣，也必给自己添置。丈夫觉得从年头忙到年尾，新年置新衣既是对自己过去一年的犒劳，也是为了有一个全新的面貌迎接新年。我对此颇为赞同。

丈夫对于新年置办新衣这件事有特别的仪式感，他更是赋予置办新衣一个很重要的意义：它象征着一个人脱去旧衣，换上新衣，新的一年从头到脚焕然一新，旧事已过，都变成了新的！其实在平日里，他很少给自己添置衣服。

小时候过新年，我的父母在能力范围内都会给我们三姐妹置办新衣服，家里经济条件不允许则穿旧衣服。那些年月，我们基本是穿旧衣服过年，即便是旧衣服，我们也都会穿戴得干净整洁。得知那一年过年没有新衣服穿，我们会精挑细选，把大年初一要穿的那套衣服提前洗干净、晾晒好，等待新年那天闪亮登场。母亲也会温柔提醒，大年初一你们要穿哪套衣服哩，最近就别穿了，洗了收起来，留着初一穿。其实平日里穿的衣服来来回回也就那两件，也许是受原生家庭影响，我对于新年穿新衣看得很淡然。

我出生于农村一个普通的五口之家，家里三姐妹，我排第二。年幼时，家里经济条件并不好，平常家里有余钱置衣的情况下，母亲会给姐姐买新衣服，我穿姐姐的旧衣服，妹妹穿我的衣服，我比姐姐小两岁，比妹妹大两岁，三姐妹的衣服都能衣尽其用，我和妹妹很少添置衣服。一来，我们可以穿表哥表姐送来的旧衣服。是的，男孩子那些颜色偏中性的衣服我们也会穿；二来，在衣服够穿的情况下，母亲可以把置衣金省下来，而我们的学费就是在日常点点滴滴中积攒起来的。

我十岁那年，父亲借钱入股家乡的煤矿，结果不到一年惨遭亏损，家里不但欠下了巨额债款，父亲的收入更是非常低，全家人吃饭都成了问题，那时候家里吃饭的大米是母亲向邻居借来的。年幼的我们，对此一无所知。母亲为此遭受了很多的嘲讽和委屈，至今母亲每每回忆起那段艰难的岁月总是泪眼婆娑。

在穿着方面更是缺乏。那时我们仨都在长个头的发育阶段，前一年的衣服到了第二年就已经不能再穿了，母亲只好问姨娘家有没有旧衣服。庆幸的是，表姐不但给了很多旧衣服，而且还把她没穿过几回的新衣服也送给了我们，姨娘打包了好几袋过来，她的恩情我们一直铭记在心。在农村的我们从来没有见过那么多衣服，而且衣服的颜色、款式都是我们不曾穿过的，作为女孩子的我们，爱美的天性在那一刻得到了激发。看到这些都是属于我们时，真是比拥有新衣服还高兴。

还记得母亲经常说"新三年，旧三年，缝缝补补又三年"，真是幼年时家里真实的写照，但我们从来不会因为穿旧衣服而有丝毫的羞耻感，父母抚养我们长大，供我们仨上学，已经倾注了全部的心血，虽然我们也会羡慕别的女孩漂亮的着装，但我们三姐妹都认为穿着比起精神食粮真的要轻太多。

而今我们都成家了，有了各自的家庭，生活条件都好了，但我们仍然保留着每年交换衣服穿的传统，并不是舍不得买衣服，只是这俨然成为我们仨表达感情的方式之一，我想我们彼此交换衣服的传统会延续到老吧。

儿时匮乏的生活条件给我的一生带来了深远的影响，让我懂得了生命中最重要的并不是穿什么，喝什么，抑或住在怎样的房子里，而是拥有父母那润物细无声般永不改变的爱。爱，能帮助我们度过一切生活的磨难，也让我们在往后的日子里彼此守望，永不言弃。

窗外寒风呼呼地吹，天越来越冷，年越来越近了。我整理了一下衣柜，衣服是真多啊，都是姐姐和妹妹寄来的，看来这个春节不用置新衣了。

母亲，那道春节最美的风景

岁暮天寒，寒风侵肌。当大寒携着凛冽的寒风狂奔而来，冬天已经奏响了交响曲的最后一个音符，新的季节轮回即将开启。我在阳台水池边洗手，水哗啦啦从水龙头流出，打在手上冰冰凉凉，冷得让人直接把手缩回去。灰沉沉的天，一种干巴巴的冷侵入肌肤，天气预报说今晚有雪，我突然想起母亲来。

自从入冬后，我每次发视频给母亲，镜头那边的她穿的都是那件蓝灰色的呢子花衣，这件衣服是母亲在我上小学二年级时买的，已经二十多年了，但衣服的色泽还是很鲜艳，中长的款式，穿到现在并没有过时。对于自己的衣着，母亲是有品位的。

见她每次穿同样的衣服，我常常问她衣服够不够穿，需不需要添置，她说"够的，够的"，还叫我一定不要买，买了她也不会穿。"不用买，买了也不穿"，这么斩钉截铁，我想母亲应该有御寒的衣物，用不着添置。

带孩子去商场买新衣服，路过一个女装橱窗，一件橘色的呢子大衣让我停下了脚步，笔直的西装领周边镶嵌一圈珍珠，一看就是极佳的质地，大气不失柔美，挺括有型，生机蓬勃的橘色，这衣服适合新年穿。我懂母亲，这是她喜爱的颜色和款式。我在心里描绘着她穿上后在镜子面前转悠的样子，母亲很少置办新衣服。我准备拎着大衣去买单，母亲的话飘荡在我耳旁，"你一定不要买啊，买了我也不会穿。"算了，想到大衣并不便宜，我又放了回去。

这几天格外冷，呵气成霜。天冷不用忙活菜园，父母二人冷清地待在家中烤火，家里要添置用品得靠父亲骑摩托车载上母亲去镇里买，冬天骑摩托车是那么冷，风无情地在耳畔怒号，全身裹得严严实实，可刺骨的寒风最爱钻空子，衣服哪里有漏洞就往哪里钻，天寒出门不方便。

我总觉得心里空落落的，有什么事情没做，但又想不起是哪件事。猛地想起前几天的那件呢子大衣来，一想起那件衣服，我的眼前又出现了母亲穿上衣服后在镜子前打量的样子，她左看右看，摸了又摸，哪个位置稍微皱了点，她轻轻地抻了又抻，"俊，这真是件好衣服啊，软软的，是件贵衣服哩，好看，好看。"说着母亲在镜子前继续360度转。

"妈妈，快来烤火！"孩子的叫声把我拉回到现实，我跟孩子说，妈妈要出去一下，过一会儿回来。我无法驱散母亲穿上呢子大衣后喜乐满盈、风姿绰约的画面，也找不到不买它的理由，我迅速走到地下车库，驱车前往商场把那件仍摆在橱窗里的呢子大衣买了下来。随后打电话给母亲："妈，我们单位过年发了购物券，孩子的过年衣服早买好了，这券不用就过期了，我给你买了件便宜的外套，今天给你寄回去。"难得母亲连声说好。

母亲常说，你们在城里生活压力大，不用惦记我们，家里吃的、用的都有。穿的确实有，只是穿的是二十多年前的衣服，已经无法保暖了。

人到中年的我才懂得，女人的一生，不管年龄多大，或徐娘半老，或年老色衰，对于美有一种天生的无法抗拒，只是我的母亲，在省吃俭用中，把对美的追求藏在了心底。

赵汝绩有首诗"漉酒蒸糕馈岁时，纷纷儿女换新衣"，年幼时母亲为我备新衣，而今我已长大，该是我为她置换新衣了。

那个为我的一生日夜操劳遮风挡雨的女人，这个春节因为穿上了新衣服，一定如同寒冬里的梅花，优雅绽放。在我的心里，她是春节最美的风景。

超越过去的自己

龙年春节，贾玲瘦身100斤成为家喻户晓的热点，街边的健身场所掀起了运动热潮，电影《热辣滚烫》的影响力真是不小。趁着孩子们开学，我也走进了电影院，小小的电影厅里座无虚席。

据说在电影上映之前，这部影片就已经成为人们津津乐道的话题，为了影片需要，贾玲先增肥40斤再减肥100斤。减肥100斤，这无疑成为电影最大的卖点。是什么原因促使她减肥？让我们一探究竟。

影片的前半部分讲述的是一个女孩失败的人生故事，主人公乐莹大学毕业十年没有找工作，她身材肥胖，恐惧社交，就连说话也不敢大声，极其自卑。她的男朋友出轨了最好的闺蜜，自己名下的房产被妹妹转走，在社交上，她被健身教练男友利用，不擅沟通的她被亲戚当作流量热点拉进综艺节目，她善良隐忍地对待各路伤害和欺凌，然而，她所有的付出和牺牲却被亲戚朋友视为理所当然。

故事的转折发生在一个下雨天的夜晚，乐莹遭受心灵创伤后回到自己的居所，天空连绵的雨就像她心里的泪水不停地下，她觉得自己这辈子完了，做啥也不成，活成了一个笑话，心情跌至谷底……于是她选择爬窗跳楼，幸运的是因她身形过于肥胖，跳下去却毫发未伤。这时，一张拳击海报被风拍打在窗户上，上面写着：你赢过吗？哪怕一次！这句话触动了她的内心，她决定学习拳击为自己"赢一次"。随后，故事的情节明朗清晰，一个身材超重的女孩通过想要"赢一次"的信念，克服重重困难，最终重塑身体重建内心的故事。

影片的最后展示的是乐莹与专业拳击手一决胜负的场景，它用了大量的画面特写比赛过程，与专业选手的对打，每一拳，每一滴汗水，每一次战败，她一次次地在跌倒中爬起来，教练求她不要再打了，她的回复始终是：我可以打完。

最终的结果毫无悬念，她输了比赛，可是乐莹却轻声说："这不是赢了吗？"是的，她真的赢了，明知结果是输，她仍然敢于发起挑战；比赛几个回合下来，她丝毫没有退缩，坚持打到底，这些对她而言本身就是一场胜利。

电影的结尾是不寻常的，它并没有以主人公获胜来诠释"赢一次"，而恰恰是以——输掉比赛，这种贴近现实的、更耐人回味的方式来呈现真实生活，引起了我内心深深的共鸣。我们的人生中会经历无数的比赛，但第一名永远只有唯一的一个，生活中的我们绝大多数都只是普通人，谁不想得第一名？可是，赢得第一名就是成功吗？显然不是，真正的成功并不是获得鲜花与掌声，而是自我的突破与超越。

当乐莹走出赛场，曾经的教练男友约她吃牛蛙，她想了一下说："我不爱吃牛蛙，下次吧，看心情吧。"乐莹重生了，她懂得拒绝了，她不再是过去那个迎合讨好、以他人意愿为自己意愿的人了，而是一个会顾及自己想法有真实思想情感的人，这个人鲜活、立体又可爱。她是真的赢了！

电影是生活的呈现，也是一门艺术，对于导演与演员而言，它更是一门生意。观众是否愿意买票，主要得看导演的诚意，《热辣滚烫》这部影片是极具诚意的，贾玲为了演戏先从170多斤增重到210斤，再减重100斤，这期间需要惊人的毅力，不是一般人能做到，且拳击这项专业性极强的运动，她从零学起，电影的后半部分很多高强度的专业训练，我们可以窥探到演员所承受的艰苦磨炼。单从这些方面来说，电影的高票房是实至名归的。

我发现很多人的成功是必然的，就像这部影片成为女导演中的最高票房，有几个人能做到一年内减肥100斤？这样的人是极少的，所以贾玲成功了，她值得成功。陪她锻炼的健身教练感叹地说："只有亲历者才知道这一年到底有多艰辛。"作为观众，我们看到的只是每日攀升的高票房，却看不到背后付出的汗水，所有光鲜的背后一定都是苦涩，当你熬过了人生的至暗时刻，那段经历就会成为他人无法夺走的财富，印刻在自己的生命旅程中，开启人生的新旅程。

也许我们并不需要像贾玲那样减肥100斤，但我们可以超越过去的自己，在未来的人生里"热辣滚烫"。

春韭绿，思故乡

天气回暖，带孩子去踏春，漫山遍野的枯木精神抖擞地站直了腰，一片片，争先恐后地吐出了嫩绿的新芽。上山的台阶两旁长满了似韭菜的植物，一丛丛，绿茵茵的，朝我们挥手，丈夫说这是沿阶草。沿阶草，长的真像春韭。微微吹来的春风敛起了时光的裙角，吹起了遥远的童年时光，我仿佛看到了那一畦绿意盎然的春韭。

年幼时，家里的菜地里，母亲总要在菜园的四边种上韭菜。韭菜好存活，小小的空隙里，它见风就能生长，一畦畦的，经过几场春雨，便更茂盛了。

母亲常常打发我去菜园里割韭菜。菜园在家后面的山脚下，要五分钟的路程，沿路的露水打湿了鞋子，也打湿了韭菜。一株株的韭菜像是昨夜因心事失眠的样子，迫不及待倒在我的脚下，我拿着小刀，不一会儿就割了一篮子。

洗好的韭菜放到水池上沥干。家里韭菜的做法不多，韭菜炒鸡蛋、韭菜炒豆腐，条件好时就韭菜炒虾米。

不一会儿，来自春天的香味充盈了整个厨房，那初春韭菜独特的香浓气息，萦绕在我的心头，至今不肯散去。

我小时候最爱吃母亲做的韭菜饺子，韭菜先在盐水中浸泡，捞出后用清水冲洗干净，控干水分，切碎；接着，准备猪肉馅，把猪肉剁成肉末，加入食盐、香油，搅拌均匀后腌制半小时，再把韭菜倒入猪肉中，制作成韭菜猪肉馅。在面粉中加入少许盐和一个鸡蛋，慢慢加入清水搅拌成面絮状，再揉成光滑的面团，擀成饺子皮。包好的饺子放入沸水中煮熟，月牙形状的韭菜饺子，如一个个元宝，散发出源源不断的思念。

"夜雨剪春韭，新炊间黄粱。"那千年前在雨中淋漓的韭菜，是不是也将思念深深埋藏呢？不然，阔别二十年的情谊，杜甫又是怀着怎样的欣喜，连夜剪春韭？

夜幕下的春雨中，我仿佛看到了那个身影，他弓着背，剪断一截一截的思念，是啊，阔别二十年的友人来了，他的思念，将要化成盘中餐、杯中酒，化为谈笑间觥筹交错的一声声感叹。

韭菜在杜甫的诗里疯狂地生长，而我心里的那畦韭菜，因沐浴了春雨的润泽，慢慢地长成了故乡的模样。

压不住的情愫，剪不断的乡愁，理不清的思绪……在这个春雨的夜晚，我又顺着那一畦春韭绿，坐上了回忆的扁舟，向我心灵深处的故乡慢悠悠地驶去。

我知道，在那畦春韭里，藏着春天的模样，也藏着我的故乡。

庭院深深深几许

　　父亲不知从哪儿弄来一根葡萄藤，说是葡萄藤，不认识的人以为是一根普通木棍，长约一米，直直的，藤上钻出了几粒青绿色的小芽，父亲把它栽种在了后院的墙根下。后来的日子，葡萄秧苗成了我日日去探望的神秘嘉宾。"它长高了，它之前还在我的脖子这里""它长叶子了""它结出了一串青葡萄"……我的童年，是在葡萄藤给的惊喜中长大的。

　　日复一日，当初一米的葡萄藤已经长成了枝丫繁茂的葡萄架，父亲用木头横梁、拉钩为它们在院子里搭设了一方小天地，供它们慢慢爬满藤蔓。年幼的我尚且不知葡萄藤日后会长成怎样的光景，只见它在父亲的照料下，家里的小院日渐阴凉起来，因为它，我喜欢上了那间靠院的屋子，尤其是夏天，风轻柔地吹过木窗，吹进房屋，绿色的叶子在阳光下闪烁跳跃，而我坐在书桌前，看云，看阳光，静静地托着腮，就这样遐想，可以一整天。

　　每逢夏天的暑假，家里是最热闹的，这个时候葡萄熟了，我的侄子侄女们（大伯家的孙子孙女），这些小家伙仿佛是嗅到了葡萄的香味，蜂拥而来，要摘葡萄。父亲自是疼爱他们，只要孩子们一来，我便不情愿地把后院的门打开，放他们进去采摘，我则坐在书桌前向他们发号施令，"少摘点儿哩，不然后面就没得吃了。"

　　院子里除了葡萄的芳香，最多的便是父母养的家禽了，鸡鸭鹅自不必说，一到夏天，鸭子嘎嘎的叫声，鹅扯着脖子的喊叫声，公鸡打鸣，母鸡咯咯，好不热闹。明明这些声音在农村浑然天成司空见惯，可一到夏天我就讨厌这些声音，夏天温度高，它们的粪便让院子里的恶臭气味传入室内，使得我不得不把门窗关紧，这时，我便只能隔着纱窗看庭院的葡萄架了。我多次央求父亲划个专属地盘给这些小动物，不能让它们把整个院子都占了，父亲不依，说这才是正宗的走地鸡鸭鹅，我们嘴里美味的荤菜全靠它们的贡献。

大一点后，我们便和父母分房了，三姐妹搬到了楼上去睡，从此，我们有了自己的小天地。二楼的地板不是混凝土做的，是木板搭设的，虽是木板却异常的牢固。二楼的窗外是一楼庭院的上空，在一楼院子摘不到的葡萄，二楼可以轻易地摘取，靠近窗边的葡萄因无人能摘到，每年属我们仨专有，没人跟我们抢。也因边角的葡萄吸收的养分更久，熟得更透，因此那几串葡萄分外的香甜。

有了自己的空间，我们可以好好地装扮了，房间有十多平方米，房间的门是闲置多年的老木门，两张大床，足够我们三姐妹睡。每当天气转凉，我们从学校回到家里，母亲早已为我们铺好冬天的棉被。从初中起，我便在学校住宿，每周五晚上回来，周日下午去学校。有一天晚上我回到家里，突然撒娇想让母亲背我上楼，母亲不假思索，听到我的央求也不顾自己腰痛，二话不说，让我爬上她的背，那时候还没有手机，楼梯间也没有装灯，我在母亲的背上举着手电筒，母亲在微弱的光线下缓慢地背我上楼，我问母亲是平常挑担重，还是背我重，母亲心疼地说："你呀，每次回来都瘦了，一点也不重。"母亲一生刚强，为了生养我们吃了很多的苦。

后来，隔壁邻居家的房子建了高高的新房，把院里的太阳牢牢地挡住了，葡萄晒不到太阳后，慢慢地褪去了以往的枝繁叶茂，父亲不得不把葡萄藤砍了，从此院子里空荡荡的，满是家禽的叫声。

几年后，父母也建了新房子，我们的新房仍旧保留了一个大大的院子，院子里有应季的蔬菜，四边还有好看花，只是没有了当年的葡萄架。

如今，我们居住在靠海的城市里，每个季节都能吃到甜甜的葡萄，有从外国进口的，有国内的，葡萄的品种一年比一年多，口感一年比一年甜，可我却再也没有吃到过比父亲种的更香甜的葡萄了。

做三四月的事

与女儿在小区楼下散步，偶遇一片牵牛花秧子，挨挨挤挤的，在微风下摇曳着身子。

女儿小心翼翼地拔了一棵种在了阳台的花盆里。起先，孩子兴奋又期待，每天都要跑阳台看上几眼，她期待着牵牛花长高开花的样子。时间久了，见牵牛花仍是当初的旧模样，孩子开始兴致半减，意兴懒懒地归，满脸的失望。

那天，趁着阳光正好，我特意把牵牛花搬到了太阳底下，孩子突然问："妈妈，牵牛花怎么还不长高呀？"

"芊芊，它已经在努力长高了。"我抚着她的头安慰道。我告诉她，因前阵子连续阴雨天气，温度低，长得慢。

"妈妈，这株矮矮的牵牛花真的会开花吗？"孩子一脸茫然地望向我，不敢相信几片瘦瘦弱弱的叶子能开出漂亮的花朵。

我不禁被她的童趣逗乐，一边让她看着湿润的土壤，一边对她说："你看，它的叶子正在吸收阳光，阳光是它的能量，有了能量它慢慢就长高了，就像你吃饭吸收营养会长高一样，来，我们小点声，别打扰它们，我们静静地在一旁耐心等待，它到时候肯定会开花的。"

孩子转瞬就乐了，小手指竖起放到唇边，向我做出"嘘"的动作。望着孩子天真的模样，我猛地想起幼年栽红薯秧的旧事来。

那时候，每到仲春，家家都要栽种红薯秧子。在农村，红薯是个宝，红薯的藤给猪吃，而肥大的红薯既可以人吃也可以喂猪。物资匮乏的年代，父母都是吃红薯长大的，对于他们的童年，大米饭是奢侈品。许是小时候吃腻了，父亲至今不太喜欢吃红薯。

每到栽红薯秧的那几天，堂屋里就热闹了，满屋子的红薯藤，剪好的秧子一把把码放在墙角，没剪的一篓篓在背篮里，正在剪的散布在各个角落，堂屋瞬间成了一片红薯地。村里路过的行人看到这种"盛况"都会过来坐上唠几句闲话，帮着剪上几把。

栽红薯秧子要看天气，最好是趁着雨后。那时候并没有天气预报可以看，一看到天即将要下雨，母亲便会提前去地里把培育好的红薯藤割回来。下雨的那几天，母亲带着我们待在家里剪秧子，春雨过后，秧子也就剪好了，母亲把一担担的红薯秧子挑到地里去栽种。

那个年代，家家户户至少都养两三头猪，猪的食物来源基本就是野草和红薯藤，条件好的会在猪食里放些大米煮，放大米无非是让猪多长些膘，年底可以吃到肥美的猪肉。我们家所有的田地种有花生、黄豆、红薯等，而红薯的占地是最大的，因此栽种的红薯秧子非常多。

长大后，我也能帮着母亲剪红薯秧了，我一面拿着剪刀，一面手扶红薯藤，长长的红薯藤被剪成一段段留有三四片叶子的小秧子，再用干稻草把秧苗一把把系起来。红薯藤翠绿欲滴，硬朗的叶子滴着春天的露水，粗壮的根枝，让人觉得它仿佛吸引了世界上最好的阳光雨露。我稚嫩的手剪得格外慢，母亲笑着说我在绣花，可我何止在绣花，我明明是在细品春日的馈赠呢。

红薯秧的生命力极顽强，只要栽进了土壤里，不用浇水，棵棵都能存活得很好。经过两三周就长成了长长的藤条。待到六七月，它们的藤蔓已经爬满了整片土地，这时候长在地里的红薯已开始肥硕。

植物自有它的生长周期，耐心等候，总会到开花结果的时辰。世间花事如此，人生亦是如此。

去年春天，我开始拾起曾经的创作梦想，走过一些弯路，有过许多迷茫，好在我坚持了下来，从明媚的春走到炽热的夏，经过萧瑟的秋，寂寥的冬，如今柳暗花明，来到了绚烂的春天，写下的文字断断续续地发表出来。忆起这一段不放弃的时光，又何尝不像是在栽种呢？只不过种下的不是花，而是梦想。

《时间之书》里写道："年轻人，你的职责是平整土地，而非焦虑时光。你做三四月的事，在八九月自有答案。"人间好时节，自在三四月，时间最是公平，付出一定就会有收获。默默努力，不疾不徐，梦想之花必会悄然绽放。

书信旧时光

多年以后，我在衣柜里看到了那两个小抽屉，那是我儿时藏秘密心事的地方。橘黄色的衣柜，漆面泛着光泽，散发出古色古香的气息。这个柜子是母亲的嫁妆，三十多年了。

拉开抽屉，一沓沓厚厚的书信带着陈朽的气息，映入眼底。信封各式各样，浅绿、淡黄、粉红，都是少女的颜色。信件用一根丝绸带紧紧地系捆着，生怕丢失了一封在时光里。

那时对它们视为珍宝，如今被重新拾起，时间恍若昨日。

轻轻打开一封封已然泛黄的信纸，抚摸着娟秀的字迹，仿佛在与故人对话。可是，故人却已是微信通讯录里的名字，这些年我们只是偶尔轻描淡写地问候，或朋友圈中转瞬而过的一个点赞，或是拉票助力时一个违和的求助。甚至更多的人，已经从人生的通讯录里远离，从此再无音讯。无数个青涩的故事在信纸上跳跃，在我的心里荡起涟漪。好在，因为有这些书信，一个个青春的故事可以成为永恒。

那个喜欢用书信来传递感情的年代，人与人之间的距离看似很远，实则很近。

远，是一封信从彼处到此处的距离。近，则是那一个个真情切意的字，饱含深情的诉说，缩短了彼此的距离，因为文字让彼此听得见内心的声音。

木心在《从前慢》中写道："从前的日色变得慢，车、马、邮件都慢，一生只够爱一个人。"想来亦然。

正因为慢，所以分外珍惜。那些年月，掐着手指计算着信件是否抵达了她的手上，她的信我几时能收到？在学校里的惊喜无异于通讯员告知我"有你的信！"我飞奔而去，看了看寄件地址，"比我想象的提前了一天！"窃喜地把信封撕开。信纸是友人精心挑选过的，那时候，学校外边的小卖部有各式各样好看的信纸卖，抵达手中的信纸，有时被折成了爱心形状，有时被折成一个个思念的千纸鹤，总之信封和信纸皆留下了友人的温度。那时的心很容易被满足，而能被一颗真心对待着，觉得自己又无比幸运。

信件的传递纵然很慢，可那一份笃定却让人值得守候。知道有这么一个人，在想起我的时候，会把所有的思念付诸笔端，会把她的日常点滴跟我分享，会把她对我的思念用文字一览无余地表达净尽。现在想来，那是文字独有的浪漫吧。

展信佳，见字如面，当我小心撕开信封，打开信纸，一字字地读着她为我写的字时，似乎那个人就在我的身边，缓缓地向我诉说岁月的深情。读信是件幸福的事，每一个字，如同一扇门，打开，通往另一个人的心上。这样读着，是感动，是新奇，是雀跃，是惊喜，就像那些年暗夜里的一盏灯，陪伴我，温暖我。

写信的时候，在文字中亦能看见自己的内心。不用担心写错，不用担心修辞，不用堆砌华丽的辞藻，在倾诉中，在情绪中，在笔尖下，我看见了真实的自己。其实很多时候，我们都不需要答案，只是在彼此的倾诉和倾听中，感受到自己并不是一座孤岛，而是在彼岸有人愿意知晓自己的一切，理解自己的少女心事，在文字中找到一个完整的自己。

如今，信封、信纸、邮票，甚至连那时用的钢笔，都已成了稀有之物。我们更倾向于在微信上只言片语来来去去地表达，冰冷的交流，浮躁的沟通。

没有一笔一画的娓娓道来，没有等待时的期盼，没有写信时的情愫，只需动动手指按下一个个的键，就完成了两个人的交流。确实方便又快捷，可是，在转身间，却多了一份寂寥落寞的心境。

曾经的书信，连同旧日的时光，被尘封在了那个古旧的衣柜抽屉里。而此刻的我，却想写一封长长的信。可是，写给谁呢？

写给未来的自己好了。

心清且微

读到一句关于春天的古诗"日暮春山绿，我心清且微"。每每读完，心中的意念久久不能平复，口中反复咀嚼着："清且微"。

清且微，生活清清淡淡，人的心是清悠的、清净的、微笑的、微微然的，眼前仿佛出现了一幅恬静的画面：一个女子在晚霞绚烂的傍晚，她身披太阳的余晖，灿烂又温暖，淡然地，宠辱不惊地观看远处苍翠的青山，无论生活怎样的忙碌，她仍会为每次遇到的夕阳、青山而驻留，而感动。

这句诗带给我如诗如歌的画面缠绕在心头，久久挥之不散。

过去很长一段时间，我的工作强度非常大，正常的八个小时工作时间根本无法完成，我不得不每天加班。那个时候，生命完全被工作占据，但是对于这样忙碌充实的工作，我当时却很是享受，加班换来了上涨的业绩，实现自己价值的同时又能得到上司的认可，乐哉。

但是，我不可能一直长时间地加班，除了工作，我的时间还应该要分配些给家庭和孩子。工作生活失衡太久，我开始频繁地在夜里做噩梦，身体终于亮起了红灯，肩颈因长期伏案，手臂僵硬到无法动弹。这一下来，使我不得不重新思考工作生活的平衡。

平衡是什么呢？平衡应该是工作的时候用尽全力，而在生活中感受烟火诗意吧。曾经看过一篇文章，一个年轻人把大部分的时间奉献给了工作，除了工作以外，每天回到家他不知道要做什么，没有了自我，一到休息便是无规律地睡觉。我想，这样的状态只能算作是活着，是没有兴致，没有灵魂的。

明末清初文史学家张岱说：人无癖不可与交，以其无深情也；人无疵不可与交，以其无真气也。说的是一个人活着不能没有自己的喜好，倘若人活着只是为了应付生计，被生活赶着走，日复一日，年复一年，那该是多么无趣。

在我的微信收藏夹里有一篇文章《怎样成为一个有趣的人》。有趣的人自带吸引力，她知道自己适合怎样的生活，并且会努力追求适配，做很多看似无关紧要的事，比如看一场日出，等候一朵花开，做一瓶草莓酱，正是这些小事构成了趣味的生活。

生活中的平衡，一定不是鞠躬尽瘁、废寝忘食的工作，也不是游手好闲的无所事事，而是在享受充实之余，于细微处用心体验生活的美与真，一草一叶，于平淡中见花开，于粗糙中悟美善，心清且微微然。

一位作者这样描述她的母亲："母亲是那种吃饭吃到一半，会因为被夕阳吸引而丢下碗筷，拉着孩子在野地里奔跑的人。生长于商人之家的母亲，如今才真切地懂得，世上还存在与生计无关、不计较得失的无用之物。并且她还能看到，这种无用之物是能超越生死、触及灵魂的，它是艺术的根源。"在这个世界，或许我们常常会被琐事缠身，而忽视了周遭的美好。其实，只要我们不去消灭内心的感动，同样也可以在自然中，在生活的细枝末节处获得片刻的安宁和净化。

在我所居住的小区，一楼的住户家家门前都有一个小院子，很多人家把院子打理成了花园，粉红蓝绿的花，让人赏心悦目，每天侍弄这些花花草草，心情一定恬淡清微吧。

在这个世界，为了生计，谁不是忙忙碌碌呢，但愿我们都能找到那方与生计无关的、超越世俗的"小院"。

时光深处的豆腐

读汪曾祺的《豆腐》，他写道："较嫩的是南豆腐，再嫩即为豆腐脑，比豆腐脑稍老一点的，有北京的老豆腐和四川的豆花。比豆腐脑更嫩的是湖南的水豆腐。"汪先生这位生活大杂家，他真是知道豆腐的。没错，最嫩的是湖南的水豆腐，是湖南人的家常菜。这道菜做法简单，猪油下锅，烧热，下冷水，煮至沸腾，豆腐摊在手上切成正方形小块下锅，着盐放葱，两三分钟后煮至豆腐块随沸水跳跃出锅。端上桌的水豆腐，原汁原味，新鲜嫩滑，一小块方格状的白豆腐像鱼眼睛，豆腐无香寡味，只有油烟和水交织在一起散发着淡淡的烟火气息。记忆的洪水卷着时光深处柴火浓厚的烟熏味汹涌而来，飘进了脑海里，我的耳边响起了母亲卖豆腐的吆喝声。

在我上初中时，母亲突然盘算着要去市里买台磨豆腐的机器，准备在家里打豆腐卖。我自是不知道为啥母亲突然要卖豆腐，好端端的，父亲的拖拉机托运近几年都能覆盖家用，平日也没有听他们说缺钱的事，父母都不是有野心要去做大买卖赚快钱的人。家里平常勤俭节约，父母都是勤劳诚恳之人，我懂事晚，并不知道那时家里的经济是短缺的。大点后，母亲跟我聊起才得知那时托运每况愈下，父亲一个人无法支撑起家用，需要母亲做点事一起分担。那时候我们三姐妹上学，学费对于普通农村家庭来说，是一笔巨大的开支，我们拥有的一切是父亲开拖拉机一车车托运出来的。往后的几年，母亲开启了每天天未亮就挑担卖豆腐的模式。

在母亲卖豆腐之前，村里有一位大婶已经卖了几年，她是在村上头的山湾里卖，因此母亲就在家附近的湾里或者挑到隔壁村去卖，村里的住户不少，只要腿脚吃得消，确实是不愁卖不掉。一担豆腐下来，一天大约赚二十元。天刚蒙蒙亮，我们还在睡梦中，母亲踏着露水，挑着一担笨重的豆腐就出门了，那时的母亲不到四十岁，跟我目前的年纪相仿。如果是放到我目前的处境，我能扛起这个担子吗？显然我没有母亲强壮。豆腐那么重，一个早上要走好几里路才能卖空，母亲怎么吃得消？我只能在心里体贴她，她笑笑说："不重，这算不得什么。"

有一次，母亲跟几个村里的伯娘闲聊，母亲说，我一开始就是吆喝不起来，不好意思张口呀，就把豆腐担子挑到人家门口，问要不要买几块豆腐，后来，不知怎的，自然就能叫卖了，我这么好的豆腐，不来买，可惜了。确实是的，母亲做的豆腐，从来没有想过走捷径，都是一粒粒真材实料的豆子，母亲用力磨出来的。到那时我才知道，原来母亲跟女孩子一样，也会羞于启齿，也会不好意思，母亲并非超人。

幸运的是，每天挑出去的豆腐基本能卖完，极少有留回来的。母亲卖豆腐的那几年，家里喝的最多的饮料是豆浆，吃的最多的菜是水豆腐，即便是到了如今，我已成家，每周去市场买菜，我仍然会挑几块嫩豆腐回家，或煎着吃，或煮汤喝，或打水豆腐，别样的风味。延续的虽是幼年时的做法，却没有了当初的味道。也许是离家远了，当初用来做水豆腐的山泉水现在是经消毒加工后的自来水，当初用纯豆子压出来的豆腐块，现在却是用面粉调制而成的混合豆腐，当初用手磨，用柴火烧开的豆浆料，现在全部机械一体化加工。而母亲昔日那双如豆腐般鲜嫩的双手，如今已布满了岁月的粗茧，味道又怎能一样呢。

我在时光的深处回望母亲那些年挑豆腐走过的路，突然发现，母亲的背已经被岁月压弯了不少，好在，母亲现在还健壮，我也都来得及。

与你"热恋"这十年

——给女儿小萱的一封信

小萱：

我想起有一个晚上，你迟迟不肯洗澡，在洗手间来回捣鼓，突然你跑出来问我："妈妈，好看吗？"你示意我看你的头发，我说当然好看。你把刘海梳下来了，是个新的样子，玲珑别致，巧丽可人。十岁的你开始对美有追求了，真好。

不知从什么时候起，我晚上一回到家至上床睡觉，总能享受到你好几次的亲吻，你趁我在走路时，在低头做事时，在即将熄灯时，在我不经意间，饶有仪式地拨开我的头发，在我的左脸、右脸、左手、右手，用嘴唇轻轻留下一个亲吻，你说："妈妈，我爱你。"随后，我紧紧地拥抱你。最近这个仪式被妹妹学到了，你们开始抢妈妈，于是，我的脸上落满了你们的口水。

我觉得，我们是一对"热恋"的母女，你跟我有说不完的话，不管是在洗澡时、吃饭时，还是入睡时，只要我们在一起，你总有满肚子的心里话想要迫不及待地分享给我。容我浅浅自恋地自夸一下，我真是个合格的倾听者。你对爱和安全感有极深的渴求，肯定的言辞，精心的时刻，身体的接触，接受的礼物，《爱的五种语言》里的每一种用在你身上都适合不过。我也因此在这方面常常对你有愧疚感。

你八岁那年的寒假，你跟奶奶先回了岳阳。后来的那些天里，因为你与妈妈的分离，你每天要哭好几场，我也每天要接你好多次哭诉的电话，你的伤心是真实的，是真的伤心，因为你太想念妈妈了。宝贝，我太懂了，因为妈妈也想念你。但分离是短暂的，我们过几天又会相聚，你要去相信，要带着盼望和信心生活。这种彼此思念牵挂的感觉，让我的心里对你时刻充满了爱意，每分每秒都是热的感觉，我无法想象还有比这更幸福的生命体验。

在你三岁半的时候，妹妹出生了，我的大部分精力用在了乳养妹妹身上。你比同龄的孩子高出大半个头（十岁不到已达一米六），我无意中把你当成了大孩子看待，理应觉得你应该这样做或那样做，却忽略了你其实只是个孩子。

养育你的过程，是满足、幸福、愧疚、失落感交融的体验，满足和幸福是因为我可以养育你；愧疚是因为我常常情绪失控，带给你一些伤害；失落是因为我觉得自己的能力有限，让你在我的身上没有看见更好的女性榜样。后来我想想，这些也不打紧，因为爱，能遮掩一切过错。

你带给我很多的激励，激励我要成为一个好的女性，为你树立榜样。我也常用，"孩子不是用来教育的，是用来影响的。"这句话来鞭策我自己。妈妈对你没有太多的希冀，或者说，妈妈更多地希望你成为你自己，而不是妈妈想让你成为的样子。所以，当我对你提出要求时，我会先反省自己是否做到。是你，一直激励着妈妈。

爸爸常常说你是个情商高的孩子，爸爸说的是对的。有一次，我们几个家庭一同出去烧烤，在取烤串时，你看到旁边的女孩也在拿，虽然你们刚刚才认识，你先把手上的烤串递给了她，自己再重新拿。爸爸晚上健身完回来，脸上很多汗，你看到后，马上抽出纸巾递向爸爸。妈妈在一旁，真是替你骄傲，我们的孩子长大了，长成了一个不再满眼是自己的需要，而是一个会看见他人需要的人。孩子，这项品格会让你成为一个受欢迎的人。

那次做完数学题，妈妈控制不住情绪说了你，你强忍着泪花，只身在房间做题消化，内心开始又怀疑妈妈对你的爱，可是，妈妈怎么会不爱你呢？孩子，长大后你就会明白，严格是一种大爱。妈妈因为爱你，所以要管你，要教你。

妈妈想对你说，不管你多大，不管发生什么事，不管你在哪里，妈妈对你的爱永远不会变，你永远是我的掌上明珠，永远是我手心里的宝贝。我会永远为你守护，你需要我，我就在这里，全心全意倾听你，理解你，给你提供建议，为你擦干眼泪。

十年前，在等待你出生的日子里，妈妈把余光中《写给未来孩子的诗》抄在了笔记本的首页，里面有一句话是这样的："不管世界潮流如何变化，但人的优秀品格却是永恒的：正直、勇敢、独立。"

　　孩子，愿你无惧风雨，勇敢飞翔。

　　上帝爱你，妈妈爱你。

永远爱你的妈妈　2024年10月

阳光明媚暖芊芊

——写给芊芊的幼儿园毕业寄语

芊芊：

感恩你的出现，照亮了妈妈的生活。想到你，我就嘴角泛笑；想到你，我就心里暖融融；想到你，我想起了四个字——阳光明媚。

常常觉得，你就像是天使一般，爱笑的眼睛，充满魔力的笑声，未见你人，先闻你的笑声，就知道是芊芊小天使出现了。

你知道吗？在你出生之前，我们一直以为你是"乔治"，当助产士把刚刚剪断脐带的你托在我的面前，她说："你看，你生了个女儿。"十二小时的开宫口之痛我忍受了过来，却在见到光秃秃的你的那一刻开始破防，我流泪了。这个眼泪，不为别的，是因为我被幸福击中，是感动，是喜悦，是热烈，从你到来至今的每一天，我们都好爱你。生下你的时候妈妈已经接近虚脱，完全没有了说话的力气，但我在心里对自己说，女儿好，女儿真好，我会用一生来爱她。感谢上帝创造了美好的你，让我此生可以养育你长大。

很多个夜晚，当你还小的时候，你总缠着我讲你出生的故事，你对人的出生充满了巨大的好奇，讲出生的故事一持续就是好几个月。我和姐姐已经开始厌烦，可你却仍然兴致不减，"就要讲，就要讲嘛。"到最后，我只能开始没有思想感情地一边闭着眼睛，一边在黑暗中张口讲你的出生。我想，你一定是感受到了妈妈在生你时所诞下的爱了吧，你一定是感受到了生命的奇妙可畏了吧，不然一个出生的故事怎能做到百听不厌呢？

时光如水，仿佛昨日还是第一次带你体验幼儿园的场景。那时候，我牵着你从幼儿园领取园服和书包，你拿着园服摸了又摸，抻了又抻，你迫不及待地背上书包，在客厅里打转，视它为珍宝，你期盼上学那兴奋又热切的样子，至今仍保留在妈妈的相册里。

我总是觉得时间太快了，不够用来陪伴你，爱你。一转眼，你就六岁了，离你转身离开我庇护的那一刻还远吗？以前的你喜欢在每个周日的午睡后去探险，我们一起找蜗牛，捡杧果……现在这些已经无法满足你的探索。但如今我们可以一起去做更多的事情，你也无需再让妈妈陪伴左右，也不再那么依赖我，反而你在很多事情上可以帮助妈妈了，你知道我的记忆力不好，常常充当我的记忆小助手："妈妈，你记得晚上给电动车充电。""妈妈，你答应我的彩虹糖。"你带给妈妈太多温馨的回忆，养育你长大，是我一生中最幸运的事情。

你是一个有韧劲的孩子。有一次，爸爸在半夜摸你的小手，他好奇地说你手上有粗粗的茧。我思前想后，知道你爱吊单杠，却不知道长满了茧。没错，我亲爱的孩子，想要做成一件事情，一要能坚持，二要能吃苦，妈妈很欣慰，这两项品格你现在慢慢地具备了。你对舞蹈的执着与热爱让妈妈刮目相看，你从来不喊一声痛，两年来你从未漏交作业，相反，你总是催着妈妈要第一个交，而且你为了拿到100个印章，愿意每周交两到三次作业。妈妈从来没有刻意教你延迟满足，可你却教会了妈妈，什么是延迟满足，什么是目标感，什么是自有天赋却勤勉不倦。妈妈真的以你为荣。

你很喜欢上幼儿园，三年来的每一天，你从来没有过不愿上学的想法，从不闹腾，闹钟一响，自己主动起床洗漱，你晚上把第二天的衣服备好，这些良好习惯，相信你会受益终身。愿你一生严于律己，言行一致。

感恩老师们的培育，感谢同学们的陪伴。在这三年里，你逐渐养成了独立、胆大、细心的品质，这些品质难能可贵，期待你能在未来的学习生涯中继续传承，绽放你原本的样子。

孩子，幼儿园已毕业，你将要褪去幼童的稚嫩，把梦想怀揣心中，把自律置于手心。愿你心怀远大梦想，自强不息，奋发图强，有信仰，有敬畏，向光前行。

全心全意爱你的妈妈　2024年7月

当代实力派作家

—— **沈玲萍**

————————————

台州人的嵌糕情结

每一个地方都有自己的特色小吃，每一个人的心中都有自己家乡小吃的味道。这样的味道，在时间与空间的酝酿下，愈加浓烈。

台州的特色小吃有不少：泡虾、山粉糊、姜汁核桃调蛋、食饼筒……但是若要说到台州人的心头所好，还是非嵌糕莫属。嵌糕在台州人心中的位置，如故宫之于北京，汉堡之于西方。嵌糕又名夹糕、馅糕、灌糕。顾名思义，就是在鲜糕里放入自己喜欢的菜肴，是浙江台州地区特有的小吃，尤其以温岭为主。嵌糕属于年糕的一种，意为年年高，寓意生活一年比一年好。有诗人云："年糕寓意好运深，白色如银黄色金。年岁盼高时时利，虔诚默祝望财临。"

台州人最爱的，还是那一口软糯的嵌糕。当晨起或赶着上班，或急着送孩子上学的人们从店家手中接过热腾腾的嵌糕时，脸上洋溢着淡淡的，知足的微笑。店家同样报之以微笑，一天的美好便在袅袅娜娜的热气里氤氲开来。卖嵌糕的店一般都有两个人，或夫妻，或父子、兄弟。一个负责揉捏嵌糕皮，只见店家熟练地从包裹着嵌糕团的棉被里扯出一小块嵌糕团，那一团小小的嵌糕团，在店家的手指起落间，飞速地变成了一张薄薄的皮。一个则负责将馅料包入嵌糕皮内，做成嵌糕。各式的馅料在特制的保温食盒里一溜排开来，有卤肉、胡萝卜、咸菜炒粉丝、豆干、土豆丝、绿豆芽、洋葱……它的重头戏就是在包好的嵌糕里浇入一勺卤肉汁。沾了汤汁的食物在口腔里撞击着味蕾，各种味道在舌尖蔓延，转而霸占整个口腔。一口嵌糕下去，再寒冷的冬天也暖意融融。也有的店家在里面加油条、泡虾，这样的嵌糕更有嚼劲，令人回味无穷。嵌糕的外形有点像放大版的饺子，外形白嫩嫩，胖乎乎的。看着素白的饺子，内里却是十分的丰富。光有嵌糕怎么够呢，店家一般都会另生炉子，为食客配备绿豆面、豆腐脑。不急着赶路的食客可以再来碗豆腐脑或者绿豆面，加点卤肉汤，搭配着嵌糕，委实惬意。

别看店家手里的嵌糕皮十分的软糯，制作程序却是十分的烦冗。随着技术的发展，现在很多的店家都是用机器做的嵌糕皮。机器为店家节约了不少时间，然而这样的嵌糕皮，却少了一种传统的，古朴的味道，少了一种情怀。也有传统的店家为了能让人们吃到口感更好的嵌糕皮，保留了手工制作嵌糕皮的习惯。这就意味着他们凌晨四点多就要起床。嵌糕的皮子是由粳米做成，在粳米粉中加入冷水不断搅拌，成为一块手感柔韧的米粉团。这道关键的程序，被当地人称为拌粉。拌粉的时候，如果动作不够快，或是拌得不够匀称，就会在粉中形成无法消除的小疙瘩，在随后的工序中，影响着成品的口感。拌粉完成后，放入蒸桶内，中火、小火交替加热蒸熟。最后将蒸好的粳米粉放入石臼舂成糕团，这又是一道十分关键的程序，是对体力和耐力的双重考验。一百次以上的反复捶打，才能捶打出嵌糕的滑与糯，软与韧。打好嵌糕后，还要包上保鲜膜，厚棉被，以防发硬变干。用粳米做的手工嵌糕的皮子粉糯而有劲，那股嚼劲伴随着馅料，口齿留香，是机器永远无法替代的一种家乡的古朴的情怀。

关于嵌糕的由来，有一个传说。相传在很久以前，有一个人，每天都要下地干活，日出而作，日落而息。由于他干活的地方离家远，隔了两座山，常常吃不到午饭。然而他又不忍心让自己的妻子每天来送饭，为解决吃饭问题，他伤透了脑筋。有一天傍晚，他干活回来，发现他的孩子在玩泥巴。孩子把泥巴铺在地上，上面放了许多的树叶、石头和不同颜色的泥巴，正想方设法把它包起来。在一旁看着的他，灵机一动，把米磨成粉，做出了一层软软的，白白的皮（就是我们的年糕），把妻子烧的菜放到皮中，将边缘黏在一起，就做成了我们现在的嵌糕。第二天，他把嵌糕带到田地，到了中午时分就拿出来吃。很快地，这种方法一传十，十传百，有很多的种地人也想吃他们做的嵌糕。于是他们开起了店，专卖嵌糕，生意越做越火。就这样，嵌糕的做法一代一代地流传下来。

还有一种说法，这是台州温岭城南习俗，在农历十月十五这天还有做馅糕的习俗，这天是古老的下元节，称为十月半。古时民间在下元节有素食斋天的习俗。"十月望为下元节，俗传水宫解厄之辰，亦有持斋诵经者"，只是民国后渐渐消失。如今只有少数家庭会在这天做嵌糕，但嵌糕却和下元节有关系，当地人很少知道十月半吃嵌糕是什么原因，年轻一辈更是知之甚少。改革开放以后，嵌糕渐渐成了台州人最受欢迎的早餐。

嵌糕对于台州人来说，已经形成了一种文化，是台州人对家乡的固有的一种情怀。很多在外发展经商或者求学的台州人，都十分怀念家乡的嵌糕。能够吃上一筒热气腾腾的嵌糕，是他们对故乡的寄托。嵌糕，是异乡与故乡的载体，有了这个寄托，在异乡的生活便有了殷切的期盼。

剥螃蟹的男人

忽然想起老方，那个穿一身黑色西装，住在上海新华路某弄堂里的男人。

老方个头不高，身形消瘦，三七分发型，抹了发蜡，发丝规规矩矩地硬挺着，油腻腻的。然而老方本人却是一本正经，不苟言笑的。当然，这只是老方跟我在一起的时候。老方喜欢小西，从小西第一次带我去老方住的地方，我就从他的眼神里看出来了。老方看小西的眼神是带了光的，那光里有宠溺，有欣赏，有藏也藏不住的欣喜。毫无疑问，小西的到来使老方整个人生动起来，老方不再讷言，不再一副公事公办的样子。老方甚至有些紧张拘谨。他亲自下厨，煮了几只螃蟹。窗外是黑影重叠的树影，在月影下斑驳。橙黄色的房间里，老方小心翼翼地剥着螃蟹，一点一点地剔着蟹壳。老方还是很绅士的，顺带着连我那份螃蟹壳都给剔掉了。小西在老方的房间里随意转悠，她对老方房间里的摆设熟悉得很，就像在自己家里一样。看得出来小西是这里的常客。

在这样一个被橘色的灯光笼罩的微醺的夜里，两个女人、一个男人一边吃着螃蟹，一边有一搭没一搭地聊着。然而我了解小西，我默默地替老方可惜。可惜了这样一个肯为自己心爱的女人，甚至她的朋友一起剥蟹壳的男人。

小西喜欢吃螃蟹，然而懒得剔除蟹壳，为了省去弄蟹壳的烦琐，她宁愿放弃这样一道美味。

深夜的弄堂很黑，黯淡的灯光刚好够照亮脚下的路，我跟小西从弄堂口出来，我回头看了一下，一个削瘦的孤单的身影伫立在窗帘后。小西潇洒地拨了一下自己的头发，她看不到身后的眼光，这样深情的眼光。

接到老方的电话的时候我多少有点诧异，然而还是欣然应邀。老方邀请我去KTV高歌一曲。我以为小西也在，找我这样一个电灯泡做什么？我下楼的时候老方已经在出租车里等候。小西没有来，老方寂寥地坐在副驾驶位置。

老方的歌唱技术实在令人担忧，跑调、串词，音量虽然高，但是夹了浓重的颤音，带着哭腔的。老方并不开心。老方鬼哭狼嚎地吼了几首就沉默了。油腻腻的头发在变幻的灯光里耷拉着，像他的主人一样失去光彩。我为了缓解气氛一个人在那里孤军奋战，唱到声嘶力竭。然而老方无心欣赏，明明他就坐在我旁边，却像隔了十里八里远。

老方有心事。老方的心事从他的每一个毛孔里钻出来。老方忽然站起来，单薄的身板在那一刻积蓄了所有的力量，老方起身就往门口走去。我赶紧跟上去。老方什么都不说，但是今晚的老方格外忧郁，黑色的夜衬托着老方一身黑色的西服。老方的背影看起来如此寂寥、无助。老方送我到出租房楼下后直接就走了。那是他第一次，也是最后一次单独约我。

没多久我就得知了小西订婚的消息。自然，新郎不是老方。

我回想起老方那日的失态，若有所悟。老方是个好男人。造化弄人。

野草闲花逢春生

　　女儿辅导班旁边是一块闲置的荒地，长满高低错落的植物，它们相互缠绕在一起，在一场场的春雨后更加肆意妖娆地舒展，有一些茎叶长一些的，竟自顾攀到了公路边，颇有张扬的意思。然而现代的人习惯了低头看手机，习惯了去远方看大红大绿的人工种植花卉，沉浸于视觉带来的冲击。人们很少留意到路边的花花草草，它们普通到每天我们路过它们，却从来没有将欣赏的目光驻留在它们身上。草是那样的普通，花也开得毫无特色。当人们兴致勃勃，相约簇拥着去远方看风景时，它们就这样年复一年，春风吹又生，默默守在路边。

　　它们无需人们炽烈的关注，无需人们赏识的眼神，更不需要人们倾注心血去养护，一场春雨，便绿了一地。乡下地方，最常见的是阿拉伯婆婆纳，小的时候不知道它的名字，只知道有这样一种植物，它们相拥着，成片地聚集在一起，一朵朵或紫色或紫蓝色的花朵开成了一片蓝色的星海，又似一只只有着深蓝色纹理的蝴蝶，在微风里翩翩起舞。然而婆婆纳的叶子也是毫不逊色的，齿状的叶子边沿层层叠叠，一簇拥着一簇，油润饱满，比起精灵似的花朵，风头有过之而无不及。

　　小的时候被泽漆惊艳过，它的花开在植株顶部，五个小托盘子托起淡黄绿色的圆形小花，像一盏小烛台。看着很不起眼的小小的野草，每到清明时节，它们就长得漫山遍野，路边随处可见，其生命力的顽强令人惊叹。掐断泽漆的茎，会流出白色的"奶浆"，因此在乡下，它又被称作"奶浆草"。每到泽漆疯长的时候，我与小伙伴们都喜欢在乡间的小道上，找到泽漆，将它的茎折断，看着乳白色的液体流出，惊叹于大自然的神奇。在乡下长大的孩子们应该都有过掐"奶浆草"的童年经历。

　　在众多的小花里，一年蓬应是最稀疏寻常。它们没有鲜艳的颜色，夸张的外表。花形有点像小雏菊，又比小雏菊低调，花瓣细长素白，间或淡紫，中间点缀着鹅黄色的花心，清新淡雅。一到四五月份，它们便疯了似的成片成片地聚集在一起。路两旁随处可见一年蓬的影子。淡紫色的花一蓬蓬，一簇簇，在风里扭着细长的腰肢，一点都不比大花们逊色。古人用"暗暗淡淡紫，融融洽洽黄"形容最恰当不过。

紫云英应该是花花草草里相对高调的了，它的花瓣有点像重瓣的莲花，一半是浅紫色，一半是粉白色，呈伞状向上托起。单朵的紫云英并不引人注意，它们的心思细腻通透，知道自己的优点，每年的三四月份，禾苗们退场，田野里成片的紫云英如彩色的锦帛，放眼望去，一片紫绿相间的花的海洋，美得人们心摇神驰，美得实至名归。在一个闲散的午后，采一捧紫云英，在它的叶柄处扎个小洞，将它们一朵接一朵连在一起，就是一个漂亮的花环。爱美是女性的天性，还在少女时代时，每当紫云英花开的季节，那些蝴蝶精灵一般的女孩子便相约着去田野间。戴上花环，他们就是人群中的焦点。戴上花环吧，让少女们重回少女。紫云英的叶子，也是一道美食，它们通常被用来炒年糕，或炒米线。据说紫云英还有润肠通便、美容养颜的功效呢，可谓浑身是宝。

还有四处撒欢的蒲公英呢，风吹到哪里，蒲公英就在哪里安家。蒲公英的花有点像菊花，又不似菊花，小小的，一朵朵，金灿灿的，从深春开到初夏。成熟的小绒珠上长出一把把"小伞儿"。风一吹，"小伞儿"漫天飘飞，像一个个舞者，飞向自己的舞台，多么像一个个坚持不懈的追梦者。

"小草芳菲独自妍，绣茵流翠悄无喧"，一草一木皆有其独特的风情。自然界有牡丹、百合那样的大家之美，也有珍珠菜、苍耳、马齿苋这样的小家碧玉之美。人们一直在追求"大美"，而生活中陪伴我们的却是这些默默无闻的"小美"。它们在路边，在田野，在我们目之所及的地方。它们不需要人们为它们做任何的付出，只需要一场春雨，一阵春风，便以其顽强的生命力陪伴在人们的身边，哪怕不被重视，依然以淡然的姿态走过四季。

五月嗅蔷薇

几场春雨，绿意更浓，花期却已进入尾声。争相绽放的各色花卉在暮春的雨水里已然露出颓败的姿色，在风雨飘摇里日渐凋零，似花了的妆容，各种脂粉氤氲了天地。然而蔷薇花的美，才刚刚开始。"水晶帘动微风起，满架蔷薇一院香"。五月，是属于蔷薇的舞台。

红蔷薇热烈奔放，白蔷薇纯洁无瑕，粉蔷薇娇媚憨态……蔷薇花又分单瓣、复瓣，层层叠叠，一簇一簇地盛开，攀满围墙、支架，翠绿的枝条倾泻而下，花叶相间，争相簇拥，延绵不绝，远远望去，一片花的海洋。

蔷薇花虽小，但香气袭人，浓郁而热烈，更难能可贵的是它们知道"抱团"的力量，绝非冷清地孤芳自赏，而是一朵朵相拥着，挤挤攘攘的，热闹了初夏，点缀着车水马龙的城市。当满目的红红菲菲闯入眼帘，人们往往会被眼前的风景所震撼，一扫心中阴霾。

"人间四月芳菲梦，风吹蔷薇露华浓"。五月的街头，无论是河岸公园，还是大街小巷，蔷薇花总在不经意间映入眼帘。微风送来阵阵花香，沁人心脾，令人沉醉。看那堤岸边的蔷薇花丛，花随风动，影随水流，花影相映，恍惚间分不清哪边是实景，哪边是幻影，恍若置身神秘的蔷薇花国。穿梭在城市的老街深巷，也能见到大片的蔷薇花。那一朵朵憨态可掬的粉嘟嘟的小脸，正顽皮地从青石墙内探出脑袋呢！小巷里青石斑驳，花密枝茂，攀附在墙体上的蔷薇花或热烈，或淡雅，芳香四溢，点缀了古老的梦。置身其中，一时令人分不清是现实还是幻境，仿佛回到民国时代。

在一个晴好的日子，约三五好友，选一处"网红花墙"。帽子、相机、反光板、三脚架自然是缺一不可。无需美颜，无需滤镜，随手一拍，就是一幅手机或者电脑的壁纸。千枝万朵的蔷薇花从栅栏里探出身来，敞开热烈的怀抱迎接着前来拍照的人们。一簇簇，一丛丛，满眼的红粉白紫，花朵自墙体蔓延，交织成一堵令人惊艳的蔷薇花墙，如霞似锦，人们在花墙下摆出各种造型，人花相映，铺天盖地的美好氤氲在醉人的春光里。真是"朵朵精神叶叶柔，雨晴香拂醉人头"。

印象里，母校的围墙就有一大片的蔷薇花，它们兀自攀缘着，从东边的围墙一直蔓延到西边的围墙，有一些俏皮的，直接将脑袋垂在了校门旁。仿佛在说："你们好呀！"每年的五六月份，是围墙最隆重的时刻，蔷薇们以绿叶为主，小红花为点缀，一朵挨着一朵，密密麻麻，将夏推向高峰。坐在教室里，抬头看向窗外，就能看到那一堵大红大绿的蔷薇花墙。"蔷薇花尽熏风起，绿叶空随满架藤"，如此诗意的画面，让学子们暂时忘却繁重的学业，卸下疲惫的身心。蔷薇花墙的出现，极大程度上缓解了学子们紧绷的心弦，让他们在一天紧张的学习之后得以放松身心，在花海里尽情徜徉。到了晚上，夜静悄悄的，蔷薇仙子踏着夜色，入梦而来，伴随着阵阵香气，一派宁静而又祥和的景象。蔷薇花的香气，自年少以来，一直蔓延、氤氲至今。

英国诗人西格里夫·萨松代表作《关于我，过去，现在以及未来》里的经典诗句"In me the tiger sniffs the rose"诗人余光中先生将其翻译为：心有猛虎，细嗅蔷薇。即使威风凛凛如老虎，也有细嗅蔷薇的时候，忙碌而远大的雄心也会被温柔与美丽折服，安然感受生活中的美好。我们生活在快餐式的时代，越来越快的脚步，使得我们越来越浮躁，越来越不安，空有一番雄心却不知如何施展。生活中难免有庸俗莽撞，情绪低落的时候，迷茫的时候不妨静下心来感受生活中的点滴美好。纵然心中有"猛虎"，也并不影响人们追求宁静恬淡，对美好高雅的事物的向往。红与黑，冰与火，阴与阳，世间万物看似对立，又相互依附，相辅相成。雨果曾经说过，让内心住着一条巨龙，既是一种苦刑，也是一种乐趣。老子以水喻理，水，可刚可柔。刚，则水滴石穿；柔，则回肠百曲。远大的目标并非天马行空，是通过一点一滴的努力实现的。

我心有猛虎，却细嗅蔷薇。即使被生活磨砺得千疮百孔，也要静下心来愈之以蔷薇。猛虎与蔷薇，是一种坚持，亦是一种信仰。

奔跑的旺财

旺财是一条土狗的名字。在乡下，随处都是叫旺财的狗。它们没有城里宠物狗那般精致，定期洗澡、除虫，穿主人为它们量身定制的衣裳，吃主人精心准备的食物，有专属玩具，能跟主人同床共枕。大多数的时候乡下的土狗们浑身脏兮兮的，沾着乡野公路上飞来的灰。它们的食物是主人吃剩的残羹冷炙，装食物的器皿长期没有清洗，边沿沾满灰色的污垢，新旧交叠，厚厚的一层。有的时候，主人家甚至直接将啃剩的骨头丢出去，那一根没有肉的骨头，也能让旺财们扒拉好久。旺财们睡觉的地方十分简单，主人家淘汰的旧衣物，随便往角落一丢，就是他们的窝。

然而旺财们野惯了，白天他们在村道上对着异乡人虎视眈眈，坚守着本地土狗的职责。当有可疑的异乡人经过时，他们会忽然从某条巷子里窜出来，龇牙咧嘴，一声怒吼，吓得路过的人一个激灵。待到看清是一条狗时，更是不敢撒腿就跑，以免坐实"偷盗"的罪名。这个时候，异乡人只要装作若无其事地走开，旺财们一般不会刁难他们，然而他们要是撒腿就跑的话，旺财们也会迎头追上。晚上更是此起彼伏的旺财们的警告声，它们潜伏在暗处，尽忠守职，时刻处于警戒状态。一般的情况下，旺财们也只是虚张声势，他们绝不会给自己的主人添麻烦，只是给闯入村庄的陌生人一个警告。

小的时候，我也领养过一条叫旺财的狗。旺财体型较小，身上的毛比较长，黄黄的，快要盖住眼睛。然而一抬头，露出它玻璃弹珠一样黑白相间的警惕的眼睛，黑色的鼻尖湿润着，朝天喘气的时候，龇在外面的牙齿细小而锋利，一看就是一条看家的好狗。旺财的适应能力很强，很快就在新的环境里如鱼得水。每天它都拖着一身沾满泥浆的毛，在门口的晒场上、在马路上，跟其他的旺财们肆意撒欢，尽情奔跑。乡下的狗没有城里的狗矜持与讲究，它们放得开。

自然我家的这条旺财的吃食也是糙得很，它只能吃我们吃剩的食物。母亲随意给它在角落里丢了一件过时的衣物，便是它平日里休憩的地方。旺财对我们兄妹几个热情得很，它垂在外面的舌头，以及一直摇的尾巴说明了一切。十几年前的乡下，经常有偷盗的事情发生，然而有了旺财们，"梁上君子"们自是收敛很多。

不知道什么时候起，我家的旺财忽然迷恋上了另一种奔跑。它不是单纯的独自奔跑，或者跟其他旺财相互追逐奔跑，而是每当村道上有陌生的车辆驶过时，它便箭一般地追出去，围着滚动的车轮狂吠不止。它就这样缠在车子旁边，直到车子开出去好远才心有不甘似的回到家门口。我有观察过，被旺财追的车多是外地牌照，旺财正在做一件危险的事，它将自己推入了一种危险的境地。只是任凭我们怎么呵斥都没有用，旺财对陌生车辆充满了敌意。

乡村的夜色总是来得分外早。那个时候的人们晚上没有娱乐活动，一入夜，家家户户便早早关门，享受一家齐聚的天伦之乐。又是一个没有星星的夜晚，夜，像一块浓重的幕布罩住村庄。月亮挂满心事，老早钻进厚重的云层。村道上湿漉漉的，不见一个行人。旺财们也不见了踪影。夜浓稠得叫人忘却时间，天地间陷入静止般的混沌。一辆小车自夜色中缓缓驶出，鬼魅一般，悄无声息。它似龟移般小心翼翼地在村道上挪动，最后停在了云阿婆的家门口。两个黑影一前一后从车上下来，猫着腰，蹑手蹑脚地走到云阿婆家门前。来人裹着厚重的风衣，戴着口罩、帽子，只露出两道不怀好意的凶光。他们似乎在开云阿婆家的门。然而，等等，他们怎么可能会有阿婆家的钥匙呢？

就在这个时候，一阵尖锐的狗吠声打破了宁静的乡村。旺财们不知道从哪个旮旯里跑出来，冲着两个鬼鬼祟祟的人狂吠不止。两个黑影急忙掏出木棍挥舞，低声呵斥着"滚开""找死"……然而旺财们并没有退缩，咧着嘴就扑了上去。黑影在惊呼声中朝旺财们挥起了木棍，其中一个还掏出了刀子。旺财们发出一阵低沉痛苦的呜咽声，然而依旧死死咬住黑影。村里几个睡眠浅的壮汉终于察出异样，陆陆续续，点亮灯。仓皇间两个黑影想逃窜，然而被旺财围困住，脱不得身。黑影恼羞成怒，疯狂地拿刀刺向旺财。其中一只旺财终于瘫软着倒下去。此刻，黑影也被村民们围住。

原来，这两个黑影是外乡人，从外地作案流窜至此。经过几次踩点，看中了云阿婆的小卖部。几次从阿婆家买香烟，借机跟阿婆聊天，知道阿婆子女都不在身边，独自居住，于是就动起了歪心思。

　　那一次，村里的几条旺财都挂了彩。然而我家的旺财却不幸被外乡人的刀子刺中。父亲把旺财抱回来的时候，它完全没有了平时的张狂或温顺，它缩成了一团毫无生气的皮毛，耷拉着。母亲提出将它埋掉。在埋掉它以前，母亲找了一件旧衣服给它穿上。就这样，一直没有穿过衣裳的旺财在死后终于穿上了衣裳，做了一回"人"。母亲说这样它就能蒙混过关，下辈子投胎好做人。旺财最终被父亲埋到了山脚下。

　　没多久，父亲又领了一条土狗回来，也许是嫌起名字太麻烦，又或者为了纪念原先的旺财，这又是一条叫旺财的狗。在乡下，有的是叫旺财的狗。然而我总是不经意地想到那条追逐车辆的旺财，被母亲穿了衣裳的旺财，不知道它有没有顺遂地转世投胎为人。

夜色下的海

忽然想去海边。当晚风徐徐拂来，吹走一天的燥热，当立夏过去，院子里各领风姿的玫瑰、蔷薇抓住春的尾巴，极尽绽放之姿，开到荼蘼。满园的春色酣畅淋漓。

我向珊发出了热烈的邀约，我们去海边吧！

再也找不到比珊更适合一起去海边的人了。

珊的男朋友正在临时加菜。珊怪嗔着："下次来早点说，我好多备几个菜。"

然而吃什么已经不打紧了，我的心早已飞到了几公里外的海边。是去黄琅呢还是去温岭？天色渐暗，斜阳旖旎，缠绵着院子里的玫瑰花，红的热烈，粉的娇柔，黄的矜持，阳光少了白日里的炽烈，平添几分柔情。

伯母还是那样的热情，"多吃点，多吃点。"珊的男朋友已经将一盘小龙虾剥好。我打趣道："又来撒狗粮！"

阳光微淡，素色如锦，一切恰到好处。

最后还是决定去温岭，那里视野开阔，光线较好，并且蚊虫较少。

已经迫不及待了，院子里的花草欢送着我们，四个轮子扬起灰尘，一路撒欢。当标志性的三角风车映入眼帘时，便知道离海近了，近了。尽管不是第一次来，每次来都宛若来见初恋情人，紧张呵，充满着热切的期待，憧憬着海带给我们生活的另一面。

此时夜色已经降临，夕阳收走最后一缕霞光，站在巨大的三角风车下，抬头仰望，满目星河灿烂，像极了恋人们的眼眸。堤坝上慵懒地行走着三三两两的人们，他们卸下了一天的疲惫后，行动松散。在夜色下的海边，尽情地舒展着自我。

不远处忽然传来一阵歌声，我与珊不禁被吸引了过去。原来是一对情侣将移动唱歌机搬到了堤坝上。女孩拿着话筒，对面是浩瀚无垠的海。她的一双眼睛在昏暗的夜色中显得分外的清澈，倒似坠落凡间的星星。女孩神色淡然，微微俯首，低声吟唱，完全沉浸在音乐的世界里。男孩则靠着堤坝，看向女孩的眼神，充满着宠溺与欣赏。女孩缓缓唱来，歌声似泉水自山洞叮当流出，又似碧玉深潭，荡起层层细碎的涟漪，歌声似溪流缓缓，忽而又激昂奔腾，终于，在经过九曲十八弯，历经种种阻挠，直奔大海。路过的人们无一不被女孩的歌声吸引。有的甚至拿起手机，记录下了这一恬静美好的画面。那些因这样那样原因一时到不了海边的人，也通过网络欣赏到了别样的海的魅力。

此时是退潮的时候，我与珊离开了唱歌的男女，继续向前走着。夜幕下的海少了白天的喧嚣，隐隐约约，看得并不真切，然而正是这样若隐若现的感觉，给大海蒙上了一层朦胧的面纱。海在星空的倒影里。夜色掩映下的海，因为模糊与距离，增添了一份神秘感与距离感。远处星星点点，万家灯火，近处浓墨重重，海风轻柔。正是这样的感觉，让人们对夜晚的海欲罢不能。人与人之间的相处，当如与夜晚的海一样保持距离。明明已经在眼前，却不敢贸然轻浮，如此的相处之道，才是长久之计。相较于夜晚的海，白天的海毫无保留地展现在人们面前，向人们展示了它们的浩瀚与辽阔，给人一种豁然开朗的视觉的冲击，这样的冲击，直击人们的灵魂。人生就像大海，时而波涛骇浪，时而海不扬波。置身其中，难免沉浮起落。然而尽管尝尽酸甜苦辣，最终都会像退潮时的海，回归平静。

无论是夜晚的海，还是白天的海，都给人们以无限包容与启示。当你累了，请到海边来坐一坐，吹一吹海风，听一听海的声音。即便广阔如海，也有潮水退去，扑腾不起来的低谷期。于是，再多的愁绪，再大的困难，都会消融在大海的广阔里。海就像一本书，每打开一页，都有一页的哲学。它们以沉默与咆哮的极端给人以启迪。

三角风车矗立在海边，直耸天际，连接着海与星空，星海辉映。我与珊缓缓走在堤坝上，沿路是一簇簇不知名的小花小草，它们此刻在轻柔的海风里微微颔首。此时的海安安静静的，好像睡着了一样。今夜的风不大，裸露的海泥似乎凝固，像一块巨大的玻璃，平躺在星空下。

这世间有花，有海，有许许多多可爱的事物。"面朝大海，劈柴喂马"是每个凡人的梦。如果你倦了，请踏着夜色，来静谧的海边作短暂的停歇，让海风拂走蒙在心口的尘吧。

清明果

又是人间四月天，转眼清明将至。清明扫墓，是对祖先的"思时之敬"，其习俗由来已久。许是故人们也感受到了这份淡淡的愁绪，将这思念之情化作绵绵细雨，在人间流连徘徊。

扫墓的必备祭品当属清明果。吃过不少清明果，最难忘的，当数母亲做的清明果。记得年少时，每到三四月份，我便与姐姐结伴去田间采摘鼠曲草，我们这边又称鼠曲草为"地莓"。田野上，麦苗返青，一望无际，似绿色的波浪在微风的轻拂下连绵起伏。河堤旁的桃花，一树树深红浅红争相斗艳。一夜春雨，满地花瓣，似落下百里胭脂红。我与姐姐穿梭在田间的羊肠小道上，弓着身体，细细搜寻着鼠曲草。因为同是绿色的缘故，鼠曲草夹杂在一片肆意疯长的春草里，不仔细分辨，还真是不容易找出来。乡间的田野，多被羊肠小道隔开。不知不觉，我与姐姐就走出很远。春天也是鼠曲草的季节，我一边摘鼠曲草，一边想象着母亲做的清明果，不自觉地吞咽了一下口水，仿佛已经吃到母亲做的清明果。不多时，我与姐姐就摘得满满一袋子鼠曲草。

回到家，先择一下鼠曲草，把一些老黄的茎叶去掉，洗干净后放开水里烫一遍，再将它们剁成碎末。母亲已经将开水烧好，面粉也被放入脸盆里，将剁好的鼠曲草放入面粉中，母亲吩咐我倒入开水，用手扶住脸盆，她开始和面。母亲一边和面，一边轻声叮嘱我多学着些，以后自己成家了也可以做。我撒娇说："学这个做什么，有您在就好了，无论什么时候想吃了就来。"母亲笑笑："行行行，想吃了随时跟我说。"面粉很快和好，夹杂着一颗颗鼠曲草，绿白相间，倒像一块圆润的玉石。馅料是早就切好的，有猪肉、豆干、大葱、胡萝卜、春笋……它们全被切成丁状，放在一边备用。下油入锅，待油热，先后放入材料。母亲告诉我，油一定要放足，不然干巴巴，做出来的清明果就少了点嚼头。

接下来就是重头戏了。母亲拿出蒸笼，取出白纱，将白纱打湿，铺在笼底，又揪了一小块刚好能握在手心的面团，两只手掌将面团合在手心，顺时针揉搓。紧接着，又用拇指将面团抠出一个洞，继续顺时针旋转。只一会儿，那个洞就在母亲手中越变越大，成了一个酒盅状，母亲将馅料放入洞中，慢慢地旋转，收紧洞口，将多余的面团掐掉，抹平表面，放入蒸笼。这样一个清明果就做好了。

看到母亲如此轻松就做好了清明果，我不禁也跃跃欲试起来。洗净手，也揪了一团面，学着母亲的样子揉搓起来。搓的时候觉得很简单，心想也不过如此。结果等到"钻洞"的时候，那本该是酒盅形状的面团，硬是被我捏成了大饼，平平的，这叫馅料如何藏身？我冲母亲做了做鬼脸："母上大人，我还是给您瞧着火候吧！"一蒸笼的清明果很快做好，我将它们放到灶上，坐等开锅。

等到清明果熟透的时候，颜色也从浅绿变成了深绿，一个个似婴儿拳头大小的清明果在蒸气中热切地朝我挥手，仿佛在说："吃我，吃我。"母亲又叮嘱我用扇子朝清明果扇一会儿，这样的清明果装袋子后才不会粘牙。清明果做好后，母亲又将其他祭祀祖先的祭品一应准备好，放入竹篮，准备出门祭拜祖先。

祖先坟在山林深处，沿着大路到了山脚下，水泥路消失，取而代之的是羊肠小道。路的一边是陡峭的山崖，另一边是长满树木与植物的悬崖，放眼望去，树与藤相互缠绕，墨绿的枝叶显示了山林的年份，间或一丛丛绯红的杜鹃花夹杂其中，红红绿绿，像一幅天然的水彩画。通往祖先坟的路并没有特别的标志，往往第二年再去的时候，原本就窄小的路又被植物覆盖，然而我们从来没有迷路过。大人们一边走，一边用手中的镰刀开路。母亲说，那是太婆、太公在保佑我们哩！

如今我早已成家，依旧不会做清明果。每年都要去母亲家蹭清明果。母亲为了给我们几个孩子解馋，每年都会备一些鼠曲草，处理好后冷冻保存。这样无论何时，我们都能吃到母亲做的清明果。

清明果，是对家的一份牵挂，对故人的一种寄托。愿我们不忘故人，不负春光。

隐退在时光里的"美人"

在乡下，美人蕉是再稀松不过的植物，它对环境的要求极为宽容，因此被大量种植，田野旁，河畔边，几乎是哪里有土壤，哪里就有美人蕉，它极易成活，不需要过多的关心，兀自热闹了四季。尤其每到花开的季节，那一朵朵自下而上攀升的大红的花朵，开得硕大而又鲜艳。花坛皇后的称呼实至名归。它的叶子呈卵状长圆形，像极了一把把狭长的蒲扇。成簇的绿油油的叶子，被笔直的茎秆支撑着，向天空舒展。叶子的顶端，是明艳如火蝴蝶般的花朵。远远望去，大红大绿，给人强烈的色彩冲击。

也许是童年时期见识的花的品种不多，又或者极少有像美人蕉那样美得张扬的花卉，美人蕉给我留下的印象极其深刻，曾一度惊艳童年的我。在我还小的时候，经常去叔婆家玩。每次走在通往叔婆家的路上，远远地，就看见成片的美人蕉在蓝天的映衬下像一片火红的云。叔婆家的园子有一股神奇的吸引力，乡下的孩子，对土壤有着从母体里带来的亲切感。那时候还是白墙黑瓦的老式房，房前是一片园地，间或种着几棵橘树，橘树与橘树之间，是一畦畦被"切"成长方形的菜地，种着各种时令蔬菜。然而我最喜欢的还是园子东边靠近湖水的成片的美人蕉。小小的我站在比自己还要高大的美人蕉前，抬头仰望，美人蕉开得那样红火，就像高高在上的火热的女神，令人惊叹于它的美貌。

童年的时候物资还没有像现在这样丰富，能吃到的零食微乎其微。很难想象，美人蕉竟然也是我们的童年零食之一。它的花形如一朵喇叭，里面会储存"蜜汁"，难能可贵的是一根枝干可以开出很多朵花，实在是太了解我们这些小馋猫了。每当我们嘴馋了，就会跑到美人蕉旁，折下一朵花，迫不及待地吮吸着花朵的尾部，一股清甜的味道瞬间在口腔里蔓延开来，虽然很少，但是十分的香甜，就跟抹了蜜一样。饱餐了一顿花蜜后，美人蕉的花朵也被我们充分利用起来，爱美的女孩子们，用一双巧手相互给对方编麻花辫，编好以后，或在耳畔，或在发梢别上一朵花。人面红花相辉映，别有一番娇羞模样。

几年前叔婆病重，我在一个黄昏跟随母亲前去探望。宋冬野有一首歌，里面一句词，唱出多少人的心声："我知道，那些夏天，就像青春一样回不来。"属于我们的童年乐园早已长眠在水泥路下，橘子树被砍伐，菜地也无迹可寻。我在叔婆昏暗的房间里朝外看去，屋前是一片规划整齐的绿化带，美则美矣，却千篇一律，毫无灵魂可言。趁着母亲与叔婆絮叨的间隙，我去了小河边，试图寻找那份被美人蕉惊艳了的童年。然而小河已经被填平，更不要谈美人蕉的踪迹。在如今绿化品种如此繁多的时代，美人蕉早已不是人们的首选。不久以后，这里将有高楼拔地而起，有现代化统一的绿化植被。

偶尔我走在路上，也会偶遇路边的美人蕉，它们如巨大的杂草，在路旁显得高大醒目，依然是大而艳丽的花朵。看着却有些杂乱，竟有几分艳俗的感觉，倒像浓妆艳抹的舞女，没有了童年时那种清新脱俗、百看不厌的感觉。时过境迁，就像儿时天天可以见面的玩伴，在时光里冲散，已经很少有再见面的机会了，即使见着，也有了间隙般，不再亲密无间。就像相处久了的情侣，看着彼此，竟然有了挑剔嫌弃的味道。《半生缘》里曼桢不无遗憾地对世均说："我们回不去了！"美人蕉在风里，在路边，依然开到荼蘼。然而它到底不是童年时的美人蕉了。

叔婆去世以后，老房子逐渐颓败下来，在周边高大的建筑物的阴影里，终日不见阳光。社会在发展，花卉市场给人们带来了更多的便利与选择，各种花草千姿百态，看得人们眼花缭乱，让人暂时忘却了美人蕉之殇。只是夜深人静时，叔婆家园子里的美人蕉时不时地出现在我脑海里，一如当初那样明媚。这是属于我们这一代人的独特的回忆。

"芭蕉叶叶扬瑶空，丹蕚高攀映日红"。走在通往书婆家的路上，远远地，我仿佛又看到那一片美人蕉在蓝天下迎风翩然！

母亲的格言

母亲是家中长女，许配给父亲的时候只有九岁，名副其实的童养媳。

严格地说起来，母亲是迈进过校门的人，也是喝过墨汁，受过熏陶的。怎奈她的母亲——我的外婆，五天里有三天的光景将她的弟弟——我的舅舅强行塞到学校，理由是他们白天都要下地干活，没人看管孩子。于是我的母亲一边带着满地爬的毛小子，一边坐在教室里，试图将自己打造成新时代女性。到底只是几岁大的孩子，舅舅的到来彻底打乱了母亲的校园生活。在一次舅舅意外坠落到校园东边的小溪里被捞回来后，母亲的求学之路就此终结。外婆的意思，女孩子终究是要嫁人的，肚里装再多的墨水也无甚用。

在我成年后，母亲曾不止一次跟我提及她这段短暂的学校生活，轻描淡写，毫无波澜。母亲说是她自己提出来不再去上学的，那个年代的人们吃不饱，穿不暖，家里兄弟姐妹又多，能坐到学堂里的女孩子，没有几个。母亲从来没有在我们面前指责过外婆。

年幼的母亲自此承担起了家里的生计，白天的时候种田插秧，割谷晒稻，割草喂猪，中午的时候还要给田间劳作的大人们送饭。到了晚上，又架着花架子，在灯下一针一线地做女红。我至今还有一副未绣完的十字绣，在"三日鲜"之后被我无情地抛入冷宫，至今不知去向。然而在母亲那个年代，被我用来打发无聊时间的针线活，却是像母亲这样的女孩子们挣钱的活计。

父亲大母亲九岁。这段姻缘，也不知月老怎么牵的线。母亲嫁给父亲的时候，连个像样的房子也没有，爷爷奶奶交下来的一间石板房，四面漏风，没有门也没有窗。没有人关心一个待嫁少女，在那个果腹都成问题的年代，母亲的出嫁，除了为家里增加一些粮食，同时又少了一张吃饭的嘴。女儿的终身大事落地，外婆胸中卸掉一块重石。从此吃盐吃菜，看各自造化。

"土地无偏心，专爱勤快人"。父亲虽然为人木讷，少言寡语，但胜在勤快。从母亲进门时的家徒四壁，到后来置办机器，甚至雇了专门的工人来打理，日子是越过越红火。

在那个电器稀缺的年代，我们家是少有能买得起电视机的家庭。印象里一到夏天，父亲就把那台黑白电视搬到晒场，到了傍晚，村里的男女老少坐在我家门口看电视是必不可少的一项节目。

然而这一路的艰辛，母亲始终不肯细说。母亲经常跟我开玩笑，那个时候母亲刚生下大姐不久，就又有了我。由于没人带孩子，母亲经常把我绑在后背去河边洗衣服。每当她蹲在堤岸边躬着身子浣洗衣物时，总有路过的人惊呼"危险，小心孩子跌落水里。"母亲现在讲起这个事情还是一脸惊险的模样，仿佛我真的要掉到河里去了。然而同样已为人母的我，看出了母亲云淡风轻背后的隐忍，哪个孩子不是父母心头肉。年少的我不甚理解，不是还有奶奶吗，她为什么不帮着带我们。母亲总说，帮是情分，不帮是本分。奶奶孩子众多，在那个年代同样有她的难处。

母亲生性豁达，常挂在嘴边，"做人哪，一定要会忍，不用事事争个明白，有时候睁只眼闭只眼也就过了。"母亲也会与父亲磕绊，在她还懵懂的时候就由家里做主，嫁给了父亲。那个年代的人也许没有爱情，却在相濡以沫里将亲情演绎得淋漓尽致。越到老来父母越是恩爱。

母亲只是众多家庭主妇里普通的一个，就像落入星空的星星，是其中再普通不过的一颗。每当我将自己的婚姻城池搅得一塌糊涂，去母亲那里寻求安慰时，母亲总能一针见血地挑出我生活的弊端，她委婉地告诉我，女人在婚姻生活中要懂得抓大放小，切忌这山望着那山高。不从自身角度找问题，即便换个池塘照样游得不畅快……

如今的我已渐近而立之年，似乎更能体会到生活的真谛，并非只有黑与白，疼痛与喜悦。我开始明白母亲波澜不惊，冷静的处世之道，我也理解了她为什么总是一副平平淡淡，与世无争的冷清模样。不管是与父亲的相处，还是与这个社会相处，母亲从来不会用力过猛。

母亲虽没上过几天学，却是我一辈子也学不完的一本书。

红尘男女

老张与他的爱妻

老张一个人在房间里待了好多天。据说他好几天没吃饭。这个男人，一夜之间憔悴。认识他的人都被他感动，他的深情在人群间传颂。老张的妻子深受癌症的折磨，终于在一次次治疗之后如风中凋谢的百合。

灵堂布置得很豪华，鲜花簇拥，佛音缭绕，能用到的，能想到的，老张都安排上了。人们都说老张的妻子这辈子值了。白色的菊花代表着对亡妻的哀悼，红色的玫瑰是对以往热烈的怀念，而白玫瑰则表示这份情意将矢志不渝。

老张凡事亲力亲为，尤其在妻子离世前的最后那几天，人们总能在深夜听到一个男人隐约的哭声，压抑、悲恸，犹如被困在一个房间里的兽，找不到出口。一片漆黑啊！

料理完妻子的后事，老张整个人沉默了。每日每夜的，足不出户。人们在感动的同时，也惋惜他的妻子福薄。就这样，妻子的"七个七"过完后，老张只身前往异域，也许是为了逃避，也许是为了新生，只留下一个深情的背影，供人们做闲时的谈资，日落月出，风无声来回。人们都以为，老张这辈子都走不出妻子的影子。

年底，老张回乡了，然而不是一人。他的深情，有了另一个寄托。老张不再在午夜时一个人呜咽。他的亡妻，仿佛是前世的记忆。他容光焕发，另一个春天，在他的心里花红柳绿。依然是燕子呢喃，却再也不是旧时燕。人们于是又一番赞叹，到底是有本事的人，不会孤独终老！一个个竟奔相贺喜。更有好事者，问老张什么时候办喜事，而老张每次都春光满面，"快了，快了！"

扎纸灯笼的男人

每当年关将近，在村道上，总能见到这样一对男女。男的开着电动三轮车，女的坐在一旁，车上装着一袋一袋糊好的纸灯笼。他们都已经不年轻了，岁月在他们脸上丝毫不留情面地刻下一道道印痕，那是生活的痕迹。他们要做的是将糊好的纸灯笼送给一家家预定好的客户。

每一年的年底，是他们最忙的时候，家家户户都忙着添置年货，扫尘，他们却没日没夜地赶工，要在春节前将预定的灯笼出货。人们提前将正月里上坟用的一应用品准备好，以便来年大卖。村口的花嫂也定了他们做的灯笼。男人对女人很是照顾，每次卸纸灯笼，他总是不让女人跟着一起搬运，女人只需待在一边等男人把货卸好。在与花嫂的闲聊中，女人满满的幸福使得她脸上的皱纹都蒙上了一层神圣的光辉。男人怕女人累着，在家里，总是男人付出得多。按理送灯笼这个活，女人可以不用跟来的，但是女人非要跟着一起来，他们很少有分开的时候。就这样一年又一年，每一年的年底，他们都会双双出现在花嫂的店里。

直到有一年，男人的身边忽然换了一个女人。花嫂这才得知原先的女人在一次意外中溺水身亡。男人在悲痛欲绝后，决定忘记过去重新开始。他说他无法忍受一个人面对寂静的空气。男人后来不再糊纸灯笼，在一个个天气晴好的黄昏，人们总能看到这个深情的男人牵着一个女人的手，走在开满鲜花的村道上。

女人四十

当看到丈夫僵硬的身体躺在车里时，晓芙一时间反应不过来。只是寻常的一个应酬，生活已经如失控的车辆，冲向未知的轨道。

她毕业于名牌大学，在一所大学任教，已经是一名小有名气的教授。丈夫晓峰在一家三甲医院做到中层干部，她与晓峰的结合，堪称才子佳人，门当户对。多少女人步入婚姻后如入火坑，从此洗手羹汤，柴米油盐。晓芙不一样，她与丈夫每年都要去旅游，把蜜月时去的地方重温一遍还不算，立志要在世界各地留下他们爱的见证。节日时该有的鲜花、纪念品，一样不落，晓峰变着花样哄她开心，羡煞旁人。

而今晓芙一个人在空荡荡的房间里，每当她看到晓峰的照片，便觉得他依然深情凝视着她。晓芙受不了，她觉得自己再也不会爱了，她的心，跟着晓峰一起葬在了车里。

晓芙请了假，去乡下看望奶奶，她需要时间疗伤。那条通往河堤的青石小路，也曾留下她与晓峰的足迹。乡下人含蓄腼腆，看到一对衣着鲜亮的男女依偎着，在河畔边卿卿我我，搂搂抱抱，随后又一起手牵手回家，早就羞红了脸，哪里还仔细去瞧。在晓芙四十岁那年，丈夫晓峰投资失利，回天无力，终于做了负心汉，把一切抛给晓芙。

大概是第二年的春天，油菜花开满乡野的时候，晓芙的身旁，又多了一名男子。晓芙跟叔伯们介绍，这是她的老公，一家上市公司的领导。男人长得比晓峰结实，举止优雅，风度翩翩。他们一起依偎在河堤旁，绿水碧波，映出一对璧人。女人，到底离不得男人。晓峰若是知晓，应该也会祝福她。

当代实力派作家

——蔡圆治

相知相伴 20 年

这些年，习惯了有爱人陪伴的日子，所谓七年之痒，挠挠就过去了。我们从校服到婚纱，不曾有过轰轰烈烈的恋爱，也没有太多惊喜和浪漫，更多的是互相包容与体谅。今年是我们在一起的第20个年头，爱人是个不善于表达的人，但他总是真正地发自内心为你做些事，用实际行动来表达他的爱。

身边的朋友老羡慕我们的爱情，我和爱人是高中同学，那时他就坐在我旁边，但我们却没说过几句话。爱人是学霸，平日里我行我素，和同学们交集都不多。我们真正认识是在毕业旅游，爱人说他很早就在关注我，也经常听到同学谈起我，只是他不考上大学，是不会谈恋爱的。

上高中时，我们都很单纯，一心只想考上心仪的大学。在我们奔向各自的大学时，我和爱人开始了异地恋，靠的是一周一封信，三天一通电话，那时没有微信，只能发短信诉说思念，逢年过节也只能隔着山河思念对方。

大学毕业回到家乡各自走上了工作岗位，也是聚少离多，经历了多年的异地恋后，却使我们的感情更加坚固，认定了对方就是往后余生的伴侣。

没想到在见了双方父母以后，遭到了亲戚朋友的强烈阻挠，主要原因是双方家境悬殊太大，我爸妈甚至放狠话，如果我执意要嫁给他就得净身出户。

为了说服我的家人，也为了能让我以后的生活有保障，爱人挑灯夜读考上了编制。考编之路是艰辛的，那时互联网不像现在这么先进，键盘一按便有大量的资料，于是他决定先"打酱油"，去摸摸题型。有了第一次的见识，第二次以第一名的成绩入围了，我们本以为万无一失，却跌倒在面试上。这一次，他不太能接受失败的现实，情绪非常低落。怕我担心，他把负面情绪掩饰得不留痕迹。为了让他重拾自信，我一路默默地陪伴在他身边，鼓励着不要放弃，最终他抛开一切杂念，再次上路，这一次终于如愿以偿，也许大家都看到了他的努力付出，也没有再反对我们在一起了。

当初真的是一洗如贫，结婚没有三金，没有聘礼，仅靠工作几年微不足道的积蓄买的婚房，每月还完房贷所剩无几。爱人说让我受苦了，但我从来没有后悔过，因为我们有着坚定不移的感情，谁也不靠，可以用自己的双手去创造想要的生活。

这么多年来，我们相互支持、鼓励，也打磨着彼此的棱角。一路走来，很多朋友都对我说，你实在太厉害了，过着理想中的生活。其实只有我自己知道，如果没有爱人，我根本做不了这么多事，甚至可能一事无成。看似有想法的我，但落地实践的过程，从头到尾一直都是他无条件地支持我且冲锋在前。

爱是一趟与水和星星同行的旅程，爱是闪电的撞击，是屈服于一种蜂蜜的两个身体。20年光阴荏苒，匆匆而过。此时，我们的爱情也许早已失去了最初的激情与新鲜感，但充溢心间的则是另一份相濡以沫的温暖。往后余生，别无他愿，就这么一直慢慢地相守到白头吧。

老爸有了菜园子

早上醒来下楼，看到餐桌上绿油油的生菜、火红火红的火龙果，我就知道，老爸的菜园子又有收成了。

老爸13岁就开始学习经商来养家糊口。本来，他的学习成绩一直名列前茅，还是村里的"保送生"，只可惜当时爷爷奶奶家里太贫穷，再加上老爸是家中的老大，需要他为家里撑起半边天，无奈辍学。这也成了老爸一生最遗憾的事。在很多人钦佩他事业辉煌的时候，老爸会以他的辛酸发家史鼓励年轻人，要脚踏实地，靠双手去赢得理想的生活。

这不，可以退休但闲不住的老爸，最近开始了他人生的另一个乐趣——在顶楼阳台养花种菜，经营一方心爱的菜园子。

在空无一物的大阳台上，老爸开垦了一大片菜地；自己画好设计图，用红砖砌成围墙做好排水道，去野外田地运泥土……每天天还没亮，老爸就拿着锄头给土壤松土，打理杂草，给花儿、蔬菜浇浇水。他还上网找视频，学习制作有机肥料。

春天的阳光照耀着爸爸的菜园子，小小的西红柿苗在土地里蓬勃生长。夏天，丝瓜的藤和根须越长越长，宽大的叶子铺满了整个瓜架，形成了一个大大的凉棚。秋天来了，菜园大丰收。哪怕是冬天，菜园子依然散发着生机和活力。每当有瓜果蔬菜成熟，老爸就特别兴奋。

小时候，我记忆中似乎只有妈妈忙前忙后的身影。老爸每天很忙，早出晚归，有时出差，半个多月都见不到他。他经常凌晨才回家，每次回来都不忘带夜宵，但我们已经进入梦乡。早上醒来，妈妈会把这份夜宵加热，给我们当早餐，并告诉我们，这是老爸特意打包带回来的。我渐渐明白，老爸看上去很少关心我们，却一直在用行动证明，他一直在我们的身边。

我还记得，上初中时，只要遇到刮大风，下大雨的天气，不管多晚休息的老爸都会早早起来，送我们去上学。一路上，老爸没有过多的言语，但我们能感受到浓浓的父爱。

　　那年中考，我的志愿是上幼师中专，却因妈妈不识字误把我的准考证烧了，导致我无法报名。我在家哭得心灰意冷，老爸看在眼里，隔天默默地去帮我找学校。老爸说，既然上不了幼师，那我们就去上高中，读大学。

　　长大后的我们，都以爸爸为傲，他是我们人生路上的启明星，指引着我们的生活变得越来越好。都说父爱如山，老爸从不言爱，却一直用爱默默地守护着我们。

母亲打开新世界

"这几天降温了，出门多套一件外套，要注意保暖""最近流感高发期，没事尽量不要带小宝出门""工作再忙，三餐记得要吃饱"，母亲发来语音，一条一条的。自从母亲有了智能手机，学会了使用微信，常常能收到母亲的关怀留言，心里无比温暖。母亲是非常典型的农村妇女，年逾花甲的母亲一辈子勤俭持家，从未出过家门。小时候因为家里困难，母亲没上过几天学，但对子女教导严格，对亲人关爱有加。

在我弟弟还没结婚时，母亲除了照顾家里大大小小的事，一直在店里帮忙，只会说家乡话的母亲与外界还有点接触，听听外来的声音。自从我弟弟结婚有了孩子，母亲便在家帮忙带孙子，每天除了煮三餐，做家务，就是带孙子，忙得不亦乐乎。现在孙子长大了，上幼儿园了，母亲在家里显得有点坐立不安。

母亲是个爱干净的人，忙完厨房锅碗瓢盆，家里每个犄角旮旯都不放过。要不就坐在沙发上打盹，也不愿进屋休息，生怕错过什么风景。电视也不看，母亲说打开电视就像"哑巴说话聋子听"。多少人越不动，人就会老得快，看着母亲每天无精打采，逐渐老去的身影，我心里无比惆怅。

那次，母亲使用多年的老人电话机坏了，商家说修过那么多次，已经没有再修的意义了，只能报废以旧换新，节俭的母亲不得已只能换新。思前想后索性换成智能手机，可以教母亲用微信，看视频，这样她一个人在家可以打发时间，听听外面的声音。刚开始母亲很抗拒接触新事物，说她老了，学不会，不需要像年轻人拿什么智能手机，只要能打电话就行了。

由于母亲会晕车，从我懂事后，母亲没出过家门，所以我们出门游玩都习惯拍照，回家后与母亲分享我们去的那个地方。某天母亲主动问，怎么在手机看"电视"，就像你爸那样刷一下就能看到照片和视频。这不，母亲也有兴趣了。母亲兴奋地说："人啊活到老，要学到老。"我们姐弟三人轮流一步一步地教会母亲怎样使用微信，怎样看小视频，怎样拍照。懂得使用微信后，母亲显然忘记了手机打电话这事，有什么事情就是语音通话。想外婆又抽不了身回娘家的母亲会跟外婆视频聊天，经常一边干活一边聊天，这一聊都是以小时为单位，母亲称赞这互联网可真体贴，她再也不用担心电话费，能尽情地聊天。

说到小视频，母亲开心地笑得比太阳还灿烂，眼睛眯成弯弯的弧形，就如同拾到宝贝一样。母亲对视频上的美食产生了浓厚的兴趣，各种各样的烹饪方式，让母亲更专注于在视频上"寻宝"。母亲听到不懂名称的菜品会与父亲探讨，询问父亲菜名，要求父亲把菜名记下来，好做给我们吃。自从母亲迷上美食视频后，每天的餐桌上都会出现一盘我们没吃过的新菜，无论是味道，还是口感都很不错。在我们的大力夸奖下，母亲的手艺更是不断攀升。

有了智能手机，母亲晚年生活里多了一道光，她不仅找到了自己的乐趣，还给我们生活增加了幸福感。母亲脸上又有了笑容。

婚姻的围墙

一个让你曾经觉得可以托付终身的人，只有深度相处过才知道值不值。没有感同身受这种说法，每个人经历的都不同，只能说似曾相识的感觉。爱与梦是括号的两端，把我们的身体置于中间，以此，我们认识世界。

随着孩子渐渐长大，这种小吵小闹的日子，已成了回忆，需要更多的是夫妻间心灵的交流。

那些年，她以为一个富家女下嫁给一个穷小子，男孩一定会加倍珍惜爱护自己，最起码懂得感激，知道自己因为爱，而不顾一切。无论你对其付出多少，在他心里，你所做的一切都是理所当然的。

多年来，她一个人带娃，上班，下班回来再打理家务活，都没有听到丈夫说一句，"老婆，你辛苦了"。

有洁癖的他经常下班回到家，就是一味指责妻子家务活没做好；指责孩子的玩具搞得太乱，沙发上的衣服还没叠好……在他眼里，女人做这些事都是天经地义，男人只管赚钱就好。在家就是领导架势，用领导的口吻指挥妻子做事，事情没达到他的指标，就是你能力不行。她越来越累，也越来越失望。

小两口为了一件小事在争吵，此时在客厅里的婆婆很气愤，她并没有息事宁人，而是在那添油加醋指责媳妇的不是。出生在书香门第的她很少遇到一个蛮横，不讲理的粗人。但她的婚姻让她明白，并不是所有人都懂得感激，有的人你再付出多少，他都觉得这是应该的。

最让她寒心的是他常说的"有差吗？"他经常出去应酬夜不归宿，回家问他去哪了？他说："有差吗？"有事跟他商量，他说，"有差吗？"；女人想与他聊聊孩子最近的不寻常，他说："有差吗？"……女人临近生产，知道他事情多，她早早提前告知他什么时候办住院准备生产，结果最怕的事情还真的发生了，那晚又是一夜未归，早上回来他又是那句话"有差吗？"

慢慢地，她从一个父母眼里的弱女子，变成了需要养活孩子，照顾好家庭的女汉子。在这段婚姻里她一直在隐忍，她不再认为一个婚姻里最重要的是他对你好、他的学历，而是他这个人的思想，人品是婚姻相处的基石。

后来才发现，问题的根源在于他的家庭教育，一个原生家庭的重要性。一个人无论他长得多帅，多么有文化，但是他从小的家庭教育就像土壤，深深扎根的思想可能影响他一生。

表面看起来恩爱幸福的一家，原来都是靠着这女人强大的心理撑起。她说不是撑起，只是不管多努力也叫不醒装睡的他。既然改变不了一切，那就靠自己走出这压抑的围墙。不再内耗自己，强大自己，充实自己，她要为两个孩子撑起一片天。爱总是这样，不知其深，除非到了别离的时候。

如今走出婚姻围墙的女人，顺风顺水，有了一份体面的工作，在闲暇的时间她重新拾起了写作爱好，写文章，发表文章。人生开挂，实现了经济自由，写作自由。婚姻让她遍体鳞伤，但伤口长出的却是翅膀，向她袭来的黑暗，让她更加明亮。

对于整个人生而言，婚姻只是一个或短暂或漫长的画面，不是电影的全部。一段失败的婚姻绝不会代表人生的失败。很可能，它教会我们的，可以让我们拥有更幸福的人生。

"裸婚"也幸福

在我们"80后"的高中年代，不懂爱情的友情下，我们相处较好的男女同学，都会称兄道弟。毕业后上大学的上大学，上技校的上技校，有些直接走上社会实践生活，各奔东西的"兄妹"拨打电话诉说思念。

每年节假日，我们这一群人便会从各个地方赶回老家聚在一起谈笑风生。男男女女加起来有十多人，说多不多说少也不少，在这里竟然凑合了四五对婚姻。

某天我的好闺蜜心事重重地对我说，远在异地的A君打来电话对她表白，平时以兄妹相称，让她措手不及。我说，这身份是虚的，重点衡量一下他对你的态度。高中毕业放弃上大学的闺蜜选择了技校培训直接上岗工作。那时刚踏入社会，乳臭未干的小丫头在职场总会被人欺负。闺蜜回忆那段难熬的夜晚都是他每晚打来电话开导她，在她最需要的时刻，他都能及时陪伴。在他每晚传授经验后闺蜜很快轻松自如地应付职场上的各种状况。闺蜜坦言一天没打电话心里头好像少了点什么，情窦初开的感觉让人心动，说不上是不是爱。

那就是如果来电，可以交往试试看。他们交往了一段时间，闺蜜感觉他人很善良，对她也非常好。障碍是他的家境贫寒，她深知她的父母绝对不会让她嫁给他。

到了谈婚论嫁的时候，闺蜜家人开始忙着安排她去相亲，相亲对象当然也都是门当户对的，但至于为人怎样这得等相处之后了。闺蜜说她不怕穷，只要他上进努力，对她好就可以了。以后的日子还长着，后续美好生活可以凭两人努力去创造。

经过一番思考，闺蜜认定A君就是她的伴侣，终于她鼓起勇气跟家人摊牌，她已经有心上人了，非他不嫁。当时不仅是她的父母反对，她的哥哥嫂子都告诚她，嫁过去那以后的日子会为了每天的柴米油盐吵翻天，甚至少言寡语的父亲跳出来说执意要嫁就断绝父女关系。

我们那个年代父母的婚姻不是娃娃亲，就是祖父母一手包办，结婚前最多见上一两次面，谈不上感情也就是凑合过日子。从小在父母争吵中长大的闺蜜坚定不移地告诉她父亲，她不想过这样的日子，A君家里虽然贫寒，在他家里时常是欢笑声，相互嘘寒问暖，那种被爱包围的温暖的氛围是金钱换不来的。门当户对的婚姻物质生活固然好，但你们能确保我会再遇到像他这样一心一意对我好的"他"吗？如果整天只是喝酒、刷手机、玩游戏，就算有金山银山我也不稀罕。

不顾家人的阻碍，闺蜜义无反顾地嫁给A君。

大家认定嫁给他必然辛苦的闺蜜，恰恰相反，在婆家她有个待她如亲生女儿的婆婆，处处为她着想的夫君。一对可爱懂事的儿女。小日子过得红红火火。闺蜜说她谈不上富贵，但日子其乐融融。

如今闺蜜的父亲看到A君对她女儿好，女儿过得很幸福。既欣慰又内疚地对闺蜜说："女儿，父亲错了，当初父亲乱打鸳鸯，物质生活只是表面的快乐，买不到我女儿一辈子的快乐，裸婚也可以很幸福。"

母亲的新年大衣

一年又一年，时光飞逝，岁月如梭。新的一年即将来临，一切事物都覆盖着浓浓的年味。

大街小巷都被红色笼罩着，我揣着单位发放的奖金，惦念着该如何分配这奖金。给辛苦了半辈子平时都不舍得买件新衣服的母亲添置新衣服。

回想起来小时候，最期待的就是母亲为我们两姐妹亲手准备的新衣裳。那时能穿上一套洋气的裙子，再绑上两个小辫子，是最洋洋得意了。父母开了一家小裁缝坊，专门为一些工厂加工衣服。我们平时穿的衣服是母亲利用剩下的布料东拼西凑缝制的。而父亲每次送货回来都会与母亲讨论当年市场最流行、最时髦的款式，如果遇到好点的布料，母亲会预先收藏起来，到年底的时候亲自为我们两姐妹量身定做当年最流行的裙子。除夕夜，我会迫不及待梳洗打扮一番，穿上新衣服，再开心地一家家拜年，生怕别人不知道我的新衣裳，使劲显摆嘚瑟一番。无人不称赞母亲手艺好，小伙伴个个投来羡慕的目光。

如今父母老了，我们也成家立业，力所能及为母亲做些事。从我记事起，母亲从未为自己添置一件新衣服，每年的衣服周而复始地穿着。每次要带母亲去街上买新衣服，总是一句"我有的穿，不用浪费钱"搪塞过去。

明目张胆说要带母亲去街上买衣服，母亲一定又会以各种理由拒绝。我灵机一动，可以跟母亲说这是单位的年终福利——一张购物卡。

到家时母亲已煮好了一桌丰富的晚餐，说庆祝我放假，结束了辛苦努力的一年，迎接新的一年。我向母亲提议，明儿去买年货，再带母亲去买一身新衣服迎新春。果不其然，母亲立马回应，她衣服够穿不需要买新衣服。还好在回家的路上我已经想好"套路"。我假装抱怨地说："今年单位的年终奖金是一张购物卡，不去购物，又没法变现，那这卡就白白浪费了。"母亲听完无奈地说：

"那好吧，明儿就去看看买些年货。"

平时节俭的母亲不舍得浪费，抱着一百个不愿意跟着我出门了。来到商场，看着琳琅满目的商品，母亲渐渐露出了笑容，看到橱窗里挂着一件红色羊绒大衣时，母亲站住了脚。我便邀请母亲走进店里，让店员把橱窗里的红色羊绒大衣取下来，让母亲试试，母亲向店员摆摆手说："不用不用，我就看看。"热情的店员边取衣服边对母亲说："阿姨，没事的，我拿下来您试试，看喜不喜欢。"我知道母亲想要一件羊绒大衣，只是一直舍不得买。我附和着店员对母亲说"妈，喜欢就穿上看看，他家的大衣还挺多的，可以慢慢挑。"母亲穿上大衣站在镜子前，左照照右照照，对大衣样式还挺满意的，这时她默默地看了标价，不淡定地脱下大衣对我说："闺女，不买了，这件大衣可以买好多年货呢。"我说："妈，单位里发的购物卡可以打折还，可以抵扣，放心买。"此刻，我明白母亲反常的原因，心里蓦然升起一股暖流。趁母亲不注意，我给店员使了个眼色，店员会意地说："对的，可以打折，还能抵扣，非常实惠，不然这购物卡就浪费了。"我和店员一唱一和，母亲最终满意地拿着心仪的那件红色羊绒大衣来到结账台。

过年穿新衣寓意着新的一年，好运接连不断，给我们带来更多的喜悦与幸福。母亲为我们操劳了大半辈子，无时无刻不为我们着想。看似一件简单的大衣，那可是寄托着母亲无私的爱，您养我长大，我陪您变老。如此时光缱绻，岁月如歌般温暖静好。

清明时节忆思念

清明是二十四节气之一，春季的第五个节气。清明节气因为节令期间"气清景明，万物皆显"而得名。清明节，是人们扫墓祭祖，慎终追远的日子。

"清明时节雨纷纷，路上行人欲断魂。借问酒家何处有？牧童遥指杏花村。"杜牧的那一首《清明》，寄托以思念，想起已逝的亲人、朋友……

夜深人静的时候，总会想起往昔的一些人一些事，就像一帧帧一幕幕的电影片段，在脑海里一闪一闪地自由穿梭，仿佛就在昨天。

在我的记忆里，我第一次坐长途汽车是和先生一起去广州，那时候先生的家人举家在广州打拼谋生，平时很少回老家，只有家里有重要的事才会回来几天，像度假一样。那次他送两个侄子回广州。听闻过广州的繁荣，很少出远门又怕晕车的我，自告奋勇陪他送两个孩子回广州。茫茫夜色，汽车在高速路上奔驰，像离弦的箭一样。我快乐的心情像涟漪一样在心中轻轻荡漾，全然忘记我会晕车了。

晨光熹微，公公早已在下车停靠点等候我们。虽然经常听先生谈起公公，那时还是第一次见面，瘦瘦小小的身躯，头戴一顶帽子，那炯炯有神的大眼睛带着慈祥的目光。嘴角上扬地说："辛苦辛苦，咱先回家简单洗漱一下，我再带你们去吃早点。"社恐的我还在寻思第一次见面我该说什么时，这一切来得那么随意自然，犹如故人相识。

轻轻地推开房门，浓郁的、芬芳的香味便扑鼻而来，使人贪婪地闻着。我鼻子微微挺起，跟着嗅觉来到客厅。看到公公坐在吧台上泡咖啡。公公看到我走过来，笑着对我说："要不要试一试这咖啡的味道。"我猛地点点头"嗯"。走到吧台的另一边坐下。公公一边泡咖啡，一边跟我聊起他喜欢咖啡的缘由。

在我先生还未出世时，公公为了养家糊口远走他乡，漂泊过海去到人生地不熟的国外。刚开始是水土不服的原因，在一次偶然的时候他遇见了咖啡。在他疲惫时给他欲罢不能的冲动，在那一个个数不尽的午夜里伴他左右，他说他早已习惯了它的味道。从此一发不可收拾，咖啡成为他一日三餐的必需品。

我深深地吸了口气，我抵着诱惑，小心翼翼地端起咖啡，浓醇的咖啡有苦涩的味道，有糖的甜，有奶的香，喝完一杯咖啡，感受那种百味含混的浓沉醇厚，顿觉热气腾腾，陶醉不已。

从那时起我渐渐喜欢上咖啡，喜欢空气中弥漫着咖啡的味道，如夜色里丝丝的喃语。一股浓郁的香气围绕，一些思绪仿佛浸染在咖啡里了。

后来考虑到公公年纪，身体渐渐地出现小毛病，先生三兄弟商量决定离开这熟悉的地方回老家养病，故乡是我们每个人心中的一个家，叶落归根，人也要回到自己生长的地方。"少小离家老大回，乡音无改鬓毛衰。"

记得那天，我正在回娘家的路上，我的电话响了。得知公公去世的那一瞬间，我的泪水如倾盆大雨落下。人生最忧伤的事莫过于至亲阴阳相隔，那长长的思念，那幽幽的心痛，随着时光在蔓延。与公公曾经相处的点点滴滴，时常在某个角落浮现。

如今，公公已经离开我们十来年了。每逢清明我会带上公公生前爱喝的咖啡与家人一起去祭拜，诉说思念。愿你在世界的另一端过得开心，过得安康。

"一年一清明，一岁一追思。"清明的细雨缠缠绵绵，似世人对亡灵的倾诉。清明的花儿朵朵芬芳，像是为点缀清明而盛开。

最好的爱是陪伴

在科技发达的今天，手机成为现代生活必不可少的一个重要工具。现在只要一部智能手机就能走遍天下。越是高科技，越能浮出种种短板现象。

带孩子出去玩，每次都会看到一些年轻家长在看手机，刷视频，孩子要么一个人茫然地木偶般地玩，得不到关注与回应。要么家长为了自己省事，直接把手机交给孩子，孩子在那里刷手机。让人痛心，为了暂时的省事，埋下长远的费力。以后费多少倍的力气都无法挽回此刻为了省力而种下的祸根。

平时我们就应该以身作则，而不是下班回到家就躺沙发上刷手机。

前段时间，发现16个月龄的儿子看到旁边的人在看手机，他竟然懂得凑过去看视频，那个动作就像小大人，看不到就去掰你的手，渴望的眼神看着你说"要看，要看"。不给看还要脾气，让人哭笑不得。原来是我们大人平时在孩子面前看手机的频率太高，为了省事动不动就拿手机给孩子看动画片，在这样的环境下导致孩子也学会了看手机。怕继续恶化下去，我们约法三章，饭桌不玩手机，孩子面前不玩手机，在家里尽量放下手机，多陪陪家人，关心家人。谁犯规谁来承包一天的家务。

有了这个约定，先生尽显出爸爸这角色。以前下班回家，基本是在他书房里或者坐在沙发上刷视频，雷打不动。现在下班回家会陪儿子玩耍。当儿子独自在客厅玩玩具车，他把各种各样的玩具车一辆一辆地整整齐齐地排好队，小嘴巴嘟囔着，指着玩具车说个不停，看到他爸爸回来了，他便跑去拉他爸爸的手以示陪他玩车车。肉嘟嘟的小手指着一辆红色的小车，抬头疑惑地看着他爸爸这是什么颜色的车，爸爸应和着小宝，这是一辆红色的小车。小宝开心地笑了起来，两个深深的酒窝印在圆圆的脸蛋上，特别可爱。在玩搭积木时，儿子把积木一个接着一个叠起来，积木倒了，又开始要脾气哭着求救，爸爸在旁边不是拿着手机指导，而是坐在儿子旁边耐心地鼓励儿子，重新把积木搭起来。

有了爸爸的陪伴，儿子的表达能力突飞猛进，从牙牙学语到两个字、三个字，能表达出他想要做什么事。看到爸爸在书房里看书，他会像小大人一样，搬出一本书摆出一副专注的表情，然后一页一页地翻看，嘟着小嘴咿呀咿呀地说，就像在告诉你这本书可真有趣。孩子耳濡目染着我们的所作所为，对阅读书籍有了意识。

在周末爸爸会尽量推掉工作，参与我们的家庭日，陪伴孩子到室外活动感受大自然的美。在餐桌上，爸爸有爱地给家人夹菜，吃完也会帮忙收拾碗筷整理厨房。小小的举动让我们的家庭更有爱。

先生感言，原来平时不起眼的动作竟会有如此大的影响。从那时起在饭桌上不再是刷视频的声音；孩子邀约陪玩耍时不再是"你自己玩，爸爸没空"。父母的唠叨，也不再是敷衍。如果一边陪伴一边做自己的事情，就等于低质量的陪伴。我们需要的是"被看见"而不是被陪着。

手机固然好，但不要冷落了身边的人，不缺席孩子成长的过程，高质量地陪伴孩子成长；一句关心能融化抑郁的心。世界上最遥远的距离不是天涯海角，而是我在你身边，你却在玩手机。所以，让我们从现在开始，少玩几分钟手机，多陪陪家人、朋友。放下手机，去享受我们这个美丽的大千世界！

做好孩子的引路人

儿子学钢琴有四年之久了，近期要参加考级。老师要求他每天练琴不少于1小时，但他却有些懈怠。别说练琴1小时，就是半小时，他都坚持不下来。为此，我也没少吼他。

这天，儿子又磨磨蹭蹭不肯练琴。我顿时来了气，爸爸料事如神对儿子使眼色，"妈妈又要开始河东狮吼了，还不快点去练琴。"儿子像箭一般跑到钢琴前坐下。他发现我看他的眼神不对，立马调整姿势，翻到新曲子那页，全神贯注地练琴。等他练完，心情还算不错，我就给他讲道理，先来一阵认可与赞赏。"宝贝，这新曲子你今晚第一次弹对吧，我发现你第一遍是在探路，第二遍是在熟悉，第三遍咋就那么快能流畅地弹下来，你这实力可不是一般人能做到的，好厉害。"儿子听完心里暗暗自喜，看他不语，我继续说，"只需三遍就能把整首弹下来，那你还是蛮有弹琴天赋的，只需要再配上你的努力，就更完美了。"儿子一边捧着书一边反驳说："妈妈你错了，我觉得努力比天赋来得重要，著名钢琴家郎朗每天坚持练琴6小时呢。"我惊讶地看着他说："哇，这你都知道，妈妈要求不高，你只需他的六分之一坚持与努力就可以。"

俗话说："坚持就是胜利"，为了能让儿子坚持下去，我决定实行21天打卡计划，在固定时间内完事。但怕他不肯，便找了借口，跟他说："妈妈最近看书犯了磨蹭偷懒的毛病，总是一拖再拖。要不咱们俩一起打卡，互相监督吧，看看谁能在21天内改变这个坏习惯。"儿子一听，顿时来了兴趣。爽快地答应了。儿子在一旁练琴，我便拿出书坐在一旁阅读与摘抄。刚开始，儿子会叫"小爱同学"设置1小时闹钟，闹钟一响，他立马盖上琴盖："今天任务完成了。"几次看到我聚精会神地在笔记本上沙沙沙地写字，没有因为闹钟一响便放下手中的书与笔。儿子感到无形的压力，在我的影响下，他慢慢地把"练琴"这个任务，自然而然融入他每天必做的事项里，逐渐感受到练琴的乐趣。

想要孩子能自律，重在坚持，需要家长的指引。就像学走路的婴儿，并不是我们一放手，孩子就会走，需要我们牵着孩子一步一步向前走。

董卿说过，你想要孩子成为什么样的人，首先你就要成为什么样的人。父母陪伴孩子的过程，就是给孩子做好榜样的过程。以身作则，言传身教，是我们能给孩子最好的教育。我们不断成长，做好孩子的引路人。

当代实力派作家

—— **华昌萍**

生活很难但你被爱着

2023年3月，第95届奥斯卡最佳动画短片奖揭晓——《男孩、鼹鼠、狐狸和马》。短片根据英国作家查理·麦克西的同名绘本改编，被称为这个时代的《小王子》。

春天的夜晚，安静地看着这部动画短片，被温暖与感动治愈着。这是一个关于爱、善良、友谊、坚持的故事，适合所有孩子和成人看，每个人都会在其中找到自己的影子。

故事在水墨般的画面中徐徐展开。天空飘着洁白的雪花，大地白茫茫的一片。一个孤单的男孩迷路了，在他最无助的时候，一只鼹鼠冒出雪地跟他聊天，他们结伴前行，去寻找那个有温暖亮光的家。一只饥饿的狐狸，闻着气味找到了树下。惊恐的鼹鼠差点成为狐狸的美餐。狐狸被鸟叫声吸引离开，却中了人类的圈套，发出凄厉的惨叫。男孩和鼹鼠走向了狐狸，鼹鼠鼓足勇气靠近狐狸，用它锋利的牙齿一点点咬断了铁链，救了绝望中的狐狸。

鼹鼠在雪地里打滚儿把自己滚成雪球，刹不住车掉进冰冷的河里。危急时刻狐狸出现，跳进河里救起了鼹鼠，并且默默陪在它身后。他们在树林里遇到遭到其他马儿妒忌而迷失自我的白马。男孩用头温柔地靠着白马的头，给它安慰和力量，白马的心情渐渐好起来。他们在雪地上快乐玩耍留下了爱心的足迹。

四个伙伴一起前行，去寻找男孩梦想中的家。通往梦想的路上并不是一帆风顺，他们在树林里遭遇了暴风雨。白马蹲下来，用他高大的身躯为男孩、鼹鼠和狐狸遮挡狂风，经历暴风雨后的他们见到了美丽的彩虹。白马在男孩的鼓励下做回自己，张开了美丽的翅膀带着伙伴们飞向天空，帮小男孩找到了家。家就在前方不远处，和朋友们依依不舍告别后向前走的男孩却突然转过身来。

一路上伙伴间彼此的关爱让他明白"家，不必非是一个地方。和所爱之人一起生活的地方，才是家"。男孩、鼹鼠和狐狸依偎在一起坐在白马的背上看满天繁星，看流星划过的天空……

影片中人物的对话和环境烘托推动着情节的发展。角色之间的对话包含深深的哲理，犹如智者的对话。茫茫雪原隐喻大千世界，世界上的每一个人都是渺小的，也是独特的。"我可真小啊。"鼹鼠说。"的确，"男孩说，"但你让一切有了很大的不同！""你觉得最浪费时间的事是什么？""拿自己和别人比较。"鼹鼠回答。人们好多时候总是拿自己和别人比较，自找忧伤和烦恼。"善待自己是最大的一种善意。"鼹鼠说，"我们总在等待别人的善意，但是你可以从现在开始就善待自己。""最难原谅的人往往就是自己。"每个人在成长的路上有时会过不了自己这道坎，一旦跨过去，柳暗花明又一村。努力地朝着自己梦想的方向前行，就会遇见更好的自己。"有时，我会担心你们发现我其实很普通。"男孩说。"爱并不需要你与众不同。"鼹鼠告诉他。在这个世界上大多数的人都是平凡的，可是平凡的人们却给了我们太多的温暖与感动。爱并不是惊天动地，与众不同，而是彼此间的懂得与默默关怀。

故事中的每个角色都代表着生活中不同的人。男孩对世界充满好奇，是一个好奇宝宝。鼹鼠最爱蛋糕，飘落的雪，覆盖着雪的大树总会让它情不自禁想起美味的蛋糕。在最困难的时候，总会用蛋糕鼓励自己。狐狸沉默寡言又警觉，说话充满智慧。白马因为遭到伙伴的妒忌，想要放弃自己的才华。在迷失自我的时候，同伴的爱与关怀让它走出阴影。

影片中多次出现河流的画面，诠释着上善若水，映照人物内心世界。鼹鼠陪伴孤单的小男孩，小男孩抱着鼹鼠给它温暖和安全感。鼹鼠以德报怨救了狐狸，践行了它心中的善良。狐狸知恩图报，在湍急的水流中救起鼹鼠，并且默默跟随在他们身后。白马飞奔中小男孩因为太高兴放开缰绳掉到水里，自责地流泪。白马安慰他："当我们敢于显露自己软弱的时候，其实是最坚强的。"有时候敢于示弱，也是一种勇敢，总是绷紧的心会让人疲惫。白马迷茫时，男孩和鼹鼠让白马明白要跟着自己的心走，不要被别人的眼光所左右，做自己就好。

影片中多次出现金色的亮光，那是温暖，代表着梦想与希望。只有坚持不懈的人才能走向诗和远方。最美的风景总是在风雨后。

连续看了两遍后，我把这部动画短片分享给家人、朋友和班上的孩子们。这部影片让我们想起刚刚读过的绘本故事《稻草人和乌鸦》。我和孩子们一起交流蕴含其中的爱与关怀带给我们的力量。希望我们每个人都悦纳自己和他人，做最好的自己，让善良的种子在心里生根、发芽、开花。

"生活很难，但你被爱着"。这句充满神奇力量的话，可以让自卑的人变得自信。让感受到爱的人，也默默用自己的方式把这份爱传递。因为爱与被爱，让世界变得更美好。

春天里的晨读

"路遥知马力,日久见人心。少壮不努力,老大徒伤悲……"清晨,正在梦乡中的我被一阵读书声唤醒。这是一个正处于变声阶段的小男孩的声音,听他所背的内容应该是小学六年级的孩子。虽然男孩的声音里夹杂着浓浓的方言,但你分明能感受到他的认真。

"路遥知马力,日久见人心。青青园中葵,朝露待日晞……百川东到海,何时复西归?少壮不努力,老大徒伤悲……"男孩洪亮的声音一遍又一遍地读着。公鸡的打鸣声,此起彼伏,与男孩读书的声音相应和。心生奇怪,怎么没有听到早起鸟儿的叫声。打开手机一看,原来才凌晨五点三十五分。反正也睡不着了,我索性跟着孩子一遍又一遍地背着那些熟悉的诗句。

我想,男孩那响亮的读书声,可能也惊扰了周围许多邻居的美梦吧。猜想大家一定不会忍心责怪他吧!可能大家心中都有一个疑问,这是谁家的孩子呀?那么勤奋,那么努力……

虽然男孩开始读的时候,有些地方吞吞吐吐,但多读几遍以后,就越来越流畅了。读了半个多小时后,大约男孩会背了吧,读书声也就戛然而止了。公鸡扯开嗓子的打鸣声也格外清脆了,鸟儿的歌唱也开始了。

我仿佛看到男孩端正地坐着,双手捧着打开的书本,神情专注地一遍又一遍大声地朗读着。男孩读书时那专注的表情,努力的样子很美很美。那是一种腹有诗书气自华的美,一种阳光积极向上的美,一种为实现理想脚踏实地勤奋的美。这幅晨读图为万象更新、生机勃勃的春天增添了生机与活力。此刻,多么希望他就是我的学生,多么希望正当读书的少年都像这个孩子一样,珍惜每一寸光阴。在晨读中迎接初升的太阳,在琅琅的读书声中茁壮成长。

或许,多年后实现理想的男孩,不一定记得这个春天里的晨读。他一定不知道，这春天里的晨读声已经深深印在一个邻居的脑海里。"读书多了，容颜自然改变，许多时候，自己可能以为许多看过的书籍都成了过眼云烟，不复记忆，其实他们仍是潜在的。在气质里，在谈吐上，在胸襟的无涯，当然也可能显露在生活和文字里。"三毛所说的这段话在脑海中闪现。相信在书籍这份营养品的滋润下，男孩的生活一定是充实的，在书香浸润中成长的他一定是快乐的、幸福的。

"读书不觉已春深，一寸光阴一寸金。三更灯火五更鸡，正是男儿读书时。黑发不知勤学早，白首方悔读书迟。"一句句珍惜时光的句子在我的耳畔响起。时光如白驹过隙，转眼间所带的这个班已是六年级了。时光一去不复返，生命有限，只愿用自己的言行影响孩子们，唯有珍惜光阴，努力实现一个个小目标，一步步靠近自己的梦想，才不枉在世上走一遭。

一年之计在于春，一日之计在于晨。感谢这个小男孩，在这个春天的早晨，给我带来的一份美的享受，一份珍惜光阴的思考。

最是书香能致远。希望这个男孩，希望正当读书的少年以梦为马，不负韶华，扬起理想的风帆，乘风破浪，驶向心之向往。

春日韭菜绿青青

二月，家门前的麦子开始抽穗了，油菜花金黄一片，池塘边的桃花也开满了枝，菜地里的韭菜最是惹人喜爱，一片片新绿在春风里拔节成长。

韭菜要数春韭最香。四季轮回，母亲对韭菜的精心照顾始终如一。听母亲说地里的第一波韭菜苗是从别的队上找来的。一拿回家母亲就忙开了——挖地、平土、打沟，一手用小锄头挖起约饭碗深的小窝，一手轻轻把韭菜苗放进土窝里，再提起小锄头，扶着韭菜苗，用力压土固定。韭菜的根埋得太深或太浅，都不利于韭菜的生长，栽好的韭菜要及时施肥。有时用发酵后晒干的农家肥碎渣盖在上面，有时挑清粪去给韭菜补充营养。有时父母要去堰沟放水，整块地放满水，韭菜在一顿痛饮之后拔节成长，一片片嫩绿扑面而来。

韭菜长到20厘米左右就可以上市了。母亲带我们拿着用水泡软的干稻草和背篼出发了。割韭菜是母亲的强项，母亲常常告诉我们割韭菜也是有讲究的，离根太近会伤元气，韭菜就长不好。离根远了，下次长出来的叶子是残缺的不好看。只见母亲用刀轻轻地把韭菜根部的土刨开一点。左手轻握着韭菜叶，右手一下平切过去，韭菜的香气便扑鼻而来。我们负责把韭菜上的黄叶子去掉。整齐放在平躺的稻草上。捆韭菜也是有技巧的，母亲利索地把稻草两端合拢拧在一起，再绕回来固定。用手轻拍韭菜的底部，一把鲜嫩的韭菜就收拾好了。母亲说："捆得太紧韭菜易断，捆太松又容易散开，所用的力道要刚刚好。"割完韭菜，又开始忙着垒土、施肥、浇水。菜地旁边小池塘的池水源源不断地流着，母亲一年又一年忙碌着。

母亲常对我们说："人哄地皮，就得饿肚皮。种庄稼和做人一样都要实诚，只有精心照管才会有所收获。力气用了还会再有，勤劳的人日子才会过得好。"

这片绿绿的韭菜，支撑了家里的日常开支，提供我们的学费、生活费……

难怪妈妈一直把它们视作宝贝。

　　成家后每次回去，母亲总会摘一些我爱吃的苦麻菜和其他时令蔬菜，总要割上一大把青青的韭菜。韭菜用来煮面条、包饺子、素炒都好吃。秋天的韭菜花是我的最爱，每次妈妈总会给我摘一把。

　　一转眼，父母已经离开我们九年多了。家门前的麦地和那片韭菜地已经变成了学校的操场。那片韭菜地和那口老水井都成了一抹淡淡的乡愁。二姐得了母亲的真传，种的韭菜一如母亲当年的一样好。春天，站在二姐家门前那片青青的韭菜地，情不自禁想起母亲在地里忙碌的身影，想起母亲常对我们说过的话——种庄稼和做人一样都要实诚，只有精心照管才会有所收获。是的，无论做什么事只有倾心投入，遵循规律才能有所收获。

那山那水那路

有人说故乡的山，故乡的水，故乡的路，故乡的人，是早已融入游子血液中的一份永恒的乡愁。

我的故乡普格，是大凉山西南边一个小小的县城，躺在四面群山围成的摇篮里，人们世世代代在这片土地上生活着。

我家背靠螺髻山，打开大门就能看到对面的尖尖山、东山和更远处连绵起伏的山，开阔的视野让人心旷神怡。听妈妈说，普格县附城小学的前身就是尖尖上的一个岩洞，只有一个老师和几个学生。后来有了坐落在尖尖山下的普格县附城小学，有学前班、小学一到六年级，现在的附城小学新校区充满了现代化气息，全校89个班4000多名学生在宽敞明亮的教室里上课，在各个功能室里接受艺术的熏陶，中午在宽敞明亮的阅览室里阅读，让童年在书香浸润中度过。留守儿童和残疾儿童还有一个温馨的"留守儿童之家"，温情守候的老师像父母一样，带着孩子做手工、读书、朗诵、做篮球操……心理团辅的老师设计了一个个有趣的活动，在活动中对孩子们进行心理疏通，让孩子们在丰富多彩的活动中感受到家的温暖。

记得小时候，火把节庆祝活动在尖尖山南面的广场举行，那时我们是去看热闹的小孩。多年以后，新建的火把文化广场在尖尖山北面，我们也由当年的孩子变成了带着孩子们来参加火把节庆祝活动的老师。上千名师生拿着不同颜色的伞，为火把节庆祝活动切换着一幅幅美丽的背景图画。赛马、斗牛、选美、朵洛荷……精彩的火把节活动与蓝天白云和周围的绿树交相辉映，留下了火把节的印记。

我家北面还有一座山，山上森林茂密，以前只知道这是华家松林，大概是离这个森林最近的华家院子而得名吧。长大后才知道这座山叫禹王宫山。俗话说靠山吃山。夏天菌子出来的时候，一家大大小小提着老爸编的簸箕来到森林，兵分几路，在草丛中、松树周围、苞谷地里仔细寻找菌子。有时找得太专心，不小心会迎面撞上蜘蛛网，吓得自己赶紧往后退，蜘蛛也被吓得落荒而逃。那些躲在草丛里的乔巴菌、青头菌、刷把菌、鹅蛋菌、黄蜡伞，还有鸡枞……都会被我们一一带回家。摘几片南瓜叶子洗菌子，把地里摘回来的新鲜辣椒剁碎，妈妈用猪油、辣椒末加大蒜炒上一大盆，一家人围坐在一起，享受菌子大餐。那美味至今难忘。

冬天，松毛（松针）黄了，大风过后，飘落的松毛给大地铺上了金色的毯子，我们带上老爸做的竹耙去森林里"占山为王"，把一背背松毛背回家，准备一年要用的柴火。而今，松毛落了一地，却没有人拾了，家家户户用电饭煲、电磁炉，日子越过越红火。

现在，森林有一部分已经成了普格中学的运动场，有这样天然森林的学校恐怕在全国也为数不多吧！能在这里学习的孩子是多么幸福！

盛夏来临，家门口那片绿油油的稻田惹人爱，夏夜的星空下蛙鸣声此起彼伏，蛐蛐弹奏着琴弦，犹如一支夏夜交响曲，又像是谱写着一首首稻花香里说丰年的乐章。

在离家一百多米的东面，有一口一米见方的水井，供应村子近十户人家的用水。这泉水清澈见底，冬暖夏凉，喝起来甘甜可口。大人们用木桶挑水，压弯扁担两头的木桶有节奏地摇晃着，桶里有蓝天、白云、绿树在摇晃，夏天草叶的清香也在空气中飘荡。小孩子也不闲着，跟在大人们后面用小锡壶提水。

最快乐的是夏天妈妈要为我们做甜酒（醪糟）吃。妈妈把自己家种的酒米浸泡一个晚上后，用木甑子蒸上几分钟后就可以出锅了。把飘着热气的酒米（糯米）饭倒在簸箕里摊开散热。我们拿着盆子和妈妈一起来到水井边，等酒米饭温热时，妈妈就在饭上洒一些刚出井的泉水，再把酒曲均匀地撒在酒米饭上拌匀，接着把酒米倒在洗干净的盆子里，用手把压平，在酒米中间挖出一个圆洞，把盆子密封好后等待发酵。两三天后，圆洞中浸满了清亮的甜酒就可以吃了。我们迫不及待地舀来吃，软糯香甜，带一点酒味，特别好吃。冬天，甜酒可以煮醪糟蛋或者醪糟汤圆吃，那又是另一种味道。吃过很多人家的甜酒，还是觉得妈妈做得最好吃！

妈妈制作的甜酒伴随着我们长大。妈妈的爱也如同家门口通往县城的那条路，伴着我们走向更远的地方。水库是我们到县上的必经之路。站在水库边往下望，县城尽收眼底。小时候吃完晚饭第一件事就是跑到水库边看团部的坝子里人多不多，就知道晚上有没有电影看了。"侦察"到有放电影的消息，赶紧回家报告。一家大小顺路而下去看电影。等到了团部坝子才发现早已人山人海，找一处高一点或者远一点的地方看。不管是京剧《穆桂英》，还是谍战片《一双绣花鞋》，民间故事《孔雀公主》……大家都看得津津有味。看完电影后，和大人走散的我们，被裹挟在回家的人群中，使劲往前跑，生怕掉队。

后来那条路也成了我上学的路，每天和小伙伴们跑上跑下，一点也不觉得累。春天我们会在路边扯茅针草吃；夏天，我们会摘泡儿吃；秋天，我们会摘刺梨果吃；冬天，我们会在水田里提起冰块玩。

那路带着我们的梦想，延伸向远方，又带着我们回到故乡这片土地上，加入故乡的建设。如今，那路变宽了，石砖铺得平整的大路两边安上了石栏杆，路旁栽种着银杏树和蓝花楹，还安装上了路灯。晚上，站在尖尖山方向远望，那路犹如一条金色的游龙把县城和村子相连，无数亮着温暖灯光的人家都在把更美好生活的向往。

几十年沧桑巨变，家门口的那片稻香弥漫的田野，包括那口老井都被覆盖了，变成了村里小学的操场，只留下一份乡愁萦绕在心头。每次走在路上我都在想，要是爸妈还在，他们走在这平整路上一定是欢喜的。

拿起手中的笔，把那山那水那路记录，把乡愁留住。

读书人是幸福的

　　读书人是幸福的，这份幸福如春花烂漫让人心情舒畅，如一杯香茗飘散着草木芬芳，如幽兰在秋阳里暗吐清香，如冬日的阳光温暖心房。

　　读书人的幸福是心中有诗意栖居。走进大自然，一花一草一木都有诗意在流淌。"参差荇菜，左右采之。窈窕淑女，琴瑟友之。"那邛池开放的小花是从《诗经》中走来的。柳丝轻抚脸颊，就会想起"昔我往矣，杨柳依依"，便会想起古人折柳赠别的情谊。看春日桃花盛开，吟诵"桃之夭夭，灼灼其华"。赏荷塘初夏景色，脑海中会跳出"小荷才露尖尖角，早有蜻蜓立上头"，秋天赏菊，会不由自主地吟诵"采菊东篱下，悠然见南山"，雪中赏梅，"梅须逊雪三分白，雪却输梅一段香"的诗句便会跃动在枝头。

　　读书的幸福——阅读是最好的美容方式。苏轼说："粗缯大布裹生涯，腹有诗书气自华。""腹有诗书气自华"，告诉我们拥有诗书的头脑远比华服丽裳更能使人气质非凡。读书是一种最好美颜的方式，它能够带来长效的美颜加持，使一个人的内在和外在都得到提升。书香润泽心灵，爱读书的人，举手投足间传递着一份优雅，微笑在脸上荡漾。言语交谈中，有一份儒雅。岁月不败美人，阅读的积淀在她的脸上留下的是一份淡定从容。

　　读书人的幸福在于精神世界的富有。莎士比亚说："书籍是全世界的营养品，生活里没有书籍就好像没有阳光；智慧里没有书籍就好像鸟儿没有翅膀。"品读着《道德经》中充满智慧的语言，感悟道法自然。读《庄子》《论语》《大学》《中庸》……浸润在中华传统文化中，学习先贤睿智的思想，丰富自己的文化底蕴。以铜为镜，可以知得失。读幽邃深远、博大精深的《史记》，去感受中华民族伟大的智慧，更深刻地体会我将无我，心系人民的人民情怀。读名人传记，从一个个中外励志的名人故事中汲取力量。《平凡的世界》中的孙少平在如饥似渴地阅读中，让自己的精神变得富有。孙家兄弟在苦难中的那份执着诠释着天行健，君子以自强不息。读着想着，一个人的生命可以平凡，却不可以平庸。

读书是在读人，从书中人物的言行反观自己，在不断修正的过程中，遇见更好的自己。

读书人的幸福是常读，常新，常收获。好书不厌百回读。伏尔泰说："当我们第一遍读一本好书的时候，我们仿佛觉得找到了一个朋友；当我们再一次读这本好书的时候，仿佛又和老朋友重逢。"泰戈尔说："要是童年的日子能重新回来，那我一定不再浪费光阴，我要把每分每秒都用来读书。"我们的一生都需要阅读来滋养。当你的人生阅历丰富了，再去重读同一本书。你又会从另外的角度品出新滋味来。就如儿童读《小王子》，可能更多的是读到童话中那些奇妙的情节。而成人后再读《小王子》时，那一句句经典的话语会触动你的内心柔软处——"这是我的一个秘密，再简单不过的秘密：一个人只有用心去看，才能看到真实。事情的真相只用眼睛是看不见的。""我会住在其中的一颗星星上面，在某一颗星星上微笑着，每当夜晚你仰望星空的时候，就会像是看到所有的星星都在微笑一般。"你会明白这些句子的背后蕴含着多么深刻的哲理。

不同的年龄读梁晓声的《人世间》，跟随作者的文字去了解时代的发展与变迁，明白酸甜苦辣是人生的滋味。虽然生活有无尽的艰难，但人生也有着光荣与梦想。他能带给人战胜困难的勇气和力量。无限风光在险峰，人生有了前进的方向，并为之努力着，奋斗着，这样的青春才是闪光的，这样的人生也才是有意义的。生命属于我们只有一次，唯有珍惜，唯有奋斗，唯有坚持不懈才不算辜负。生命虽然有限，却可以让有限的生命散发无限的光彩。

小时候的我们，没有什么书可读。长大后的我们，就可以用更多的阅读来弥补。我们还可以陪着孩子一起去阅读，让他们在书香浸润中成长。

罗曼·罗兰说："和书籍生活在一起，永远不会叹气。"因为书中有许多的智者，在与他的交流中，人的心胸会开阔，那些无谓的烦恼和阴霾，会被阳光驱散得无影无踪。

读书人的时光是美好的。在静静的阅读中，把寂寞的时光读成星辰大海，在斗转星移中，享受阅读的幸福。

夏日的哀伤

夏至到来，淡黄的玉兰绽放，银色的桂花飘香，雪白的栀子张开美丽的衣裳，一切是那么充满诗情画意。可是自从2015年的那个夏季以后，每一个夏季里都有淡淡的哀伤萦绕心头，挥之不去。

俗语说："六月六，地瓜熟。"儿时和小伙伴到田埂上扒开地瓜叶仔细寻找地瓜，找到后欢呼雀跃的画面仿佛还在昨天，却在2015的六月初六烙上了悲伤的印记。在轮椅上坐了两年多的可亲可敬的老父亲永远地离开了我们。当时我和妹妹都在成都，接到噩耗后马上联系车连夜赶回。从接到电话的那一瞬间到回家的路上，我们姐妹俩一直是泪流满面，一直不愿相信老爸就这样走了。

记得放假前回家看爸妈的时候都还好好的，虽然在轮椅上坐了两年多，不时受着病痛的折磨，但是父亲的脸上永远带着淡淡的微笑，仿佛一切疼痛都云淡风轻，其实是不想让子女担心。老爸虽然已经87岁了，但是年轻时的俊朗仍留有痕迹——浓眉大眼，高高的鼻子，黝黑的脸庞。年轻时老爸扛枪打过土匪，也当过生产队的队长。

老爸是一个巧匠，家里用的筲箕、撮箕、背篼、扫把、刷把等都是他做的。我们家屋后有一大片茂密的竹林，每年老爸都要砍下一些老的竹子，剔完枝丫后砍成几段。我们姐妹们就七手八脚地帮着扛回家，只等老爸大显身手。只见老爸拿着磨好的竹篾刀，熟练地把竹子破开，分成均匀的竹条，再仔细地把竹条外层青绿柔软的一层剥离下来，放在水里泡一下。一根根细长的竹篾条在老爸的手里，绕过来，穿过去，变成了一个个竹制品，为家里节省了不少的开支。院子里有一棵梨树，每到梨子熟了的时候，老爸就会砍一根竹子来做一个简易的摘果器，用竹条编成一个顶端敞口的小笼子。用摘果器对准黄得发亮的梨子，轻轻一扭，梨子就乖乖掉进笼子里了。选最大最黄的给老爸老妈，一家人在梨树下品尝生活的甜蜜。

老爸做的蜂蜜橘子也好吃。记得小时候，初冬时，院子里的橘子红了一片。老爸会摘一些回家给我们做蜂蜜橘子吃。晚上，一家人围坐在火塘边，老爸老妈轻轻剥开橘子的顶部，用小勺子舀一点蜂蜜放进橘子的顶部，把橘子皮轻轻盖上，放在炭火上烤热了来吃。那味道呀，酸酸甜甜，热热的，甜到心里，笑在脸庞。老爸笑着说蜂蜜橘子可以止咳润肺的……

这一幕幕画面仿佛在昨天，可如今只能是一份美好的回忆了。老爸走了，永远地走了，只留一份夏日的哀伤给我们。

老爸离开之前，老妈就生病住院了。老爸一走，伤心欲绝的老妈病情更加严重了。妈妈自从16岁嫁给老爸，一同抚养八个孩子长大，风风雨雨64年，四世同堂，从来不曾分开过。自老爸摔倒坐在轮椅上后，老妈精心地照顾老爸。虽然老爸再也不能陪她到心爱的自留地里去种瓜、点豆、割韭菜了，可是每天只要一回家，看到坐在轮椅上的老爸也是快乐的。老妈会把在外面的见闻详细地讲给老爸听，老爸就面带微笑静静地听着。每天下午吃饭时，老妈会给老爸斟上一杯白酒，两人小酌。总让我想起"醉里吴音相媚好"的美好画面。

还记得儿孙们为二老庆祝钻石婚时的温馨画面。六层高的祝福蛋糕里有着儿孙们对二老的美好祝福，家家都和老爸、老妈合影，老爸老妈的脸上洋溢着幸福的笑容。记得那天我还带着老爸、老妈在家门前的田埂上合影。老妈穿着红色的棉袄，老爸穿着墨绿的棉衣。我还笑老爸老妈就像"黑土、白云"一样，两人牵手走过的岁月是那么美好。看着老爸、老妈脸上小溪般的皱纹和佝偻的背影，心里一阵酸楚。是啊，我们在父母的养育下渐渐长大，成家立业，可是老爸老妈却渐渐老去，脚步不再灵活，老眼昏花了，心却一直在儿女的身上。

因为爸爸离世的时候，妈妈在医院输液没陪在老爸身边，妈妈一直很自责。听姐姐们说："老妈赶回来的时候，一进家门，就有一只白色的飞蛾扑到妈妈的身上久久停留。妈妈一边念着爸爸的名字，一边流着泪说："别害怕，我回来了，我回来陪你了，妈妈说了很久的话，那飞蛾才恋恋不舍地离开。"我相信那一定是老爸变的，他是在跟妈妈道别！妈妈一直责备自己没陪在老爸的身边，送他最后一程，为他做一碗热汤喝。

老爸走后，妈妈的身体更加虚弱了，需要住院治疗。每天只能吃一点点的食物，浑身没有一点力气。老妈说："每天一闭上眼睛就看到老爸微笑着向她走来，伸手来拉她。"晚上有好几次，我听到老妈从梦中醒来说："你老爸，叫他不要来，不要来，可是一闭上眼睛他就来了，还叫我跟他一起走。"我知道那是老妈一直放心不下老爸，日有所思，夜有所梦。一天医生把我叫到办公室去看妈妈照的 X 光片，说妈妈的肺上阴影严重，情况不太好。怎么会好呢？老爸离世后，老妈的食量越来越少。白天坐在沙发上也是一直都在打瞌睡。输完液回家时，妈妈不愿坐车。从医院到广播局短短的一段路都要歇六七次，每走一步都觉得很累。

记得那天我去办出院手续回病房时，看不到老妈，急得我发疯似的到处寻找，后来在住院部的一个侧门口，看到老妈静静地坐在那里。她吃力地说："我看到你在这里跑了两趟，叫你你听不到啊！"我的眼泪哗哗地流下来，曾经精神抖擞的老妈什么时候变得如此柔弱无助。我的心好痛啊！就在对老爸无尽的思念中，老妈的身体一天比一天虚弱。在老爸离开的第二十三天，老妈追随老爸去了。用行动证明不求同年同月同日生，但求同年同月死。

就这样，儿女的心被掏空了，无法承受一个月失去双亲的哀痛。只想起那句话"父母在，人生尚有来处。父母去，人生仅有归途。"家门前的那棵栀子花，白花开满枝丫，那是在送父母一程吧。平时老妈最爱给花浇水。院子里那棵老梨树上挂满成熟的梨子，也是在送父母吧！老爸老妈并排葬在他们一生深爱的韭菜地里，朝着东方，每天迎接初升的朝阳。我想象着，到了另外一个世界，父母的病都好了，他们每天日出而作，日落而息。每天举杯小酌，生活惬意。

父母走后，我大病一场，左耳突发性耳聋，住院一周后康复，医生说恢复得真快。我知道，那是父母的在天之灵在保佑我，我一定要健康快乐地活着。

又是一年夏季到，那缕淡淡的哀伤又在萦绕……时常想起父母，就会泪湿枕头。

奔跑在春天里

春去春又回。料峭春寒里，春的气息日渐浓了。早春的风，慢慢唤醒了沉睡一冬的草木，也唤醒了我沉睡一冬的晨跑。

清晨，在几声清脆的鸟鸣中醒来。天还没有大亮，拉开窗帘，如水的月光透过窗棂跳进飘窗，兰花和多肉在月光下的影子朦胧而清丽。

换上一身轻装，奔跑在小区纵横交错的水泥路上。一边跑一边听着朱自清的《春》配乐朗诵。在清新明快的钢琴曲旋律中，在热情饱满的诵读里，一边奔跑，一边跟随着春天的脚步浮想联翩——仿佛看到果园里的树正把一整个冬天所蓄积的力量，化作一个个芽苞，微微鼓起在果树细长的枝条上，准备用一树繁花迎接春的到来。仿佛听到螺髻山上慢慢融化的雪水奔进小溪里，一路欢歌，一路向前。依稀看到黑龙潭边的索玛花，摇曳在风中，正铆足劲酝酿一场在初夏与你邂逅的盛大花事。

天越来越亮，湛蓝的天空月半弯渐渐西下。路边防护栏上有几只小鸟在沉思，我从它们身边跑过时，也丝毫没影响它们沉思的身影。在奔跑过一片低矮的丁香树丛时，惊起一群在树林中嬉戏的小麻雀。它们像一群可爱的孩子拍打着翅膀惊叫着，从树林中飞起，转眼间，飞到对面的树上继续嘻嘻哈哈地闹着。会不会是在说着刚才的一场惊吓？

一群鸽子从远处飞来，从我的头顶上飞过，能清楚听到它们拍打翅膀的声音，绕着楼顶盘旋一圈，鸽子们又滑翔着飞向远方，那轻盈的身影在空中画着一条条优美的弧线。"我看到鸟儿飞到天空，它们飞得多快呀。明天它们再飞过同样的路线，也永远不是今天了。或许明天飞过这条路线的，不是老鸟，而是小鸟了。"林清玄的话语跳入脑海。我想这一群麻雀中，一定有老鸟，也有更多的小鸟。在它们扑棱棱飞过天空的一个又一个春天里，岁月在流转，容颜在改变，生命在一代一代地延续着。在时光里奔跑的我，早已从那个穿着碎花衣服跟着妈妈、姐姐们身后跑着的懵懂小女孩，渐渐跑向知天命的跑道。老家屋子那片斑驳的土墙上，土墙上三角梅的花影里刻着时光的印记。

　　跑着，跑着，一缕花香扑面而来。顺着花香跑向那个满是枯草的花园。原来是两棵小蜡梅树，枝头缀满了鹅黄的花朵。这是从冬天开到春天的花朵。一朵朵鹅黄轻吐幽幽的香，在这春天里飘散，飘散。低头一看，那一片枯草的底部，已经冒出一些绿色的小脑袋。好一幅春草淡淡的写意画。墙边有一棵枇杷树，枝头长着许多圆圆的、绿绿的小枇杷。一小块菜地里，刚长出两瓣叶子的白菜芽嫩嫩的、绿绿的、萌萌的。旁边还有用薄膜盖住的一小块地方，猜想是主人家已经种下南瓜种子或者是撒下的辣椒种子吧。想象着早春充满希望的田野上，勤劳的人们犁好了那片播种玉米、烤烟、蚕桑的土地，忙着种瓜点豆，耙平了那块培育秧苗的水田，刨土挖坑，准备着为那片果树添加肥料……

　　读书不觉已春深，一寸光阴一寸金。一年之计在于春，一日之计在于晨！甲辰龙年刚起头，有的是工夫，有的是希望。每一个人在这片充满希望的田野上，播下梦想的种子，撸起袖子加油干，在精耕细作中，在挥洒汗水中，珍惜每一寸光阴。不负韶华，一路奔跑，一路收获。

春日赴一场温泉之约

"好雨知时节，当春乃发生。"昨夜一场春雨，让山朗润起来了，花更艳了，叶更绿了，空气更清新了。姐妹们相约，在这大好春光里赴一场温泉之约。

早晨，迎着春风漫步在通往温泉的大道上，一边聊天，一边欣赏春日美景。河水唱着欢快的春之歌奔向前方。小河旁一朵朵火红的攀枝花在枝头跳跃，格外耀眼，白色的合欢花打开了绒球般的裙子在羽毛状的绿叶间舞动，空气中弥漫着淡淡的香味，让人心旷神怡。不知不觉间就来到城北约两公里处尖尖山下的温泉山庄。依山傍水的温泉，在这片大地上奔腾不息了1700多年，是大自然给小城人们的馈赠。

雨后的温泉山庄格外迷人。昨夜的春雨，滴落到芭蕉叶上，顺着光滑的叶子往下滑落，到了叶尖，又不舍离去，形成一幅绝美的叶尖雨珠图。那晶莹的雨滴，恰似春天的眼睛，那样清澈。在一片翠绿的芭蕉掩映中有一个有四角飞檐的亭子，亭子中间是泉眼，恰似龙口汤泉沸不休。站在围栏周围脸儿朝下，一阵阵热气扑面而来，闭上眼睛享受这天然的美容喷气。不禁想起袁枚的诗句"方池有水是谁烧，暖气腾腾类涌潮"。亭子西面的两根柱子上是用行书写的楹联——山庄觅得幽和静，泉池能解忧和愁。亭子旁边有一棵高大的红椿树，树下山形的石头上，用红色的行楷写着"西南第一泉"。普格温泉是构造泉，为斜皱石灰岩构造，泉水从地壳深处沿南北走向断层出露，水温42℃—44℃，是典型的重碳酸钙镁型温泉。温泉水中含有铁、锰、氟、铜、氢等多种对人体有益的微量元素。无色、无味、无毒、透明的泉水能有效缓解风湿疼痛，改善便秘，能有效降低尿酸，被誉为"川西南第一泉"，1994年被评为四川名泉。小城的人们一年四季都能享受着温泉的润泽。

"快来，快来！"伙伴在前面大声呼喊。只见七八个形状各异、大小不同的游泳池，一池碧波荡漾，犹如一个个萌萌的婴儿被绿树环抱其中。乍暖还寒的清晨，每一泓温泉池上云蒸霞蔚，雾气缭绕，好似人间仙境。温泉碧波已伸开双臂迎接我们了。先到一个水温偏高点的圆形泉池，尽情享受温泉水滑洗凝脂。再到大一点的池子，躺在温泉中的按摩椅上，任喷涌的泉水为你解除烦忧。仰望天空，静观云舒云卷，有白鹭张开翅膀在天空滑翔，恰似一朵白云从头顶飘过。刚刚还在河这边的树梢上悠闲地欣赏风景的白鹭，一会儿又飞到了河对面的红椿树上沉思，一只只优雅的白鹭就像一首精巧的散文诗。若是傍晚时分，一群群白鹭翩然而下，好一幅"惊飞远映碧山去，一树梨花落晚风"。的写意画。浸泡温泉细赏水池中间那棵高大的香樟树上抽出的嫩叶，那是春天的音符，和着泉水起伏的节拍律动。一阵春风拂过，飘下一片叶，转着圈缓缓落到伸出的手心里，带着树叶一起畅游，再把它珍藏起来做一枚书签，在阅读时感受大自然的水木香。来到最大的游泳池，像鱼儿一般自由自在地畅游，伴着哗哗的水声，溅起一朵朵晶莹的水花，身着缤纷泳衣的女子恰似飞红浸玉波，出水芙蓉般美丽。正所谓"泉水饱饮愁能解，浴过神泉骨自香"。

晚上浸泡泉池，看一弯月儿挂天空，星光月光灯光洒落水面，彩波荡漾，一天的疲惫不知不觉随晚风逝去。正好品味杨慎"月似银船劝酒，星如玉弹围棋"的美妙。

年年岁岁水相似，岁岁年年人不同。"趁春未老，风细柳斜斜。且将新火试新茶。诗酒趁年华。"来螺髻山下赴一场温泉之约吧！

满架蔷薇一院香

人间最美四月天，布谷声声花如烟。在世界读书日这个特别的日子，来到向往已久的底古沟，去翻阅大自然这本丰富多彩的书，吹吹河风，欣赏花开，甚是欢喜。

昨夜的雨让空气格外清新，草木的清香在阳光下扑面而来。汽车沿着蜿蜒的公路奔向目的地。公路边高大的银桦树上黄色的花开得正好。黑水河边攀枝花树早已长满了茂盛的绿叶。不时会看到农家门口那一簇簇玫红色的三角梅闪过。穿过一个隧洞，过了一座钢架桥，便来到了农家乐。

"哇，好漂亮啊！"还没进院子，就被那一片开得正艳的粉红小蔷薇吸引了。鱼塘边绿色的铁丝网架上绿藤挨挨挤挤，形成一道绿色的屏障，把鱼塘和小路隔开。一簇爱心形的蔷薇花开得正艳，如星星在绿叶间闪烁。有的花骨朵儿抱得紧紧的，有的饱胀得快要裂开似的，有的露出一点粉红色的小脸，就像一个娇羞的小姑娘，有的张开两三片花瓣儿，犹如一个个欲说还休的少女——和羞走，倚门回首，却把青梅嗅。有的完全打开了，露出嫩黄色的花蕊，如同一张张灿烂的笑脸。阵阵沁人心脾的甜香吸引了许多的蜜蜂在花丛中嗡嗡地忙碌着。她们一会儿钻入这朵花蕊中采花粉，一会儿又飞到那一朵上去。不一会儿，每条腿都沾满了黄色的花粉后就心满意足地飞回去了。小蜜蜂在唱着一首劳动的歌，甜蜜的歌。

细碎的阳光洒满了鱼塘，微风吹皱一池春水。在蓝天白云、碧水绿叶的衬托下，深粉、浅粉的花儿，朵朵都那么惹人爱。粉色蔷薇的花语是爱的誓言，爱的思念，美丽的邂逅。今天与开得正好的花儿们相遇，也算是一段美丽的邂逅吧。

"快上来，这里的更好看。"顺着小路往上走，花香阵阵袭来。大朵大朵白色的蔷薇花中间部分是浅粉色，这两种颜色的搭配是那样的素雅美好，清新悦目。伙伴们忙着与花儿合影。蔷薇花旁那几棵不大的杧果树上，淡黄的花朵正盛开着，一个个黄豆般大小的小杧果已悄悄地立在枝头。紫藤也爬到花架上，搭起了一个绿色的凉棚。地上一簇簇粉色的月亮花，仰起了粉红的小脸与我们打招呼呢。

蔷薇花旁的几个方形鱼塘里，红色的锦鲤正悠然地在水里游着。黑色的罗非鱼，一群群游到水面，我们轻轻地靠近，倏地，这群机灵的小家伙们全部潜入水底，就像一支训练有素的军队那般神速。

漫步在院落的水泥小道，迎着清风赏着美景。园中最多的便是蔷薇花，有蔷薇花墙，蔷薇花亭，蔷薇花长廊。这儿墙边有一处处白中带粉的开满枝头，那边草坪边一簇簇深红色的开得绚烂。台阶旁，竹林间，合欢树下，蓝花楹边，有大红的、粉红的、淡黄的，大朵的、适中的、小巧的蔷薇花都在这暮春时节绽放最美的容颜。昨夜的雨露还挂在蔷薇花朵上，在阳光下闪亮，那梨花带雨般的美更让人怜惜。一阵微风拂过，下起了蔷薇花雨。恰似"水晶帘动微风起，满架蔷薇一院香"。《菜根谭》中"宠辱不惊，闲看庭前花开花落；去留无意，漫随天外云卷云舒"的句子在脑海中反复出现。是啊，不管生活有多忙碌，人生需要这样的心境。

暮春时节看到这令人心醉的花瓣雨，闻着那一缕缕清香，听到鸟儿婉转的歌声，总会让人想起"春归何处？寂寞无行路。若有人知春去处，唤取归来同住。春无踪迹谁知？除非问取黄鹂。百啭无人能解，因风飞过蔷薇""泪眼问花花不语，乱红飞过秋千去"。是呀，你来与不来，蔷薇都照样盛开。春去春又回，时光总是那么不经意间就从指缝中溜走。把光阴的年轮刻写在眼角的褶皱里，额头的沟壑里，银色的发丝间……让人忍不住叹息，却又无可奈何地看着她远去，望着她留下的足迹。

主人精心设计，整个院子一年四季都有欣赏不完的美景。初春的樱花落幕不久，仲春的蔷薇花已经开满枝头，红了樱桃，绿了芭蕉，菊花缤纷……四季美景，满园皆有。坐在蔷薇花亭，喝一杯主人刚泡的玫瑰茶，端起杯子才发现这是乡园农庄。杯子上那一圈粉色的玫瑰，与满园盛开的蔷薇相辉映。喝一口，唇齿留香。一抬头便看见那梦幻蓝紫的蓝花楹灵动地飘落在竹林里，飘落在那一根根刚刚长出来的竹笋身边，诠释着落红不是无情物，化作春泥更护花。

　　赏完美景，在凉亭等风来。慢慢把主人自己养的烤罗非鱼品尝。累了，乏了，就在泳池里畅游，仿佛自己也成了底古沟的一花一草，一虫一鱼，与清风流水应和，吟诵着乡村振兴美如画，幸福生活在农家的美丽诗篇。

栀子花开

　　一大早，就在朋友圈看到一个妈妈发的信息"祝你小考顺利，六年级最后一天上学"，还配了女儿小时候和六年级的照片。妈妈对女儿的爱流露其间。六月，栀子花开得绚烂，在高考、中考之后迎来了小升初考试。孩子们在三年或六年之后，又迎来毕业季。

　　刚好在微信上读到一篇令人心酸的文章《你考得越好，我越难过》。儿子高考630分，能进向往的大学了。妈妈在向亲朋好友报告这个好消息之后，却在半夜发了一条这样的消息"翻来覆去睡不着，儿子考得好，我应该替他高兴才是，可一想到他要去那么远的地方读书，就莫名地失落……"

　　这番话语道出了很多父母的心声。父母望子成龙，望女成凤。当孩子一天天长大，飞得越来越高的时候，也意味着一点点远离父母。为人父母后，才懂得父母的艰辛，拼尽全力为孩子创造最好的条件。现在的父母能陪孩子在一起的时光，大多只有幼儿园和小学。到了初中，孩子可能远在他乡求学，父母则奔波在孩子读书的学校和家往返的路上。嘘寒问暖大多都只能在微信和电话之中。在一次次的别离中，孩子逐渐长大，成家立业。

　　仲夏的风里，栀子花的甜香沁人心脾。洁白的花瓣里珍藏着许多美好的过往。情不自禁地翻开2015级5班的毕业纪念册《栀子花开》。封面和封底一片朦胧的淡绿色中两朵初放的栀子花，如少年微笑的脸庞，旁边写着记忆中绽放。《栀子花开》的旋律响起，"栀子花开/So beautiful so white/这是个季节/我们将离开/难舍的你/含羞的女孩/就像一阵清香/萦绕在我的心怀……"略带忧伤的歌词在封面和封底流淌。与孩子们相处6年的点点滴滴浮现眼前。翻开封面，班级全家福映入眼帘，62张灿烂的笑脸，如今容颜早已改变。读着我送给孩子们的小诗《扬帆远航》，心里感慨万千。一张张照片定格孩子们六一表演节目的精彩，小歌手比赛时的歌声飞扬，我们一起制作小橘灯，废物变宝的手工作品，水果拼盘品尝会的创意，我们一起阅读《塔莎奶奶的美好生活》……尖尖山上郊游时的欢笑回荡在耳旁，毕业联欢会上互赠礼物的温馨与不舍，一切仿佛还在昨天。

读着当时班上小才女的诗歌"如果梦飞翔/我希望她是纯白色的/最好带着清晨开放的/栀子花的清香/她的花语是永恒的爱……栀子的爱/剑兰的坚强/百合的顺利/以及向日葵永远向阳/会支撑最有力的翅膀/她会带我飞向朝阳"。如今孩子们已经长大，在大学里努力耕耘，去实现自己的梦想。

毕业纪念册里收录着孩子们用文字记录下来的童年时光，还藏着好多的宝贝：有班上那个调皮捣蛋却画画出色的小男孩为我画的一幅画像，有孩子们读初中时给我寄来的贺卡和书信，有孩子们到学校来看我未遇见而留下的纸条……

想起那个二年级，孩子们不知怎么打听到我的生日。中午，悄悄把准备好的大蛋糕和小礼物放在讲台上。走进教室的那一瞬间，孩子们唱起"祝你生日快乐……""谢谢孩子们……"激动得我泪水湿了眼眶。我把蛋糕切给每个孩子吃。后来我为孩子们过集体生日，为每个人准备一份精美的礼物，祝福他们健康快乐成长。

这本纪念册的旁边还有2009年、2021年的毕业纪念册《七彩童年》《恰同学少年》，都是孩子们与我共同完成的，算是我的工作印记和孩子们的童年回忆。毕业纪念册制作得越来越精美，2021年的还有电子版相册。想念孩子们的时候，我就会翻阅着六年我们一起走过的岁月。"栀子花开呀开/栀子花开呀开/像晶莹的浪花盛开在我的心海/栀子花开呀开/栀子花开呀开/是淡淡的青春/纯纯的爱"，歌声再一次回荡耳畔。

人生的每一次小别离，都是为了下一次更好地相聚。愿你历尽千帆，归来仍是少年。

当代实力派作家

——韦丽萍

怒放的杜鹃花

怀揣着一本普通的高中毕业证书，刚到一个陌生的环境，什么都是新鲜的：一幢幢摩天大厦，眼花缭乱的环岛路加上四通八达的高架桥，人流如潮水，车水马龙，川流不息。当我在等绿灯时，看到过往的每个面孔都是冷漠的，他们陌生得让我感觉格格不入！看着这些，让刚到大城市的我似乎有点踩不上人们行走的拍子一样，我是深一脚浅一脚地走着，走着。

桥边的杜鹃花刚刚张开一两片花瓣，神采奕奕的样子。它们是在鼓励我还是嘲笑我呢？一股不服输的气突然直达脑门，我还不如一株植物，不，我得先扎根！

不久，经朋友介绍到了一家私立幼儿园看护托班的小朋友。听同事说她家住在海边的城市，那里有蓝蓝的天和蓝蓝的海水，还有踩在上面咯吱咯吱响的沙滩。听着就很美的海滨小城，仿佛浪花一朵朵涌来，哗啦哗啦在歌唱的画面，令人向往啊！

由于我的工作表现出色，第二年我负责教园里幼小衔接的大班小朋友。这一年我参加并通过了成人自考。渐渐地，出去学习的次数多了，认识新朋友的机会也多了起来。

原本，我们只是朋友的朋友。他的学生说，他是平潭"城郊中学"最"牛"的班主任！在一次骨干教师培训交流会后，我决定去见一面。

那一天，下的是阵雨，在海边的书屋里我们第一次见面。一位鼻子上架副眼镜，个头不高的三十来岁男人一边对着手机讲话，一边慢步走进书屋。我就站在一扇窗边，只见精悍瘦小的他留着寸头，五官普通，也没有太多的表情，显得很平静。

窗外春天的雨丝洋洋洒洒，如牛毛，如蚕丝，无声无息，但你绝对感受那是在下雨。要是晚上的路灯斜斜地照下来，那犹如仙境一样如诗如画。路旁的杜鹃花开得正灿烂，一丛丛地怒放，花瓣带着雨珠，更显得娇滴滴了。风儿夹着寒意，我从包里拿出早已准备好的围巾，随意地搭在肩上。我们一阵寒暄过后，就漫步其中。

他说，他不是校长，却替校长解了不少后顾之忧。他是学校文学社社长，他是校报编辑，他是教研组长，他是学校骨干精英……哪里有困难，哪里就有他，不知何时得了一个"万金油"的光荣称号，就此他的学生说，他是学校最牛的老师。我们走在一起的步子很和谐，我们的交谈也很默契。

不久，他去支教的日子，我们分开了。但我偷偷地关注他的微博。在一次学校运动会上，他站在拔河比赛选手旁边，双手使劲，嘴里大喊"加油！加油！"，露出洁白整齐的牙齿，灿烂的笑容感染周围的人，整个人看上去欢天喜地，好像他赢了全世界一样的欢喜。这一幕，我觉得很帅很帅！窗外的杜鹃再美都有点逊色呢！

我还读到：岛上的每家每户都有他的足迹，有孩子上学的家庭都家访过，没有孩子上学的朋友，也会叫他进屋喝杯茶水。岛上天气热的时候，太阳还特别毒辣。他就戴大口罩，戴大草帽，捂盖得严严实实的，实在忍不住手一抹脸，满头满脸汗如雨下一点也不夸张！我听听都是心疼又美丽的故事，像极了小时候外婆讲的神话故事，百听不厌。

岛上的日出比内陆的日出应该是早点吧，不知道他是不是经常赶在太阳公公出来前就起床？岛上的大风车是我觉得浪漫的元素，在蓝天白云下格外引人注目，连绵起伏的山岭上绿油油的草，大风车的扇叶徐徐转动，牵起我的思绪万千，联想不断，不知道是不是这样？

有没有可能这么一天，我就坐在他的车副驾座上，很满足，很有安全感，他在身边，我什么也不用想。就乖乖坐在副驾驶座位，吹吹风，享受当下就好。这样的感觉有吗？他走了，我们不再见过面。

每当夜深人静的时候，他才给我发消息，就"晚安"两个字！可能是很忙，可能是岛上的信号不好，可能大家都睡着了，没有人用网络了，才让我可以收到迟来的问候和祝福。

一别三年，兜兜转转。今年正月的时候，我到了厦门一家国际英语连锁培训机构当行政总监。

好奇怪的天气，从去年冬天一直下雨，直到今年春天，像是把一年的雨水都倒完，也像是有什么哀怨，在断断续续地倾诉。还好我不讨厌雨天，要不准被恼人的雨丝烦透，在一整天都是雨的日子，我就宅家里，哪也不去！听歌、看书，都是很惬意的事。

刚刚得知，他前几天从岛上回城关后，我们也没有见过一次面。偶尔微信上留言寒暄几句。他好了，我就安心了。

他的爱倾注在需要他的孩子们身上，爱所有的学生，爱的是很多人，他离不开热爱的教育事业。我不过是一个过客，在他的生命列车中同行了一段路。他犹如春天公园里盛开的杜鹃，一直在怒放！

梦中的外婆

亲爱的外婆已经离世十几年了，但我还是偶尔会在梦中遇见她。

我在泪眼婆娑中，看到外婆的背有点弯，头发雪白雪白的，脸上挂着慈祥的微笑。她在向我挥手，宽大的掌心很粗糙，手指因常年劳作布满老茧，而且指关节还有疙瘩隆起。

虽然外婆的手粗糙难看，我却对这双手青睐有加，非常喜欢。孩童时代，我总爱赖在外婆家住，外婆的大床很温暖，外婆的臂弯很安全。晚上，"瞌睡虫"爬到我身上的时候，背上就会痒得难受。外婆每次看见我扭来扭去睡不安生的样子，就用她的大手，在我的背上来回抚摸。我立刻感到"痒痒"被赶跑了，浑身舒服极了，慢慢地，眼前渐渐变得模糊，四周越来越安静，不知不觉中就进入了甜蜜的梦乡……

有一次，我大概白天玩累了，夜里在床上拳打脚踢，横在床上，竟然重重踢了外婆一脚，她摔到床下我也不知道，还是外公后来告诉我的。当时我也滚到床下了，外婆默默地把我抱上床，轻轻地拍了我几下，待我安静下来，她才重新躺下睡觉。

眼前，外婆的背影突然模糊了。我张大嘴正要喊："姥姥——"梦醒了！哪有外婆的影子，四周黑漆漆什么也没有，空荡荡的，我的心也跟着空荡荡的。

现在，我好想外婆！如果思念有声音，我想它是震耳欲聋的！

外婆的一生是勤劳的一生。乡亲们跟我说过，外婆是整个村子最勤劳的人。房前屋后，忙上忙下。不管是晴天还是雨天，她都是肩上扛着一把锄头，手里握着一把镰刀。她在自留地里锄啊刨啊，种完青菜，再种地瓜；自留地的活忙完了，就往山上跑，用镰刀先割荒草，然后用锄头挖地开荒，种芝麻或花生。花生收获了，她自己没有牙齿吃，就给我们姐弟一些，再分给左邻右舍的小朋友。

如今，外婆的音容笑貌只有在梦中才可以见到啊！清明又至，倍加思亲。

外婆的品质坚韧，犹如松树一样，一年四季都是苍翠挺拔，虽然没有果树的芳香，可她却有顽强的生命力和淳朴的精神境界。何不种一棵松树在外婆长眠的墓地旁呢？

如此，再梦见外婆，想必会梦见她在树下望着我笑吧。

爱的呼唤，声声入耳

昨晚，刚学会用智能手机的母亲，跟我用微信视频通话："达萍呀，艾馍的馅够甜吗？"一声"达萍呀"把我的思绪拉到从前……

我小的时候，母亲站在家门口，开启她的高音"喇叭"："达萍呀——"一声比一声长的紧急呼唤。在外面疯玩的我，常常被吓得"魂飞魄散"。不管在哪个角落，我都是跑得屁滚尿流，快速出现在她老人家面前，怯怯地说："妈，我回来啦！"

母亲爱憎分明，性格比较好强，她的声音总是铿锵有力。整个小山村，要是比赛谁嗓门大，把她排到第二，那是没有人敢认第一！我们姐弟几个，都怕她的"夺命连环"声，因为谁慢一步到位，可得吃"麻笋干炒肉"，啪啪的细竹鞭舞动两下，疼得会让我们"跳舞"。

由于工作的原因，时隔三年没有回老家看望父母。去年公司放年假，我迫不及待地赶回家去。母亲自然是高兴的，老早站在门口迎接我们。还未进家门，她就絮絮叨叨。她说："我给你买的蛋白粉和益生菌你到底吃了没有？"她说："你要的姜汤熬好了。"她说："明天就去做你喜欢吃的艾草馍……"

我跟母亲并肩走着，突然发现她变了。她说话的声音不再那么中气十足、铿锵有力了，她的步履蹒跚，行动迟缓了。当我一脚踏进专门留给我的小房间，母亲说被子前两天已经晒了，屋顶太高，没有办法抬头把蜘蛛网扫下来。猛回头转身，啊，我找不到小时候看见的那种严厉眼神，只看到的是她满头的银丝，眼角的皱纹。妈妈真的老了吗？我不愿意回答"是"。

这时，忽然想起作家丁立梅的《爱到无力》，她在文章里讲述了"母亲"过去的形象，她勤劳，记性好，慈爱又细心，对子女无微不至的关怀和无私的奉献。奉献到用尽自己的力气，爱到无力为止！善良勤劳的母亲已经今非昔比，

"老了，倦了"，"连轻如羽毛的阳光，也扛不住了"，这一句句打动人心的话语，情不自禁令我潸然泪下……

似乎我要的答案就在《爱到无力》的字里行间。天下母亲都是一样的。母爱的细节是那样惊人相似。我的母亲也那样，总是高兴地为子女忙这忙那，返回福州那天，她把亲手做的叉烧塞到行李箱，我嫌弃太重了，就被她放到小儿子的书包里。母亲似乎生气了，借口去找寻什么东西，假装没有空送我们出门，好像不拿走是不领她的情。哎，是老了，像个老小孩！

母亲变老的样子让人怜惜心疼，深深触动我的心。以前我惧怕的呼唤声，如今已经变成小心翼翼的，轻轻柔柔的。唉，我现在想想，以前的我是不是太"自作聪明"了？我也早已为人母，母亲还是把我当小朋友一样看待，只是眼神没以前那么犀利，笑容没以前那么严肃。除夕那夜她叫我帮忙大扫除，就已经承认自己老了，母亲昔日的干脆利落已经见不着踪影！

"二月二"那天，收到母亲从老家寄过来的快递，打开一看，是我最爱的"艾馍"。我顿时湿了眼眶，仿佛看见母亲弯腰在门前小菜园掐艾叶的身影，一圈又一圈用手推磨磨米浆的样子，把花生炒熟做成馅，一张一张刷洗芭蕉叶子，和着心中的"慈爱"包裹一起……

我的母亲，永远是我的母亲，母亲的爱随着岁月只增不减。永远给予我们的是饱满的爱。以前，我总以为"青山青，绿水长"，时间有的是，来日方长嘛。而事实不是这样，母亲犹如黄昏下的夕阳，柔和的光芒灼伤不了我们了。唯有母亲的爱，永远都在！

四季花韵浓

我生在桂西北的小山村,后来由于工作调动到了东南沿海城市,是一个地地道道的南方人!北方千里冰封、银装素裹的美丽世界,一次也没有见识过。南方五彩缤纷的四季,在我们生活中那是习以为常的呀!

(一)春天的樱花园

上一次亲子活动,是"城市绿洲"读书会朱老师邀约大家自驾游,到"丹樱"农场围炉煮茶"攀讲"和赏花。一进门,夹道的樱花满树盛开,一朵朵是那么清新脱俗,薄薄的、温暖的阳光斜射在粉红的花瓣上,空气中浮动着淡淡的清香,站在樱花树下,沉醉其境,任凭飘落的花瓣拂过我的脸颊……

爱了,爱了!半天才清醒过来,仔细看着粉嫩的花瓣,花瓣呈弧形,有一定重叠,每枝三到五朵,它们簇拥在一起,形成一串串或者一簇簇。我找不到一片绿叶,起初还误以为是人造的"假花",第一次见着幽香艳丽的真花,情不自禁,叹为观止!

(二)田田夏日莲

六月的黄昏总是迟来,蝉在柳树上不停地叫唤。我扇着蒲扇,漫步来到公园,荷花亭里面有人在拉琴,悠扬的琴声把我迷住。才几天不见面,荷叶已经变得挨挨挤挤,"接天莲叶无穷碧,映日荷花别样红"这两句诗脱口而出,为的就是荷花亭旁的田田夏日莲。

一个个碧绿的大圆盘一样的荷叶,伴随着微风轻轻摇曳,微风过处一身素衣的荷花仙子频频点头,似乎在向人们打招呼。在层层叠叠的花瓣中藏着嫩黄色的小莲蓬，调皮的蜻蜓偶尔停留一下，它是要告诉"美人"该休息了吗？

（三）九月的菊花

我印象中的菊花，它们在沟边、田埂旁。小伙伴告诉我，那是路边菊。路边菊的生命力很旺盛，开得精神又洒脱，小朵不起眼，清秀淡雅不做作。住在乡下时，见得多了，没有人在意，也没有人空闲下来驻足欣赏。那些小花就独自开放，独自欢笑，与路过的所有人互不打扰。

昨天经过花店，被百合花的清香勾住了脚步，禁不住诱惑就买了一枝三头的白色百合。感觉有点单调，是不是应该配一些其他的花？眼光落在了雏菊的身上，蛋黄的笑脸透着紫色的笑意，它们挨着挤着相拥在一起，对世界怀着欣喜，看上去异常兴奋的样子！我无法对它们视而不见，于是选了一束最灿烂的，叫花店老板一起包好带回家。一束极其温暖的花，捧在手上，迎面扑来的凉风也变得温馨有爱，我仿佛也变成花了。不，应该是我的心花在怒放，我们的心灵会开花？你相信吗？每个人的心灵一定会开一次花，一定会的。愉悦的种子在悄悄发芽、长叶……

（四）梅花魂牵绕

直到今年，我才知道南方的梅花是冬末春初开的。原谅自己以前的无知，误把梅花当桃花，还在花前吟诵"人面不知何处去，桃花依旧笑春风"。该当读王安石的诗句"遥知不是雪，为有暗香来"，他告诉我们梅花有雪白的身姿和比桃花浓郁的香味。中国人最爱梅花，爱它斗雪傲霜的精神！

大兴安岭或许雪花还在飘舞，而长江两岸的柳枝已经在发芽了。我们南方到处盛开着鲜花。南方人对生活的随性，对鲜花的随意，从他们的脸上洋溢的微笑就已经知道。

四季是轮回的风景：春天是灼灼其华的樱花园；夏天是生机勃勃的田田莲叶；秋天是温馨有爱的菊束，冬天是凌寒独自开的梅花。四季的颜色，各有独特的魅力！

瓷碗情深

春暖花开，乍暖还寒。这几天气温反复变化，急得墙壁在流汗。晚饭后，我一边擦拭案板一边嘟嘟囔囔抱怨，这什么鬼天气呀？

突然想到柜子里也该用热毛巾擦擦，于是就走到橱柜旁收拾整理碗筷。我从碗橱里层搜出一个绿色的花边小瓷碗，顺手搁茶几上，正准备带上厨余垃圾一起扔掉。母亲叫住我："别扔，别扔！""这是哪个朝代的宝贝呢！"我有点不以为然。母亲神秘地说："祖传宝贝。"我不信，翻来覆去地研究，就是没看出什么特别之处，不知为什么有一种似曾相识的感觉，对这个小瓷碗充满好奇：这碗老旧得褪色，碗口凹凸不平，碗底磨圆了，也不知被擦洗多少遍了，碗里面亮晶晶的。

第二天正好是周末，早上正闲得无聊，同学老吴打电话过来约我去爬鼓山，我一拍脑袋"有了"，顺便带上小瓷碗去问问他，他可是半个"鉴宝"专家。谁知一见面，老吴斩钉截铁地说："它就是一普通破碗！"这下我更纳闷了……

下午回到家，母亲在客厅看电视，转身瞧见我手里拿着瓷碗，一副沮丧的样子，哈哈一笑。我不禁打破砂锅问到底："小瓷碗到底怎么回事呀？"见我很有兴趣的样子，母亲就唠叨开来："这小瓷碗就是你爸爸小时候用过，后来你姐姐又用过，再后来就是你也用过的'宝贝'。我们搬了几次家，我都不舍得扔掉它，你说是不是我们家的传家宝物？如今，咱们家的生活是不愁吃不愁穿了。但是从'历览前贤国与家，成由勤俭败由奢'，从小受到你外公的教育就是要节俭，久而久之也养成习惯，东西用久了，即使旧了也舍不得扔掉……"老人家讲了很多，我都听乏味了，看她讲得动情，还真不忍心打断她。

那个晚上，我躺在床上思绪万千！平时母亲省吃俭用，不会乱花钱。她可是个典型的中国式传统的人，日子过得中规中矩，总是把每一分钱花在刀刃上，家里的东西修修补补，能用则用。在母亲的生活字典里只有"生儿育女，相夫教子"。母亲辛辛苦苦大半辈子，在该花钱的地方她也有毫不心慈手软的事。记得我童年时期学校放寒假了，她还花昂贵的费用让我去上私塾，跟林老师学习《弟子规》《论语》《朱子家训》等经典传统文化知识。除了用在我学习上的花费舍得，她还喜欢买书送给她的学生，还买衣服寄给山区的孩子过冬……她的所作所为不正是我们中华民族一直传承的一种精神吗？我觉得正是千千万万这样的母亲在教育千千万万个儿女，许多的小家庭汇聚成一个大家庭，成就了我们这样的文明大中国，相信我们的中国梦终有实现的一天！

我突然悟到，兴家犹如针挑土。诸葛亮在《诫子书》说："静以修身，俭以养德。"在母亲的身上我看到了如此良好的美德，传承节俭好家风，是我们一生的必修课！以后也会把"节俭"用在自己的生活日常中。我们家的传家宝是"小瓷碗"，还藏着一段深深的意义。它不也是一种值得肯定的宝贵精神吗？

马路上的"安全感"

五月是繁盛的时节，外面的世界落英缤纷，林木成荫。今年"五一"刚过几天就是立夏，由于好长时间没有下雨，高温天气比往年来得早一些。在高楼林立的大城市里，置身于钢筋水泥的环境中，干燥难耐。水泥地早早就闪光耀眼，热浪呼呼袭来，没什么必要的事真懒得走出家门。

今天我调休在家，一上午窝在沙发上懒洋洋的，斜身躺着。客厅一角落地电风扇不停地摇头摆动，室内空气很闷热。过一会儿，我起身到书架上随手拿了一本朱自清的散文集，翻翻看，打发时间。又过了一会儿，我正看得起劲。母亲说她忙着熬海带绿豆汤抽不出身，叫我去学校接一趟还在读小学的儿子。我不情愿地"噢"了一声，穿上防晒服走了。

到了学校门口的接送点，那里已经人头攒动，乌泱泱挤着好几百号人，都在翘首以盼。热辣辣的骄阳直射脸上，我赶紧找一个人少的地方等着。西墙角边那棵像绿绒大伞般的榕树吸引了我的眼球，迫不及待冲过去，在榕树底下刚站稳，听到有老人呵斥小孩的声音传来："不要跑！慢点，有车。"随着又传来长长的刹车声。人群中有人"哦哦"叫，大家纷纷议论起来："哎呀，还好还好，太危险了，就差点……"被好奇心驱使的我顺着声音传来的方向望去，这时，我看到一个瘦小坚韧的身子、满头白发的背影。他时而挥挥右手，示意过往车子前行；时而摆摆左手，叫过马路的学生停下；时而左右手同时出动，做出"停止"和"前行"的指挥手势。我揉了揉眼睛，想看清楚他的样子，距离有点远，只看到汗水打湿了他背后一大块衣服，每个动作显得十分有力而且很流畅！

"这个老伯七十七岁了，他每天来接孙子，总要在那里维持交通秩序，天天做好事。真了不起！"几个老阿姨在一旁闲聊，她们竖起大拇指夸赞。我这才知道了事情的来龙去脉。

看看前方那个"背影"，不禁想起刚刚读过朱自清的《背影》，老父亲爱子心切，努力爬上月台去买大橘子，他那肥胖笨拙的背影，让"我"的泪水模糊了双眼，心里对父亲满满的愧疚。而此时此刻，眼前路口那个正在忙前忙后的老人背影，有种似曾相识的感觉，像"我"的父亲？不，那形象越来越高大，我的眼睛不免湿润了。头顶上像剑一样的阳光透过树梢，照射在我身上。汗水顺着眉毛、发尖流下，莫名的感动一直往上涌。日复一日去做同一件事情，这种"坚持"让我肃然起敬，做一件好事不难，难得的是天天做好事啊！

　　回家路上，我边回想边走。很快我们就到家了，一进门马上跟母亲提起刚才发生的事。母亲把晾好的绿豆汤盛上桌，走过来拍拍我的手说："年轻人，现在社会上还是有好心人的，你多出去转转就知道了。"我若有所思。她是怪我太宅太懒吗？

　　五月的阳光明媚，有人说"炎夏将至万物长，日光明媚且张扬"，夏日阳光灿烂，万物生长，到处生机勃勃。目光所及之处，处处皆美景，若要排序呢，我觉得还是路口那个背影最美！

母亲的温暖

常年职业套装，留着齐耳的短发，大眼睛加黑框大眼镜，还有一张樱桃小嘴，凑成了一个乐观开朗，积极向上，温暖亲切的她——母亲。她的温暖不仅体现在形象上，更体现在工作中。

我母亲的工作单位是一个专门为社区居民进行综合服务的机构。机构分五个部门，她是专门负责为特殊群体服务的老师。每个人成长的路上都很艰难，但一些"特殊"的孩子成长更为艰难……

母亲最近的工作就是为这些孩子开展一个"年味成长"活动，让他们分享过年的意义。每次活动她都会拍很多照片，回家后给我们看看"成绩"。

放寒假的第一天，我自告奋勇地要去帮母亲教那些孩子，用毛笔书写"福"字。第一次见到他们，发现他们并没有什么特殊的奇人怪貌，但母亲说他们在心理上有些不完美，被称为"星星的孩子"或者"唐宝宝"等。这些人有的年龄已经三十多岁，心理年龄却只有四五岁，妈妈很爱他们，常常称他们"宝贝"。在她的眼里这些朋友全是上天派来的"小天使"。

一开始，母亲把整节课所学的内容简单地讲了一遍，我这个"助教"就给大家发了一张练习纸。然后，给每个人做了一次书写示范。他们一笔一画认真地学写起来。我发现这群孩子单纯的眼神里满是期待，期待我这个"老师"继续讲下去。于是，我滔滔不绝打开话匣子讲解，个别学生不会写的，我手把手地教写。这第一步练好了后，就可以正式地写在红纸上。母亲趁他们写作业的时候，把这些孩子的名字逐一介绍，还告诉我他们的年龄以及性格特点，我默默地把所有孩子的基本信息记于心底。等大家都写完的时候，妈妈把这些作品挂起来晾干，让这些孩子拿着"福"字拍照留念，他们乐得发出"呵呵"的笑声，满脸灿烂的笑容感染了我！

我告诉母亲下次还要来！因为这次活动，不仅让这些孩子了解了新年的习俗，提高了他们的动手能力，更让他们感受了中华优秀传统文化的魅力。从中让我明白母亲：她是多么善良有爱心，用心经营这平凡又伟大的日常工作！

工作之余，妈妈还去参加鼓楼区"小眼睛大世界"绘本阅读公益活动。她又结识了一些有"自闭症"的小朋友，主动请求上级领导，她周末给这些特殊的小朋友讲故事。从此，不管是刮风下雨，妈妈都能够数年如一日地，准时到活动地点上课。我看到那些听故事的小朋友怒放的笑脸，像一朵朵朝阳的太阳花！每个生命都是值得被尊重的、不论富贵贫穷。只要我们都献出一份力所能及的爱，世界将会变得更加美好！

周末的傍晚，母亲回家后喜欢去长跑锻炼身体。在跑道上，她就像一只追赶猎物的母狮！"充电"后，又浑身是劲的她，晚上回到家里，围裙一系为全家做上可口的饭菜。嘴里吃着母亲做的"佳肴"那是我一辈子都记在心里的味道……

母亲用她的行动诠释着什么是温暖的力量。我深深感恩于她的存在，也希望自己能像母亲一样，用爱与善良去温暖这个世界。

我的老师，李先生

从小学到大学，我遇到过很多老师，但最让我难以忘怀的是初中时教我们语文的李老师。

在我的眼里，他的形象是这样的：正直、伟岸、有强烈的事业心和责任心，待人和蔼，爱他所有的学生。无论对亲戚朋友，还是周围的人，他都展现出善良与友好的形象，拥有君子般高尚的人格。在古代，学识丰富或地位崇高的人被称为"先生"，我觉得这个称呼对他再合适不过。

先生为人儒雅，而且年轻有为。他教语文时，板书很工整，课讲得纹丝不乱，说话表情严肃，语气冷冰冰的。但我有问题向他请教时，他却是判若两人，不厌其烦地一遍又一遍地讲给我听，直到我说都懂了，先生才如释重负，停止他"滔滔不绝"的话语。

记得那年，我考"普通话证"。许是太久没有参加考试的缘故，我在考前紧张极了。吃饭前也拿资料练习语音，睡觉前读几遍绕口令才睡得着。双休日，那就更闲不住了，王庄那么远的地方有讲座，我都不厌其烦跑去听课。后来先生知道了这件事，热情地寄给我"录音材料"。我感激不已。但先生却说："举手之劳，尽力而为之。"虽然是轻描淡写，寥寥数语，但于我那是雪中送炭！当我通过考试时，先生更是由衷地为我高兴，连连说着："祝贺！祝贺！"

受父亲影响，我从小酷爱阅读与写作。先生知道后，向我推荐了一些有关文学上的征文活动，鼓励我参与。

记得去年暑假，李老师正在组织"希望杯"文学比赛，问我有没有兴趣参加？我拿不定主意。先生就打电话过来开导："我觉得你就当是一次随笔，小练习而已，先不考虑以后的事。你只要迈出第一步，就是战胜了自己！"一番语重心长的话让我勇敢地点头了，从那以后，我认识了北京那边的负责组稿编书的老师，视野开阔了不少，学到了很多原先没有接触的文学知识……

今年春天百花盛开时节，在一次教师学术研讨会上有幸再次见到了先生。没有多余的客套话，我们欢畅地聊着文学。我还向他请教了教学上遇到的疑难点，先生都非常耐心地为我答疑解惑。临别时，先生还赠送了他整理的珍贵的《作文百法》。并对我说："你就叫我李老师吧，称'先生'我愧不敢当。"但我心中的敬仰让我更愿意称他为先生。

时间过得很快，转眼间，我也成为一名教师。每当我站在讲台上，我都会想起先生，想起他当年是如何耐心地教导我们，如何用心地培养我们。我知道，我以后能够"桃李"满天下，所拥有的一切成就，都离不开先生的教诲和培养。

在我心中，先生永远都是那个高尚的灵魂，那盏指引我前行的明灯。我会将他的教诲铭记在心，传承下去，让更多的人受益。

又近清明

俗话说:"十里不同风,百里不同俗。"

这周学生的习作主题是写家乡的传统节日,别的孩子都在议论纷纷,有想写春节拜年拿红包的,有想写元宵节看花灯后猜灯谜的,只有韩杭眉头紧锁,他吞吞吐吐地问我:"老师,我可以写清明节吗?"我笑着回答:"当然可以,你可以写清明节的美食,清明节去踏青……"还未等我说完,韩杭就忙不迭地摇头:"老师,我想写思念爸爸。"刚说完,他就抹起了眼泪。看着他这副模样,我赶紧给他妈妈打去了电话。他妈妈向我述说了具体情况:

原来,在一个除夕,家家户户忙着张罗年夜饭。韩杭他爸去派出所值班,在执行任务的路上突发心脏病,来不及救治就走了。单位领导很快来电话,通知他们去殡仪馆,妈妈的天一下子塌掉了。噼里啪啦的鞭炮声刺耳又闹心。

孩子才五岁,以后的日子娘俩怎么过呀?她记得很清楚,瘫倒在冰棺前,一把鼻涕一把泪哇哇地痛哭,声音凄惨,撕心裂肺,惊天动地。可怜的杭宝用小手不停抚摸父亲的脸,嘴里一直叫:"我要爸爸,爸爸起来!"

往后每年到清明节,他都会跟着妈妈早早到父亲的墓地,跟父亲汇报自己近期的生活和学习情况,希望父亲在另一个世界能够安心。

我得知情况后安慰韩杭,真是你父亲的好孩子,爸爸泉下有知一定会特别欣慰。你孝顺懂事,他一定会看得见。孩子似懂非懂地点点头,长吐一口气,眼里闪着泪花说:"我要亲手给爸爸包他最爱吃的菠菠粿。"菠菠粿是我们当地的一种传统糕点。用菠菜汁和糯米粉揉成的米浆皮,以豆沙、萝卜丝作馅包裹而成的地方小吃,不仅味道独特,其绿色的外观象征着春天的气息,油亮油亮的表面看了就让人有食欲。清明节前后,街上糕饼店和早餐店都会大量出售,但韩杭却执意亲手做。或许,在他眼里,每一个菠菠粿,都寄托着自己对父亲的思念。

临别时他骄傲地说，爸爸虽然是一名普通警察，但是在他心目中是大英雄。

是啊，当今社会有多少人舍"小家"为"大家"服务，就是这样平凡的人物，才是真正的"大英雄"。哪有什么岁月静好，只不过有多少人在替我们负重前行，他们牺牲"小我"换来"大家"的美好生活。我想，我能够做的就是像今天这样，安抚韩杭的情绪，让他跟别的孩子一样健康快乐地成长！

韩杭回去后妈妈说他迟迟不肯睡下，吵着姥姥教他做"菠菠粿"。第二天一大早，韩杭学着姥姥的模样，揉搓米团，揉搓，再揉搓；将菠菜汁揉进米团中，再揉搓，和着对爸爸的思念揉搓……

她像红艳艳的木棉花

"人间四月芳菲尽，山寺桃花始盛开。长恨春归无觅处，不知转入此中来。"这几天回家，看到坡上两棵肩并肩立着的木棉树，都情不自禁想到白居易的《大林寺桃花》。

不是木棉花开得晚，而是遥望那些高高挂着的大红花，像一团团闪耀的火焰，在我心中扎下喜爱的根。其实，当寒冷的冬季逐渐退去，温暖的春风吹拂着大地时，木棉树便以满树的橙红色花朵宣告着春天的到来。古人咏菊"待到秋来九月八，我花开后百花杀。冲天香阵透长安，满城尽带黄金甲"，我有了木棉花，满城的"黄金甲"也换不走我对它的情有独钟！这份"深情厚谊"，整个春天霸占心上，久久挥之不去，难以忘怀。

为此，我再次读了诗人舒婷的诗"我必须是你近旁的一株木棉，作为树的形象和你站在一起。"诗人觉得能够跟橡树相互致意的，只有木棉"红硕的花朵"才配得上橡树"铜枝铁干"，它们既惺惺相惜，又举案齐眉、齐头并进。

木棉树以独特的魅力吸引着我的关注：木棉花的娇艳，让人心生欢喜；木棉花的灿烂，让我忘却烦恼；木棉花的奔放，让西下的夕阳逊色。它们在春天里熠熠生辉，不像桃花柔嫩，不像梨花矫情，它树形高大健硕，花色艳丽出众，只要你瞥一眼，顷刻目光所及之处心为之动容。那一树耀眼的红，瞬间驱散心底的雾霾，如同一米阳光扫射，心里一下子便敞亮开来。

能让我产生同样的情愫还有她，她是"陕西的三毛"，身兼数个标签，作家、杂志主编、图书出版策划人，我的写作班导师——沉香红女士。她像一朵红艳艳的木棉花！

上个月，以文学为媒介，"有缘千里来相会"我认识了她，一个漂亮的年轻女作家。她跟我们讲了美国首富马斯克妈妈的故事，马斯克的妈妈一生培养了

3个亿万富翁。梅耶·马斯克是特斯拉CEO埃隆·马斯克的母亲，同时也是一位企业家、兼职营养师和演说家、知名时尚达人。虽然已经年过七旬，但梅耶仍然活跃在国际时装舞台上，是一位受人尊敬和景仰的模特。梅耶是典型的"明明可以凭颜值，偏偏要靠才华取胜"的女强人。她不仅才华出众，而且还出版过自传体文学畅销书《人生由我》，真正活出了人生的精彩。

听后这个故事振奋人心，让我忘记年龄。随之"香红"这两个字，我把她跟坚忍不拔、屹立家门口的木棉树联在一起。

她像红艳艳的木棉花，盛开时节正值春季伊始，以其火红的色彩为我们增添了一份生机和活力。她的教学深入浅出，在课堂上常常给我们"赋能"，成为广大文学爱好者，特别是女性学员瞩目的焦点。因此，我常常将她视为希望和生命的象征，寓意着"精神世界"春天的到来和新生的开始。

她是一朵红艳艳的木棉花。木棉树作为一种高大的乔木，生长过程充满了坚韧和顽强。即使在恶劣的环境下，木棉树依然能够屹立不倒，茁壮成长。她开叉车，出版书籍，考进世界名校，这种精神品质就是木棉花坚韧不拔、勇往直前的精神风貌。

在未来的日子，愿"灵魂有香气"的她，让更多的人了解和喜爱这种具有独特魅力的"香红写作研习社"。她自带光芒，除了自身闪闪发光，还照亮许多学员在文学路上的迷茫！

当代实力派作家

—— 林寻鏊

三尺讲台"种花人"

"师者匠心，止于至善；师者如光，微以致远"，毕业十五周年的聚会后，我发了一条朋友圈配文如是。下方的合照里，十一双曾经稚嫩清澈的眼光褪去了青涩懵懂，坐在中间手捧鲜花的是恩师张小虹，她不再年轻的脸上是一如当年的笑容可掬。

提笔要写张小虹老师，有关她当年的记忆鱼贯而出。

那时候我上五年级，因父母工作原因从遥远的家乡转学过去，小虹是大学毕业刚开始工作的青年教师，我俩几乎是一样的人生地不熟。

"张小虹"，她用粉笔在黑板上写下自己的名字，告诉我们她将是五年级的班主任兼代课老师，教包括语文、数学、音乐、美术等在内的全部科目。乡村小学的平房教室里，我们十一个是她全部的学生。现在想来，一袭红衣的她，站在三尺讲台，仿佛是一树盛放的芙蓉花明晃晃地开在一群孩子的眼前。

因为听不懂方言，刚入学的我没有交到朋友，成绩也跟着一落千丈，内心充满着困惑、迷茫，以及自我否定。我想不通为何父母要来这贫瘠之地种树育林，也不知道自己将来是否就这样锁在这一隅山坳度过余生。

终于，在那个秋日周末的午后，我出逃了。"我不要待在这里了！"我愤懑着一路向北，内心笃定只要爬过村北最高的野山，就能顺着国道走出去找曾经的朋友们了。

陡然听到有人喊我的名字时，吓得我一个趔趄摔倒在地，直到被搀扶起来定睛一看，原来是小虹老师。看着我凌乱的头发和未干的泪痕，小虹没有多问什么，只说："有没有空陪老师一起写生？""一座荒山有什么好画的？"我内心疑惑却不敢拒绝，只能点头同意。

我们肩并肩坐在一块秃石上，拿着彩笔从蓝天白云开始画起，直画到暮云渐渐遮掩余晖。枯叶被凉风吹起，在黄土地上旋转打闹，山脊染上晚霞的金黄，孤村里飘起一缕缕炊烟，妇人吆喊着："饭好了，回来吧！"牧人赶着牛羊成群结队浩浩荡荡地路过，我回过神来，蓦然发现，原来小山村居然也有如此不为人知的美景。

小虹凑过头来，指着我的纸上画的几个"火柴人"忍俊不禁道："这是你吗？"

"是我和我以前的朋友们"，我这样回答，"很久都没见到了。"

"有一句诗'海内存知己，天涯若比邻'，说的是好朋友的友情是不会被距离冲散的，还有一句'莫愁前路无知己，天下谁人不识君'，意思是不要害怕分别以后会孤独，你遇到的每一个人都可以是新的朋友。老师初来乍到，你愿意做我的朋友吗？"

看着小虹递来的手，我迟疑地握了过去。下山回家的路上，小虹听我讲着心里的烦恼，教我背了这两首关于友情的古诗。后来，我把这次的经历写进了自己的周记作文，让我意外的是，小虹认认真真写了半页的评语，一纸铺展，炭黑字迹和红色墨水交织，她用字里行间的温柔拨开了我眼前的雾霭。那段日子，我的心情像迎风饱胀的船帆，在欢欣鼓舞中找到了前行的方向。

一日，小虹找到我，说我的文章得了县里作文比赛的三等奖。瞬间，我仿佛被雷电击中般麻木，不敢相信自己居然会这样优秀。原来，是小虹将我交上去的周记作文修改订正，转给了比赛的负责人。就此，十二岁的我，心里埋下写作的种子。

六年的小学生涯即将画上句号的时候，小虹再次带我们爬上了村子北边的那座山，我们对着大山高喊着自己的梦想，大山回我们以余音。

小虹说："好好读书吧，我曾经也和你们一样，是靠着读书才考出了大山。"

"外面不好吗，为什么现在又回到这里呢？"我很不解。

小虹抬手指着漫山遍野的新绿，浅笑盈盈地说："总要有人来做这些事情啊……"

我顺着她手指的方向望去，是父亲，他正和村民伯伯们一起挑着水桶给新苗浇水。山风摇落核桃树的花瓣，阵阵花雨中，那些曾经困扰我的无解命题似乎有了模糊的答案。

上了中学，有一次教师节回到小学向小虹老师道谢教导之恩，她有些感触地摸摸我的头，说："要写下去，你的心里有一个很大的世界。"临别时她拿出一本日记本送我，认真地在扉页写下："学业有成，梦想成真。"

这次同学会，得以再回母校，山村小学修起了明亮的阅览室和体育场，曾经沟壑纵横的秃山也变得愈加青翠可人，像极了那一年小虹画里的景象。

"一年之计，莫如树谷；十年之计，莫如树木；终身之计，莫如树人"，小虹老师仍然在三尺讲台上坚守初心，从这里走出去的孩子，或有大成，获得小满。我将自己刊发的文字整理成册作为纪念递到老师手中，那是十多年前的那颗种子破土萌芽，生长出的第一朵玫瑰。

又见春俏

是旧燕归巢时的第一次啾鸣，是踟蹰小径时迎面而来的第一抹暗香，是野鸭戏水时湖面皱起的第一圈微波。走过星河寥落的寒冬，风也开始变得温柔，要如何来命名这样一个崭新的世界？

我想，仓颉必定也是在这样的一个季节，追寻着一头麋鹿的足迹，嗅闻着千堆雪融化的舒畅，感受着浅草撩拨脚踝的酥痒，内心开出的花朵化作一声清脆的哨音，"春"，便诞生了！于是，猫了一冬的人们纷纷效仿，将嘴噘成吹口哨的形状，用极其欢乐的语调传递着春的名字。

春，是俏皮的孩童。料峭春风，乍暖还寒，那是他窸窸窣窣的试探。春晖恍惚了黄鹂，就有了"几处早莺争暖树"的灵动；春雨敲碎了海棠，发出了"知否，知否？应是绿肥红瘦"的趣问；春雷惊醒了蛰眠的虫豸，也催促着"花重锦官城"的天地昭融。春，把万物从睡眼蒙眬中唤起，趁着东风一同放飞那只名为"生长"的纸鸢，他的步伐轻盈矫健，所至之处漫山遍野都是生机勃勃的新绿。

春，又是俊俏的少年，暖阳和白云勾勒出他明眸皓齿的轮廓。少年笑，恰似韦庄"骑马倚斜桥"时的春衫飘举，少年愁，犹如秦观"人与绿杨俱瘦"的春心萌动，少年行，正是李白"飒沓如流星"的春风得意。少年多情，春也多情，如果你在满园春色中步步踟蹰时，生出了"怕深情难赋，恐光阴虚度"的百感交集，走累了不妨停下来，翻开线装书，去唐诗宋词里会晤晏几道、李清照……那里沉淀了亘古的情感，有最丰盛的春天。

春，还是俏媚的佳人，百花和繁草绣成了她常换常新的衣裳。正月，她半露梅腮，衣襟上辉映着元宵节的华灯璀璨，鬓边簪着天边不落的烟花，笑语盈盈地掬了残雪酿新茶。二月，她踏一波春水，周身叠了一层又一层杏花的清香，含情脉脉地剪裁着杨柳的新叶。三月，她轻挽翠袖，用桃蕊妆点朱唇，眼波里闪烁着湖光，蛾眉间颦蹙着山色，足边簇拥着盛开的桐花，依依不舍地吟唱："若到江南赶上春，千万和春住"。

春，更是一席紧俏的珍馐。不论是"蒌蒿满地芦芽短"，还是"夜雨剪春韭，新炊间黄粱"，都蘸浓了春天最可爱的滋味。从立春日的春饼、惊蛰后的鲜笋，到清明节的青团、谷雨时的香椿，土地将自己攒了一冬的宝贝毫无保留地奉献出来，招待从时节深处远道而来的食客和老饕。不容错过的，莫过于那一口微火烘烤的新茶。幼嫩的绿芽被采茶姑娘的素手掐尖采下，从和暖的竹篦子辗转到滚烫的铸铁锅，在炒茶师傅布满老茧的大手翻炒间，十里春野的香醇浓缩在了一叶青绿中。"且将新火试新茶"，春天的卷和舒，最后都摇曳在一盏茶的沉与浮。

春日多娇，俏得乱花迷眼，洋溢着生命的律动、时光的流转和希望的温暖，它让我们闻到声音，听到颜色，看到香气，这是大自然特有的治愈。就让我们像一棵树那样站在春天里，去偶遇一声鸟鸣，去邂逅一缕花香，去领悟生命的蓬勃之美。

春光一担，浪漫"花朝"

"春日迟迟春草绿，野棠开尽飘香玉。"农历二月春意盎然，草木萌青，人间美景尽收眼底，浪漫的古人选择在这个时节为百花过生日，称作"花朝"。

花朝节，又称"花神节""百花节"，始于春秋，盛于大唐，宋朝以后逐渐从文人雅士的宴飨普及到寻常百姓家中。明代《熙朝乐事》一书中明确记载着："花朝月夕，世俗恒言，二、八两月为春秋之半，故以二月半为花朝，八月半为月夕。"我国幅员辽阔，南北各地花期早晚不一，虽然花朝节的日期稍有不同，但都是郊游赏花的良辰佳节，更是古人抚琴吟咏的绝美主题。

花朝节是古代的"女儿节"，闺中女子尤爱此日。"吴中四杰"之一的杨基在《浣溪沙·花朝》中描述了女孩们为花朝节游玩所做的准备："鸾股先寻斗草钗。凤头新绣踏青鞋。衣裳宫样不须裁。雕玉镂成鹦鹉架，泥金镌就牡丹牌。明朝相约看花来。"姑娘们试遍罗绮裙，备好新绣鞋，在节日到来前，早早将环佩珠钗、锦衣华服放入镜奁衣橱，满心期待的模样是否像极了要赴盛宴前的你我？少女情怀总是诗，这一点从古至今都未曾变过。终于盼到花朝日，万紫千红披锦绣，"乱花渐欲迷人眼"——白玉兰芳姿款款，美得决绝而孤勇，棣棠花洋洋洒洒，倾泻成明黄色的瀑布，紫藤花迎风摇曳，枝枝蔓蔓、缠缠绕绕长进心田，还有风情万种的红杏、含情脉脉的桃李……万物和人们一起盛装而出为花神祝寿。

古人认定花草与人的相遇本是一种缘分，故而花朝节衍生出了许多有趣的活动。清代张春华的《沪城岁事衢歌》写道："春到花朝染碧丛，枝梢剪彩袅东风。蒸霞五色飞晴坞，画阁开尊助赏红。"少女们用各色彩条系在开花的树上，名为"赏红"，寓意系住良缘，祈佑一年花好月圆人如意。花朝节还流行"簪花"，"白雪阳春醉后歌，簪花饮酒且婆娑"，古人簪花，既有对美的追求，也有对情的寄托。男子为女人簪花，表达的是钟情；长辈为后生簪花，传递的是宠爱；君王为朝臣簪花，赐予的是信任。在这个充满诗意的节日里，文人墨客雅宴对酌，闺秀娘子穿耳祝香，总角孩童扑蝶斗草，白头翁媪煮茶燃灯，阳光和花树揉作一团，满园芳菲开得沸沸扬扬，男女老少笑语喧哗，正是那一句"人面桃花相映红"的热闹画面！

花朝节临近春分，是民间的岁时八节之一，也是官府重要的"劝农日"。元人杨公远的《花朝》中提道："翻忆昔年成感慨，长官出郭劝耕民。"中国古代以食为天，以农为本，花朝日地方官员会亲自下乡巡视，提醒农民抓紧农时，勤于耕垦，此外，种花养蚕，挑菜晒种等，也多选在此时。"挑菜"，即为采撷野菜，白居易有诗云，"二月二日新雨晴，草芽菜甲一时生"，这时候的野菜刚刚发芽，口感鲜嫩，引得人们争相采摘，故而花朝节也有"挑菜节"的叫法。光有菜怎么够？百花、百果酿成的花朝酒口感甘甜，是不可多得的春日限定佳酿，别出心裁的花糕、花粥，让味蕾沉浸在芬芳之中。在花朝节这一天，品尝一口鲜花野蔬，才算没有辜负春光。然而，不论是百花糕，还是鲜花酒，都离不开耕者的双手，花朝节，从奇妙飘逸的神话出发，最后回归于中国人至纯至真的土地情结。

近代以来，花朝节盛况不再，但二十四番花信风依然循着时节给人间送来一波又一波丰盛的礼物，典籍里的雅诗美词也一代又一代地传递着中华民族闪耀的智慧和不朽的情怀。值得欣慰的是，如今有越来越多的年轻人重拾花朝节，趁着花事正好，着一身汉服出门寻春，像古人那样投壶画扇、题词诵联，品味并传承着传统文化的独特韵味。

那场夏雨里的奔跑

母亲是月初过来的，这是三年来我们的第一次相聚。

母亲只待了一星期，因为惦念家里的牛羊，没几日便匆匆赶回去。送她乘上回家的飞机后，我一个人坐在出租屋里怅然若失，憋了半晌的云也终于忍不住开始呜咽出雨点。

母亲二十多年没有出过远门，几十亩黄土地，一条穿山马路，两扇大门一关，就是她的全世界，照顾子女、料理庄稼，是她年复一年的前半生。母亲在贫瘠的土地上耕种着我的学费，放牧着我的童年。羊群白花花，像一朵朵白云飘在山间，母亲说，它们就是我以后走出大山去读大学的路费。

"七月羊马肥满肠"，应着好时节，几乎每天，母亲都会把羊圈中的羊赶去山里草木最肥美的地方。正值暑假，有时候我和弟弟也会一同前往，母亲扛着锄头走得飞快，弟弟挥着长鞭昂首阔步，大黄狗时不时追赶着脱离队伍的"叛徒"。领头羊脖颈上的铃铛声撞碎了山间的风，我们和羊群浩浩荡荡地走过一整个夏天。

记忆最深的是碰上雷雨，风静下来，云压下来，日头就暗了。

"要下雨，快回家！"

母亲的吆喝和天边隐约的雷声一起传来，我和弟弟一骨碌从田埂上爬起，顾不得拍掉身上的泥土，两边夹击合围，将山羊们赶下陡坡。刚到大道上，雨点不留情面劈头盖脸地砸下来，羊群感知到了什么一般，开始疯了一样齐齐往家的方向飞奔。急促的铃铛声、雨声和着奔腾的蹄音，仿佛冲锋杀敌的号角，又像是鸣钟击磬的演奏，"黑云翻墨，白雨跳珠"，绘就了一幅宏大而震撼的泼墨画。

雨下得越来越放肆，地面上开满了水做的"烟花"，我有点睁不开眼，母亲从后面追来，一把将斗笠扣在我的脑袋上。我头上的那一片天，雨停了……

终于回到家，母亲让我们先进屋，自己继续冒着雨将羊群安顿好，然后为我和弟弟擦干头发，换洗衣服。我和弟弟在房间里嬉闹，学着屋外棚下挤作一团的羊儿们"咩咩咩"地叫嚷，将刚刚的狼狈逃窜全都抛到脑后，真是应了那句"此时情绪此时天，无事小神仙"。

很久以后，每当遇到下雨天，我的思绪就会回到无忧无虑的小时候，回到那一场夏雨里酣畅淋漓的奔跑。

这次来到我工作的城市，母亲满眼都是惊叹。杭州的夏季像是一场文艺电影，放映着没有尽头的绿。我们在西湖听莺唱蝉鸣，看锦鲤摇曳，尝江南食味。母亲的言语中句句都是感叹，杭州果然是个温柔乡，九溪十八涧的山都不似北方那样粗莽。我笑了笑，没有说话。

母亲啊，你记不记得，那粗莽的山里，你曾温柔地为我遮挡了多少滂沱大雨？

那边载着母亲回北方的飞机一落地，这边江南的细雨便应季而来。望着窗外的如帘细雨，空阶滴沥，独在异乡羁旅十年的我突然深深共情了古人"小窗一夜芭蕉雨，倦客十年桑梓心"的幽思。

雨声沙沙，是水花与人间撞个满怀的余音；雨声簌簌，是雨滴和大地久别重逢的低语。雨落在庭前，是悠闲；雨落在湖里，是深情；雨落在檐上，是挂念。我希望，山野间寒耕暑耘的母亲，心坎上有日复一日的好天气。

红手绳系满七夕情

"天上佳期称七夕，人间好景是秋光"，又是一年乞巧节，金风玉露相逢的时刻，也是属于我和先生的恋爱纪念日。

商场里旗帜招展，各色字体书写着"东方情人节"的浪漫。先生已经陪我走了好几条街，他一手挎着包，一手拉着我，不厌其烦地走进一家家珠宝饰品店，帮我试戴、挑选红手绳。

关于红手绳的故事，是我们心照不宣的秘密。

小时候过七夕，女孩们流行在腕间戴一串红手绳。鲜艳的红色线绳闪着柔和的光泽，它们被来回交织编成一股，或同心结，或锁结，或金刚结，其间点缀几颗金色银色的珠子，当中的一颗最大最显眼，有的还可以搭配上属相或姓名。红手绳躺在精品店橱窗里，女孩们趋之若鹜，一时间，"皓腕红绳"成了小镇七夕节的一道风景线。传说七夕这夜，戴上红手绳就会得到仙女祝福，一年里顺遂如意、心灵手巧。

我当然也听闻了传说，但商场里一串红手绳要二十元钱，几乎是我半个星期的伙食费，而父亲那时又在病中，我自然是不敢奢望赶这种潮流。将红手绳摸了又摸，我终于恋恋不舍回了家。

一进家门，便听到母亲叫我，循声望去，只见母亲手中正穿针引线，旁边一团红色毛线球随着她的牵引，逐渐消瘦下去。我好奇地凑上去，"妈，冬天还远，这就开始织毛衣了吗？"母亲笑着撑开织线，一条红手绳赫然出现，与商场里的红手绳不同的是，这是一条用钩针钩出来的毛线手绳。手绳上有三个花朵，花蕊是用白色的扣子缝制的，母亲整理着针脚，缝上最后一个来回，用牙齿"噔"的一声咬断线头，然后将红绳系在了我的手腕，刚好合适！

"那你们小时候是怎么过七夕呢？"我摸着漂亮的红手绳仰头问母亲。"我们那时候没有红手绳，小姑娘们时兴七夕节用凤仙花染指甲……"我静静地坐在母亲身边，听她讲述着属于她的七夕记忆。

"要染纤纤红指甲，金盆夜捣凤仙花"，母亲的七夕混着花草香气。她说她的母亲，也就是我的外婆，会在七月七这一天采摘下院子里墙角边的凤仙花花瓣，用石槌捣碎成泥，敷在小时候的母亲的指尖，然后以树叶包好。只消一夜睡醒起来，汁液变干，指甲上就会留下深深浅浅的红色。女孩们聚在一起，比较着谁的指甲染得更红、更均匀、更好看。母亲、外婆，她们原本和我一样，也是一个爱美的小女孩……

先生听说红手绳的故事，是在相识后的第一个七夕节。三年相知，五年相伴，从白手到小康，如今，是我们一起走过的第七个七夕节，他说，要给我买一条红手绳，弥补一下儿时的遗憾。

走过了多少商店，我已经记不清楚了。终于在一家专卖店的柜台上，看到了自己想要的款式，戴上一试，果然满意，先生欢喜地跑去结了账。看着他聚精会神地帮我戴手绳的认真模样，一瞬间，我仿佛穿越回去，又变成了那个在橱窗前徘徊的小女孩，而这次，无需仙女的祝愿，我终于明白，不管有没有红手绳，自己其实早已经是在举世无双的爱里恣意生长了一年又一年，哪里会有什么遗憾！

手挽手走在回家的路上，新得来的红手绳在阳光下闪闪发光，而那条毛线编织成的独一无二的红手绳，早已随着时光的远去渐渐褪色，被我珍藏在了童年的"百宝箱"中，在每个不经意回忆过往的瞬间，它依旧闪烁着耀眼的红色。

南食北味话"小雪"

今日回家，忽然发现门口放着一个沉甸甸的包裹，心想最近好像没有网购什么东西，怀着疑惑我打开封条，一股鲜腥之味扑面而来，这一箱满满当当的包裹居然是鱼干。正当我纳闷之时，朋友的一条讯息给了我答案：

"小雪十月中，人间薄寒冬，聊赠家乡特产，以寄思念之情。"

我和朋友相识于大学，毕业后又进入同一家公司工作，我和她来自南北不同地方，生活饮食习惯颇不相同，但兴趣爱好却极其相似，总有分享不完的趣事。今年年初，她决心回乡创业，我虽然非常不舍七年的陪伴，但还是鼓励她勇敢追梦。

朋友的家乡是闽东有名的"千鲜之城"，素有"八闽海鲜出霞浦"的美誉，晒鱼干是她口中让人魂牵梦萦的乡味。渔家自晒的鱼干，不借机械，不佐香精，将海鱼去鳞剖割后，以粗盐腌制，在晴天曝晒三日，"鲜鱼"即成"咸鱼"。而小雪前后，新冬初临，风劲天燥，又少蚊虫之扰，是晒鱼干的好时节。朋友定是将自家今冬新晒的第一批鱼干给我打包寄来了！

回到家中，我将鱼干一一拿出，每一样都被分类装好，细心地贴上标签，写了名称和做法。我迫不及待拆开一包丁香鱼干，按照朋友的推荐方法下厨，金黄的蛋液裹着饱满的银鱼，不多时，一碗香喷喷的"丁香鱼干煎蛋"便出锅了，鱼干带着海风咸咸的味道，让这个冬天又暖了几分，这是多年来我不曾尝试过的口味。

在我的家乡，小雪是一个专属于"赏味"的时节。这时候的农人逐渐结束了田事，各家各户都堆起高大的"玉米楼子"，妇人们清洗着大缸和石盘，准备腌制咸菜和腊味。"冬腊风腌，蓄以御冬"，我记忆中冬天的乡味，就是从渍酸菜开始的。

蔬菜收成以后，一部分的雪里蕻被挂在屋前的晾衣绳上，白萝卜被码在院里的石栅上，大白菜被晒在窗下的阳台上，经过寒霜的摧打，它们日渐软化，到了小雪前后，正是最适合腌制的时机。每到这时，母亲会烧一大锅开水，将积攒的啤酒瓶、玻璃瓶洗净后——放入沸水中烧煮杀菌，这些是盛放辣椒酱和番茄酱的容器，而我的任务则是将家里角角落落藏着的坛坛罐罐找寻出来，刷洗一番后放在庭前等待风干。

腌菜的过程很简单，码放、撒盐、压实、密封，但要想一个人完成百来斤的蔬菜腌制也不是件容易事，难得的是不管谁家开始腌菜，邻里乡亲们都会过来帮忙。一时间院子里热闹非凡，人声和沸水一同喧腾，乡村小院里升起的烟火气息定格成了冬日里让人动容的温馨画面。等到一个月后开坛启封，卤水渗透菜心，菜叶变黄，人们端着碗罐走家串户，分享交换着自家腌制的美味，一道道香气扑鼻，酸爽可口的小菜端上家家户户的餐桌，抚慰着那些寒冬里寂寞已久的舌尖。

久在樊笼里，吃惯了速食外卖的我几乎已经淡忘了家乡小雪节气的隆重与热闹，凭着朋友从远方寄来的这一箱鱼干，我得以回味少年时代的人间烟火余味。海洋和土地赠予我们天然的食材，晒鱼干和腌酸菜这南北不同的两种食味，却都蕴含了中国人代代相传的"小雪"情结。

旧书摊的冬日温情

今天和朋友逛街时，偶遇了一家书店，红色复古的橱窗温暖明亮，让人忍不住去一窥究竟。当我踱步于书架前，指尖滑过一幕幕书脊时，内心涌起一片宁静，好像是又变回了那个徒步山路去"拜谒"一本书的少年。

儿时留守在山村，那里没有网络，信息闭塞，父亲偶尔带回的少儿读物就是我的童年净土。然而父亲买书的速度总归是赶不上我嗜读的饥渴，在把那本《绿野仙踪》翻了第六十五次之后，我决定自己去找书。

乡镇里每隔两日便有一次集会，那是我所知道的最热闹的地方。在街口的大树下摆着的就是我梦寐以求的书摊。书摊上的书很杂，没有考究的塑封和精美的腰封，它们被整整齐齐分类放置，有风的时候会有一根窄木压住随风翻动的书页，摊位侧边用墨笔粗犷地写了招牌——"阳光书摊"。我手里没有钱，带不走任何一本书，只能蹲在摊前一页页"窃读"。

贩书郎是位和父亲年纪相当的伯伯，他似乎早就知道我的窘迫，没有催促苛责，甚至挪了凳子让我安心坐着看书，遇上不认识的字，他会教我拼读书写，读到晦涩难懂的章节，还会耐心给我讲解。书摊上大多是关于农桑种植、中医养生一类的工具书，供孩子阅读的只占了一隅角落，却是能让我阅读的自由天地。

后来每隔一段时间，我便会徒步去书摊读书。有一天，我惊喜地发现书摊上的儿童图书多了起来，我跟摊主伯伯心照不宣地相视而笑，然后跟往常一样一头扎进书海里遨游，直看到日暮西垂，集市散场了依旧恋恋不舍。摊主伯伯收拾好摊位，合上我眼前的书递给我，说道："以后你可以把书带回家看，下次来的时候再还。"他的话让我如获恩赐，怀抱着那本《汤姆·索亚历险记》一路哼唱着，回家的路不再漫长。

印象最深的是那年冬天，我一边烤火一边看书，却不小心将书的封面烤焦。看着面目全非的书，我惊慌失措，不知道该如何是好，害怕摊主生气不再借书给我，很长一段时间，我都没敢再去那个书摊。

直到一个大雪纷飞的傍晚，放学回家的路上，我再次看到了那张熟悉的脸。原来我太久没有去，摊主伯伯放心不下，就循着之前留的地址找来了。他还带了两本新书，说天冷路滑，不方便小孩子行走，所以就给我送来了。

我终于忍不住"哇"的一声哭了出来，抽泣着讲了前因后果，满怀愧疚地解释道："对不起，我把书弄坏了，可是我只有过年的时候才能收到二十元的压岁钱，我一直想着拿了压岁钱以后去找您把书买下来……"伯伯笑着拍了拍我的脑袋，说："不要内疚，我知道你是爱书的孩子，这是无心之过，伯伯不会怪你的，但是如果因为这件小事就不看书了，那我可就要批评你了。"一席鼓励的话让我数日以来辗转反侧的内心如释重负。

后来父亲回乡过春节，听说了我这样一段经历后哭笑不得。从此，他给我设立了"读书小金库"，让我可以把喜欢的书买下来，又让我每月去书摊看书都要支付一些阅读费，那是对书籍和作者的尊重，也是对摊主伯伯的感恩。

在书摊的陪伴下，我度过了许多快乐的时光。那些书籍不仅让我了解了更广阔的世界，还让我学会了如何追求和探索，"阳光书摊"像太阳一样照亮了我的前行之路。如今我已过而立，每当想起那段纯真时代，我都会无比感激那个温暖的书摊和那位可爱的伯伯。

旧时光里的简陋书摊虽然不像大厦里的精品书店这样高端奢华，却给了年少的我真真切切的欢喜，给了我走出山村去探索世界的勇气和密钥，这么多年过去，它一直在我的心上铺陈摆列，随着四季的轮转愈发明丽动人。

《汉宫秋》里女子香

离别的情境何其相似，总是晓莺、残月、征马、落花。诗词里的她，似乎总是颦蹙着，愁苦得连眉都忘记了画，抱着琵琶，裹紧裘衣，粉泪盈盈奔向前路。

昭君出塞是发生在汉元帝时的汉与匈奴和亲的历史事件。千年时空，星汉灿烂，历代文人写昭君的诗词不下七百首。

杜甫的诗给予昭君极大的同情，被誉为"元曲四大悲剧"之一的《汉宫秋》就是以此为感情基调演绎的一场悲情戏剧。这里的昭君是因不愿行贿而被画师"影图点破，退居永巷"的宫女，是感念帝恩，自请出塞，"得息刀兵"的明妃，是怀抱琵琶，迎着朔风，泪洒大漠的失意者，是背负着"和亲"重任，身行千里冢留千秋的苦命人，以"环佩空归月夜魂"的凄苦形象在读者心中留下千年不泯的泪痕。

而王安石却有另一番见解。他说"人生失意无南北"，他说"咫尺长门闭阿娇"……此言既出，可谓石破天惊。是的，事实上，昭君龙车凤驾，出阳关，逆汉水，过秦岭，渡黄河，入雁门，以公主身份嫁与单于，入番后她贵封为"宁胡阏氏"，换来了边境三十年的安宁。"此去妾身终许国，不劳辛苦汉三军"，她一跃成为史上最深明大义的"四大美人"之一。

但是戎昱显然表示不服。他目送纤纤弱女绝尘而去，写下"汉家青史上，计拙是和亲。社稷依明主，安危托妇人"，这一点，同时期的唐代诗人胡曾和他不谋而合，"何事将军封万户，却令红粉为和戎？"泱泱大国，却托生于一位玉貌红颜，赳赳雄师，铮铮男儿，怎可平复？他拍案而起，"地下千年骨，谁为辅佐臣"，一个发问，问出了多少郁郁不得，多少壮志难酬……

一曲琵琶咽，几番巾帼叹！认识王昭君，多数是通过这些诗曲大家的解读，所谓"一千个读者就有一千个哈姆雷特"，生在盛世的我无法从语焉不详的几行文字中想象千年之前昭君脸上的悲欢表情，更多的感触，是一个小小的女子在历史洪流中的身不由己。自2200多年前第一位公主和亲开始，中国的和亲史长达千年，哪怕是强汉盛唐大元这样的辉煌王朝，依旧有西去乌孙的解忧公主、入藏和番的文成公主、远嫁塞外的月烈公主等，史书上的只言片语，实际是王昭君们波澜壮阔的一生。史学家翦伯赞先生说过："把女人当作历史的弹簧，这是和亲政策的实质"，她们是历史深处的一抹胭脂红，有些甚至没有留下姓名生平，却以柔软之身担起了重如千钧的家国使命。

胡尘蔽天，鼓角动地，王昭君和属于她的时代早已是滚滚长江东逝水了，然而，她一遍又一遍地活在诗人借古抒怀的笔墨里，活在人们世世代代的口口相传里，那大青山下的向阳青冢，那风雪中披着大红貂氅的倩影，成了世人心中永远的情结。

蜜桃香甜甜，父爱沉甸甸

父亲腰椎间盘突出有一段时间了，每次打电话询问，他都说："不用担心，已经好一些了。"直到我偷偷问母亲，才知道原来他经常难受得整夜难眠，近些日子甚至演变到双手无法拿起筷子的地步。

我听了又心疼又内疚，挂了电话，当即订了第二天一早的机票，让父亲来我工作城市的医院好好看看。父亲蹒跚的身影出现在机场时，我一时间竟然差点没有认出来。三十度的天气，父亲穿着厚厚的长袖，衣领已经被汗水浸湿，佝偻的背上挎一个鼓囊囊的军绿色布包，每走一步仿佛都要用尽全部力气。我赶紧迎上去，接过父亲肩上沉甸甸的背包，一边将他扶上车，一边心疼地数落："身体这样不舒服了还要背这么重的背包，衣服鞋袜咱买新的就行，来自己女儿这里难道会让您缺衣少穿吗？"父亲打着哈哈，笑着岔开了话题。

回到家里，我线上预约了专家号，让父亲休息好了再陪他去面诊，父亲一边点着头，一边在他的旧包里摸索，不一会儿，六个比拳头还大的、白里透红、鲜嫩诱人的水蜜桃整整齐齐排在了桌上。看着这些被精心挑选来的水蜜桃，我的视线瞬间开始模糊。不愿让父亲看到自己即将夺眶而出的眼泪，我旋即转身，借口去厨房洗桃子，在哗啦啦的流水和清甜的水果香气中，我的思绪飘回了遥远的小时候。

那时住在农村，父亲不愿意年幼的我像其他孩子一样留守在家，拒绝了朋友外出务工的邀请，自学果树养护知识，然后开辟果园，种了满园桃树。每年春天，漫山遍野桃之夭夭，灼灼其华的时候，父亲开始追肥浇水、防虫养护，我也开始期待那一口下去的甜蜜滋味。等到芒种时节，偷藏在果实里的夏天终于按捺不住开始散发清香，还没装箱便早早被周围的商铺预订一空，我那觊觎已久的口腹也终于得到了满足。

除了洗净直接吃，父亲还会挑一些熟透的果子切成丁块，糖渍后放入锅中小火熬煮成蜜桃酱，冰镇以后就是一味备受孩子们追捧的夏日凉饮。而母亲则记着父亲的喜好，用玻璃罐封一坛桃子果酒，待到中秋佳节，一开坛，果香混着酒香，仿佛要飘到天上去，醉翻寒宫里的玉兔。

靠着一双大手、一方土壤，父亲创造了一家人的富足生活，从小到大，父亲从未缺席过我的成长，盛开的桃花绚烂了我一整个年少时光，水蜜桃的味道香甜了每一个夏天的角落。

长大以后离开家乡，我找遍了街头巷尾，再也没有吃到那么清甜可口的水蜜桃，也曾不经意地向父亲说起，城市里的水蜜桃又贵又涩，不如家里种的好吃，父亲总是笑着，"什么时候回来一趟，桃子要熟了，管够！"我嘴上说着好，然而因为工作，回家的计划一次次被搁置。如今父亲看病之际却依然惦念着我的喜好，不远千里带来，好让我一解乡愁。这六个沉甸甸的水蜜桃，就是父亲沉甸甸的挂念啊！

当我整理好情绪，拿着两个洗干净的水蜜桃钻出厨房，看到父亲已经躺在沙发上睡着了，身体的不舒服加上舟车的劳顿让他看起来很疲惫。不忍打扰他这片刻的休憩，我独自来到阳台，咬一口水蜜桃，熟悉的香气扑鼻而来，甘甜的汁水搅动着味蕾，我不禁感慨，故乡虽远，却原来一直不曾改变。

我心里暗暗决定，这次一定要陪父亲一起回家，再去看一看那被压弯的桃枝，学着父亲的样子去摘取那盛夏的果实。甜甜的水蜜桃，是家的味道，更是父亲那看似粗犷沉默，实则细腻清甜的爱！

《苏轼集》里觅凉夏

时维七月，序属季夏，烈日炙人，海天云蒸。无法模仿周邦彦"燎沉香，消溽暑"的雅致，倒也可以学习李清照"枕上诗书闲处好"的怡然。唐人爱春，宋人爱夏，翻开一本《苏轼集》，以诗为冰，以词为扇，邂逅一场流转千年的盛夏童年。

作为豪放派的开创者，苏轼一生所写的婉约词作却不下百余首。他笔下的初夏，"绿槐高柳咽新蝉，薰风初入弦"；他笔下的端午，"兰条荐浴，菖花酿酒，天气尚清和"；他笔下的佳人，"香汗薄衫凉，凉衫薄汗香"。《阮郎归·初夏》给孟夏增添了一股甜美气息，困意袭来便惬意昼眠，醒后看"榴花开欲燃""玉盆纤手弄清泉"，活脱脱一个无忧无虑、灵动青春的女子模样。而《贺新郎·夏景》又是另一幅寂寞空庭、美人垂泪的伤感画面，"桐阴转午，晚凉新浴"的美丽女子，"困倚孤眠"却难有好梦，看着"石榴半吐红巾蹙"，却思量"浪蕊都尽，伴君幽独"。读《苏轼集》，一种夏日景致，两样隽永意蕴，有情有思，方为清雅。

一句"霎儿晴，霎儿雨，霎儿风"写尽了夏季瞬息无常的天气，苏轼却总能从晴雨之间觅得生机野趣。他写田园乡舍，"翻空白鸟时时见，照水红蕖细细香"，鸟雀呼晴，芙蕖顾影，相看两不厌；他写星灿北斗，"参横斗转欲三更，苦雨凄风也解晴"，日月盈仄，辰宿列张，今月曾经照古人；他写湖山骤雨，"黑云翻墨未遮山，白雨跳珠乱入船"，挥毫泼墨，是天公正在忘情创作；他写画楼斜阳，"四面垂杨十里荷，问云何处最花多"，荷花不知道，自己的别名就是夏天。读《苏轼集》，夏日风情可窥探一二。雨水洇湿笺纸，初阳晒干心情，徐风拂去燥热，气候如人生，有晴有雨，方为清凉。

苏轼一生宦海浮沉不得志，然而他一路被贬一路吃，算得上"大宋第一美食家"，为食物而作的诗词累计四十四首，另有五篇赋，一篇经。盛夏温风催熟万物，当然也是大文豪喜不自胜的季节。他吃西瓜，写下"坐北朝南吃西瓜，皮向东甩。前思后想观左传，书向右翻"的千古名对；他吃菱角，写出"乌菱白芡不论钱，乱系青菰裹绿盘"的色彩斑斓；他居江南，写下"手红冰碗藕，藕碗冰红手"的闺阁情趣；他下岭南，写出"卢橘杨梅次第新，日啖荔枝三百颗"的极尽赞美。读《苏轼集》，感叹他历经困厄，对生活却依然保持着最纯粹的热爱，有食有味，方为清闲。

除此之外，苏轼还是一位水利专家，上任徐州知州时正值春夏之交，黄河决口，洪水围城，他高喊"吾在是，水绝不能败城！"率满城将士修堤筑坝，历时70日守得一方安稳。任杭州太守时，他修缮六井、疏浚钱塘、治理西湖，苏堤春晓、三潭印月都是他的杰作，后人有诗"子瞻昔守杭，湖山赏佳丽。截湖筑长堤，远接钱塘势"，赞扬了他这一利国利民的工程，水流千载，恩泽绵长。眉山出，常山终，苏轼一生走过大江南北，回首向来萧瑟处，他落笔"问汝平生功业，黄州惠州儋州"，半是自嘲，半是辛酸。读《苏轼集》，品一番人生如逆旅的豁达，饮一觞诗酒趁年华的快意，有舍有得，方为清欢。

"西湖最盛，为春为月。一日之盛，为朝烟，为夕岚"，我居住之处离西湖不过数十里，念念不忘诗中胜景，虽已时至暑天，还是决意披一身夜雨初歇后的熹微晨光赶去苏堤码头，乘上最早一班的摇橹船，赴一场寻荷问桥的盛夏约会。就让我循着东坡先生的足迹，"且陶陶、乐尽天真。作个闲人，对一张琴，一壶酒，一溪云"。

当代实力派作家

—— 李廷英

把感恩过成一种生活

丰子恺说:"你若爱,生活哪里都可爱;你若恨,生活哪里都可恨;你若成长,处处可成长;你若感恩,时时能感恩。"

感恩父母,赐予我们生命;感恩儿女,让我们享受亲子欢乐;感恩亲朋好友,让我们懂得真情奉献。感恩是爱,千万不要说别人对你好是理所应当的,谁也不欠你的,就如同只有离开水的时候,鱼才会感觉到水的存在,往往被忽视的好,到后来才发现,那才是真爱,是爱你的人在默默付出。

人生路上一站有一站的领悟,以感恩的心去看待问题,因为懂得,所以慈悲,生活不易,我们都要且行且珍惜。无论生活如何对待我们,只管热爱和努力就好,其他的都交给时间,保留心底最真挚的情感,浅笑安然,才会把日子过得越来越好。

我们在季节深处憧憬未来,能够与自己相处,于繁华中淡泊,于简单中丰盈。以一颗善良的心与万事言和,发现岁月里的点滴美好,感恩所有的关心,如阳光普照,呵护我们的生命。人间烟火里,喜悦无边,一年又一年总会有令人惊喜的结果。

前行的路上,每个生命都值得尊重,每一程的陪伴都值得感恩。人生的旅途中,有挫折苦难,有风平浪静的时候,也有浪花一朵朵的激越,这些都是生命中有趣的事情,让人生多了磨难,也丰盈了人生的色彩,生命变得更加饱满。

人生无常,所有的遇见都是最好的安排,我们在生活中学会感恩,因为人生就需要面对现实,努力奋斗。就如同我们没有办法选择自己的出身,却能够在人生道路上不断提升自己。

生活就是一个不断完善自己的过程,无论经历了什么,内心保持感恩和善良,珍惜拥有的一切,失去了的就在时间的长河里慢慢忘记,听风听雨,听雪落下的声音。从内心深处接纳自己，并且在困难中不断完善自己，拥有自己生命的底气。

用内心的热爱和真诚，接受现实的考验，岁月的打磨。人生，就是一步一步走向成熟，删繁就简的人生过程。感恩所有，时光会记得，我们也会记得在逆境中别人伸出的援助之手。感恩那些关于生命的故事，总有一段时光会因为我们的情感而惊艳。

生活，就是朝起暮落的辗转；人生，就是月缺月圆的浮沉。感恩生活，有剥夺也有馈赠，感谢别人的宽容和帮助，谦卑之心不可丢，与时光温柔相待，知恩图报，在岁月里相遇相惜。

因为感恩，就会心怀感激；因为感恩，就会满怀热爱；因为感恩，生命就会被热情温暖，灵魂更加美丽。用一颗感恩的心对待生活，会感到更加快乐，在不完美的世界里，保持一颗善良的心，去爱，去拥有，去感谢生命中的每一个人。

家有"小书虫"

前段时间，午休的时候同事和我聊天，聊到她家的小孩不爱看书，孩子拿着书就开始找各种各样的借口，要么上厕所，要么喝水，要么犯困……她花钱给小孩买的书，有的甚至还没有拆开塑封，有的已经在角落里躺着落满了灰尘。就在说话的几分钟里，她的语气已经从着急变得焦急，似乎等着我快点给她"解药"。

我问孩子读书的时候，你有没有陪着孩子一起阅读呀？她说很少陪着阅读。我挥了挥手机说："你喊孩子去看书，你是不是悄悄玩手机去啦？"她不好意思地用手理了理头发，笑着点头。

为了缓和气氛，我说大家都爱玩手机，我也不例外，开始陪伴孩子阅读的时候，哪怕调成静音模式也会不自觉地想去拿手机，生怕错过一条信息。我的手机就像一块磁铁，总是让我在和孩子阅读的时候分心，孩子也感受到了我的心不在焉。后来，我直接把手机放到了另外一个房间。

我给同事讲："孩子才上幼儿园，即便市面上什么书都有，洞洞书、叫叫书、翻翻书……但是，家长不带着一起阅读的话，兴趣就会减少。"我儿子喜欢读书，或许是因为我一直陪着他阅读，读到精彩的地方我会和他一起鼓掌，读到难过的地方我会抱抱他。

有一次，我儿子读到小鹰落水，他就大哭起来了，怎么安慰都不管用，越哭越伤心……我去找来一支彩笔，让儿子想办法把小鹰救起来，就这么一瞬间他不哭了，他马上接过彩笔画了一个圈和绳子。他告诉我说："妈妈，我把小鹰先装到篮子里，再用绳子把它拉上来。"原来，在孩童的世界里，一切都是那么的纯粹。如果没有陪着他一起阅读，就不能感知孩子当时的内心世界。

同事若有所思的样子，缓了一会儿慢慢说道："哎，原来是我自己没有做好榜样，回家了我也放下手机陪着他阅读。"有时候，我们不仅需要为孩子设置规则，同时也需要为自己设置规则。其实，孩子想要的是父母全心地关注。

好像过了半个月，还没有等我去问，同事笑眯眯地找到我聊天。她家的孩子也喜欢读书了，尤其是《山海经》里面的故事，每一个都要读完才愿意去睡觉。她说以前孩子找各种借口不爱读书，可能是她自己就立场不坚定，她陪儿子读书一会儿就要看手机一眼，担心错过信息，或者用书挡着都要刷几个动态。现在手机调成静音，专心和孩子一起阅读，效果真是看得见的好。

周末，同事说感谢我给她出了好主意，让孩子喜欢上了阅读。邀请我去她家吃饭，我带着儿子，儿子带了几本绘本作为礼物送给同事的小孩。两个小孩一见面就翻开书开始讨论绘本的故事……这画面真是太和谐了。吃饭的时候，两个孩子一边夹菜，一边说着绘本里精彩的情节。

我打趣地说："有两只'小书虫'掉进碗里啦！"两个孩子你看看我，我看看你，一起哈哈大笑！

木棉花开满眼春

宋代诗人刘克庄在《潮惠道中》写道："几树半天红似染，居人云是木棉花。"

木棉花开，鸟跃枝头，春天属于炽热的木棉花，属于蓝天白云下的飞鸟，还属于满怀希望的我们。木棉花沐浴着暖暖的阳光，盛开时叶片几乎落尽，好似一团团欢快跳跃的火苗，释放着生命的芳华。

犹记儿时，学校的操场边有五棵木棉树，春天的时候茂密交叉的枝丫上密密层层开满了花朵，春风一吹，木棉花"啪"的一声落了下来，有的同学把木棉花捡到教室里玩儿。

课堂上老师指着木棉花给我们讲："浓须大面好英雄，壮气高冠何落落。"说这是清代诗人陈恭尹写的诗句，教导我们应该像木棉树和木棉花一样坚强。那时的我们呀，并不懂诗句的意思，甚至也不懂坚强。老师似乎看穿了我们的心思，用大白话给我们讲，只要同学们认真读书，就能走出大山，大山的外面有高楼大厦，也有宽宽的马路……因为不曾见过，不管老师怎么描述同学们依然呆呆地仰着头看着讲台上的他。

老师无奈地用手摸了摸鼻尖，又叉着腰想了一会儿说："走出大山，你们每天就不用饿肚子，也不用天没亮就打着火把干活，你们以后工作的地方有明亮的灯，还有管饱的食堂……"这段话的作用有多大，就看同学们瞪大了眼睛，眼神里透露出对未来的希望。

老师立马补充道："看窗户外面的木棉花，有的开在高处，有的开在伸手都能摸到的地方，你们要努力向上开在高处。不要因家庭或者其他原因就辍学了，读书这件事，就好比木棉树经过寒冬的洗礼才能在春天开花。"

同学们像小鸡吃米一样不停地点头，那时我们的学校里没有电灯、没有自来水、没有食堂……老师就这样把木棉花向上的精神种在了我们心里，数年后的我们，经历了许多的坎坷和困难，有的同学真的像木棉花一样开在了高处，成为对社会有用的人。

走在春天的路上，清风迎面，看着道路两旁的木棉花喜悦是双重的，只因木棉花把春天打扮得红艳艳的，以及我真的如老师当年所言：只需人脸识别就可以去吃管饱的食堂了。所以，绚烂如霞的不只是木棉花，还有满怀希望的我们。

邂逅美丽的云

周末，我陪4岁儿子在公园玩耍，他骑着滑板车在前面跑，跑累了我们就坐在长椅上休息，他一边抱着保温杯喝水，一边用手指着天空说："妈妈，快看，天上的云朵好像被淘气的小猫抓破了一样呢！"简单的语言经过儿子思考后说出来，竟这般风趣。

我和儿子一起看云，我夸他观察得真仔细，比喻也用得这么好。他指着山那边的云朵说像蛋糕上的奶油，指着山这边的云朵说像棉花糖，指着头顶上的云朵说像一匹骏马……我问他能不能想出一句关于"云"的诗句，他摸了摸脑袋说："回看天际中下流，岩上无心云相逐。"

我问儿子知道云相逐的意思吗？他抬起软糯的小手指向天空说："云相逐就是云朵们跑着一起做游戏呀，蓝天在给云朵挠痒痒呢。"平日里忙于工作和生活，几乎没有这么认真看过云，在儿子的言语间我才真正体会了闲看云卷云舒的惬意。我说一层一层的白云，就好像棉花铺成的梯子。儿子说云朵一片一片的，就像海上飘游的帆船。

我们坐在长椅上，儿子突然站起来大喊："妈妈，不好啦，云朵宝宝在跑，还跑得很快呀！云朵妈妈会着急的。"我伸手把儿子抱在怀里，告诉他不要着急，云朵妈妈一直都在云朵宝宝的身后，就好像你在前面跑，妈妈一直在你身后呀！抬眼处是飘逸的云朵，低眉间是稚子的笑脸，和儿子一起看云是滋养内心的一种洗礼。

看着云朵悠闲地游走在蔚蓝的天空中，心情也随之变得轻松愉悦。仰望云端的时候，仿佛把心中所有的烦恼都随着云海都释放出去了。尤其是儿子对云朵的各种比喻，像老虎，像天鹅，也像可爱的绵羊……庆幸自己一直陪伴在儿子身边，能够直观感受到这份爱和温暖。

云朵之下，我们的烟火小日子，扫去阴霾和尘埃，在季节变化的风景里，云一样的情愫可以自由自在地飞翔。珍惜儿子成长的时光，珍惜现在他口中各种各样的比喻，当下便是最好的日子，我们用情感的暖去抵御岁月的风寒，用心底的温暖感恩世间万物的陪伴。

特殊的"年终奖"

林清玄曾写道："愿你在新的一年里，心生欢喜，咸淡相宜。"

冬日的一个早晨，我和老公闲聊今年的年终奖，聊天的时候儿子在玩黏土，母亲在收集整理不要的衣服裤子，妹妹坐在沙发上玩手机……隔了一段时间，母亲神神秘秘地搬东西去顶楼，心想可能是晒什么好吃的吧！

时间一晃，到了我发年终奖的时间。奖金不多，但是足够请一家人下馆子了。母亲素来节俭，她半开玩笑说道："把年终奖给我，我家里给你们煮，想吃什么煮什么。"我心疼母亲就说："在外面吃不用洗菜洗碗，吃完还可以去散步。"妹妹竟然也附和母亲："就在家里吃嘛，家里也有年终奖……"我瞪大眼睛望着她们，家里也有"年终奖"？好奇心被她们拉满了，我速速递上我的年终奖红包给母亲。

周末的时候，母亲早早地在厨房忙活，我和妹妹一起帮忙择菜，儿子也来凑热闹要帮忙。老公见儿子调皮，就开车带出去玩了，儿子还要带上小猪存钱罐，关门的时候笑嘻嘻地说："我去给你们准备年终奖喽！"

本来普通的一句年终奖，家里的人却都在"卖关子"，我的心里多出了期盼。饭菜准备得差不多了，母亲叫我下楼去买些饮料。当我下楼买饮料回来的时候，整个家都变样了，家里的沙发上堆着快放不下的"年终奖"。

母亲准备的"年终奖"，是每人一双千层底布鞋，之前拿到顶楼上晾晒的就是鞋底，她说顶楼光线好能够穿针。妹妹准备的"年终奖"，是亲手织的围脖，家里人每人都有一条。老公带儿子出去也不是为了玩耍，也是去准备"年终奖"了。老公给母亲、父亲买了外套，给我和妹妹买了包，给儿子买了"奥特曼"。最喜人的是儿子准备的"年终奖"，他用存钱罐里面的钱，给我们每人买了一双崭新的红色棉拖鞋……

我笑着笑着就失落了，家里人都在准备"年终奖"，我天天忙着工作都没有花心思给他们准备。母亲看穿了我的心事，把我给她的年终奖分装了六个红包分给大家。儿子凑上前说："我们是相亲相爱的一家人！快吃饭吧，就可以喝饮料喽。"

工作上的"年终奖"是前进的动力，家庭发的"年终奖"是前进的后盾。我们一家人围坐在一起，清香的鸡肉、麻辣的鱼肉，还有嫩滑的豆腐……原来，真正的家人闲坐，灯火可亲是这般的幸福。

当代实力派作家

——姜 燕

火车·我们·时光

你不知道的是，在这个宁静的夜晚，当一个个城市都沉入了梦乡时，火车依然在寂静的轨道上飞驰，速写着属于它们自己的故事。

在那黑暗的隧道里，火车的头灯照亮了前方的道路，犹如一颗孤独的星星在漆黑的夜空中闪耀。它们穿越时光的隧道，载着无数的梦想和希望，在无边的黑夜中奔向未知的彼岸。而当窗外的风景在一瞬间掠过时，你是否能感受到那一抹流逝的美丽？

火车是城市的血脉，它们将人们串联在一起，连接着遥远的地方。当你乘坐火车穿越大地时，你能够看到不同的风景，听到不同的故事。每一个车站都有着属于自己的故事，每一位乘客都有着自己的梦想。而火车，它们默默地承载着这一切，用自己的车轮和喧嚣向世界述说着。

当我们坐在车厢里，看着窗外的风景变幻，我们也许会陷入沉思。那些飞逝的景色，那些匆匆而过的人，他们的故事是否与我们有着千丝万缕的联系？也许，我们在这个瞬间相遇，也许，我们在某个时刻错过。而火车，它们继续前行，不停地将我们带向下一个车站，下一个城市。

火车是时光的旅行者，它们见证了岁月的更迭，记录了人们的欢笑和泪水。它们承载着无数的回忆，它们是时间的见证者。每一次启航都是一个新的开始，每一次停靠都是一个新的离别。当我们走出火车站，踏上未知的土地时，我们是否能够感受到火车留给我们的痕迹？

火车的声音是一曲动人的交响乐，它们在寂静的夜晚奏响，撩动着人们内心深处的柔软。当它们呼啸而过时，仿佛带走了所有的烦恼和忧伤，留下的只有平静的夜晚和无边的宁静。我们或许会在无意间听到这声音，或许会在某个夜晚被这声音唤醒。那一刻，我们仿佛能够感受到火车的心跳，它们在为我们继续着未完成的故事。

　　火车是城市的记忆，它们承载着过往的时光，见证了城市的变迁。曾经繁华的车站，如今已成为历史的符号；曾经熙熙攘攘的人群，如今早已散去。而火车，它们依然在旅途中前行，用自己的存在让这座城市保持着生机。它们的存在让人们感受到生活的脉搏，也让人们感受到岁月的流转。

　　你不知道的是，火车背后有着一个个温暖的故事。它们载着相聚和离别，承载着爱与牵挂。当亲人在车站相拥而别时，当恋人在车厢里牵手相望时，那一刻，火车成为他们之间最美丽的见证。在这个寂静的夜晚，当一个个城市都静谧入眠时，火车继续在铁轨上载着人们的情感和思念，将它们送往远方。

　　火车，继续着无尽的旅程，继续着属于自己的故事。它穿越时空，载着人们的梦想和希望，奔向未知的彼岸。而我们，也许只是它们旅途中的一瞬间，也许只是它们记忆中的一个片段。但我们能够感受到火车留下的痕迹，感受到它们带给我们的感动和启迪。

　　当你再次乘坐火车穿越大地时，不妨静下心来，用心去感受它们的存在。那一刻，你会发现火车不仅仅是一种交通工具，更是一种灵魂的寄托。它们在寂静的夜晚奔驰，速写着它们自己的故事。而你，也能在这美丽的旅程中找到自己的故事，找到属于自己的梦想和希望。

　　火车在夜晚驶过，带走了一天的喧嚣和疲惫，带来了一份宁静和安宁。当你站在车站，看着火车驶离的背影时，是否能够感受到它们对你的叮咛和祝福？在明天的早晨，当你再次踏上火车的时候，也许你能够找到一份力量和勇气，去追逐属于自己的梦想。

　　火车继续着旅程，继续速写着故事。当一个个城市都沉寂入梦乡时，火车依然在轨道上穿梭，载着人们的希望和期盼，向着未知的彼岸驶去。它们默默地前行，没有辞别，只有继续。而我们，是否也能像火车一样，勇敢地面对未知的旅程，速写属于自己的故事？

心有欢喜过生活

在这悠长的人世里，生活是一场修行，喜怒哀乐，酸甜苦辣，都将是旅程中的一份珍贵记忆。让我们心怀欢喜，以开放和欣赏的心态，去感受生活中的每一份美好。

阳光透过窗户，温暖地洒在脸上。新的一天，带着希望的色彩，轻轻拉开生活的序幕。欢喜地迎接每一个清晨，感受阳光的拥抱，聆听着鸟儿的歌声，品味着咖啡的香气，这就是甜美的生活。

走在街头，感受着微风轻拂，看着行人匆匆，欢喜于生活的多样性和变化。每一个擦肩而过的人，都有他们自己的故事，他们的笑容、他们的泪水、他们的坚持，都成为生活的一部分。我们欣赏他们的存在，也欢喜于自己的存在。

走进厨房，看着袅袅炊烟，欢喜于食物的香气和烹饪的乐趣。每一道菜肴都是大自然的馈赠，是辛勤劳动的结晶。我们欣赏着食物的色香味，享受着烹饪的过程，感受着生活的温度。

在书桌前，沉浸于文字的世界，欢喜于思考的乐趣和知识的魅力。我们欣赏着美丽的文字，感受着思想的碰撞，享受着阅读的快乐。书中的世界是另一个天地，那里有欢喜、有悲伤、有希望、有失落，但更多的是生活的启示和智慧。

与家人共聚一堂，欢喜于亲情的温暖和陪伴。我们分享彼此的故事，倾听彼此的心声，感受着彼此的存在。家是温暖的港湾，是心灵的栖息地，是我们的坚强后盾。

生活中的每一份欢喜，都是生活的馈赠。让我们心怀欢喜，去感受、去欣赏、去珍惜生活中的每一份美好。让我们以开放的心态去面对生活的挑战和困难，以乐观的态度去迎接生活的机遇和惊喜。

无论生活给予我们什么，我们都应以欢喜的心去接受，去感恩。因为生活本身就是一场美丽的奇迹，我们应当心怀欢喜，去欣赏这个奇迹，去享受这个旅程。

让我们心有欢喜过生活，让生活因我们的欢喜而变得更加美好。因为欢喜本身就是一种力量，它可以让我们更好地面对生活，更好地理解生活，更好地欣赏生活。

"世间万物尽展眉，心生欢喜情无辞。"愿我们都能心有欢喜过生活，享受生命中的每一刻美好。

追光

夕阳余晖洒满了整个大地，微风轻拂着我的脸庞，给我带来了一丝丝清凉。我独自站在高山之巅，眺望着远处的一片湖泊。湖面上泛起了金色的涟漪，像是被夕阳的余晖镀上了一层金色的光晕。

我心中涌起了一股追逐光明的冲动。那光明，仿佛是大自然赋予我的礼物，是上天赐予我的希望。在这个喧嚣和浮躁的世界里，我渴望寻找一丝安宁和宁静。于是，我开始追寻光明，追逐那些带给我力量和勇气的光线。

每当太阳升起的时候，我就迫不及待地起床，开始我的一天。我站在窗前，看着太阳慢慢升起，感受到它带来的温暖和活力。我知道，只有追逐光明，才能让自己充满活力和动力，迎接新的挑战。

我骑行在小路上，迎着微风，感受着阳光洒在身上的温暖。我感觉自己是一只自由的鸟儿，可以随心所欲地飞翔。我追随着太阳的脚步，穿越田野和村庄，寻找那些被阳光照耀的美丽景色。我用相机记录下每一个瞬间，用文字记录下每一个感动。

有时，我会选择一个安静的角落，坐在那里沉思。我静静地凝视着远方，看着阳光透过云层洒向大地，看着万物因光明而焕发生机。我知道，只有心中有了光明，我们才能在黑暗中找到前行的方向。

追寻光明的路上，我也曾遇到了挫折和困难。有时，我觉得自己仿佛是蚂蚁一般微不足道，面对着无边无际的黑暗。但是，我告诉自己，只要我坚持追光的信念，就一定能找到属于自己的光明。

在追光的路上，我结识了许多志同道合的人。他们有的是摄影师，有的是作家，有的是画家……他们用自己的方式追逐光明，用自己的创作传递着希望和美好。我们一起分享着彼此的经历和心得，彼此鼓励和支持。在他们身上，我看到了坚持和奋斗的力量，也看到了追逐光明的美好。

　　我追寻光明，也是为了带给他人希望和慰藉。有一次，我遇到了一个年轻的男孩，他患有重病，生活在医院里。我带着我的相机，走进他的病房，给他拍了一张照片。照片中，他微笑着，眼神中透露着希望和坚强。我把照片送给他，告诉他，只要相信光明，他一定会康复。从那以后，我开始定期去医院，给那些需要帮助的人拍照片，用我的镜头捕捉他们生命中的美好瞬间，用光明给他们带去希望。

　　追光的过程，让我明白了光明的真谛。光明不仅是太阳的照耀，更是人们内心的一份希冀和向往。只要我们保持一颗充满希望和憧憬的心，就能在追光的路上找到属于自己的方向。

　　我明白，追光不仅仅是追逐外在的光明，更是一种内心的追求。只有内心有光明，我们才能看到生活的美好和无限的可能。只有内心有光明，我们才能坚持信念，不畏艰辛，勇往直前。

　　追光，让我看到了生命的无限可能性。每当我追逐光明的时候，我感受到了一种力量，一种让我无所畏惧的力量。我相信，只要我们保持追光的信念，就能超越自我，创造出更加美好的未来。

　　我希望每个人都能追随内心的光明，用自己的方式追逐梦想，创造出属于自己的美丽人生。让光明永远伴随着我们，照亮前行的路。因为，追光，才能找到属于自己的光明。

当代实力派作家

——赵倩茹

班级趣事里的小美好

课间十分钟，是我与学生逗乐子的好时光。

李同学拿了两颗荔枝，不巧被我发现。"给我一个呗？"他看看我，头歪了两三下，眼睛不住地向上看，思索着什么。应该是在天人大战。那更要逗他两下。"怎么，舍不得啊？老师教你这么久，给个荔枝都舍不得？唉……"我撇撇嘴，他小嘴一噘，依然默不作声，"算了算了，下次再带水果，记得给我带点！"说完，我转身离开，他追过来，把荔枝放到了讲桌上，回到了座位上。我顺手拿起荔枝托在掌心："哎，你想好了？给我一个？"他使劲点点头，非常认真的样子："老师，你一个，我一个。""谢谢啊，李同学！"全班同学都笑了。

他又带了两颗紫红紫红的杨梅，样子可爱极了，看着就想吃掉。他走到讲桌前跟前给我放下一颗，"哎，你干吗，李同学？"他回头笑笑，笑得很灿烂，圆圆的小酒窝悄悄地在脸上荡开了涟漪，像阳光下绽放的花朵一般艳丽！那样温暖的、阳光的、纯真的笑永远地镌刻在我心上。那一刻，心中涌动着说不出的感觉。

又过了一段时间，他拿来一块糖，包装纸上画着一个戴眼镜的老师，赫然写着"赵老师"三个字，这是为我定制的糖吗？我如是想，一种甜甜的味道悄悄地弥漫开来……

这是课间十分钟带给我的无限美好。，而课堂上关于"虫王"的各种小插曲，同样美好。

我们班有一个"虫王"小美女，看她的长相，你绝对不会将她和虫子联系在一起。可就是她，酷爱虫子，和虫子有关的一切她都精通，课上她常常开溜偷看和虫有关的书。捉虫更是强项，她的笔袋简直就是一个小型的动物世界，蜗牛、蜘蛛、蚂蚁、蚂蚱……真是应有尽有，课上不爬出一两只简直不正常。此时我就一顿彩虹屁吹起来："我们小李同学就是未来的虫王，未来的生物学家！"所有同学都表示赞同，大家慢慢地也不似从前那般害怕。以前一走进教室总会有人过来不厌其烦地汇报：小李又捉虫了。"小李同学，你爱虫，老师完全赞同，但是这样影响你周围的同学，他们还是有些害怕，能不能把虫子都放生，它们也是有家的，下课你再去外面找你的小伙伴，可好？"她高兴地点点头，眼睛里亮晶晶的，充满了向往！雨天过后，你可以在她的脸上看到蜗牛在爬，为此专门为她拍下照片为证。

夏天的课堂，是她展示捕虫技巧的绝佳时机。教室一有虫子，大家都会把目光聚焦到她身上。有的男生胆小不敢抓，她倒像是"英雄救美"，毫不在意，轻松搞定。蜜蜂进了教室，大家也都看她，她随手摸出一个矿泉水瓶，轻轻一扣，那小昆虫也好像就听她的话一样，乖乖束手就擒。

作文课上写虫子，她总是描写生动细致，绝不辜负对虫子的那份痴情。美术课上作画也是虫类居多，惟妙惟肖，我不知道她究竟是怎么把蜘蛛、蜈蚣的每个部位勾画出来的，总之是爱虫至深！

课上讲到"渴"换偏旁变成另外一个字，同学们有"喝、揭、竭、歇，蔼"，一个声音迫不及待地补充道："还有虫字旁，蝎子的蝎！""嗯，是的，虫王不愧为虫王！啥时候都不忘虫啊！"全班同学哈哈大笑，她也乐了。这样的时刻太多了！

无论课间还是课堂上，那些班级的趣事一桩桩、一件件，作为学生的他们自得其乐，作为班主任的我乐在其中！这一份份小美好幸福着你、我、他。

端午节的清香

　　"轻汗微微透碧纨，明朝端午浴芳兰。流香涨腻满晴川。彩线轻缠红玉臂，小符斜挂绿云鬟。佳人相见一千年。"走过超市门口，不知不觉端午节的粽子味便朝我迎面扑来，这时我才恍然发现，一年一度的端午已经到来了。

　　小时候，母亲总会在端午之前出去采艾草，端午那天家家户户门楣上都要挂艾草。母亲采的艾草很多，因为她还要为我们一家人缝制香包。我很疑惑，为什么佩戴香包？父亲说："早在两千多年前，古人就有佩戴香包的习俗，老人们说佩戴艾草香包，可以驱恶辟邪，具有祈福安康的寓意……"我似懂非懂地点点头。

　　"端午节，天气热；五毒醒，不安宁。"六七月的北方，草木茂盛，空气闷热，蚊虫四起，不小心就被叮出一个个红红的包，奇痒难耐。我尤其怕蚊子，母亲常常将艾草煮水为我沐浴、擦洗，艾草水清热止痒，清香四溢，沐浴后浑身感觉清爽舒服。因此我对艾草更多了一份依恋。

　　如果说挂艾草、戴香包，是父母对家人的美好祝愿，那么端午粽则是将他们的爱包裹其中，化为了生活的甜蜜。

　　每到端午节，父母早已准备好白白的糯米，红红的枣，还有那碧绿的苇叶。他们早早地起来，开始包粽子，一个粽子里放一两颗红红的枣，我总是巴望着他们包粽子的速度快点，再快点，守在他们身边寸步不离，生怕他们偷懒似的。等到粽子下锅开始煮，我又守在灶台边，渐渐地缕缕清香从锅里飘出。这时我就焦急难耐，不停地问："妈妈，妈妈，好了没？什么时候能吃？"妈妈笑着说："小馋猫，再等等，一定要煮熟才好吃，软软的糯糯的才更有味道。"我只好乖乖地等啊等。粽子终于出锅了，母亲轻轻掀开锅盖，一股白雾裹挟着粽叶的清香扑鼻而来，我立马眉开眼笑起来。我们一家人开始品尝美味的粽子，粽子太烫了，父亲总是先剥一个给我，轻轻咬一口，软糯甜美，唇齿留香，一直甜到我心里。

如今，我也有了自己的孩子，我延续了父母对节日的仪式感，既为儿子精心制作了香包，也想带着儿子一起包粽子。却发现，儿子似乎并不感兴趣。他说："妈妈超市里有各种粽子，真好看，咱们直接买来不就可以了吗？"于是我和儿子讲了端午节的来历，他似懂非懂，点点头说："那我们一起包粽子吧。"于是我们自己动手包了粽子，儿子尝到了自己包的粽子格外开心。

吃完粽子，我和儿子带着自己包的粽子、香包和采来的艾草送到了父母那里。炎炎夏日，因一个香粽入口而清甜无比。徐徐清风，因家人相聚团圆而欢愉无限。

端午节是中华民族传统文化的一部分。虽说孩子年龄尚小，不懂端午节的意义所在，但传统习俗不能丢，这是父母从小教给我的。如今我也要把这些祖祖辈辈传承下来的习俗与文化，润物细无声地渗透进孩子的大脑里。愿端午的清香浸润一代又一代的生命！

当代实力派作家

—— 戚文华

掬水月在手，弄梅香满衣

花清香，月素净。

夜阑风细，月入户。

宁静的月，身披洁白纱衣，娴静、安详、典丽。轻柔的脸颊，透过柳梢，留下温和的笑容。

一弯宁月，一叶舟。

一朵素梅，一抹香。

温一壶月色，言欢。

一

夜，暗香氤氲。

远处的山峦在月下，仿佛着了烟青色，清幽、怡静。

一缕淡淡的月光，透过轩窗，洒进阳台。

任何时候的心动，都不能怠慢。

出门走走。

月光皎洁，树影婆娑。一声声鸟鸣，奏响沉静的夜空。温柔的风轻抚耳旁，诉说着曾经的相遇。

只一念，便醉了心神。

眼前，缓缓铺开的画卷，有诗人的墨香，月的芬芳，更有一丝古典韵味。丝丝暖意，缕缕香恬，温润心底。

用清风做笔，溪水为墨。取山水的灵性，草木的清香。

浅墨，轻落，晕染一幅春色。

二

喜欢持有淡淡的情怀，与稀疏的月，静坐一隅。任清风撩起纤纤心事，慢慢梳理，慢慢回味。

小雨芊芊，风细细。

梅，俏也不争春。

"若待上林花似锦，出门俱是看花人。"

今年看梅，没有选择白天，而是踏月赏梅。

月下赏梅，不仅是看花，准确地说是"会花"。

一抹芳华，其美不在色香。

而是在静谧中，收获惊喜。与花微妙的交流，有了灵魂的相惜和情感的依托。

梅，也是懂我的。轻微扇动裙摆，浅笑，嫣然。

"如果你来访我，我不在。请和我门口的花，坐一会儿，它们很温暖！"

人间草木，最抚慰人心。

三

初遇梅花，也是在这样一个月色皎洁的夜。

月挂树梢，繁星点点。

在故乡无人居住的，残垣断壁处。稀稀疏疏的几枝粉与黄色梅，在瑟瑟寒风中，独自绽放。

冷艳，清高。寂寞开无主。

黄色梅，薄如蝉翼，肤如凝脂。橘红花蕊，宛如芭蕾天鹅。

薄雪轻覆枝干，压低了花冠。一种无言，却摄人心魄的美。

暗香十里，如清风，明月。

梅，不亲昵于人，亦不故意疏远谁。与梅相交，恰如君子，

淡如水。

西湖孤山隐士林逋，酷爱梅花。他生性淡泊，远离俗尘。功名利禄于他而

言，比不上自然情趣。

他早年曾各处游历，四十多岁时返回杭州，隐居孤山，种了大量梅花，并饲养了两只白鹤。终生与梅鹤为伴，不娶妻，不生子，后人送其"梅妻鹤子"的雅称。

"疏影横斜水清浅，暗香浮动月黄昏。"

林逋的《山园小梅》，被视为咏梅绝唱。

四

与春日"一夜清发香"的梅相比，我深爱着冬日的"墙角数枝梅，凌寒独自开"。

喜欢她的"独"。

"独"而不孤。

独，是繁华后的淡然、沧桑后的沉静，是一蓑烟雨任平生的豁达，洒脱。

"冷落成泥碾作尘，依然暗香如故。"

岁月如一指流沙，缓缓地在指尖流淌。

杨绛先生说："余生，只闻花香，不谈悲喜。饮茶颂书，不争朝夕。"

如此，轻倚时光，浅读流年。

点一抹心香，旖旎青山梅谷；执一盏清茗，融尘梦花开；携一缕光阴，淡看红尘过往。

月无言，人依旧。

守一份纯真，存一份清雅。淡泊一世，安然一生。

会喝下午茶的外婆

"不管东风留且去，芳心常得四时春。"

院里的月季就要开了，今年满院种了不少月季，有蓝色风暴、索菲罗莎、摩纳哥公爵……

清晨起床的第一件事，就是去和月季问声"早安"。也会给月季浇浇水，有时也会用手亲抚它的叶片，更是与月季深情相望，心与心的交流。月季是懂我的，没有辜负我，朵朵长势喜人。虽是一年生，但就要开花了。

人间草木，最抚慰人心。

尤其是在雨天，坐在檐下，看雨滴拍打在月季的叶面上，月季轻轻摇动，如芭蕾舞女，摇曳生姿，顾盼生辉。

外婆最喜欢月季，也是因她，我爱上了月季。

初见外婆是在上大学时，因那个年代，交通不发达，我们隔山隔海，母亲的探亲假是四年一次，每次回去都会带着妹妹。

外婆是大家闺秀，家中独女，生养了七个儿女。母亲是长女，也是她的骄傲。七个儿女中唯有母亲继承了外公的职业，做了一名教师，而我也有幸成了他们中的一员。在我眼中外婆是个美人，个子很高，皮肤白皙，"干净"是我对外婆最深的记忆。虽生活在农村，但外婆很干净。江南的烟雨也使外婆的性格温柔、贤良。外婆很会生活，亦很懂生活。

20世纪80年代初，正值改革开放初期，生活还不是那么富裕。由于交通的不便利，在农村吃的东西还是较少。但外婆却很会打理生活，尤其很会腌制雪菜。用外婆的雪菜下的面，至今无人能比。

记得有一次回故乡。那时外公外婆年龄大了，和二舅住在一起，但外婆有时还是会自己做饭吃。中午外婆做了我喜欢吃的西施豆腐、三鲜，还有梅菜扣肉……吃得满嘴留香。

下午三四点，外婆独自一人又在厨房忙碌起来。我刚吃完饭也没多久，走近一看，外婆在煎粽子。这个粽子是外婆自己包的，一个粽子足有一斤重，这也是我见过最大的粽子。包粽子的糯米是外公自己种植的，产量低，专门用来包粽子，做年糕用的。

外婆将粽子切片，用小火煎至两面焦黄，盛在花色小碟中，撒上少许白糖，端给我吃，说是"午茶"。

江南的四月，风轻雨柔。绿植垂于窗下。我和外婆倚窗对坐，安静地享受着下午茶时光。不经意间望向窗外，楼下一簇月季，开得甚欢，火红的花瓣端庄，典丽。外婆说是向邻居索要的，看着红色的花朵，日子再苦，心是暖的。

随着时代的发展，交通也十分便利，回去看外婆的次数越来越多。外婆虽没有文化，但和外婆在一起，你能感受到她带给你的温暖、柔和。

每到下午三四点，外婆都会变着花样准备下午茶。她不是在家自己做点什么，就是带着我去村里的市场，点上一份我爱吃的雪菜炒年糕，但会嘱咐厨师加点白砂糖，这样会更鲜些。

"生活不止眼前的苟且，还应有诗和远方。"这是人们常说的一句话。外婆不知道，也不清楚有诗的生活是什么样，她只是知道把平常的日子，过成自己想要的样子罢了。

记得一位名作家，在一本书中记载：她每晚回家第一件事，就是将家中的蕾丝窗帘放下，打开所有房间的泛着橘黄色的暖灯，并放着轻音乐开始给孩子们做晚餐。她这么做，是为了让孩子们一回到家，能感受到家的温暖。

外婆的下午茶，暖了我一生。

当我累了，倦了，感觉生活不易时，都不忘在下午时分，给自己泡一杯茉莉花茶，再配一碟小点心。

月季开了，静静地开，思念如潮水般从四面八方向我涌来。不远处传来歌曲，"长亭外，古道边，芳草碧连天……"

一帘烟雨，一抹柔情

又是一夜绵绵细雨，倚窗听雨，已多日。娴静的日子，执笔研磨。更有闲暇时光，手捧书卷，在唐诗宋词里，梦回依约。

"自在飞花轻似梦，无边丝雨细如愁。"

习惯了落雨的夜晚，一个人站在窗前，认真听雨。雨夜，听春雨，一抹思绪柔情，婉约雨巷深处的清梦。似乎是轻愁，亦是享受。

听雨时泡一杯茉莉花茶，看着茶叶在水中慢慢舒展，恬淡的清香弥漫心绪。窗外细雨绵绵，窗内意绪满满。执笔写一首相思诗，寄予彼岸。

天青色等烟雨，而我在等你。

也许我的前世是一滴雨吧，否则，为什么那么钟情于雨天。即使心中有丘壑，听到雨点的跳跃音符，微微的凉，漫进心里，也可安然入眠。

江南的烟雨，拥有万般柔情。

每次回到故乡，漫步于乡间小路，山亦青，水也碧。烟雾弥漫在茶山竹海，溢着微濛汽水，将心浸得湿润柔软。那着了绿的柳丝，舒卷飘忽。细嫩的枝叶上挂着点点珠泪，常触动我心。

行走在雨中，不禁让人想起戴望舒笔下，那个撑着油纸伞，着一件青花色旗袍，独自彷徨在寂寥雨巷的丁香姑娘。让人想起早春三月，烟雨迷雾的河岸边，淘米洗衣的浣纱女。

多情的雨，滋润了天地，让万物生机勃勃。也让人想起那些美丽的爱情和无限相思。谁为谁哭泣，谁又为谁落泪，天地动情。

雨丝缠绕，最容易滋生情愫。

不知谁说过，人生最美的，不是下雨，而是和你一起躲过雨的屋檐。或者，人生中最美的，不是和你一起躲过雨的屋檐，而是那些能够被唤醒和铭记的点点滴滴。

雨天，适合想念。尤其对于多愁善感的人来说，内心最柔软的地方，稍一碰就能拧出水来。

也是这样一个雨天，正在上班的我，隔窗远望，看到玉兰花开了，是白色，夹杂着淡淡的粉。她似妙玉般高雅洁净，冷艳而孤寂。在青烟薄纱透视下，那一抹红，弥漫着清香。

友人告诉我，他不喜欢雨天。在雨天，爱了多年的心仪女友，提出分手。自此，雨天总是会让他伤感。

不知是雨多情，还是听雨的人多情。这雨千古不变，只是赏雨的人，心境不同。

人生有太多不可弥补的遗憾！

曾经爱过的人，见过的人。在某一日，突然就不辞而别。每当听到一首歌，看到一句话，读到一首诗。都会让你潸然愁绪，情难抑。

遇见没有早一步，也没有晚一步。刚巧赶上了，就这样住了下来。再见，那也没有别的话可说，唯有轻轻地问一句：你好！

我是个感性的人，而感性的人，最怕离殇。既遇见，何分离？即便等不到地老天荒，也可遥相守望，因为距离从来不是问题。

有些感情一旦相遇，便是一眼万年。

花开添香，月起情满。

人生，若得一知心人相伴，当是人生幸事。若无，独自守着一窗烟雨，一盏佳茗，一本唐诗、宋词，自珍！

水净香自远，心静花自开

"树绕村庄，水满陂塘。倚东风，豪兴徜徉。小园几许，收尽春光。"

春光明媚，陌上花开。

素洁的白玉兰，风中摇曳。娴静、淡雅。高昂着头，凝视群芳。在阳光的照射下，洁白无瑕，仪态端庄，浅笑安然。伸手触摸，薄如蝉翼，不染一尘。

轻轻拾起一朵，淡黄色花蕊，在叶片的包裹下，睡得香甜可人。

风吹过，花香满园，氤氲山谷。

一壹一

夜静姗阑，微风敲打轩窗，悦耳曼妙。

窗外玉兰，肤如凝脂，气若幽兰。

一把古琴，一杯茶；一支素笔，一本诗。

闲散的日子，惬意自在。

与王维相遇南国，采撷几颗红豆，等春来；与李清照误入藕花深处，尽兴晚归；与刘禹锡偶遇陋室，执一把素琴，弹一曲《忘尘谷》。

畅游山水，与荆浩游历庐山。在一景一物中，借一叶扁舟，寻一隐士；温一壶春酒，看云生烟。和黄公望行走烟雨江南，探深山，访绿水，心神游离，痴心独往。

月光下，行八千里路，与光阴倾心相会。

如此，随心，随性。

春赏玉兰烟雨，夏游太湖山水，秋看满山红叶，冬则围炉煮雪。

对一张琴、一溪云、一壶酒。

一 贰 一

这些年，也经风雨，也经晴。人生，本就风浪相随。要多幸运，才可以一直晴空万里，岁月静好。

人生本就苦乐相伴，何为苦？何为乐？

木心19岁时，曾借口养病，冒着冬日严寒，带着两箱书走进山林。山中寂静肃杀，生活冷清简朴。山民皆不懂，富家公子为何自找苦吃。

别人眼中的孤寂清冷，却是木心心中美妙的存在。

他终日读书、写字，辛勤地搭建着自己的艺术世界，听莫扎特、画画、写诗、讲文学。

过着简单而又充实的日子。

即便受挫、受苦，一生亦不曾停歇。

只有内心富有，充盈。方能从容抵抗世间不安，躁动。

正如杨绛先生说的："做一个智慧之人，向外探寻，向内思考。向下扎根，向阳而生。不赌天意，不猜人心。努力流汗，优雅绽放。"

一 叁 一

喜爱喝茶，尤其是在春日的午后。为自己泡一杯红茶，再加几朵茉莉，红茶的醇厚，伴着茉莉的清香，如宋词般娴静、婉约、素洁。

清闲无事，坐卧随心。

人生如茶，不如意十之八九，哪能事事尽如人意。

沉时坦然，浮时淡然。

落寞时，与虫鸟交言；愉悦时，和山花对视。

荣辱不惊，闲看庭前花开花落；去留无意，漫随天外云卷云舒。

想当年，苏东坡几次遭贬。妻子王闰之和爱妾王朝云，甘苦相随。虽处忧患，落魄，终不失闲情雅趣，开荒种田栽树，温茶烧菜，清贫中仍不忘行文写诗。日子清寒，清趣不减。

刘禹锡被一贬再贬，所住房间从三间到两间、一间。依然洒脱地写出了

"斯是陋室，惟吾德馨。何陋之有？"

"结庐在人境，而无车马喧。问君何能尔？心远地自偏。采菊东篱下，悠然见南山。"

自古及今，权力、地位、财富，大底是人们所追求的。但陶渊明抵御了物质享受，回归自然，简朴生活。

一沙一世界，一花一天堂。

水净香自远，心静花自开。

静能生悟，简能养廉。万般风情，皆有心起。那就于内心深处，开辟一方桃花源。种下一份清简，种下几许静谧。任尘世风雨飘摇，心自从容安宁，且无所畏惧。

繁华落尽，安之若素

闲坐窗前，淡看流年。

柳丝长，春雨细。香雾薄，透帘幕。

雨后玉兰，随风摇摆。如一阕宋词，婉约、素洁。

清闲自在，烹茶煮雨。

为自己泡壶玫瑰花茶，再添两三朵茉莉。

初饮，浓郁且清香。

再饮，宛如清泉石上流。

一杯复一杯，不沾风月，不惹清愁，风轻云淡。

一

近来，日子素简。

闲时看一本书，读一首诗，临一阕宋词。

读诗，已没有了熟背的功力。只品味诗的意境，感受诗人表达的幽静、清远、落寞或萧瑟。

在唐朝，没有什么事，是一首诗解决不了的。从皇帝，文武百官，到娘娘，侍女，谁不会吟诵三两句。

最喜下雨时读诗，长夜漫漫，听雨，读诗，仿佛回到千年前。

"人闲桂花落，夜静春山空。"

"我心素已闲，清川澹如此。"

王维是我最喜欢的唐朝诗人，被后人尊称为"诗佛"。

他文才高雅，精通书法，擅弹琵琶，人又很佛系。

"陌上人如玉，公子世无双"，用来形容王维是再合适不过了。

读王维的诗，清幽恬淡，仿佛坐在空明澄澈的月下，让人不知今夕何夕。

"闲"不是闲，而是远离人间俗事，让心皈依。

一诗一感悟，句句是人生；一词一境界，字字都动情。

二

流年的日子是平淡的。

木心先生说："心之所向，素履以往。"

王阳明说："减得一分人欲，便是复得一分天理。何等轻快脱洒，何等简易！"

我愿做一个平淡之人，雨天，看一场烟雨，从开始到结束；望一树的玉兰，从绽放到凋零；看风起，满襟落花；听雪飘，把酒问松。

不为诗意，不为风雅。只为将日子过成，一杯白开水的平淡，一碗清粥的简单。

"清闲无事，坐卧随心。虽粗茶淡饭，但觉一尘不染。"

事业有成，功成名就，固然可喜可贺。

但人至暮年，更向往素简生活，拥一颗素心。

闲爱孤云，静爱僧。行到水穷处，坐看云起时。

三

喜欢在黄昏时，出门。这个时候，万物都着上了温柔色，无一不是好的。要去，必然去海边走走。

海边人声鼎沸，喧闹声此起彼伏。海浪拍打着沙滩，是那样轻柔温和。海水也散发着，自身淡淡的味道。抬头仰望，月光皎洁。

寻一少人处，端坐沙石。看着金沙在指缝中慢慢滑落，心静如水。

记得在藏传佛教中，有一种最独特、精致的宗教艺术。

每逢大型活动，寺院中的喇嘛们，用数百万计的各色沙粒，描绘出奇异的佛国世界。

他们呕心沥血、极尽辛苦，创作出的立体画卷，并没有用来向世人炫耀它的华美。

用沙子描绘的世界，完成后会被毫不犹豫地扫掉。

顷刻间化为乌有的那一刻，心被震撼，潸然泪下。

繁华，终究不过是一掬沙。

人生亦如此，绚烂后，安之若素。

回首清风翠微，暖风幕帘。牵一行花草，携一缕白云，听时光说一些老故事，相宜静好。

当代实力派作家

—— **孙菁美**

又见玉兰花开

春风细雨过后，一夜之间，百花就好像被唤醒了一样，欣欣然睁开了眼。

接过春天的令牌，小区里的树木，也开始探出头来，用一枝一枝颜色不同的花，来应和着春天。白色的是梨花、粉红的是樱花、红的是山茶花……而我最爱的则是那一树一树的玉兰花。

记得第一次见到玉兰花，还是在邻居家的院子里。笔直的树干上，长着十几根长短不一的树枝。玉兰花就开在树枝上，一朵挨着一朵浸润在阳光里，仿佛刚从牛奶中洗脱出来一般，晶莹润泽，娇艳欲滴，散发着淡淡的清香。

那时刚满十岁的我，不懂这是什么花，好奇地问邻居大婶。大婶告诉我，这是玉兰花，花似清莲，洁白无瑕。

几经春秋，再见玉兰花时，是在大学校园里。北方的春天虽来得晚些，但该开的花儿还是依着节令如约而至。我从宿舍去往图书馆的路上，和风拂面，猛然间，玉兰花便闯进我的眼帘。她们开得很盛，微风中，扑闪着白色的花瓣，叫住了我的脚步。

这种和"老友"重逢的喜悦，让我恨不得分享给身边的每一个人。我把小时候见到玉兰花的情景告诉了同行的同学，才知道她也喜欢玉兰花。而且她还和我说，因为品种不同，玉兰有很多颜色，比如白色、粉色、紫色等。

相同的爱好让我和这位同学很快成了朋友，她和校园里的玉兰花一起，陪伴我走过了四年的大学时光。

如今，我又看到了玉兰花，也就想起那位和我一样喜欢玉兰花的朋友，赶紧拿出手机拍照，把春天和玉兰花一起发给了她。她很快回复我说："这是我们的青春之花，也是我们的友谊之花。"

我感动在这春天的玉兰花里，脑海中又浮出上学时读过的诗："霓裳片片晚妆新，束素亭亭玉殿春"。

又一年玉兰花开，亭亭玉立，花白似雪，她更新了小区的春装，也更新了我和朋友的友谊。虽然我们远隔两地，但每一年的玉兰花，都能传递我们的牵挂，见证彼此的成长。

发表于2022年4月6日《江阴日报》

杏子压枝黄半熟

去附近的公园锻炼，回来的路上，一股淡淡的杏香味，弥漫在空气中。正惊奇时，我就听见有人说："这边有杏子啊，早上刚摘的，可新鲜了！"抬眼望去，路边不远处摊主和顾客正对着篮子里的杏儿聊天，我不由得想起小时候"摘"杏子的时光。

那时村子里只有几棵杏树，多是在院墙里，只有小脚婆婆家的杏树是在院子外面。裹过脚的小脚婆婆90岁了，总穿一身黑，话也不多，小小的我们都不敢亲近她，但却时常惦念着她家的杏儿。

她家共有三棵杏树，每一棵都有两层楼那么高，大号碗口那般粗。结出的杏子大且香甜。杏子成熟时，几里之外就闻得到杏香味，这引诱着我们。金黄色的杏子垂悬在绿荫间，在阳光的照耀下，黄绿鲜明。我们站在树下，就像是在一个布满了黄色星星的绿色穹顶下。

一次，调皮的男孩主动请缨爬树，但在这挺拔得像一根石柱的杏树面前，他终究没有成功；有人建议把家里的竹竿弄来，但是那样的话，动静就太大了；最后我们发现了一个"摘"杏的天然帮手——风神婆婆。然后，我们像个气象员一样，观察着天气变化，一察觉到有风，就戴上准备好的草帽，奔到大树下。

小风只能吹着树叶哗啦响，杏子像铃铛一样在枝头摇摆……这时，我们会双手合十："风神婆婆，请你再吹大一点吧！"风神婆婆总会有听到我们祈祷的时候，于是树枝发出嘎吱嘎吱的响声，树干左右摇晃，树叶纷飞，这时，就会掉落下来许多杏子。我们翻过草帽，麻利地捡拾着。这个过程中得有个人放哨，看主人有没有出来。大概十来分钟后，风神婆婆收紧了口袋，我们也收获了一小帽兜的杏子。然后，迅速撤离。

但也有不吹风的时候，我们只能无奈地徘徊在树下，小脚婆婆看见了说：

"惦记我家杏子了吧！"我们支支吾吾地答："树荫下凉快。"她看了看我们说："我这小脚也不能帮你们摘杏，过几天，我儿子从城里回来，到时候摘杏子，你们就过来吃吧！"听到小脚婆婆的话，我们放松了下来，慢慢地走到她跟前，有人摸摸她的拐杖，有人则摸摸她的小脚。原来，小脚婆婆并非我们想象的那么难以接近。小脚婆婆还告诉我们，杏子吃多了，对身体不好，但香杏仁可以多吃。

后来几年，每到杏子成熟，我们就会去看望小脚婆婆。

发表于 《工人日报》2022年7月10日

报纸情缘

小时候，家里定期会收到由邮递员送来的报纸。忙完农活后，父亲在灯下看着报纸，我挨着他坐下，也捧着一份报纸，津津有味地看起来，有时还会充当起读报员的角色，在暖黄色灯光下，我绘声绘色地朗读着，父亲静静地听着，日子闲适，岁月漫长。

一来二去，我知道了报纸是分不同版面的，对于新闻版面也有了一定的了解。语文课上，老师讲新闻写作时，提出谁知道新闻的要素时，我第一个说出了答案，得到了老师的赞扬。

尝到了报纸带来的甜头后，我主动承担起接收报纸的任务。每到收报的日子，我会早早地站在大门口，等候着邮递员叔叔的到来。

一有时间，就坐在书桌旁，一边翻着报纸，一边贪婪地闻着它的墨香，窗外的阳光洒在报纸上，仿佛只听得见翻页声和钟表走过的"滴答"声。我最喜欢看的是文学周刊，我沉醉在笔者写下的一个个温暖与感动中，遇到喜欢的文章和诗歌，我还会专门剪下来，贴在小本上，备注好日期，得空就翻翻。"书卷多情似故人，晨昏忧乐每相亲。"在那个信息闭塞的年代，报纸就像一位老朋友一直陪伴着我，拓宽我的视野，丰富我的情感。

许是经常读报的原因，我的语文成绩一直名列前茅，我写的作文总能得到老师的夸奖。父亲鼓励我向报纸投稿，我也试着投了一些，虽然没有发表，但那颗文学的种子深深地埋在了我的心里。

参加工作后，我利用业余时间大量阅读，也写了很多的文章，抱着试一试的心态再次投稿，意外的是我的文章发表在省级报纸，我惊喜万分，并第一时间把这个消息告诉了父亲，父亲当即就开心地将发表的作品转发到他的各种群里，还专门打印出来贴在客厅，来人就说，我女儿的文章上报纸了，厉害吧！

这对我来说是不小的激励。

当年对报纸的钟情，和父亲的鼓励是分不开的。而现在，看报已然成了我日常消遣的方式，每天我都会阅读一些电子报纸的副刊。一是我喜欢看报纸里真实而温暖的烟火人生，二是想找回那种慢时光的感觉。

在飞速发展的网络时代，幸亏有报纸相伴，这里是心灵的栖息地。

发表于《中国电视报》2022年9月22日
发表于《作文通讯》(初中版)第12期

从不懈怠的爱

到家的时候，已是傍晚6点多。夕阳照耀着大地，母亲坐在那片金黄里，全神贯注地编织着一件东西。

我轻轻地走到她跟前，喊了声"妈"。"这丫头，吓人一跳。"母亲猛然坐起身，"怎么不提前打个电话呢，什么饭都没有准备，马甲也没有织好……"母亲嘴上嗔怪着，脸上却氤氲开一圈圈柔柔的细纹，温暖而欢乐。

"想给您一个惊喜呀！"我调皮地说。其实，我只是不想让母亲辛苦，因为每次听说我要回来，母亲都会提前在厨房忙活很久。

"肚子饿了吧？"母亲说着便放下手里的活儿，往厨房里走去。没一会儿，韭菜馅饼、荠菜疙瘩汤就端上了桌，朴素的吃食，却是哪里都买不到的美味。

村子里没有喧嚣的车流，也没有无尽的灯火，夜晚来得格外早。晚饭后，我们收拾完毕，就进了卧室。母亲铺开一床被子，说这是她前两天刚拆洗、晾晒过的，可软乎了。我迫不及待地钻了进去，母亲则拿出我回到家时，她正在编织的东西——一件淡绿色的马甲，胸口上缀着几朵粉色的小花，尽管还是半成品，但却给人一种清新且别致的感觉。我知道这是给我织的，便故意抬高了声调说："真好看啊，像春天一样鲜活呢。"听到我的赞扬，母亲像是受了表扬的孩子一般，乐得手舞足蹈。父母总是不求回报地为我们做很多事，而我们一句最简单的夸奖，都能让他们高兴很久。因此我也愿意多说两句，"天冷的时候穿上，天热了，还可以搭配衬衫、T恤外穿，保暖实用两不误！"

"毛线店老板推荐的，说这是时下最时髦的款式，看来没错呢！"母亲心满意足地说。然后，她将这件半成品的马甲，贴在我的后背比画了一番，嘴里还念叨着："早知道你今天回来，我昨天就不去地里干活了，肯定把马甲织好了。不过赶赶工，应该可以完成。"说罢，母亲翻出老花镜，坐在床边又织了起来。

她一边织着马甲，一边和我说着村子里的一些小事，我就安静地坐在她旁边，看她的手不停地来回游走，偶尔也讲讲我的工作日常。静谧的夜晚，温暖的时光，时间仿佛在这一刻变得缓慢起来。

恍惚之间，似乎回到了儿时，我在灯下写作业，干了一天农活儿的母亲，却还坐在旁边陪着我熬夜。我想着想着，便不由自主地往母亲身边挪了挪。故乡是游子的归途，母亲是我心灵的港湾。经常奔波在都市中，只有回到老家，在母亲跟前，我的身心才会得到极大的放松，不知何时我竟睡着了。

半夜里，我起床去洗手间，却见起居室里还有一丝灯光。蒙眬中，我看到一个身影，走近一看，原来是母亲，她正坐在台灯下专注地织着那件马甲。我怔怔地看着眼前的身影，是那样熟悉而又陌生，那个曾经挺拔的身躯，不知何时，已被岁月揉搓得瘦瘦小小，可她却在爱我的这件事上从未有过丝毫懈怠。

看了一眼挂钟，已经是晚上12点了，母亲上了年纪，眼睛还做过手术，因此我有点心疼又生气地问："怎么也不开大灯。""怕灯光影响你睡觉，想赶紧织好，你走时正好能穿。"母亲憨憨地说着，手却没有停下来的意思。听着母亲的话语，眼泪不听话地流了出来。"慈母手中线，游子身上衣，临行密密缝，意恐迟迟归。谁言寸草心，报得三春晖。"这首儿时读过的诗，在这一刻，我才真正领悟到它的深意。

这两年，我得了过敏性鼻炎，换季的时候最难熬，医生告诉我要注意保暖，所以我通常都会在里面穿一件小马甲，护住胸口和背部，寒气进不了身体，鼻炎也就不会发作了。而我又比较瘦，买来的马甲总是不合身。母亲知道后，就要给我织。

第二天傍晚，临走时，虽然天色昏暗，但细看之下，却有一片金光破云而出，将天边的白云映照得通红。我把这件马甲穿在身上，周身仿佛被阳光包裹了一般，踏实而温暖。我知道，这件马甲将会陪伴着我走向更远的明天。

发表于《山西老年》杂志 2023年第8期

纸箱变书香

周末和先生大扫除，把积攒在阳台上的快递纸箱收拾了一下。下午闲来无事，便决定骑上"小电驴"到附近的废品回收站将纸箱卖掉，顺便采采风。

废品回收站在一处未拆迁完的拐角里，快到门口时我却不想进去了，想着里面环境肯定很差，也没啥好看的，无奈先生硬拉着我走了进去。穿过狭窄的小道，出乎意料的是这个占地足有操场那么大的废品回收站，却也被主人打理得秩序井然，各种废品分门别类摆放着，路两边的泡沫箱里长满了绿油油的小青菜，鲜嫩的菜叶上还挂着水珠，让人眼前一亮。角落里是搭建的活动板房，两位老人正坐在棚子下休息。

看见我们来了，爷爷立马迎了过来，笑着说："来了呀！"接过纸箱就放在了秤上。从小到大也卖过很多次废品，但第一次深入到废品回收站里面。我好奇地四处张望，想着这些废品最终会被运到哪里？又或是被加工成什么？突然，我看见棚子后面整整齐齐摆放着一大堆书。对我来说书的吸引力非常大，我迅速地走了过去，发现里面有幼儿绘本、少儿读物、成人工具书、不同年级的课本，还有一些畅销书。这些书有些很新，有些是因为被翻阅过多而显得陈旧，有些书里还夹着精美的书签，有些书页上还有前人留下的笔记。在偌大的废品场里，大多数物品的使命已经结束了，唯有书的使命是永远不会结束的。我抚摸着这些被遗弃的书，仿佛看见了许多无人认领的孩子，在等待着那些能够读懂它的人去捧读它，收藏它。

就在我沉思时，爷爷走过来说："往下面翻，有不少好书呢。城里人的地方紧凑，很多书没处放就当废品卖了……"爷爷还说，这些书放在外面风吹日晒太可惜了，所以就搭了一个棚子，偶尔有喜欢书的人过来，淘几本回去，也算是对书的再次利用。爷爷去他的小房子里拿出两本珍藏的书，一本是1976年印刷的旧版《红楼梦》，一本是民国时期的字典。一边展示给我们看，一边骄傲地说:"虽然我识字不多，但这好东西，给多少钱都不卖!"我心里油然升起一阵赞叹，谁能想到一个其貌不扬的废品回收站爷爷，对书却有着一颗赤诚之心，就像《小王子》里说的那样，真正的东西是肉眼看不到的。

最终，我们用卖纸箱的18块钱，换了6本书。回家路上，怀里抱着这几本书，心里却无比满足。纸箱变书香，能碰见如此趣事，实乃一大快事。

"日月忽其不淹兮，春与秋其代序。"时光荏苒，岁月更迭，在时间的长河中，唯有书香可以滋养出有趣的灵魂，愿我们都能够珍爱书籍，不让它们成为流浪的废品。

发表于《江西日报》 2022年11月11日读书版块
发表于《重庆法治报》 2022年11月11日《了然》副刊